朱晓梅 主编

流光溢彩的时代答卷

——《延安答卷》《沂蒙壮歌》评论集

山东文艺出版社

前　言

　　文艺是时代前进的号角。习近平总书记强调指出："人民既是历史的创造者、也是历史的见证者，既是历史的'剧中人'、也是历史的'剧作者'。"厉彦林牢记作家的神圣职责和沂蒙之子的初心使命，倾心记录时代足音和人民心声，于2020和2021年相继推出长篇纪实文学《延安答卷》《沂蒙壮歌》。

　　以延安为聚焦点，讴歌我国脱贫攻坚辉煌成就的《延安答卷》，以《延安密码》为题入选中国作协2020年度重点作品扶持项目，2020年第7期《人民文学》以《延安样本》为题首发，随后《延安日报》《新华月报》《北方文学》等报刊相继转发。中央组织部党建读物出版社正式出版发行以后，引起社会各界关注和读者欢迎。2020年10月8日，新华社破例发布该书出版消息，《人民日报》《文艺报》《文学报》《中国青年报》《中国艺术报》《中国社会科学报》《陕西日报》等几十家报刊发表消息和评论；同年12月，此书入选中央宣传部2020年"优秀现实题材文学出版工程"作品；2021年1月，被中央组织部党员教育中心、中央宣传部出版局、国家图书馆等单位评为"第五届全国党员教育培训教材优秀教材"。

　　抒写沂蒙革命老区脱贫攻坚与乡村振兴有效衔接壮丽凯歌的长篇纪实文学《沂蒙壮歌》，入选2021年中国作家协会定点深入生活项目、山东省优秀文艺作品入库孵化项目，并在《人民文学》2021年第7期头条位置重磅推出，引起社会广泛关注。单行本已由贺敬之先生题写书名、山东文艺出版社2021年10月正式出版发行。10月17日，山东沂蒙精神研究会牵头在临沂举办《沂蒙壮歌》新书发布仪式暨研讨会。中共山东省委党校（山东行政学院）、山东沂蒙干部学院和许多基层单位将其作为公共教材或党史学习辅助材料，并以此开展党日活动。2022年，入选国家出版基金资助项目，获"人民文学奖"；2022年7月，中共山东省委党校、山东沂蒙精神研究会在淄博沂源县召开"'弘扬沂蒙精神，打造乡村振兴齐鲁样板'暨《沂蒙壮歌》学习交流会"。

《延安答卷》《沂蒙壮歌》得到各方面的支持和赞誉，有评论者称为歌颂延安、沂蒙脱贫攻坚与乡村振兴的"姊妹篇"。2021年9月17日，厉彦林《延安答卷》研讨会暨《沂蒙壮歌》审读会在北京召开。2021年底，在全国作代会期间，新华社和《人民日报》《光明日报》等媒体先后作了报道。有关机构正在改编纪实电影和政论片，开发文创产品等。

为便于大家更全面和准确地了解这两本书，山东文艺出版社策划出版《流光溢彩的时代答卷》评论集，以飨读者。

2022 年 8 月

目　录

一、《延安答卷》评论

二、《延安答卷》研讨会暨《沂蒙壮歌》审读会

三、《沂蒙壮歌》新书发布仪式暨研讨会

四、《沂蒙壮歌》评论

一、《延安答卷》评论

触摸奇迹光芒与民心温度

厉彦林

纪实文学《延安答卷》在《人民文学》发表，我既感荣幸，又觉忐忑。我出生在沂蒙革命老区的一个贫民家庭，对贫困和饥饿有真切感受，受党教育培养多年，对延安、对宝塔山敬畏有加。有幸书写延安脱贫，既是夙愿又是考验。我虽然从小学时就知晓、崇敬延安，但对延安的认知多在理性的概念层面，对扶贫工作了解得也不深不透，特别是对延安脱贫工作、对延安贫困群众的生活更是知之甚少。写作时面对堆积如山的事例和数据，我曾感觉无从下手，焦急万分，也很苦恼。随着思考的深入，我考虑用一根思想的线贯穿，架起文章的四梁八柱，作品的结构就有了，各种素材和资料都找到了归宿，心里也亮堂了。

一、从大处着眼。 2020 年是彪炳史册、极不平凡的一年，我国现行标准下的农村贫困人口全部脱贫，这是党中央向人民、向历史做出的郑重承诺。我国脱贫攻坚的辉煌成就，既是千秋伟业、中国奇迹，也是人类减贫史上的伟大壮举。如果选择写一个村、一个乡、一个县，能更加聚焦聚力一些。延安是革命圣地，延安和延安人民为中国革命做出了历史性的贡献，中央和全国人民一直牵挂着延安的发展、延安人民的生活。但由于生态环境脆弱、基础设施落后等，陕甘宁革命老区长期贴着贫穷落后的标签。随着改革开放大潮，一曲终结贫困、改变命运的时代凯歌，在延河岸畔激越奏响……我去年 7 月初次来到魂牵梦绕的延安，最具震撼力、最让我惊奇的是：红色的延安，地貌已由黄转绿，百姓已由穷变富，这里变成了山川秀美的"绿色江南"。延安人民发扬延安精神，走出了一条绿色脱贫之路，创造了我国中西部地区和革命老区绿色脱贫、鲜活可信的"延安样本"，也为世界脱贫事业和全球生态治理提供了"延安样本"。有了这个基本判断和思路以后，我的视野开阔了，文章的骨架也就比较清晰了。于是以延安为聚焦点，从历史、现实、未来三个时间维度，从人类文明、中华传统文化和党史、新中国史等角度，探究贫困和脱贫问题，讴歌延安人民与贫困做斗争、摆脱贫困束缚的英雄史诗，寻找中国成功脱贫的奥秘。再说，延安的绿色脱贫之路，符合延安地处中西部地区的自然状况和区位特点，切合实际并鲜活验证了生态文明思想的巨大生命力，对我们牢固树立生态文明观，纵深推进脱贫成果，巩固"西部大开发"战略，有效破解发展与保护、环境与财富、人与自然的难题，探索绿色发展、生态文明道路，具有重要的意义和作用。

二、从小处落笔。《延安答卷》题材和时空跨度大、纵深感强，这就要求表达准确、真实且具象，使个人的认知、感觉与历史同根、与时代同行、与民声同频。大处着眼，小处落笔，精选典型的事例、数据作为情感抒发的基准点。延安绿色脱贫之路，必定和草木密不可分。在陕北栽活一棵树很难。每一个村庄、每个人心中都可能有一棵树，都披藏着辛酸动人的故事。自二十世纪末国家启动退耕还林工程以来，陕西绿色范围向北推移了 400 公里。黄河中游作为水土流失最严重的地区之一，一举变成"国家森林公园"。这都是树木的功劳，一草一木皆藏匿着传说、梦想和传奇。

三、从细处着力。 生活本身千姿百态，贫困村庄、贫困群众千千万万，脱贫措施可谓千方百计，脱贫结果更是千姿百态。我在写延安的绿色脱贫之路时，从这是被穷"逼"出来的路、这是一条拼出来的路、这是一条闯出来的路，这是一条彻底斩"穷根"的搬迁路、越走越宽的生态路等侧面，选择有代表性的事例和贫困村、贫困户进行书写。譬如：退耕还林初期困难重重，当年有位来延安考察的教授曾深有感触地说："陕北这里，风吹得黄土大得很。这里的汽车，雨刮器不是用来刮雨的，是专门刮土的。"曾有一名大队干部跑来哀求公社主任道："我孩子多，孩子饿得哇哇哭，肚皮贴着后脊梁骨了。实在活不下去了，请给我批点油渣，救救孩子吧。"从基层干部挨骂落埋怨，到县委书记叫着"老哥"与上访群众脸对脸坐着算经济账。扶贫干部在扶贫过程中，受委屈、落埋怨甚至挨批评也是家常便饭，他们大都不争、不辩。把贫困群众当亲人，哪怕是在路上偶遇打一声招呼，坐在一条板凳上拉一会儿家常，一个锅里摸勺子、吃顿饭，大家都会感到无比自然、亲切。

四、 牢记作家责任与良知。 曾有朋友劝我道："延安这个题材，政治性强，不好写。""都过六十的人了，何必费这个劲、耗这个精力？"2020 年我国告别绝对贫困，提前 10 年实现联合国《2030 年可持续发展议程》减贫目标，这是中华民族历史上人类与贫困抗争的辉煌篇章。我们的党和政府"全面小康路上不让一户一人掉队"，"只要还有一家一户乃至一个人没有解决基本生活问题，我们就不能安之若素"。过去 25 年，全球减贫事业 67% 的成就归功于中国。这样的成就值得讴歌，摆脱贫困的群众值得赞颂！作为一名党员、一位作家，我有责任记录这段历史，为伟大的脱贫事业鼓与呼。我坚持用自己的眼睛看，用自己的耳朵听，用自己的脚步丈量，努力追逐历史足音和脱贫群众的脚步声，增强作品的历史厚度、时代热度、现实温度和理性深度、文学美度。

发于《人民文学》微信公众号

反映延安脱贫攻坚辉煌实践的纪实
文学作品《延安答卷》出版

新华社讯

新华社北京 10 月 8 日电（记者史竞男）反映延安脱贫攻坚辉煌实践的纪实文学作品《延安答卷》日前由党建读物出版社出版。

该作品入选 2020 年中国作家协会重点作品扶持项目，聚焦延安脱贫攻坚实践，分为"世界难题·中国奇迹·延安样本""精准妙棋一着，脱贫全盘皆活""这是一条拼出来的路""越走越宽的生态路""青山不老，绿水长流"等 50 余个章节，讲述了延安人民发扬延安精神，在党的领导下走出一条"绿色脱贫之路"的生动故事，讴歌了延安脱贫攻坚辉煌成就。部分内容以《延安答卷》为题发表于《人民文学》2020 年第 7 期，受到广泛关注。

为写作此书，作者厉彦林查阅了大量资料，并多次奔赴延安实地走访察看。厉彦林表示，延安是中国脱贫事业的一个缩影，创造了我国中西部地区和革命老区绿色脱贫鲜活可信的"延安样本"，也向历史、向时代、向人民交出了一份打赢脱贫攻坚战的合格答卷。作为新时代的作家，有责任记录这段历史，为我国的脱贫事业鼓与呼。

厉彦林报告文学作品《延安答卷》
受到社会各界关注和好评

刘洪浩

近日，由我省著名作家厉彦林创作的反映延安脱贫攻坚辉煌实践的纪实文学作品《延安答卷》在《人民文学》2020 年第 7 期发表，受到社会各界广泛关注和好评。同年 7 月 13 日《人民文学》微信公众号发布当天，"学习强国"、中国作家网、人民网、求是网、大众网、搜狐网等多家平台都在第一时间进行了转发，"学习强国"学习平台半天阅读量达到 150 万。许多读者评价说："这是一部扶贫教科书式的精品力作，具有重大文学和史学价值。""这既是一篇新时代延安精神的颂歌，也是一部扶贫脱困的简装教科书。""是对习近平总书记有关脱贫攻坚系列重要论述的最好诠释，是对党的宗旨的最好诠释，是对我们党带领人民正在进行的脱贫攻坚伟大实践的最完整、生动体现！"

《人民文学》发表的《延安答卷》是一个精编版，分为《世界难题·中国奇迹·延安样本》《精准妙棋一着，脱贫全盘皆活》《延安奋力向贫困宣战》《这是一条拼出来的路》《这是一条闯出来的路》《彻底斩"穷根"的搬迁路》《越走越宽的生态路》《世间新添颜色：延安绿》《摆脱贫困的"奥秘"》《神奇密码》等章节。作者用 3 万多字的篇幅，从大处着眼，从小处落笔，从细处着力，聚焦延安脱贫攻坚实践，讲述延安人民发扬延安精神，在党的领导下走出一条"绿色脱贫之路"的生动故事，讴歌了延安脱贫攻坚辉煌成就，勾画了脱贫群众的美好新生活和城乡融合、乡村振兴的发展方向，探寻了中国脱贫攻坚取得成功的奥秘和密码，使人们清晰地看到：延安脱贫历程是中国脱贫事业的一个缩影，创造了我国中西部地区和革命老区绿色脱贫鲜活可信的"延安样本"，也为世界减贫事业和全球生态治理提供了"延安样本"。

据了解，《延安答卷》全文 18 万字，经山东省作协推荐，已入选中国作协 2020 年度重点作品扶持项目"决胜全面小康、决战脱贫攻坚"主题专项和山东省优秀文艺作品入库项目，本月底将由中央组织部党建读物出版社出版发行。

厉彦林，祖籍山东莒南，沂蒙山人，中国作协会员，现于山东省人大常委会工作。他追逐青年时代的文学梦想40载，早年创作诗歌，近期专注于散文。出版有散文集《春天住在我的村庄》《赤脚走在田野上》《地气》等，代表作是散文三部曲《故乡》《土地》《人民》。散文作品自1988年被选入师范专科学校写作教材，至今已有百余篇（次）入选各种语文、思想品德教材教辅，30多篇被全国各地作为中考试题或高考模拟试题选文。部分诗歌、散文作品被翻译到国外。

发于山东作家网

流光溢彩的时代答卷

仲呈祥　张金尧

2019 年 5 月 7 日，陕西省政府宣布，延安市延川、宜川两县退出贫困县序列，这标志着老区延安贫困县全部"摘帽"。延安脱贫故事是中国脱贫事业的一个缩影，厉彦林纪实文学《延安答卷》以延安为焦点，记录了脱贫攻坚事业的伟大成就。

《延安答卷》先是放眼全球，引用世界银行数据、联合国开发署《全球贫困问题报告》、奥本海默《贫困真相》等研究成果，思考人类贫困的根由，在国际视野中"定位"脱贫之难。接下来，作者忠实记录延安脱贫攻坚实践，并融入对中国与世界、历史与现实、执政党与人民群众、发展与稳定关系的思考，使作品具备了可观的现实温度和思考深度。

只有满怀对人民的热爱和对生活的热情，笔下的文字才有"烟火气"。为创作《延安答卷》，作者先后拜访延安当地老干部、老同志和扶贫干部，实地走访贫困乡村和贫困户。在与干部群众交心中，作者感受到扶贫干部"有一分光，发一分热"的使命担当和群众日子越过越红火的喜气洋洋，切身感受让作者笔端贯注着浓重的情感。这种真情实感成为作品基调，使作者有了驾驭繁杂素材的底气。作者用情感和思想之线贯穿带动数据、人物和故事，运用"形散神聚"的散文手法，引导读者一并思考和探寻延安脱贫攻坚的"密码"。

《延安答卷》以文学之笔写下延安人民建设美好家园的诗行。作品引用《诗经》中的"民亦劳止，汔可小康。惠此中国，以绥四方"阐述"小康"含义，引出"消除贫困，始终是中华民族孜孜不倦的向往和追求"的思考；又以明代诗人于谦《咏煤炭》中的"但愿苍生俱饱暖，不辞辛苦出山林"，歌颂扶贫干部为百姓奉献的博大胸怀。作者对文史典籍恰如其分的引用，能够帮助读者认识脱贫事业的非凡意义，也增强了作品的文学性。

党的十八大以来，全国共选派近 300 万人驻村帮扶，为脱贫攻坚取得决定性进展发挥了重要作用。《延安答卷》塑造了多位扶贫干部的形象，他们牢记让群众过上幸福生活的诺言，力争既解决短期收入问题，又为当地探索出可持续发展道路。他们有勇有谋、脚踏实地，是万千优秀扶贫干部的缩影。《延安答卷》记录下摆脱贫困的光辉历程，留下众多为人民谋幸福的光彩形象，交出了一份合格的文学答卷。时代的剧变、乡土的转型，为文学创作敞开了天高地阔的无限空间。期待更多作家深入一线，创作出更多反映脱贫攻坚伟大斗争、反映新时代乡村面貌的优秀作品，为人民的奋斗、民族的奋进留下真诚炽热的记录。

刊于 2020 年 10 月 13 日《人民日报》

流光溢彩的时代答卷

——评《延安答卷》

仲呈祥　张金尧

当今中国，正在经历一场百年未有之大变局。这场大变局以实现共产党人向人民群众承诺的第一个百年奋斗目标为时代标志，以打赢"三大攻坚战"为根本保证。可以说，没有全体人民精准脱贫共同富裕，百年未有之大变局将增加变数而难成定局，"两个一百年"目标也将沦为空谈。中国共产党人在脱贫攻坚的时代洪流中显示出的英雄气概，书写出的流光溢彩的时代答卷必将浓墨重彩地镌刻在中华民族的发展史册之中。从梁家河走来的习近平总书记常说"根在陕西，魂在延安"，老区延安在中国革命和建设史上具有特殊地位。2019年5月8日，《人民日报》向全国人民、向全世界宣布：延安告别绝对贫困，"延安市延川、宜川两县退出贫困县序列"，这标志着中国革命圣地延安开启了新的时代篇章。记录这场伟大变革的文艺作品与脱贫攻坚的现实斗争一样精彩，由党建读物出版社出版的厉彦林同志的《延安答卷》就是这些文艺作品中的精品力作。

《延安答卷》披辩证法的甲胄，持马克思主义发展观的标枪。出乎其外，故有高致，这部纪实性著作并非对延安脱贫攻坚的伟大历程作照相式的全景记录，而是以深邃的洞察力审视世界与中国、历史与现实、执政党与人民群众、发展与稳定的关系，使读者服膺于作者缜密的思辨力和烛照后世的历史自觉。

就财富视野中的世界与中国而言，《延安答卷》并非仅仅着眼于中国的贫困。作者认为"人类文明的河流，涤荡着寒冷与饥饿""消除贫困，自古就是人类梦寐以求的理想"。作者在分析全球范围内贫困的成因时充满着缜密的理性分析。这种融定性分析与定量分析于一钜镬就是钱学森所说的由"量智"和"性智"合成的大成智慧。而于中国，作者认为"以处于贫困状态的'人'为中心、为聚焦点，立足自己的国情，正在为人类摆脱贫困探索有效经验"。《延安答卷》放眼世界思考人类的脱贫，使得著作本身具有了宏阔的考察视野，因而具有了人类学著作的学术品格。

《延安答卷》将历史与现实勾连，具有高度的历史自觉。伟大的时代和火热的现实生活，召唤高品质的文学作品。纪实性文学作品既不能因为"纪实"而成为干涩的"政治传声筒"，也不能因为"文学"的需要仅仅"咀嚼身边的小悲欢，并将这小悲欢当成大世界"。只有满怀对人民的热爱和对生活的热情，笔下的文字才有生活的"烟火味"，而不是浓烈的席勒式的"烟火气"。可以说，书写脱贫攻坚的纪实文学作品，如果作者没有驾驭题材的高超能力，往往会使之落入罗列数字的窠臼。《延安答卷》基于作者深厚的文学底蕴，时时透露出一种时代的浪漫情怀，谱写成了延安人民建设绿色家园的诗行。例如，《延安答卷》引用《诗经·大雅》中"民亦劳止，汔可小康。惠此中国，以绥四方"以引出"小康"，进而引出"我们劳累困苦的先辈早就渴望和向往小康"，"消除贫困，始终是中华民族孜孜不倦的向往和追求"。又以明代诗人于谦《咏煤炭》中的"但愿苍生俱饱暖，不辞辛苦出山林"表达为百姓献身的博大胸怀："（贫困人群）脚步很沉重，心还在颤抖，刚昂起来的头颅，因风雨抽打往往又低下来。实际上真正的强者不是没有眼泪，而是用不服输、不向命运低头的劲头，含着眼泪向前奔跑。"但《延安答卷》深具的脱贫攻坚浪漫情怀，却是以对中华民族生生不息漫长历史的洞察作为现实思考的前提。因为作者清醒地意识到，中国在几千年封建社会里，"贫困的魔影，始终相伴相随、难以回避和超越"，一切都在"普天之下，莫非王土"的封建思想面前显得那么脆弱，因此"平民百姓能获得利益属于偶然与巧合"。

《延安答卷》深刻论述了中国共产党作为执政党与人民群众的关系。作者认为，现在充裕的物质保障只是条件，只是摆脱贫困的"无形的手"，还需要作为执政党的中国共产党这只"有形的手"去发动、去组织、去献身。作者深刻认识到"中国向全世界宣示 2020 年告别绝对贫困！这就等于中国共产党人把威望、声誉和身家性命都押在这件大事上，背水一战，决一死战，不留后路与退路。目的是横下一条心，加快速度和进度，保质保量，齐心协力坚决打赢脱贫攻坚战"。这不仅是"民为贵""水与舟"的问题，更是共产党具有"让命苦的人过上好日子，让弱者获得人的平等与尊严"的建党初心。"中国人民是在苦水里泡大的，是由穷日子陪伴着走到新中国的门槛前的"，共产党人拳拳的初心一旦与《延安答卷》的这种悲悯相结合，便使人民共同富裕成了一个信仰般的承诺，并使党以勇挑历史重担的真实姿态超越了对众生慈悲的普遍情愫。从《中国土地法大纲》到毛泽东《〈湘江评论〉创刊宣言》中提出的"世界什么问题最大？吃饭问题最大"，以及《关于正确处理人民内部矛盾的问题》中提出的"我们的根本任务已经由解放生产力变为在新的生产关系下保护和发展生产力"，再从邓小平提出的"贫穷不是社会主义"到新时代习近平总书记提出的"中国共产党的追求就是让老百姓生活越来越好"，共产党人扶贫攻坚的决心真实而笃定。"保持贫困县党政正职稳定，做到不脱贫不调整、不摘帽不调离"，党的十八大以来，我们党在这场没有硝烟的战场上输送了近300万名扶贫干部，为向人民交出一份合格的答卷，截至2019年6月底，有770名干部甚至献出了生命……

《延安答卷》充满了发展与稳定只争朝夕的紧迫感，又阐释了稳扎稳打、精准扶贫的科学性。"我国实现第一个百年奋斗目标、全面建成小康社会，没有老区的全面小康，特别是没有老区贫困人口脱贫致富，那是不完整的"。可以说，摆脱贫困是发展的需要也是稳定的需要，如作者所说："发展是解决一切问题的关键，不发展不可能解决贫困问题，发展起来也不会自动解决贫困问题。""只有发展起来，才有帮扶贫困、共同富裕的条件，才能有社会公平、社会平等的物质保障。"毋庸讳言，我国从"站起来"到"富起来"，也企盼早日"强起来"，如果改革开放的成果在新时代不能为全体人民所共享，如果在二十一世纪初还有人民在绝对贫困线上挣扎，那"强起来"的历史使命断难完成。这就是扶贫攻坚的历史任务和现实迫切需求。当然，《延安答卷》透出的这种紧迫感与科学扶贫、精准扶贫并不相悖，正如作者所言："'精准扶贫脱贫'，这是以习近平同志为核心的党中央开出的减贫治贫的一剂良方，精准是脱贫攻坚的生命线。"到2014年底，延安市还有3个贫困县693个贫困村、7.62万户20.52万贫困人口，只有搞准"是谁贫""为什么贫""贫到什么样""怎样才能脱贫""脱贫后怎样不返贫"，才能谈得上科学扶贫。如果没有作者通过实地走访获得的大量一手数据，《延安答卷》就难以体现出延安人民只争朝夕的行军步伐，难以演奏出一曲科学施策、精准扶贫的时代交响。

向《延安答卷》这部精品力作的作者厉彦林同志致敬，更向为中国革命和建设做出重要贡献，并在脱贫攻坚中创造出宝贵物质财富的延安精神致敬。

刊于2020年11月1日《大众日报》

历史使命的时代诠释

——读《延安答卷》

邱华栋

实现全民脱贫、全社会小康是我国的国家理想和奋斗目标，是中国共产党人初心和使命的具体体现，也是党对人民做出的庄严承诺。延安，是中国共产党人的精神家园和革命圣地。然而，就是这样一块土地，长期以来却一直为贫困落后所困扰。为此，一代代中国共产党人都把改变旧面貌、建设美好新延安当作一项重大使命，萦系于怀，坚韧不拔地开展脱贫攻坚工作。厉彦林创作的长篇纪实文学《延安答卷》，聚焦革命圣地延安，呈现了一幅中华大地上几代共产党人带领广大农民脱贫攻坚、齐心协力奔小康的动人画卷，是一部在坚决打赢脱贫攻坚战、全面建成小康社会收官之年向其献礼的优秀之作。

一、 **鲜明政治导向的主题呈现。** 中国脱贫攻坚是人类减贫史上的创举，这桩时代大事在《延安答卷》中得到了最及时、最直接、最有力的反映，具有鲜明的政论色彩是《延安答卷》的显著特征。文学是时代的书记员，也是历史的一面镜子。作品一开始就指出"消灭贫困，是共产党人的初心和历史责任"，引导读者要把中国的脱贫攻坚战放到世界反贫困斗争的"全球语境"下来认识，深刻地展现了作品的思想格局和主题，导向鲜明，主题明确。诚然，文学必须是情感饱满的叙写。作者凭借扎实深厚的文化积累、生活积淀、艺术功力和掌控能力，以融理于事、事理交融式的论述，理真情挚、蕴理于情式的抒写，为我们创作了一部经纬交织、文体交融、多重协奏的文本。作者情感饱满地叙写了一代代中国共产党人在全民脱贫路上的初心与坚守，一代代中国共产党人的梦想与奋斗，彰显了以人民为中心的情怀。从延安"窑洞对"到西柏坡启程"进京赶考"，从"黄土高坡"到"绿色延安"，"扶贫脱贫"可看作新时代中国共产党人的一次"赶考"。以习近平同志为核心的党中央强调以人民为中心的政治思想和一切为了人民的发展理念，以敢于啃硬骨头的精神意志，打响了脱贫攻坚战，解决了世界难题，创造了中国奇迹，提供了延安样本，向人民交出了一份优秀的时代"赶考"答卷。

二、"实""虚"互动交替的叙事呈现。 扶贫脱贫是一个具有很强政治性的题材，《延安答卷》把扶贫放到一个历史文化悠久、地域文化鲜明的背景和语境中呈现与书写，真正做到了"历史、现实和未来交汇，农业文明、工业文明、生态文明交替，党心、民心交融"。纪实之"实"与文学之"虚"互动交替，具有很高的文学韵致、艺术品位和文化视野。作品视野宏阔，对延安的文化、历史、经济、生态变化等均有着笔，从蓝田猿人的生存状态到陕甘宁边区的大生产运动，从近百年来延安人民与贫困的抗争到脱贫攻坚的华丽蜕变，进行了全景式扫描，体现了作者驾驭繁杂素材的底气。作品赋予主人公们以强大的文化力量和文化精神，不仅塑造了脱贫一线的党员干部形象，更生动刻画出了这一伟大事业中的行动者群像，这些人物共同谱就了中国共产党领导下的脱贫攻坚人民大合唱。行文中，作者综合运用了新闻体、小说体、报告文学体，把枯燥的数据融入富有激情的叙述，既饱满又温情，让读者对决战脱贫攻坚、决胜全面小康的深层理解和感官体验都得到了升华。作者写延长县瓦村的脱贫蝶变、写甘泉县王家湾村的致富新路、写扎根乡村带领农民致富的驻村干部、写绿化荒山的红军老战士，用情节和细节展现他们脱贫致富的内生动力，作品读来更加真实、生动、吸引人。

三、 延安样本的呈现与时代诠释。 每个区域脱贫解困，方式方法不尽相同，地方特点复杂各异。延安经过不懈努力实现脱贫，成功点在哪里？依靠的是什么？作品触及焦点靶心，就为什么扶、扶持谁、谁来扶、怎么扶等问题进行了精辟论述。对延安因地制宜，发展具有先天资源优势的林果业、养殖业、森林旅游业和林下经济等绿色产业，精准施策，对实施产业扶贫、就业扶贫、易地扶贫、危房改造等作了深情的纪实叙写，准确地勾勒出了中国脱贫事业创新发展的方略图和延安成功脱贫攻坚的奋斗史，揭示了脱贫事业能够取得决胜的中国道路、中国智慧、中国精神和中国力量的源泉所在，揭示了延安脱贫攻坚取得伟大成就的"密码"。"全面建成小康社会，一个也不能少；共同富裕路上，一个也不能掉队。"这是党对人民的庄严承诺，《延安答卷》生动诠释了这一承诺。

历史责任催生"大题材"情结

——从《延安答卷》看厉彦林近作

石 英

笔者长达几十年的深刻印象是：著名散文家、诗人、报告文学家厉彦林敢碰大题材。仅从他写作出版的一些作品的名字即足以证明，如《土地，土地……》《人民，人民……》《城市》等。厉彦林不仅连连推出巨制，且这些作品都产生了不同程度的社会影响，无疑为他在文学领域的探进积累了意义非常的成功经验。笔者认为，这些经验应被视为当代文学的一笔丰厚精神财富。

一、合理建构，朴中有巧。作品的诞生与成功本身即已说明：厉彦林不仅敢碰大题材，而且他在运笔之初，就对完成这样一桩桩重大使命有底气、有自信、有足够的驾驭能力，并最终游刃有余地向历史交上了合格答卷。

那么，厉彦林何以一再地"瞄"上这一系列重大题材且基本上都如愿地"拿"了下来，其"奥秘"到底在哪里？其中原因说深也深，说浅显也澄若清水。首先，是他作为一名党员作家的责任。这种责任来自一种自觉意识与义不容辞的态度。其次，是他触角的敏锐，能够感受到这类题材的重要意义，而且能找到合适的书写角度，这是关乎其创作能否成功的重要一环。最后，就是宏观把握能力与微观表现手法的精熟。

厉彦林之前已有许多写故乡农村作品的历练，无论是篇章结构上的讲究还是语言文字上的非俗功力，都已具备了坚实的条件。笔者所说的"讲究"，不是刻意的摆弄，而是自然、自如的合理构建，是一种功夫，也是一种朴中有巧的智慧。所谓"非俗"的语言文字，就是无论在意象还是在韵味上都要尽量避免感觉上的苍白，称奇而不失其真，求新而不怪异，使人读起来比较舒服，不滑不涩，流畅还耐咀嚼。

二、响应号召，勇担责任。以上之所长，在厉彦林新著《延安答卷》一书中得到了集中而全面的体现。这是书写延安地区脱贫历程的大题材，正如作者在书中"提示语"中所言：脱贫这个命题在全世界也是一个难题。那么，写最大难题的大文章自然也不那么轻而易举。但作者并没有望而却步：责任，重负在肩；触角，敏锐而有锋刃；宏观驾驭，虽不十分吃力却绝不轻松；语言文字，必须调动所有的"动载工具"方能胜任这项庄严使命。总之，有其志，有其心，更要有其力！

既然是世界性的难题，肯定是不好写的。据笔者远非详尽的了解，《延安答卷》虽然不是几易其稿，但几易其名却是实在的。就全书而言，反复修改乃至较大增删也有很多处，足见作者自始至终视此书的写作为重大且非常重要的工程。因为"消除贫困，是共产党人的初心和历史责任"，那自己作为一名党员作家，怎能置身事外？必须热忱地响应历史的召唤，在全国扶贫的伟业中奉献自己的一份力量。而且，他的目光一开始就专注于延安，投入到《延安答卷》的心力是极大的，结果也不负苦心人，作家所投入的心力结出了沉甸甸的果实，为我国2020年的文学长廊增添了一道耀眼的亮色。

他站位高，深知摆脱贫困是中华民族几千年的期盼。换言之，不彻底消除贫困，何谈实现中华民族的伟大复兴？舍此，侈谈其他大半是空中楼阁，至少是根基不牢。作者的目光辐射得很远很广，从历史到今天，从延安地区扩及全国，脱贫的主题牵动着古往今来的历史脉搏，联结着四面八方的精神纽带。延安绝不能孤立于全国之外，而全国各地也不能疏离了延安。作者看准了延安这个精神枢纽的影响力："延安的窑洞是最革命的"。过去是，现在是，将来还是。

三、题旨精妙，细节出彩。"精准扶贫"这四个字本身就极为精准。"妙棋一着，脱贫全盘皆活"。千条措施，目的只有一个：必须"拔掉穷根"，建设"绿延安"。作家始终紧盯此点不放，不论目光辐射得多宽多广，题旨却不散，而是提炼得越精到越好，这就是古人所说的"立主体"的要义。主体立得坚牢，所有的文字都围着它写，全书就成功了一半。读《延安答卷》的一个深刻印象，就是厉彦林在这点上一刻也未"走神儿"。

当然这绝不意味着可以就此万事大吉，有一个问题不能忽视，那就是"摆兵布阵"——结构与布局。这么大一个题材，这么大块头的文章，作者能把所有的资源、"棋子"都安排得当、灵活运用，实非易事，作者亦须花费很大心力。不只要做到匀调有度，也要重点突出，不能平均用力。就拿"易地搬迁"一节来说，作者就写得很透，其思路的出发点在于，经验证明，在很多地方很多情况下，一方水土确实养活不了一方人。这就逼着人们改变旧观念，开拓新的出路。无数事实证明，"易地搬迁"是彻底斩断穷根的有效举措。这种思路如搁在若干年前，或可被讥为"旁门左道"，但作者在此节点上写得较细，也剖析了许多问题，读之清晰豁然。如此各个章段、各个板块，粗细详略，相互协调，互为补充，环环相扣，平稳中亦有波浪起伏，可谓用心良苦。

典型的情节与动人的故事毫无疑义是使得全书有机推进的保证，当然还要凭借真实生动的细节出彩。这些要义前人早有提示和告诫，问题是不同的作家在自己作品中如何体现，还要看各自拥有的资源和功力如何。厉彦林在写作前进行了大量采访，掌握了丰富的文字资料，这使他拥有足够的"本钱"。但本书在内容、题材等方面毕竟不同于他以往写农村生活的美文，篇幅所限也不容作家加入过多的"闲笔"和抒情因素。笔者在读此书稿时也暗忖，这之间是存在某种矛盾的，彦林同志能在二者之间进行合理的选择和兼顾，亦属难得。

刊于 2020 年 10 月 19 日《中国社会科学报》

《延安答卷》诠释脱贫攻坚事业的"基因密码"

邱　键

　　山东籍作家厉彦林的长篇纪实文学《延安答卷》近日出版。作者站在新时代全球减贫的高度，掬取我国近 20 年来特别是新时代近 5 年脱贫攻坚战中的一朵浪花，以革命圣地延安作为中国脱贫攻坚的样本，诠释了中国共产党领导下脱贫攻坚事业的"基因密码"。

　　作品紧扣延安脱贫攻坚的奋斗历程，分《宝塔山：照耀穷人翻身》《大决战：打赢脱贫攻坚战》《拔掉"穷根"建成"绿延安"》《摆脱贫困之路》《瞩望"延安绿"》《美好新生活》《延安答卷的奥秘》等部分，围绕着"为什么扶，扶持谁，谁来扶，怎么扶"等"靶心"问题展开论述，用 17.6 万字记录讴歌了中国共产党带领人民群众脱贫攻坚的史诗鸿篇。

　　作品体现了作者对重大主题的表达驾驭能力。脱贫是我们党对人民做出的重大承诺。文章通过"我"的所见所闻，抓住典型事例，反映重大主题，描绘了延安脱贫攻坚漫长而生动的画卷。作者从窑洞对、进京赶考，到新时代的时代之问，从宝塔山、枣园、杨家岭，到安塞区、延川县、吴起县，展现了中国共产党人在 100 年历史长卷中破解的系列历史性难题中最为精彩的一张答卷。

　　《延安答卷》融合了我国革命与建设发展、改革开放、脱贫攻坚的磅礴精神力量，特别是概括、揭示了伟大的延安脱贫攻坚精神，丰富、深化和发展了伟大的"延安精神"。绿色生态扶贫脱贫是延安市委、市政府牢记全心全意为人民服务的宗旨，坚持解放思想、实事求是，服从和支持国家重大任务、听从党和国家召唤、忠于党和人民，在自然条件差、资源贫瘠的艰难环境下，探索验证了 20 多年，被"逼"出来、"拼"出来、"闯"出来的脱贫攻坚战略。作品展现了延安人民自力更生、艰苦奋斗、久久为功、敢啃硬骨头的精神风貌和"妙棋一着，全盘皆活"的奋斗历程。延安脱贫攻坚的成功，是延安精神在脱贫攻坚领域生动鲜活的实践。

　　《延安答卷》基调高亢，热情讴歌党、讴歌人民、讴歌伟大的新时代，从历史和现实的视角转换情感，通篇洋溢着主旋律情怀，表达了深刻的思想性、人民性。作者坚守初心，紧贴民心，打通了自我跟当下时代的内在关联。他善于用农民的"眼睛"看，用农民的"耳朵"听，用农民的"语言"讲，并以之体悟、叙说农民的心理内涵、生命渴求与行为方式。

　　延安脱贫攻坚中涌现出的红军老干部、驻村扶贫干部、特困户、脱贫带头人、大学生村官、创业的年轻人等，在文中都变成了作者最熟悉的亲人、朋友，或学生、同事和邻居，他们在一起聊天、生活、生产、解决各种困难和问题。作者借用鸡蛋、苹果解读食品支出，借用住房、衣着解读非食品支出，将"基本需要成本方法""恩格尔系数"等概念诠释得鲜活生动，用人口、面积比例两组数据，将"胡焕庸线"介绍得深入浅出。怀着对贫困群众的悲悯怜惜和绵绵爱意，文章没有刻意渲染贫困户生活窘境，而是用对自己真实内心感受的直抒掩泣。描述绿色生态发展脱贫模式，也没有简单罗列数据、空谈政策，而是借安塞区镰刀湾镇双山村山上种植了柠条、榆树、槐树，村里建成了卫生室、文化室、文化休闲广场等，让读者对绿色生态发展、产业振兴有了更直观的感受。他更是借用老百姓家里的缕缕炊烟、身上的棉衣、脸上的微笑来表达脱贫攻坚后的喜悦之情。

　　文章在思想性的表达方面，主要靠古今中外相关的大量资料、素材，直接进行主观评论与抒情。这种表达，便于拉近历史与现实、主观与客观世界、自然之景与内心崇高的距离。作者把多种情景素材通过思想性的表达融会贯通在一起，展现了一位作家的内心世界。

　　作为沂蒙精神的践行者和传播者，厉彦林拒绝蝇营狗苟，而是走出个人小天地，跨越个人情感，注重对历史与现实、人生与命运的思索。不论在怎样复杂的情况下，不论在怎样困难的环境中，他总是对党、对国家、对人民、对革命、对建设、对胜利、对强国梦充满了信心。《延安答卷》始终贯穿着充满正能量的主旋律，洋溢着一种浩然正气，引导读者斗志昂扬、向善向好，真正表现了优秀文学作品的时代精神和现实风貌。

　　　　　　　　发于 2020 年 11 月 16 日《中国青年报》客户端

书写脱贫攻坚的史诗

——读长篇纪实文学《延安答卷》

魏志尚

经典文学作品，都是对时代足迹的记录和社会生活的精神写照。那些被普遍认可、引起强烈反响的纪实文学，大多是反映波澜壮阔的重大事件或工程的弘扬主旋律的作品。这并非"题材依赖症"使然，而是文体的特殊性及受众选择和思维习惯等因素叠加所致。

厉彦林刊发在 2020 年第 7 期《人民文学》的纪实文学《延安答卷》，就是这样一部热切关注现实的"宏大叙事"。脱贫攻坚是中华民族的伟大事业，反映这一世纪壮举的作品不知凡几。《延安答卷》的独特在于作家将观察的目光投向了中国西部，聚焦于延安。

延安集多种符号于一身，举其要者，既是人们景仰的革命圣地，也曾是闻名于世的贫穷地区。贫穷的噩梦如影随形地纠缠，千百年来难以摆脱。面对漫长而苦涩的历史和坚硬而坎坷的现实，延安脱贫攻坚的艰巨性、复杂性、典型性和特殊性亘古未有、独一无二，观察并书写延安脱贫历程，既是观察中国脱贫伟业的绝佳窗口，也是对作家文学功底和文化底蕴的挑战。这样的写作冒险，彰显了作家的责任心、使命感和担当。目光投射之处显示出的是书写的角度，更是思想的高度。

作家满怀崇敬和深情，以炽热的爱心、深广的忧思、丰沛的想象和严谨的理性，历史地、全景地呈现了延安脱贫攻坚改天换地的宏伟壮举，书写了壮怀激烈、可歌可泣的英雄史诗。无论是对历史沉浮的勾连辨识，还是对现实生活的真实描绘；无论是对党和国家领导者顶层设计的简洁描绘，还是对人民群众喜怒哀乐的细致刻画，无不闪烁着家国情怀与美好理想的光芒。书中涌动着的创作激情，仿佛名动天下的安塞腰鼓，激动人心的节拍和着作家的心跳。

作者以缜密的思辨力，准确地勾勒出中国脱贫事业创新发展的方略图。习近平总书记心系延安，强调党的领导、精准方略、社会动员、激发内生动力等基本着力点，拓宽了中国特色扶贫开发道路，丰富和发展了中国特色扶贫开发理论，为全球减贫事业贡献了中国方案和中国智慧。文章就"为什么扶、扶持谁、谁来扶、怎么扶"等几个"靶心"问题加以精辟论述，列举出党和国家出台实施的一系列中长期扶贫规划，从救济式扶贫到开发式扶贫，再到精准扶贫，探索出一条符合中国国情的农村扶贫开发道路。中国的脱贫人数占全世界总数的3/4，靠的就是政治优势、制度优势和组织优势。文章揭示了脱贫事业能够取得决胜的中国道路、中国智慧、中国精神和中国力量的源泉所在。作者不仅热情洋溢地讴歌了党的英明领导和人民坚持不懈的顽强斗争，而且描绘、论说了延安脱贫攻坚取得伟大成功的"密码"。这是延安脱贫攻坚的"密码"，也是中国脱贫攻坚的"密码"，更是世界脱贫攻坚的样本。《延安答卷》将历史的纵深感和现实的厚重感水乳交融，视野开阔，思接千里，呈现出开阔大气的格局和豪迈的气象。

漫长的时间链条贯穿全文，从蓝田猿人的生存状态到新型冠状病毒引发的肺炎疫情的全球肆虐均有着笔，浓墨重彩描绘的是近百年来延安恶劣的自然条件和劳苦大众的挣扎与奋争。在吹响了脱贫攻坚的号角以后，延安才发生了真正的巨变。昔日连绵不断、令人忧愁的塬梁丘峁，神话般地变成了蓬蓬勃勃、果木飘香的绿色家园。

作品没有单纯地还原历史，而是注入了跌宕起伏的命运感。秦汉及其以前的黄河流域林木葱茏、人丁兴旺，是唐之后统治者穷奢极欲，伐木毁林，才使延安大地千疮百孔、贫瘠荒芜。历史雄辩地证明了，只有中国共产党及其领导的英雄人民，才可能把"黄土高坡"变成"绿色延安"，才能完成功在当世、泽被后代的千年大计、百年大业。

由于题材重大，线索众多，人物与事件交织，作品摒弃了呆板而固化的线性时间叙述，而以"主题"结构全篇，融汇倒叙、插叙、闪回和杂糅等手法，使每个历史节点均与相关的现实随时随处地"咬合"在一起，改变了简单分割时间的陈旧写法。

作者高屋建瓴地描绘了人类从石器时代、铁器时代、机械动能时代到网络时代一路前行的步伐，令人信服地得出了"人类的文明史就是脱贫史"这一颇具创见性的结论。在人类文明发展的框架里，他重点建构的是中华民族的文明之旅，而延安则在聚光灯下。

延安曾以博大的胸怀成为红军长征的落脚点，其后又成为抗日战争的根据地和中国革命走向胜利的发祥地。可以说，没有延安就没有今天的中国。延安的脱贫是党和国家对老区人民的庄严承诺，也是其"不忘初心"的刚性兑现。作品在人类文明、民族革命和延安精神，在历史、现实和未来的宏大交响中，奏出了时代的最强音。

作家在设计主题立意时，站在了人类生存困境的高度，在"世界难题"的大背景下，展现中国特别是延安的脱贫攻坚。延安的脱贫与江西井冈山、河南兰考、贵州乌紫和赫章等重点区域的脱贫，虽有共性，却又均具个性。通过对比，拓展了表现的宽度和广度，也深化了作品的重心和主题思想。

作品以叙述和议论的完美融合见长。叙事行云流水而又激情澎湃，议论则风生水起，兼具知性和理性。无论是掌管着衣物大权却被活活冻死的红军军需处处长胡军，还是一辈子孜孜矻矻、种树不止的延安农民张莲莲，数以百计真实而饱满的人物和故事仿佛缀满苍穹的繁星，不但折射出革命和脱贫的艰辛及群众的力量，而且使作品更加辽阔、厚重、好读、耐读。作品几乎涉及中国脱贫伟业的方方面面，且议论多有真知灼见，如关于贫穷的固化和代际恶性传递链、脱贫的中国标准、"人类不是万物的主宰，只是茫茫荒野中一株株卑微的小草"，等等，都成为作品中发人深省的亮点。大量准确数字的运用，增强了议论的真实性和可信度。这些数字不但有温度，亦有重量。文本中引用了诸多马列主义、毛泽东思想、邓小平理论，以及经济学家的有关论述，立足精神高地，富有理论色彩。穿插于文中的知识性叙写，如大规模的延安移民、山川河流的地理变革、黄绵土的形成等，以及关于经济学、哲学、社会学、文学、艺术等多门类的名言隽语和精彩论述，显示了作家广博深厚的文化底蕴和充分的写作准备。称《延安答卷》为中国脱贫的"小百科"，似不为过。

《延安答卷》以无可争辩的事实，证明了坚持走中国特色社会主义道路的优越性和必要性，揭示了中国成功脱贫的密码，那就是习近平总书记所讲的："贫困地区发展靠什么？千条万条，最根本的只有两条：一是党的领导；二是人民群众的力量。"正是有了这个千金不换的"密码"，才唤起了中国人民的磅礴伟力，才创造了脱贫事业的中国奇迹。而作为中国革命圣地的延安，在"全面小康"路上的浴火重生，再一次迎来世界惊讶和景仰的目光。

作品的语言特别是议论，纵横捭阖、汪洋恣肆，形成了金戈铁马的个人风格。作家善于锤字、铸词、炼句，随处可见"真正的强者不是没有眼泪，而是含着眼泪向前奔跑"这样的"金句"，不同凡响的文字令人凝神沉思。

有光明自然也有阴暗，不讳美、不隐恶是纪实文学的基本品格。在治理贫穷的过程中，一些官员懒政、怠政，讲面子、走形式，"大呼隆""大水漫灌"等行为时有发生；对于一些脱贫对象目光短浅、消极依赖、自私而愚昧的行径，作家也没有回避躲闪，而是冷静客观、真实严谨地予以反映。这些带有痛感的发现、分析和批判，有着强劲的诘难力量，不但反映了脱贫工作的难度和曲折，也折射出了大变革中人性的明灭与摇曳，体现了作家的社会良知和勇于探索的忧患意识。

如果精益求精，我个人认为，作为长篇纪实散文，人物语言的生活化和个性化亦有可强化的空间。主题演绎过程中的含蓄、内敛、节制是优秀文学作品应有的素质，优秀纪实散文当然也应如此。

作家本人出生于沂蒙老区，对贫困有着刻骨铭心的记忆，对书写脱贫伟业有着发自内心的责任感和使命感。他曾多次前往延安，采访了不同类型的人物，还多次参观、参与座谈和电话交流。在强烈的现场感中，作家认识、感受、思考，大量信息纷至沓来，众多鲜活的人物萦绕于脑际心间，这些材料使作家欲罢不能，于是奋笔疾书，终于在中国脱贫攻坚的决胜之年完成了这部撼人心魄的力作。

此时，安塞腰鼓铿锵有力的声音还在作家心中激荡回响吧？诗以言志，文以载道。《延安答卷》立意高远，主题鲜明，文辞优美，深刻隽永，艺术地再现了消除贫困人口的中国经验，表达了中国共产党人在新时期全面决胜小康中的昂扬斗志和必胜信心。成功地表现了新中国成立以来，特别是改革开放以来，延安人民艰苦奋斗、百折不挠的延安精神。这种精神坚不可摧，促使人们越挫越勇，它将薪火相传，彪炳历史，启迪后人，烛照未来。

《延安答卷》是一篇思想内涵极为丰富、艺术表现颇具特色、值得深入品读的佳作，也是近年来纪实文学的新收获和新成果，在催人砥砺前行的同时也能使人获得阅读的美感。

刊于 2020 年 08 月 12 日《文艺报》，2020 年 8 月 16 日《延安日报》转载，
10 月 30 日《陕西日报》转载

颂扬脱贫伟业，展现时代精神

——评厉彦林长篇报告文学《延安答卷》

刘永春　卞慧敏

　　"我出生在沂蒙革命老区的一个贫民家庭，对贫困和饥饿有真切感受，受党教育培养多年，对延安、对宝塔山敬畏有加。有幸书写延安脱贫，既是夙愿又是考验。"这位怀揣着敬畏之心的优秀作家将目光定格在陕北延安这个中国革命的摇篮与圣地，并以身为作家的赤诚之心与写作经验将延安脱贫的重要成绩绘制成了文学长卷，于是便有了山东作家厉彦林最新发表的长篇报告文学《延安答卷》。

　　作者将延安作为全国脱贫攻坚战略的缩影与个案，从大处着手，在小处刻画，绘制了一幅延安脱贫的动态历史图卷，尤其是绿色脱贫的典型路径得到了充分呈现。为了写作该文，厉彦林多次深入延安的城市与乡村，将社会生活现场变成文学创作现场，依靠实地了解情况和详细的调查研究完成了这部鸿篇巨制。作者从全世界脱贫的整体情况出发，落脚到延安的脱贫工作，使得延安的脱贫成果更加真实可感，更具有说服力，也更能代表中国人民在脱贫上所取得的伟大成就。《延安答卷》中不仅有大量真实可靠的数据，还用了很多真实事例做支撑，呈现了延安脱贫的历时性过程与共时性深度，呈现出延安脱贫的动态图像。同时，作为报告文学作品，《延安答卷》也刻画了不少鲜明的人物形象，他们作为脱贫攻坚中坚力量的历史作用与形象特征跃然纸上，作为这段历史的发起者、推动者和主导者，这些人物形象也具有强烈的时代色彩和重要的历史意义。无论在叙事视角、结构体例还是人物形象刻画方面，《延安答卷》都堪称当下报告文学创作的"样本"，是兼具艺术性与思想性的典范之作。

　　一、　历史见证者的参与式叙事。《延安答卷》以历史见证者的叙事视角、参与式的叙事方式原生态地呈现了延安地区逐步摆脱贫穷、走向富裕、迈进小康的历史进程，以及为其做出历史性贡献的优秀群体，同时也以见证者的眼光呈现了人民群众在脱贫攻坚中的核心作用。以社会现实为现场、以人民群众为核心，这也是贯彻坚持以人民为中心的创作导向的最好方式。文学创作坚持为人民服务、为社会主义服务，就是要走到人民群众中去，走到扶贫脱困的现场中去。历史见证者的参与式叙事使得作品既还原了延安脱贫的真实历史过程，也体现了一位具有时代感、责任感、艺术感的优秀作家对现实生活的准确把握。可以说，这种叙事方式既具有鲜明的时代特征，也具有充分的艺术自觉。对于《延安答卷》整体艺术上的成功而言，历史见证者的参与式叙事方式起到了极其重要的作用。

其一，第一人称参与式叙事让数据和事例更具有说服力，也让延安脱贫成果通过作者更直观地展现在读者眼前。报告中多处写到作者在深入感受延安脱贫工作时与众人的对话："同行的同志说：'先熄了吧，这烟呛人。'我说：'不碍，锅灶冒烟好呀，这是地道的人间烟火味！'"作者甚至还写了自己在参观时因为想让家人品尝到洛川的苹果，当场付邮费寄了四箱苹果回山东。这种对话式的、充满个人情感的描写让读者充满了参与感，跟随作者真正融入延安的社会生活中，增加了真实感和亲切感。第一人称视角拉近了读者与延安的距离，让读者身临其境，感受延安脱贫的成果。这种直观的视角也增强了作品的可信度，让读者真实感受到脱贫的成果而不是罗列脱贫数据，是有血有肉的描述。在创作随想中，厉彦林说："我坚持用自己的眼睛看，用自己的耳朵听，用自己的脚步丈量，努力追逐历史足音和脱贫群众的脚步声，增强作品的历史厚度、时代热度、现实温度和理性深度、文学美度。"正是作者这种坚持亲力亲为、亲身感受的写作态度，让作品有了现实的温度和理性的深度。

其二，第一人称视角不仅让作品更有真实感和亲切感，也让作者的叙述更具有灵活性，可以根据自己的观看视角随意切换叙述场景，并随时穿插对话和个人感受，甚至可以转引其他人的回忆或叙述，还原历史过程的本来面貌。在马安荣家探访，作者敏感地意识到，说到自己的身后事的时候马安荣有些难过，"为转移这个沉重的话题，我问马安荣：'我尝尝你家的花生，行吗？'"作者在探访中不仅是一个观察者，也是叙事参与者和气氛缓解者，正是因为第一人称视角，作者才可以在作品中以这种真实、自然的方式出现，这种穿插描写可以在叙事主体与叙述对象之间闪展腾挪，显示出第一人称叙事的灵活和真实。在感受和体验延安的扶贫成果、做出自己的判断时，作者也是通过第一人称转述了当地扶贫工作者的话，既真实客观地表达了自身的理解，也说明了扶贫脱困的艰巨性，更阐明了一个事实：脱贫工作不仅是经济上的帮扶，更重要的是情感和心理上的帮扶。"陪同我的乾坤湾镇负责人告诉我：'事实证明，帮扶贫困群众，不光是经济发展上的，还有身体上的、情感上的甚至心理上的，要让隐匿在自卑下的尊严和自信复活过来，才是身体和心灵真正意义的站立。'我点头称赞他的感悟。"陪同人员是延安本地扶贫工作的参与者与见证者，对延安扶贫工作的艰辛有更切身的体会，在第一人称叙述的视角下引用他的话，让作品更有张力、更具多元化，打开读者看延安的深度模式与多重视角。更重要的是，通过第一人称转述，扶贫现场的宝贵经验与群众智慧可以跃然纸上，既能从生活现场顺畅地进入文本叙事，也使得作品能够与时代同呼吸、与人民共命运，真正做到从人民中来、到人民中去。

其三，参与式叙事既能保证文本建构的顺利达成，更能提供来自脱贫现场的情感温度与人文关怀，体现作者对延安脱贫实践与道路选择的高度认同，对延安生活的高度参与，以及对延安人民的深厚情感。作品中穿插了很多当地的谚语，如"穷不靠亲，冷不靠灯""所谓靠山山倒，靠人人跑""东奔西跑打工忙，不如苹果树上建银行"。信天游作为地方特色的艺术形式也进入了作品："背靠黄河面对着天，陕北的山来套着山，翻了架圪梁拐了道弯，满眼眼还是那黄土山……"脱贫工作口号，如"吃饭难、吃水难、行路难、浇地难、上学难，不当农民不知农民难，不是贫困户更不懂贫困之难""小康全面不全面，生态环境质量是关键"等，具有生活现场感，生动呈现了复杂的脱贫工作所体现的群众智慧。这些口语化、平民化的语言给作品增添了生命力，也对脱贫成果做了最直接的肯定。优秀报告文学作品的真实性是不以牺牲艺术性为代价的，作者将一些口语化、生活化的语言穿插于客观的叙述之中，将日常生活与脱贫工作结合在一起，使得作品同时具有生活真实与艺术真实两种特征。这种参与式的描写能够确证作者对延安的深入观察和深刻思考，作者带着个人的情感温度与对脱贫现场的历史尊重，力图深入到每个生活领域、细致到每个社会角落，努力把握笔下事件的真实形态、塑造每个人物的真实性格，全方位展示脱贫工作给延安社会生活与个人命运带来的巨大转变。这些来自生活现场、带着温度的叙述既是作者进入真实生活的证明，也是作品获得自身巨大生命力的保证。

作者采用第一人称的历史见证者的参与式叙事，不仅消除了读者的疏离感，也使得叙事场景和叙述方式可以随时顺畅转换，同时兼具叙事意义与思想意义。第一人称叙事使作品具有更高的真实度和可信度，作者也可以根据叙事需要随时在其中做数据、话语的引用，或者个人感受的抒发，这种灵活的描写让延安脱贫的成果在作品中以画面、数据、事例、感受等形式多样化地展现出来，立体呈现了延安样板的多重意义。《延安答卷》以历史见证者的参与式叙事努力完成了"胸中有大义，心里有人民，肩头有责任，笔下有乾坤"的艺术要求，将叙事自我与延安脱贫事业紧紧结合起来，带着人情人性的温度与冷静深刻的立场的叙事者不但是延安脱贫经验的思考者、总结者，也是这一当代中国重要社会进程的感知者、理解者。情感温度与历史理性共存、情感参与与理性见证兼具，是这部报告文学作品显著的艺术特色，而形成这种特色的重要基础就是作者所选择的历史见证者的参与式叙事方式。这在当下中国报告文学创作中是较为少见的，也是卓有成效的。

二、 宏观视野与微观塑造融合。 中国的脱贫"在人类文明史上也是了不起的功绩，镶嵌着多少代中国人的光荣与梦想，闪耀着璀璨耀眼的光芒。我期望《延安答卷》能记录下其中一缕光芒"。这是作者的创作初衷，也是作品所达到的实际效果。2020年是中国即将全面建成小康社会的历史时刻，脱贫工作则是全面建成小康社会的重中之重，其历史性意义自不待言。作为革命战争时期的红色根据地，延安在中国脱贫攻坚中肩负了重大的历史责任；同时，因为环境和地形的限制，延安贫困人口较多，脱贫任务较重。延安的脱贫工作是一场硬仗。在党的正确领导下、在人民群众的艰苦努力下，延安才实现了脱贫奇迹，靠自己的力量提升了中国乃至世界的整体脱贫成效。"世界银行公布的数据表明，过去25年，全球减贫事业的成就67%归功于中国……如果没有中国的进步，整个世界在减贫方面总体上说是倒退了。"这些描述说明中国在全人类的脱贫事业中起到了不可替代的作用。作者以世界的脱贫状态突出中国的脱贫成果，再以延安作为样本细致地展现中国伟大的脱贫事业，将宏观的世界视野与微观的样本塑造相结合，将脱贫攻坚的总体形势与延安脱贫的具体经验相结合，使得作品兼具艺术品质与思想深度，既回答了宏阔的时代命题，也具体而微地深入到生活现场，建构了富有诗性的叙事形态。

作品虽然聚焦延安脱贫，但其视野并没有局限在延安一地，甚至着眼于全世界的脱贫形势来叙述延安脱贫的重大意义。作品开头先将世界总体脱贫形势与中国的脱贫工作进行对比，以世界银行公布的数据肯定中国在减贫工作中做出的巨大贡献，突出中国在减贫中付出的巨大努力。在2019年庆祝中华人民共和国成立 70 周年的阅兵仪式上出现的脱贫方阵，是中国在将自己的脱贫成果展示给全世界的方式之一，彩车上的 13 个人是脱贫工作最有力的见证。中国以 9% 的可耕地和 6% 的可饮用水养活了世界上 20% 的人，这本身就是一个奇迹，而脱贫攻坚的有效成果更是中国带给世界的奇迹。作品把延安作为中国脱贫的样本，通过延安脱贫经验让世界看到中国的脱贫奇迹。因此，在全面建成小康社会的时代背景下，对延安脱贫经验的总结具有重要的历史意义，体现了"文运同国运相牵，文脉同国脉相连"的历史责任。

延安脱贫工作异常艰巨，这就要求当地政府和领导机构要拿出切实可行的方案，用最有效的方式实现脱贫。作品中将延安脱贫攻坚的主要做法进行了梳理与归纳：实行精准脱贫，建立到户到人的扶贫档案，避免扶贫工作中烦琐的无用功，提高扶贫效率；各级负责人签下军令状，带着必胜的决心全心全力投入到脱贫战役中。为了完成脱贫目标，这些年，延安市先后出台了 30 多项具体的扶贫政策，针对不同地区和具体贫困户采取不同的方式，真正做到"精准扶贫"、"一对一"扶贫。"延安特殊的地理气候，适宜苹果生长，被联合国粮农组织认定为世界最佳苹果优生区和集中连片面积最大的优质苹果生产区"，所以当地政府抓住这个优势，在洛川建立了百万亩苹果商品基地，让洛川苹果成为陕西第一、全国第二的苹果品牌。延川县乾坤湾镇以东 5 公里的刘家山村，因为处在通往清水湾景区的必经之路上，所以这个村巧用"旅游＋民宿"的办法脱贫，走出了一条"资源变资产，资金变股金，农民变股东"的长久致富路。黄河沿岸土石山区、白于山区和洛河峡谷地带生存环境恶劣，生产生活条件极差，在这样的情况下想要实现脱贫基本上不太可能，所以政府最终决定异地扶贫搬迁，让当地的居民搬离大山，住进商品房小区，这样不仅改善了他们的生活环境，也扩展了他们的就业方向，人们有了工作的门路。除了因地制宜之外，政府还帮助他们学习技术，授之以鱼也授之以渔，同时还让他们的子女接受教育，从根本上消灭贫困。对于延安的生态贫困，党和政府采取了退耕还林这项世界上投资最大、政策性最强、涉及面最广、群众参与程度最高的生态工程。延安的脱贫工作是全中国脱贫工作的缩影，具体情况具体分析，因地制宜，从根本上消灭贫困，这是党的领导和群众智慧相结合的结果。作品深入细致地呈现了这个历史过程，突出了党的领导和人民群众的核心作用，也塑造了那些典型的事件与人物，同时赋予历史以温度，赋予人物以生命。

在叙事视角的选择上，《延安答卷》超越了时下报告文学作品的流行模式。

作品中既具有对人、村、镇、县的细致观察，也有对延安、陕北，乃至中国、世界的宏观视野，具体与抽象结合，感性与智性结合，时间与空间结合，创造出了独特的报告文学叙事模式，为近年来中国报告文学创作中的独具匠心之作。这种叙事视角同时承担了叙事线索和主题演进两种功能，使得富有个人色彩的叙事与富有理论性的作品主题同生共长，水乳交融。作者带领读者一起观察延安脱贫的历史进程，同步深入思考其中的各种现象，被其中的各个细节打动。如同细雨润物，作者的情感与思考悄然渗入读者的心田，对读者从总体上、从更高的层面去认识和理解延安脱贫，甚或中国的脱贫实践有着重要的引领作用。作品从全人类的视角出发，再落到延安具体的脱贫方法和脱贫成效上，从整体到个体再回到整体，具有丰富的叙事层次和严密的思想逻辑，也兼具宏观视野和微观体察。贫困是全人类共同的敌人，减贫自然也是世界性的社会难题，中国用自己的实际行动和丰富成果证明了，在党的领导下，在中国人民的努力奋斗下，没有什么难题是攻克不破的，所以联合国开发计划署一再强调"中国在全球千年发展目标中所做的贡献，给予再高的评价也不过分"。中国在脱贫事业上做出的贡献是举世瞩目的，作者从整个世界出发引出减贫的话题，最后落到延安这个中国脱贫的样本上，"延安是中国脱贫事业的一个缩影，创造了我国中西部地区和革命老区绿色脱贫鲜活可信的'延安样本'，也为世界脱贫事业和全球生态治理提供了'延安样本'"。作品从整个人类社会着眼，重点描写了延安这个脱贫样本，以小见大，从细节窥见一斑，有着强大的张力。在这种不断变化的叙事视野中，延安脱贫作为中国文明发展最新成果的历史价值得到逐步彰显，其对世界文明发展所做出的卓越贡献也清晰显现出来。

三、 典型个例与整体历史融合。《延安答卷》在世界性的整体背景上总结延安脱贫的宝贵经验，突显中国脱贫事业的伟大成就，但也并没有忽略对人物形象的生动刻画。历史事件是文学的骨架，但人物形象才是作品的血肉。《延安答卷》恰恰是将宏阔的叙事视野作为人物形象塑造的鲜活舞台，使得人物的性格特征有了深厚的生活土壤。同样，鲜活人物形象的塑造也使得作品所刻画的脱贫事业有了丰饶的诗性品质。这些人物的脱贫过程既展示了其个人命运的变迁，也折射了延安脱贫的整体形势。延安脱贫工作采取了多种方式，因地制宜，具体问题具体分析，为了描写这些脱贫措施的成效，作者着力塑造了几个典型个例，并以其展现出了延安乃至整个中国的脱贫成果。杨黑牛、马安荣、郝世斌、陈登亮、刘延平、侯玉芳等人的脱贫之路鲜活地展示出了延安的脱贫成果，用事实说明脱贫工作是如何落实到每家每户的。以具体个例补充抽象描述，以个人切身感受触摸民心温度，作品的真实感和画面感得到有效提升。

延安脱贫工作中的典型个例是"精准扶贫"政策落实到位的体现，更能引发共鸣，从而让读者深入感受脱贫工作的艰难与成就。这些具体的脱贫个例和人物更是可以作为延安样本中最生动、最真实、最具感染力的部分。延安作为中西部地区和革命老区，在 2019 年告别了绝对贫困，延安市延川、宜川两县退出了贫困县序列，标志着革命圣地延安的贫困县全部摘帽，所以延安作为中国脱贫的样本是足够典型的。贫困户杨黑牛，因父亲患病负债较重，果园投入跟不上。2015 年加入合作社后不仅接受了技术培训，还享受了一系列优惠政策，果园效益明显好转。2018 年，杨黑牛一家超过了脱贫标准，2019 年被列为巩固户。因丈夫突发胃病，异地搬迁的侯玉芳变成一家人的顶梁柱，一筹莫展之时政府通过健康扶贫惠民政策，让他们只承担了少部分医疗费用，随后政府还将她家搬迁到县城里，侯玉芳也有了稳定工作。不仅如此，为了表扬侯玉芳主动搬迁，政府还奖励了 4 万元，这让侯玉芳感慨道："共产党的政策真是好，让俺一辈子想都不敢想的事，一下变成了现实，本来连农村的危窑俺都翻新不起，如今俺有了工作和存款，有了和公家人一样的楼房，乡亲们还眼馋来。"退耕还林的张莲莲是大家眼中种树上瘾的一位农村妇女，从父亲到自己的孙子，张莲莲一家四代接续植树 20 万棵，后来，他儿子王军创办了生态农场，现在以张莲莲名字命名的"莲花鸡"品牌也已经闯出名声。这些都是延安脱贫工作成果的典型代表，他们在政府的扶持下脱离贫困走上了致富之路，不过脱贫过程中也有只能依靠政府，而无法依靠自身的人，比如马安荣一家。马安荣和老伴儿年龄大了，没有了劳作能力，有智力障碍的孙子又没有自理能力，在当地政府的帮助下，夫妻俩都在文旅集团当保洁员，孙子被收留在县兜底保障中心，这样就解决了三个人的生活问题，这一解决方案也成为国家和延安当地脱贫工作的优秀样本。

作品中，延安地区的脱贫工作具有历史的纵深感，从贫困的革命老区到摘掉贫困的帽子，延安走完了自己的脱贫之路。作者自述："这篇作品以延安为聚焦点，从历史、现实、未来三个时间维度，从人类文明、中华传统文化和党史、新中国史等角度，探究贫困和脱贫问题。"可见，以二十世纪历史作为结构框架和舞台背景来描绘延安的脱贫图景是这部作品的显著特征。从遍地黄沙到满眼可见的绿色，从长期贫穷落后到所有贫困县摘帽，从红色根据地到"国家森林公园"，人民的生活由苦变甜，延安发生了巨大的变化，但这些变化也是一日日积累起来的，《延安答卷》将延安的这种历时性变化以强烈的对比凸显出来。退耕还林工程虽然困难重重，但延安做到了，满山的树木让延安告别了漫天黄沙，迈进了绿水青山的新时代。改革开放以来，延安就一直在采取各种措施脱贫，在不同历史时期制定不同的脱贫政策、探索不同的脱贫路径。二十世纪八十年代中期，延安建立了百万亩苹果商品基地，现在洛川苹果成为全国排名第二的苹果品牌；乾坤湾从鸟不拉屎的地方变成了火热的红色旅游基地；王家湾村建了漂亮且设施一流的学校；高家川村建起了蘑菇大棚；黄河沿岸土石山区、白于山区和洛河峡谷附近的村民搬离了大山；水、电、路"三提升"行动得到落实。在一个个城镇和乡村里，延安悄悄地发生了变化，从贫困到一步步走向富足、走向小康，从绝对贫困的过去到脱离贫困的现在，延安终于可以有底气地遥望绿色、有生机的未来。跨越历史的维度看延安，几十年的时间凝结在延安巨大的变化上。

作为叙事性文体，报告文学作品需要有宏大的视野，需要在较为广阔的时空中表现重大的历史事件。《延安答卷》以延安从贫困到富裕的历史进程为纵向线索，以全世界、全中国的脱贫形势及延安的具体脱贫实践经验为横向线索，归纳总结了延安脱贫的独特道路与宝贵经验，也将其树立为当代中国脱贫事业的典型样本。在具有时代性、思想性的同时，《延安答卷》也具有浓郁的生活气息和诗性品质，这是由典型个例和人物形象塑造所带来的。总体上，《延安答卷》兼具现实主义的深入生活、塑造典型功能和浪漫主义的情感表达与动人情怀。

四、 绿色脱贫与延安精神融合。 "绿水青山就是金山银山"，先进的发展理念是时代轰轰烈烈前行的精神指引。延安脱贫是这种伟大发展理念的具体实践，也是将其贯彻到实践中而产生的伟大成绩。延安绿色脱贫的发展模式、全社会攻坚的发展思路、不遗留任何一个角落的发展目标所形成的实践成果，就是习近平总书记先进发展理念在陕北大地上落地生根后结出的累累硕果，这也是陕北乃至整个陕西全面实现小康的关键一环。《延安答卷》以生动深入的叙事，扎实强调了绿色脱贫所具有的典型价值和时代意义，从而使得作品对延安脱贫道路与经验的总结上升到理论高度、时代高度和历史高度。可以说，《延安答卷》最大的贡献，就是概括提出了"延安走出一条绿色脱贫之路"这一命题，这既是对延安脱贫经验的深刻总结，也是对当下中国社会迈入全面小康阶段提供的重要理论经验。延安样本具有独特性和示范性。延安几十年来最大的变化就是由黄变绿，这是中西部地区和革命老区要学习借鉴的地方，也代表了巩固脱贫成果的方向，更是对习近平总书记"绿水青山就是金山银山"理念的生动诠释。由黄变绿的绿色脱贫，走的是一条内涵式发展之路，这让延安走出了以往在经济发展与环境保护之间的两难处境。对于全面建成小康社会而言，其中的"全面"当然包含了人民群众对美好环境的要求，甚至在某种意义上，"绿色"是"脱贫"的基础与前提，失去了"绿色"，"脱贫"也就没有了方向和保障。作者紧紧围绕这一点进行深入思考，也真实细致地将延安绿色脱贫经验以感性叙事和理性思考兼备的方式呈现了出来。

作者在谈到创作过程时也坦承，面对无数个感人事例与摆在面前的巨大脱贫成绩一时之间也感觉无从下手，但是，延安由黄变绿的山山水水让他的认识有了飞跃，这种认识使得作者先为作品奠定了一个基本主题，那就是"延安人民发扬延安精神，走出了一条绿色脱贫之路，创造了我国中西部地区和革命老区绿色脱贫鲜活可信的'延安样本'，也为世界脱贫事业和全球生态治理提供了'延安样本'。有了这个基本判断和思路以后，我的视野开阔了，文章的骨架也就比较清晰了"。可见，"绿色脱贫"是作者对延安脱贫过程与经验的基本认知，也是作品得以写成的重要前提。"绿色脱贫、生态脱贫，成了延安脱贫攻坚的独特秘籍"。这样的认识深度决定了作品的叙事角度和理论高度："于是以延安为聚焦点，从历史、现实、未来三个时间维度，从人类文明、中华传统文化和党史、新中国史等角度，探究贫困和脱贫问题，讴歌延安人民与贫困做斗争、摆脱贫困束缚的英雄史诗，寻找中国成功脱贫的奥秘。再说，延安的绿色脱贫之路，符合延安地处中西部地区的自然状况和区位特点，切合实际并鲜活验证了生态文明思想的巨大生命力，对我们牢固树立生态文明观，纵深推进脱贫成果，巩固'西部大开发'战略，有效破解发展与保护、环境与财富、人与自然的难题，探索绿色发展、生态文明道路，具有重要的意义和作用。"在作者的努力挖掘之下，延安作为脱贫样本所具有的时代意义成为对中国整体脱贫、全面小康道路的社会思考与理论概括，使得作品兼具艺术性与思想性，充满叙事激情的同时，也满含人文关怀。

为了展现延安的绿色脱贫之路，作品首先呈现的是延安北部"退耕还林、封山禁牧（舍饲养羊）攻坚战"和中部"扬长避短大力发展苹果产业"，两种努力一起促成了延安"不知不觉培育了绿水青山，换回了金山银山、花果山"。在这部分，作者以采访者和亲历者的视角展现了以洛川县的菩堤塬、南沟村山地有机苹果生产标准化示范区为典型的苹果产业及其在乡村脱贫、绿色脱贫中的巨大作用。然后，作者将笔触伸向延川的绿色乡村旅游产业，带着深厚的感情描写了乾坤湾镇刘家山村与碾畔村的革命传统、穷困历史与富裕现实，将其成功经验视作整个延川发展乡村旅游、实现绿色脱贫的典型代表。对安塞县王家湾村的描写，作者同样采用了历史与现实对比的手法，将这个在中国革命史上占有重要地位的小村过去的贫穷与现在的富裕并置在一起，形成了巨大的视觉冲击和思想震荡："我被这片土地上追求绿色和美好生活的人们所打动、所感动，生态环境的变迁为孩子们留下了五彩缤纷的花园、人生的乐园……"边走边看边思考，作者深深沉浸在延安绿色脱贫的艰难过程和重大成就里，时而激越亢奋、时而宁静深思的内心情感也就不断透过文本渐次传达出来。

对于延安脱贫，作者是站在宏阔的历史高度与理论高度进行观察和描写的，对于绿色脱贫的经验总结更是来源于对二十世纪以来中国历史的深刻认识，来自对历史与现实中"延安精神"的深刻把握。"如果说，20 世纪 30 年代创建了西北革命根据地，为保存和发展红军主力，再次汇聚浩浩荡荡的革命洪流，提供了一片'绿水青山'，那么新中国成立后如何把武装斗争的'绿水青山'演化成改变延安贫困面貌、富裕老区人民的'绿水青山'，这是中国共产党人的战略考量。延安脱贫的生态之路，对自然生态和政治生态的'绿水青山'做出了生动鲜活的注释和佐证。"今昔比照，衬托出的不仅是延安脱贫的伟大成就，更显现出了其战略意义。革命战争年代，这里孕育出了"自力更生、艰苦奋斗、创新进取、正当模范"的"三五九旅式南泥湾精神"；社会主义建设时期，柳青的《创业史》塑造了不畏艰难、为民谋福祉的梁生宝形象；新时期以来，陈忠实的《白鹿原》与贾平凹的《浮躁》《秦腔》等优秀文学作品对延安精神和陕北历史做了更加深入、生动的阐释，路遥的《平凡的世界》所颂扬的乐观主义精神则成为陕北这方土地的灵魂，这本书也成为激动人心的不朽之作。延安依然被众多历史事件和文学作品赋予了异常丰富的精神含义，但作者在处理这一题材时既没有回避这些精神内涵，而是对其进行了具有时代性的思考和个人性的叙述。尤其是将绿色脱贫作为延安脱贫实践的核心经验，一方面在深广的历史背景中显示了其巨大而不可替代的重要意义，另一方面也显示了其为中国社会发展提供的宝贵的借鉴意义。可以说，在《延安答卷》及其总结出的绿色脱贫经验之后，延安精神又有了全新的时代内涵。用作者的话说就是："'延安绿'是红色的基因、金色的汗水在黄土高原上凝聚裂变形成的颜色，是延安革命老区穷山恶水变奏成青山绿水的颜色，是光泽映照延安人民笑脸、令全国人民欣慰的颜色，也是照亮世界生态文明之路的颜色。既奉献了赤橙黄绿青蓝紫，又贡献了五彩缤纷的美妙与神奇。"从如此的情感深度与理论高度可以看出，《延安答卷》既是一部极具个人色彩与情感色彩的抒情力作，也是一部讴歌党、讴歌祖国、讴歌人民、讴歌英雄的思想力作。延安精神既是历史性的，也是与时俱进的，《延安答卷》基于绿色脱贫经验做出的拓展与深化极具现实意义，也必将在未来闪现出更加灿烂的光辉。作品中颂扬的艰苦奋斗、自力更生、爱护家园、珍爱生态等精神意识都来自延安艰苦卓绝又独具特色的脱贫之路，是延安精神在新时代的全新体现，也必将在中国全面走进小康的历史时刻折射出别样的精神光芒。这些可贵的精神质素将通过《延安答卷》留存于世、历久弥新。

作者在第一人称视角下以亲身经历描述了延安的脱贫成果，以一种可见可感的方式记录下了延安脱贫的真实历史，这种历史"是民族反复打磨的集体记忆和民心憋不住的自主书写"，为当下火热的脱贫攻坚战塑造了一个范本，既提供了宝贵的脱贫经验，也为未来留下了充满社会责任感的文学见证。尤其是作者归纳出的绿色脱贫经验，更是具有重要的理论价值和时代意义。作者在作品中所体现出的自如的书写姿态与成熟的叙事模式对当下中国报告文学创作有着巨大的启示意义，文学创作如何深入时代、反映时代、思考时代，作家如何处理现实经验与自我情感，这些问题在《延安答卷》中都可以得到一些启示。同时，对一个报告文学作者来说，应该站在怎样的高度、抵达怎样的深度、具有怎样的广度，厉彦林提供了很好的范例。只要坚持生活本位、人民本位、现实本位，文学创作就能够贴近真实的社会生活，能够达到思想性与艺术性的完美融合。

正如习近平总书记在第十次文代会上所指出的："一切有抱负、有追求的文艺工作者都应该追随人民脚步，走出方寸天地，阅尽大千世界，让自己的心永远随着人民的心而跳动。""广大文艺工作者要始终把人民的冷暖和幸福放在心中，把人民的喜怒哀乐倾注在自己的笔端，讴歌奋斗人生，刻画最美人物。"《延安答卷》的成功实践启示我们，真正投身生活、投入现实，才是作家创作出优秀文学作品的前提条件和有力保障。对中国脱贫事业而言，延安的脱贫是历史性的，是一件值得欢欣鼓舞的大事。《延安答卷》反映了作家在时代命题前的勇敢与决心，也反映了作家在深入生活、拥抱生活中获得的巨大收获。

作者在作品结尾处说："神圣美丽、告别绝对贫困的延安，令人更加痴迷；优势独特、开放自信的中国，更加坚定从容……"延安脱贫对当下中国来说具有特殊且重要的意义，书写的是中国从经济大国向经济强国转变的历史性时刻，也体现了中国共产党推动社会走进全面小康的决心和信心。《延安答卷》见证着、思考着、叙述着这个重大时刻，也以自己的方式呈现着对脱贫伟业及其所折射出的时代精神的由衷颂扬。紧贴时代、深入人民、扎根生活，是《延安答卷》取得成功的核心密码，再加上作者优秀的叙事能力、深厚的情感力量与卓越的理论素养，这些因素共同使得《延安答卷》成为这个伟大时代一位深受齐鲁传统文化熏染的优秀作家心中回荡的动人声响，也成了一部具有优良艺术性与思想性的、不可多得的报告文学精品。

绿色的脱贫之路

——评《延安答卷》

徐芳依

精准脱贫攻坚战是党的十九大确定的"三大攻坚战"之一。党和国家把脱贫攻坚作为"十三五"期间的头等大事和一号民生工程来抓。由此可见，脱贫工作在党和国家发展战略中的重要地位，它关系到国计民生，关系到每一名中华儿女。作为一名中国人，我们每一个人都有责任了解和热爱我们的祖国。我们要先了解什么是贫穷，什么是脱贫工作。"在中国，不了解农村，不了解贫困地区，不了解农民尤其是贫困农民，就不是真正意义上的了解中国，就不能真正懂得中国，更不可能治理好中国。"不了解贫穷和贫困农民，就不能从根本上理解党和国家扶贫工作的真谛，也无法知晓祖国在扶贫工作方面所取得成就的非凡意义。

所谓"文章合为时而著，歌诗合为事而作"，顺应国家的政策走向和每一名中国人的需求，《延安答卷》应运而生。该书由厉彦林同志著，由党建读物出版社于2020年8月出版。《延安答卷》首先是一部国人了解贫穷、理解脱贫工作的绝佳教材。作者思接千载，视通万里，利用翔实的数据、科学的实证将"贫穷"一词置于历史的背景和世界的视野之中，读之方觉自己以往认知的肤浅和狭隘，深感党和国家在战略和决策方面的远见卓识和气逾霄汉的魄力，对国家的脱贫工作有了更深刻的认识，对祖国已经取得的成就，自豪之感油然而生。

对于衣食无忧、生活在较为发达的地区、能够随心所欲地徜徉于网络和电子世界的新一代年轻人来说，"贫穷"仿佛是一个十分遥远的词语。但回溯不过几代，我们的祖辈大多是贫苦农民出身；追溯不过百年，中国人民还挣扎在水深火热的贫困深渊之中。从某种程度上说，中华民族的历史，甚至是整个人类的历史都是一部不断与贫穷斗争的历史，引领人们不断前行的希冀就是衣食无忧、美好富足的生活。历朝历代，统治者为使天下得治，往往采用较为宽松的政策。一旦剥削过于严苛，人们就会食不果腹、衣不蔽体，往往揭竿而起，所谓"水能载舟，亦能覆舟"。依此逻辑，一旦贫穷问题能够彻底解决，这个社会也就能够真正实现长治久安了。新中国成立初期，我们的祖国一穷二白，人民更是贫困不堪，短短 70 年之后，祖国的繁荣富强举世瞩目，人民生活水平的提高也是有目共睹，而中国要在 2020 年消除绝对贫困的豪言壮举更是震惊世界。试问这个世界上还有哪个国家有如此胆识，敢如此说、如是做？贫穷如何消灭？扶贫工作如何开展才能取得实效？扶贫的这场试卷如何作答才能取得高分？这是党和国家以及各级政府部门最关心、最实在的问题。《延安答卷》利用延安市扶贫工作中涌现出的众多鲜活实例给我们做出了高水平的答卷，指明了中国扶贫工作的方向。

一曰"精准扶贫"。教育倡导因材施教，根据个体的特点，采用不同的教育方法，最大化地调动其主观能动性，达到最佳的发展水平。同理，扶贫工作也要求能够做到精准，倡导因户施策、因人施策。而要做到这一点，前期精准的调查研究工作必不可少。《延安答卷》为我们展现了延安扶贫工作"对象精准"的扶贫方略，而这一方略正是建立在扎实摸排、科学界定的基础之上的，生动诠释了理论联系实际、有的放矢、实事求是的唯物主义思想。延安的扶贫，是通过广大的扶贫干部和驻村工作人员多次逐村、逐户、逐人拉网式排查，然后逐村、逐户、逐人建档立卡，对症下药，所谓"一把钥匙开一把锁"，才取得了巨大成效。"产业扶贫，让贫困户强身壮体、恢复元气；就业扶贫，为贫困户撑起一根遮风挡雨的伞；教育扶贫，点准最管用的穴位，阻断贫困的代际传递；健康扶贫带来曙光，帮助搬掉压在贫困群众身上的沉重大山；整体搬迁，挪穷窝、断穷根，一步跨入新天地。"精准扶贫的目的在于根据贫困户、贫困人员的具体困难，结合相关人员和地区的优势和特长精准扶持，让贫困群众看到脱贫的希望，胸中重新燃起对美好新生活的向往和斗志，充分发挥延安人民"艰苦奋斗，自强不息"的革命传统。习近平总书记强调："脱贫致富终究要靠贫困群众用自己的辛勤劳动来实现。""要重视发挥广大基层干部群众的首创精神，让他们的心热起来、行动起来，靠辛勤劳动改变贫困落后面貌。"黄龙县村民杜金山是一名老共产党员，已是古稀之年，却由于家庭的不幸不得不支撑起整个家庭三代的生活重担。因为有了党和国家的扶贫政策，他主动学习种植技术，栽植十多亩果树，养了 12 箱蜜蜂。有人劝他别那么辛苦，吃现成的就行，但他坚持靠自己的双手脱贫致富。2018 年，杜金山靠自己的辛勤劳动获得 5 万余元收入，顺利脱贫，全家的日子也红火起来。用他的话来说："如今国家扶贫政策这么好，我一定放手加油干，至少带个好头呗！"

二曰"生态扶贫"。习近平总书记说："绿水青山就是金山银山。"这句话需要反复琢磨，深刻理解。我们绝不能走一条先破坏、污染再治理的急功近利的发展之路，扶贫工作也是一样，一定要寻找到一条可持续发展的扶贫之路，"绿色延安"的生态脱贫之路是中国扶贫工作有益而成功的尝试。

从原始社会到农耕时代，再到现如今科技发展日新月异的信息时代，人类从未真正摆脱过对土地的依赖。在人类的成长进程中，土地如母亲一样，不计回报地给予了我们一切，我们的衣食住行无一不是来自大地母亲的馈赠。可是，土地资源并不是取之不尽、用之不竭的，正如母亲也会老去，需要长大后的儿女的照顾和回馈。我们要及时地、清醒地认识到不能再向土地母亲一味地索取了，该是人类回馈、照顾我们伟大的土地母亲的时候了。我们不要像孩子那样，有一天突然发现母亲已经老去，此时才醒悟自己给予母亲的太少，希望用金钱、荣誉等换回母亲的健康，可是母亲已经再也不可能年轻，一切都为时已晚。幸运的是，在党和政府的领导下，我们已经开始想尽办法回馈、反哺我们伟大的土地母亲。只要我们掌握大自然的发展规律，只要我们及时地开始行动，我们的土地母亲还会重获青春。

《延安答卷》中所描绘的延安扶贫之路正是一条回馈土地母亲、回馈大自然的可持续发展之路，延安在生态扶贫政策的实施过程中已变得越来越美丽，越来越生机盎然：延安的绿，如落入宣纸上的一抹浓墨，肉眼可见地侵入了四周的荒芜，将山林、河流逐渐都晕染成了绿色；延安人民的笑容如春风吹过水面泛起的涟漪，扩散到千家万户。"但有方寸地，留与子孙耕。"在山林与耕地的矛盾中，延安排除万难果断选择了"退耕还林"。"生态脱贫"的道路让延安人民看到了党和国家的好政策，看到了自身的能量与潜力，也看到了自己及后世子孙的美好未来，由此，自信的种子在延安人民的心中生根发芽，人们的腰杆也越挺越直。延安黄龙县利用原有的植被条件，经过约 20 年的努力，森林覆盖面积已达 92%，昔日的黄土高坡变成了实实在在的绿洲。宜川县的段源村原来封闭落后，到处是光秃秃的山坡，仅有的植被也被牛羊啃光，被农户当柴火烧光。在"生态扶贫"过程中，这个村成了典型的苹果专业村，苹果满山坡，老乡们干劲十足，男女老少都对苹果种植专业技术驾轻就熟。人们的生活水平大大提高，告别了窑洞，建造了新房，家家买得起小汽车，整个地区的精神境界和文明程度也大幅提升，所谓"仓廪实而知礼节，衣食足而知荣辱"。

　　新中国的历史，也是党和国家带领人民不断向贫困冲锋的历史。如今中国的脱贫工作已经取得巨大成就，联合国对中国扶贫事业做出如下评价："中国在全球千年发展目标中所做的贡献，给予再高的评价也不过分。如果没有中国的进步，整个世界在减贫方面从总体上说是倒退了。"革命战争年代，延安是新中国的起点；二十一世纪，"绿色延安"必将为中国的脱贫之路打开更加辉煌的崭新局面。

　　　　　　　　　　　　　　刊于 2020 年第 11 期《党员干部之友》

《延安答卷》的温度与诗意

——厉彦林报告文学《延安答卷》拾贝

孙国秀

我和女儿都是厉彦林老师的"粉丝",用现在时髦的话叫"厉粉"。

厉彦林老师的每一篇文章,我和女儿都如饥似渴地拜读,女儿甚至能够饱含深情地成段背诵文中的句子。读他的文章多了,便会沉浸在他营造的沂蒙乡土情境中不能自拔。厉彦林老师的老家在临沂莒南,和我的老家相距不过几十公里,除了这种先天的老乡情谊外,我更是被其细腻传神的描述所呈现出的熟识的故土人物场景所"俘虏"。他的散文多选材自沂蒙乡村,寻常却又令人牵肠,写弯腰驼背的娘,写不善言辞的父亲,写朴实厚重的爷爷,写旧时沂蒙乡村的煤油灯,写五更时刻的推磨,写地瓜干煎饼,写在地里刨食的土鸡,写淡淡的槐花香,写沭河两岸的风俗农事……一文一题,题材平凡琐碎,语言平实,却又清新自然、情真意切、真挚感人。

一、**样本与视角。** 从沂蒙故土莒南到黄土高原延安,变化了的是地理坐标,不变的是对这片热土的怀念牵挂,是家国情怀的深沉厚重。我非常有幸拜读了《延安答卷》未付梓的一稿,十几万字,叙事宏大,翔实的数据,客观的事例,无不凸显着报告文学的新闻性。理性绵密又情感喷涌的文字,和之前问世的诗作一样,充满书写沂蒙故土般真切厚重的情感,可以说是"乡土情感""家国情怀"在文章脉络当中的再次延展。

与以往细致绵密、短小精悍的沂蒙乡土散文相比,这篇报告文学的篇幅较长,算得上厉彦林作品中的鸿篇巨制。细细读来,字里行间写的是延安人民的造林史、脱贫攻坚史,黄土高原的民俗史、自然环境保护史,更是共产党人为民担当、身先士卒的创业奋斗史和时不我待、民心所向的民族发展史,可以说是一篇"小样本·大视角·深思考"的力作。

全书将宏大的历史叙事、充满时代特色的政论与典型人物细节刻画相互融合交织,在对历史的回眸与对现实的观察对照中,镜头自然切换,字里行间饱含真情，凸显出较为浓郁的浪漫主义情怀。

"历史从来都不是史实和数据简单冰冷的堆砌，是即时又鲜活的镌刻，是民族反复打磨的集体记忆和民心憋不住的自主书写。冒着热气、散着地气的诉说，探寻'我是谁，我从哪里来，我到哪里去'的真实答案与路径选择，启迪后人、烛照未来，铭记心窝不能忘却。"类似这样的精妙论述，在文中比比皆是。

延安，对厉彦林来说，是寻求密码的样本；于笔者而言，是有缘在先。2006年，带学生进行暑期红色教育时到过延安，那是我生平第一次踏上黄土高原。且不说绿皮火车颠簸了20多个小时，且不说吃口大绿叶菜都是奢侈，单说那厚厚的黄土，走在上面像是踩着一层雪，一脚下去，根本看不到鞋。记得那时裸露的土山千沟万壑，几乎没有什么绿色植被。

笔者结合自身延安行的经历，再读《延安答卷》，感觉完全不一样。今日的延安，黄帝陵、乾坤湾等人文和自然景观驰名中外，陕北民歌、安塞腰鼓、壶口瀑布等地方风情和文化独具魅力；高端能化产业蓄势待发，林果农副产品享誉全国；动车、航班日益通达；国家森林城市、国家卫生城市、国家园林城市等荣誉接踵而来……

读罢文章，闭上眼睛，厉彦林在书中所刻画的场景、所描述的人事便从苍茫遥远中走来，从渺茫的抽象到触手可及的具象，清晰的理性与具体的感性便在同一时空平面交织并存。

二、 角度与温度。 在巍峨的主题和庞大的结构、宏伟的叙事中，作者情感的主线始终清晰、贯穿始终，使这部报告文学读起来厚重却不滞涩，心理上更有一种难以名状的亲近感，达到一种"仰之弥高"却也"即之也温"的境界。例如："男主人告诉我，他掏灰、续柴火、放炭、点火、拉风箱，小时候都干过，隔了这么多年有些生疏啦。说着话顺手把灶膛里的火点燃，立刻冒出了一股柴草味的浓烟。同行的同志说：'先熄了吧，这烟呛人。'我说：'不碍，锅灶冒烟好呀，这是地道的人间烟火味！'大家笑了，表示赞许。"

又如："家里已经用上了纯净的自来水，干净的陶瓷灶台上扣着一碗早已炖熟的红烧肉，他笑着说：'党的政策好，过上好日子不用愁了。我每天晚上自己还喝二两二锅头！'我拧开盛着二锅头酒的塑料桶桶盖，近距离一闻，一股浓烈的酒香扑鼻而来，还是高度的。我开了一句玩笑：'登亮先生小气呀，让我们来家了，也不请我们喝一碗？'他只是嘿嘿地笑。"

这些下接"地气"、上冒"热气"、散发着寻常百姓家浓厚的人情味儿的朴实文字，使这部理性报道式的鸿篇巨制更加血肉丰满、温情脉脉。

文章内外、字里行间，从走遍千山万壑的采访脚步，到设身处地、感同身受的灵魂与情感，厉彦林不是把自己当成置身事外、蜻蜓点水的过客，而是自觉作为扑下身子、挽起袖子、融入其中的亲人。这样扑下身子接"地气"，写出来的文字才能冒"热气"，才能具备如同黄土高原一般的厚重感，时时散发出与老家沂蒙山的泥土无异的芬芳，自然顺畅不做作，烟火缭绕却又充满人情味。

三、 诗意与韵律。 除了客观描述外，作者还在关键处夹叙夹议，或不由自主地直抒胸臆，这些往往成为画龙点睛之笔，读来或慷慨激昂、振聋发聩，或理性绵密、充满温度。像学子离家时母亲的手，充满万千不舍，又像父亲的教诲，宽广温厚，期待满怀。如同文中所写："人在爬坡迈坎、负重前行、压力叠加、两腿发软、即将放弃的关键时刻，是多么渴望有一双助力的手；人在漫漫旅途，前不靠村后不着店、饥肠辘辘、寒冷难耐的时刻，是多么渴望温暖；连续行走茫茫沙漠，又饿又渴，撑不住、熬不过的时刻，如果银河里有水流出来、前方有片绿洲该多好……幸福不会从天降，梦想不会自动成真。"

此外，作者在议论处还多采用比喻、拟人、排比、象征、托物言志等多种修辞手法与表达方式，采撷信天游等富有陕北地域特色的民歌，加以化裁、灵活运用，让文章语言形式富于变化，节奏铿锵有力、朗朗上口，富有散文诗般的韵律。

"背靠黄河面对着天，陕北的山来套着山，翻了架圪梁拐了道弯，满眼眼还是那黄土山……"

"手抓黄土我不放，紧紧儿贴在心窝上……"

"只见山坡上还有许多极普通、叫不出名字的草，随意生长在光明或阴暗的角落里，随风摆动，随遇而安。虽然开不出鲜艳的花朵，也没有吸人眼球的优雅造型，身体弱小、生命短暂，但忠于大地，顽强地生长、结籽，奉献着自己的青春与色彩。"

这些充满诗意和象征意蕴的画面，饱含作者历经人世沧桑后的丰沛智慧，以及咀嚼人世酸甜苦辣后的余味回甘。"我们行走在延安的宝塔山下，望见一群群叫不上名字的鸟在蓝天下翻飞、盘旋、鸣叫，它在兴奋地向我们诉说什么吗？我知道渴望蓝天的鸟是关不住的，因为它的每根羽毛都闪动着追逐自由的光辉。"

"延安窑洞，凝聚大地的精华和气运，冬暖夏凉，四季温润。延安窑洞，分明是大地的眼睛、民心的眼睛，洞穿世事，炯炯有神。"

"那天我离开女娲峰时，太阳还挂在天边。我望了望沟底绿树掩盖下的土窑洞，迈上了一条清爽幽静的山路。阳光洒在山峦、树木和窑口上，一草一木皆有灵性，或近或远，或深或浅，景致各异，碾畔村路面干净，山石土路跳动着金色。这是深秋时节，路两边有些小草开始枯黄却又叫不上名字，依然还有稀疏的野花在绽放。"

文中，散文诗一般的丰富意象与生活化、抒情性的诗歌语言高度和谐统一，体现出思想的高度和语言文字锤炼的深度。如若没有作者早期的诗歌创作经验与深厚积淀，也很难吐露出这样的诗性语言之芬芳。

四、呐喊与担当。"铁肩担道义，妙手著文章。"文学从来不是独立于社会发展、民众生活之外的无源之水、无本之木。报告文学更是以深厚的责任感、强烈的担当意识著称。

在《延安答卷》中，作者在准确理性的新闻描述式的语言之外，更是恰到好处地以直抒胸臆的呐喊鼓舞新时代的创业者，以情深意厚的文字勉励执政者，深切关注百姓生计、国家命运、民族未来、政党兴衰。

"我看到的一串串数字、一张张照片，听到的一句句话语、一个个事例，经常让我感动和震撼，经常有一股股暖流传遍全身，我找不出多么贴切的言语形容我高兴的心情，我相信贫困群众脸上的微笑和舒展开的皱纹，还有悄然流出的泪水，是无声却最有说服力和穿透力的语言。""任何人活在世上，都必须感激、感念、感恩人生的三位母亲。生身母亲给予我们生命，养育之恩必须真心孝顺报答；宽厚的大地是养身母亲，必须精心保护，刻不容缓；祖国是立身母亲，必须暖在心窝、终生报效。"

尤其是当今世界，沧海横流、变化莫测，在这样的历史大变革时期、在中华民族复兴的关键历史时刻，特别需要向读者、向人民、向历史创造者讲好当代中国故事，将清晰真实的理性和温情脉脉的感性故事一并书写。

"我陡然想起孟子'老吾老以及人之老，幼吾幼以及人之幼'的名句，既为这贫困户赶上好时代、能见到外边的天地而庆幸，也为扶贫干部默默无闻的付出和努力而感动。"

"扶贫真的是一场没有硝烟却生死攸关的革命。有时领队已走远，队伍还落后边，也有的群众过了河，上级还在设计桥梁，体制机制和政策如何接地气、不脱节？"

"千言万语一句话：无论什么大事、急事、难事，只要党群同心、同向、同力，必定剑锋所指，所向披靡，无人能敌。"

"民心是什么？是天，是地，是秤星，是天下。"

"民心在哪里？不在口号里，民心不在会议里，民心不在高官权贵手里。民心在老百姓兴奋的泪水里，民心在老百姓开心的微笑里，民心在老百姓自发的掌声里，在老百姓的心坎儿上，在切切实实为人民服务的实际行动中。"

情到真处，方显英雄本色。只有对"土地爱得深沉"，如作者这样怀揣着对祖国母亲、对故乡故土的热爱及对脱贫攻坚的历史担当意识，情感的火焰才能瞬间爆燃！就让这直抒胸臆的文字震撼读者的内心，激发创业者的担当热情，千淘万漉过滤杂质，烛照未来前行路，照亮真善美的人间世！

读到这些充满泥土气息的厚重文字，听到这些探索者的赤诚呐喊，相信读者朋友们会情不自禁地热血沸腾，内心激荡不已。字里行间，所熔铸出的忧国忧民的拳拳赤子心和戒骄戒躁的清醒奋斗志，无不激荡人心！

如此，让新时代的报告文学参与到社会生活的建设中来，或者说在社会变革中发挥报告文学应该具有的正向引导激励作用。这种下接"地气"、散发"热气"而又充满诗意的文字，才是有力量的文字，这样记录时代变化发展脉络、散发着泥土芬芳的报告文学，才算得上优秀的报告文学。

刊于 2020 年第 7 期《山东文学》

何止是一份优异的答卷

——读厉彦林新作《延安答卷》的感受

刘书峰

拜读厉彦林老师的新作《延安答卷》时，一开始，是当作报告文学来读的，可是读的过程中，看到的是理论专著式的分析和升华，感受到的是贯穿全书的对国对党对民的饱满真挚情怀。读完再读，翻完再翻，该书中事实用理论来剖析，理论用文学来展示，文学用情感来诠释，何止是一份答卷：何止是脱贫，何止是延安，何止是当下，何止是中国。以我的粗浅理解，这是使命担当的展示，是理论认识的升华，是为民情怀的迸发，是艺术功力的张扬，更是对执政体制机制的终极反思。所以这本书不能仅仅当作单一类型来解读，而是一部融文史哲、跨古今外的综合书！

一、 理论角度： 高， 深， 宽。 把贫困放在人类历史的长河中来观察，摆在世界不同体制下来比较，提到哲学层面来论证，再立足实例来回答，就使贫困和脱贫有了理论上的高度、深度、宽度，认识自然就会升华，就会从单纯的物质层面，转化至精神、政治、文化等诸个方面。可以说，该书是迄今为止我读到的对贫困理解和挖掘最深的一本书。人类社会发展史，就是一部摆脱贫困、追求富裕的斗争史。从古老的东方哲学到西方经济学，从《资本论》到中国革命和人民公社，再到"贫穷不是社会主义"的著名判断和"2020年全面消除绝对贫困"的振聋发聩的宣言，作者把贫困的政治属性、社会属性、理论意义解构得清晰明了。在此基础上，延安脱贫作为中国波澜壮阔扶贫事业的一角展示在读者面前。由此，对贫困的认识，对脱贫的认识，对政党的认识，对国家的认识，一下子就立起来了。

二、 情感温度： 真， 实， 活。 书里面所提及的贫困和脱贫实例，真实、鲜活，不矫饰、不造作，并且都保持了与作者的联系和沟通。厉彦林的写作已经超出了工作的需要、文章的需要，作者是一种完全投入、彻底融入的状态，作者和人物、事件之间流动着真挚感情。所以，每一个故事读起来都感觉发生在身边，昨天、今天刚发生、正发生……这种亲切感大大增强了读者的接受度、体验度。比如书中对残疾贫困户的关注，对脱贫的思考思辨已经从单纯的物质层面转变到物质、精神、文化等多维化方向。作者传达给读者，能够以这样非凡的气魄和力度全面消除贫困的，只有中国，也只有中国共产党。同样，也只有作者，以高度的使命感、责任感，跨越上千公里，历时一整年，穷典籍数昼夜，记笔记充栋梁，成此大作。

三、文学纬度：典，史，创。思想或者故事用什么方式表达出来、怎么样表达出来，是技术性的范畴，但又不仅仅依赖于某种技术。对于这种政治性、理论性很强的文章，用非常文学化、非常具有感染力的语言表述出来，既体现了厉老师深厚的文学功底，又体现出他文为情所驱的大爱情怀。诚如作者自述"情聚笔尖文字热"，有温度的写作才是真创作。书中用典引诗，举史道经，恰切、形象、自然，信手拈来，浑然天成。特别是大量自创性、创新性的排比句、递进语一气呵成，文采斐然而又令人震撼，令人读来大受裨益。

总之，这本书就像启语中所言："世界难题、中国奇迹、延安答卷"，上可达庙堂之谋，下能启芸生之智；既可弘扬正能量，亦可激发潜影响；能引国人思考，更值世界借鉴。

刊于 2020 年 12 月 25 日《临沂大众》

既是"延安样本"，也是"延安答卷"

——奋力谱写新时代追赶超越新篇章

秦筵平

《人民文学》微信公众号发表头条文章，题目是《新时代纪事｜厉彦林：延安样本［报告文学］（人民文学 2020－07）》（后《延安样本》更名为《延安答卷》）。文章指出，延安脱贫是中国脱贫事业的一个缩影，创造了我国中西部地区和革命老区绿色脱贫鲜活可信的"延安样本"，也为世界脱贫事业和全球生态治理提供了"延安样本"。

有一种世界难题和中国奇迹，叫作"延安样本"。蓝天白云，绿水青山，草木葱茏，鸟语花香，空气清新，景美人醉，这是人类梦寐以求的生存家园。贫困问题是个世界性难题，反贫困是人类共同面临的一项历史任务，食不果腹，衣不遮体，饥寒交迫，生活贫苦——这是谁也不愿面对的生活状况。千百年来，人类绞尽脑汁、费尽九牛二虎之力破解这道世界难题。让中华民族摆脱贫困落后，实现从站起来、富起来到强起来的历史性飞跃，是一代代中国共产党人矢志不渝的奋斗目标。

忆往昔峥嵘岁月，看今朝再谱新篇。以延安为中心的陕甘宁边区，曾是中共中央所在地，是中国工农红军长征的落脚点，是夺取全国胜利的出发点，是中国革命的指导中心和中国人民解放斗争的总后方。延安、延安人民为中国革命做出了历史性的贡献，党中央和全国人民一直牵挂着延安的发展、延安人民的生活。由于生态环境脆弱、基础设施落后，陕甘宁革命老区长期贴着贫穷落后的标签。这些年，延安用奋斗定义自己，用实干书写发展新篇。2019 年 5 月 7 日，陕西省政府宣布，延安市延川、宜川两县退出贫困县序列。这标志着革命圣地延安的贫困县全部"摘帽"，实现了生态保护和脱贫攻坚一个战场、两场战役的双胜和双赢。延安从此告别绝对贫困，226 万老区人民开启奔向全面小康的新生活，走上全面建成小康的幸福大道，这是感天动地的大事，备受全党、全国人民关心关注。

延安脱贫为世界减贫事业和全球生态治理提供了"延安样本"和新时代追赶超越的"延安答卷"，这是多么令人鼓舞、令人欣慰、令人振奋！2020年是脱贫攻坚决战决胜之年，中国将全面建成小康社会，也将实现第一个百年奋斗目标。中国将如期实现现行标准下农村贫困人口全部脱贫、贫困县全部"摘帽"，终结困扰中华民族和中国人民几千年的绝对贫困，这是中国奇迹，当然也是世界奇迹。

辉煌属于过去，光荣已成历史，成绩只是坐标。延安昨天的光荣与辉煌已刻进历史，新时代脱贫攻坚的奇迹，已在勤劳智慧的延安人民手中描绘成壮美真实的画卷，令人欣慰陶醉、留恋痴迷，也让人思索延安创造这一脱贫奇迹的秘密是什么？中国摆脱贫困、决胜贫穷的密码在哪里？

"一把钥匙开一把锁"，延安因地、因村、因户、因人打造各种尺寸和型号的脱贫"金钥匙"。延安建立起市、县、乡、村"四级书记"抓扶贫工作体制机制和市级领导包县区工作制度；市县党委、政府和重点责任部门层层立下军令状，市委主要领导以上率下，开展驻村蹲点调研；全市领导干部实现对县区、贫困村、贫困户走访调研……持续实施治沟造地、退耕还林，生态建设成了延安脱贫攻坚的重要路径，全面覆盖绿色脱贫、生态脱贫，成了延安脱贫攻坚的独特秘籍。特别是进入新时代，始终围绕习近平总书记提出的"六个精准"要求，对标对表"两不愁三保障"的目标，全面落实"八个一批"工程，真正实现"村村过硬、户户过硬、全面过硬"。这些年，延安市立足本地实际，先后出台了30多项具体的扶贫政策。政策的精准度、覆盖面是改革开放40年来最高、最广的，其释放出的红利和叠加效应前所未有，困难群众得到的实惠也是最大最多的。延安人民以"功成不必在我"的精神境界和"功成必定有我"的历史担当，以强烈的政治责任感和历史使命感，奋力谱写延安新时代追赶超越的新篇章。

"延安整体告别绝对贫困"，是中国脱贫事业的一个缩影，是中国脱贫减贫工作创造的奇迹。这是一条延安拼出来的路，也是一条闯出来的路，同时也是一条彻底斩"穷根"的搬迁路、一条越走越宽的生态路，更是一条通向未来的致富之路、小康之路、幸福之路。摆脱贫困的"奥秘"在于妥善解答"为什么扶、扶持谁、谁来扶、怎么扶、如何巩固提升脱贫攻坚成果"等问题。延安脱贫攻坚，成功的神奇密码到底是什么？答案当然可以从不同角度和侧面概括出无数条。说一千道一万，最重要的是坚持了中国特色社会主义道路，最关键的是发挥了中国共产党的领导这一政治优势，以及中国特色政党制度的优势和社会治理体系的独特优势。延安脱贫攻坚取得的巨大成就，延安大地由黄土高原变成绿色家园的历史性巨变，生动鲜明地诠释了这一神奇密码。这个密码，成为中国共产党在不同历史时期凝聚社会不同群体、各个阶层和各方力量共克时艰、战无不胜、攻无不克的秘密武器。当然民心是最大的政治，是开启中国共产党的领导和打赢脱贫攻坚战的密码与金钥匙！

凡是过去，皆为序章。如今，由黄变绿的延安，翻天覆地地创造出伟大奇迹，人民生活由苦变甜，令国人肃然起敬，令世界刮目相看！如今，到延安来追寻民族根脉，黄帝陵是中华文明的精神标识，是华夏儿女寻根谒祖的朝圣之地；到延安来追寻红色记忆，全市有 465 处革命旧址，有老一辈革命家战斗生活的光辉岁月，延安成为中国共产党人的精神家园；到延安来追寻理想信念，梁家河，一个把心留住的地方，让民众亲身感受到习近平总书记的为民情怀；到延安来赏陕北风情，看绿色新姿，赏黄河美景，唱陕北民歌，打安塞腰鼓，尝延安苹果。延安，是一座净化心灵、补给精神之钙的城市，是一座让你没来时想来、来了就不想走的城市。如今，226 万延安人民精神焕发，正为开创全面小康的美好生活接力奋斗，谱写延安新时代追赶超越的新篇章！

刊于 2020 年 7 月 12 日《微安塞》

中国脱贫攻坚的史诗

魏志尚

延安，身处黄河腹地，坐拥黄帝陵、壶口瀑布、乾坤湾等奇绝之景，壮美山川令人叹为观止。然而，人们更关注的是红色延安，作为革命圣地，它赢得了无数人的敬意。

进入新时代，延安掀起了规模空前的决胜全面小康、决战全面脱贫的战役。短短几年，原本梁峁起伏、沟壑纵横的黄土高坡，悄然换上了绿装，成为"陕北江南"；贫苦人拔掉了"穷根"，全民奔小康，过上了安居乐业、幸福美满的新生活。

全面脱贫，是一道亘古求解的世界难题。黄河远去，白云悠悠，如今，延安以事实作答，创造了"中国奇迹、世界样本"。

厉彦林创作的反映延安脱贫攻坚辉煌实践的纪实文学作品《延安答卷》日前由党建读物出版社出版。该书紧扣时代脉搏，回应社会心声，以大量生动鲜活的事例，描绘出这片贫瘠黄土地脱贫攻坚的史诗画卷。

作者以遒劲有力的笔触，把延安这片古老的土地和人民放在人类历史发展的长河中加以考量。该书既阐述了其在中国革命中的历史地位和丰功伟绩，也客观地描述了其荒芜和贫穷，以悲悯的情怀关注人们苦难深重的生活。文章深挖造成贫穷的自然条件和社会原因。几千年来，人民想尽办法摆脱贫穷，但贫穷一直如鬼魅般如影随形。也正因为贫穷，人们更加心甘情愿地跟着共产党，渴望过上好日子。

书中全面回顾了长期以来，党为改变革命老区贫穷落后面貌所做的艰苦努力，进而得出"延安窑洞是最革命的""共产党时刻不忘初心使命"的结论。作者以战士般的阳刚血性，再现了中国共产党人开历史先河，向全民脱贫吹响进军号角的激昂场景。该书以延安开展"大生产"运动为开端，讲述了那段光辉岁月，党和人民血肉相连、共克时艰所形成的革命传统。

《延安答卷》回顾了党的十八大以来的脱贫工作重点，着重阐述了中国精准扶贫的伟大方略。延安各级领导人人立下军令状，写下："如若完不成任务，我将引咎辞职。"这铮铮誓言表明了共产党人带领群众誓与贫穷拼战到底的决心和意志。脱贫，是世界的局、中国的坎儿。我们在做着前无古人的伟业，义无反顾，中国必须迈过这道坎儿！

作者以严谨的唯物主义历史观，忠实地记录了延安人民拔掉"穷根"、改天换地的曲折发展历程。从延安厚重的历史文化写起，倾注大量笔墨去探寻绿色脱贫的艰难旅程，去验证"绿水青山就是金山银山"的科学论断。

贫穷，既能让人懒惰，也能催人奋进，穷则思变。在党和政府的领导下，勤劳纯朴的延安人民展开了一场旷日持久的生态保卫战。在经历了退耕还林的苦闷与迷惘后，延安人民硬是在挑战人类极限生存环境下，让荒山秃岭变成了绿洲，通过植树造林、建果园、大棚，养猪、养羊，异地搬迁，发展文旅产业等，斩断"穷根"，让延安化茧成蝶，变成幸福的安乐窝。

作者以缜密的思辨力，准确地勾勒出了中国脱贫事业创新发展的方略图。习近平总书记心系延安，强调党的领导、精准方略、社会动员、激发内生动力等基本着力点，拓宽了中国特色扶贫开发道路，丰富和发展了中国特色扶贫开发理论，为全球减贫事业贡献了中国方案和中国智慧。作者就"为什么扶、扶持谁、谁来扶、怎么扶、如何退"等几个"靶心"问题加以精辟论述，列举出党和国家出台实施的一系列中长期扶贫规划，从救济式扶贫到开发式扶贫，再到精准扶贫，探索出一条符合中国国情的农村扶贫开发道路。中国的脱贫人数占全世界总数的3/4，靠的就是政治优势、制度优势和组织优势。书中揭示了脱贫事业能够取得决胜的中国道路、中国智慧、中国精神和中国力量的源泉所在。

作者以发自肺腑的真情挚爱，谱写了一曲延安人民奋发图强打造"延安绿"的颂歌。该书对我国生态文明建设进行了全景式扫描，作者以深情的目光注视着延安这片红色圣地由黄变绿的曲折历程，从自然、历史、人文等角度剖析正反两方面的经验教训，对延安的黄龙、吴起、宜川等县退耕还林和生态治理所发生的可喜变化给予由衷赞美。书中对南泥湾种树的老党员侯秀珍、唱着小曲打扫卫生的甘大爷、乐观开朗的养蜂人老范的描写，多层面展示了延安人民在生态文明建设中的精神风貌。

作者以浓墨重彩的笔法，描绘了一幅山乡壮美、百业兴旺、人民幸福的现实图景。该书选取了 20 多个村庄由穷变富、由苦变甜的典型案例，生动地反映了党的富民政策和精准扶贫措施给延安人民带来的幸福生活。用真人实事告诉世人，通过科学施策、精准扶贫、绿色发展，延安人赚钱有门路，活得有精神，未来有盼头！同时也昭示延安，乃至整个中国全民决胜小康，使城乡更和谐，未来更美好！

《延安答卷》从历史、现实、未来三个时间节点和延安、中国、世界三个空间维度，深入探究了人类贫困问题及解决途径。以人类文明、中华传统、共产党人不忘初心使命多个视角，破解了中国成功脱贫的密码，让我们欣喜地看到了延安，乃至整个中国，一个"风景这边独好"的美丽新世界。

刊于 2020 年 10 月 21 日《农村大众报》

鲜活生动的脱贫样本

李志明

著名作家厉彦林先生创作的反映延安脱贫攻坚的纪实作品《延安答卷》，发表在《人民文学》2020 年第 7 期，刚一问世就受到社会各界的广泛关注和好评，引起了强烈反响。7 月 13 日，《人民文学》微信公众号发布当天，中国作家网、人民网、求是网、大众网、搜狐网等多个网站都在第一时间进行了转发。7 月 15 日，《延安日报》用四个版面对全文进行了刊发。这篇纪实文学之所以引起如此之高的关注，是因为它合时代之拍，押现实之韵，是一部扶贫教科书式的精品力作，具有重大的文学和史学价值。

首先，作者由延安的脱贫实践看全中国的脱贫事业，彰显了中国共产党的初心和使命，这个点找得准。延安是中国革命的圣地，是中国共产党夺取全国胜利的出发点，延安人民为中国革命做出了历史性贡献。延安的贫困是中国共产党的内心之痛，正因为如此，延安的脱贫举世关注，成败与否事关党的初心和形象，事关全中国的脱贫事业，具有标杆式、样本式的不同寻常的意义。读之不能不佩服作者独到的眼光，同时，本书也彰显了一个共产党人的神圣责任。

其次，由延安样本看中国如何破解世界难题，把以人民为中心的思想贯穿到攻克贫困堡垒的全过程，这条线抓得准。书中所呈现的，无论是因地制宜发展种植果业拼出一条路、发展旅游业闯出一条路，还是彻底斩"穷根"的搬迁路、越走越宽的生态路，无不是想群众之所想，始终把群众的利益放在首位，每一条路都是可供借鉴和复制的成功模式，每一条路都折射着新时代的延安精神，从这个意义上说，延安人民为全国的脱贫事业做出了新的贡献。

再次，立足于高处，着眼于低处，践行于细处，全书事例鲜活，群众对共产党的感恩之情溢于言表，这个果结得好。作为一部纪实文学，本书立意高远，气势磅礴，荡气回肠，下笔时注意点与面的衔接，集体与个体的结合，历史与现实的交融，读来形象鲜活，饱满生动，时时被人和事感动着，一点也不觉枯燥，从字里行间感受到广大党员干部对脱贫攻坚事业的倾情投入，以及对人民群众的深厚感情。让老百姓过上好日子是共产党人的执着信念，脱贫攻坚是一场不能输的决战。正如作者所说："民心在老百姓兴奋的泪水里，民心在老百姓开心的微笑里。"

2020 年是决胜全面小康、决胜脱贫攻坚之年，中华民族千百年来的梦想终将成真，《延安答卷》无疑是对这一历史事件的最好诠释，是对党的宗旨的最好诠释，是脱贫攻坚伟大实践的生动体现。厉彦林先生是一位有信仰、有情怀的作家，每次读他的作品都深受教育。如今，太需要像《延安答卷》这样充满正能量的作品了。《新华文摘》作为国之重刊，深受读者关注和喜爱，我们期盼多选《延安答卷》这样立意高远、关注现实的精品力作，为广大基层读者提供丰富健康的精神食粮。

奏响一曲脱贫攻坚的时代凯歌

——浅评著名作家厉彦林的报告文学《延安答卷》

宋呈祥

著名作家厉彦林的报告文学《延安答卷》，让我们读后不由得沉浸在延安这座雄伟壮丽的革命圣地发生的故事里，心情久久不能平静，一时回不过神来。《延安答卷》作者以高度的责任感和使命感，站在时代的前沿和高处，以诗人般的情怀，描绘了党中央带领全国人民进行一场前所未有、波澜壮阔的脱贫攻坚战的巨幅画卷，奏响了一曲脱贫攻坚的时代凯歌。

《延安答卷》是全国贫困地区脱贫"摘帽"的一个缩影，作者以纪实手法，聚焦延安，不忘初心，再燃延安精神灯塔。它向人们展现了延安人民敢让高山低头、敢让河流让路的坚强决心和英雄气概，以及誓把黄土变为"延安绿"的可歌可泣、战天斗地的精神。延安实现了国家倡导的"绿水青山就是金山银山"的要求，过去的"老延安"如今又焕发了青春，体现出一股不忘初心的劲头和精气神！

《延安答卷》不仅站的高度高，而且涉及面也广，就目前所有撰写脱贫的文章来讲，实属首例和唯一。全篇文理清楚，结构紧密巧妙，写法独特，令人叹服，足见作者驾驭文字的高超功底。立意内涵深刻，有着较强的洞察力和捕捉时代精神的敏锐力。书中的语句独到独创，让读者仿佛看到沙漠中突现一片绿洲、一泓湖水，让人欣喜万分，豁然开朗。尤其是最后一段对延安密码的抒情描写，更是荡气回肠，振奋人心，余音绕梁，咀嚼有味，美不胜收。

有的人认为扶贫的文章没有什么可写的，而厉彦林《延安答卷》的发表，却像一声惊雷，击打在人们心胸，使人产生共鸣，让人在愕然中超乎想象地顿然醒悟，进而欢呼雀跃。《延安答卷》的刊发，可谓正当其时。它引起各大媒体和网络平台的广泛关注，许多网站和报刊纷纷转载，引起很大的轰动，广大网友也给予了热议和好评，一度掀起"延安样本热"。《延安答卷》不仅是一曲讴歌脱贫攻坚的时代凯歌，而且是一股强劲东风，又是一场及时雨和一顿丰盛的精神大餐，让人惊喜，催人奋进。其中既有数据，也有翔实的论述，有理有据，脉络清晰，交织衔接，引人入胜，十分感人。读来仿佛观看一部脱贫攻坚的大型纪录片，令人深思良久，回味无穷。

《延安答卷》的体裁，有时度，有新度，有力度，更有经纬度，它超越了以往的报告文学写作，令人惊讶、惊奇而又耳目一新，未来有可能引领报告文学创作的新潮流，意义非同凡响。好久没有看到像《延安答卷》这样的作品了，学术价值和理论价值兼备，值得大力推介和细细研读。

咀嚼和品味厉彦林的《延安答卷》，仿佛让我们重新走近了宝塔山，喝一口延河水，高唱时代凯歌，不忘初心，信心百倍，劲头更足，力量更强，继续走在脱贫攻坚的大路上……

发于大众论坛

恢复文学与现实生活对话的能力

张艳梅

当代中国历经改革开放 40 年，取得了巨大的发展和进步。表现在经济上，从传统农业大国到世界第二大经济体，科技快速进步，经济总量稳步增长，百姓生活水平大幅提升，这些都是有目共睹的。不过，我们也要看到，当前我国产业结构不够合理，贫富差距较大，农村发展缺乏内生动力……这些现实问题都是困扰我们的时代难题。《延安答卷》讲述的是延安脱贫攻坚的历程，该书入选 2020 年中国作家协会重点作品扶持项目。延安，在近现代中国历史上，是一个具有重要标志性意义的地方。关于延安叙事，我们熟悉的文学作品有杜鹏程的《保卫延安》和贺敬之的《回延安》，半个多世纪后，这两部作品仍颇具历史象征意义。"保卫"指向的不仅仅是具体物化之地，还意味着道路、理想和方向；"回"也不仅仅通往一段路途，重回革命圣地，同样包含着理想信仰和感情皈依双重精神指向。

如何看待历史，如何书写现实，始终都是摆在当代作家面前的两大焦点和难题。文学不负责复原历史，也不负责指导现实，但是写作者要有能力准确评价历史，深刻理解现实，要能够对历史和现实做出有价值的阐释。二十一世纪以来，非虚构文学成为文坛热点，孙慧芬、乔叶、梁鸿、黄灯、李娟等女作家的乡村书写尤其具有代表性。非虚构作家带着问题意识贴近生活，回归乡村，聚焦当代中国社会转型中不同群体的生存处境和精神状态，试图深度介入现实，给出相应解答。延安的脱贫历程是中国脱贫事业的一个缩影，创造了中西部地区和革命老区绿色脱贫的样本。厉彦林查阅了大量资料，多次奔赴延安实地走访，以在场和亲历的方式，为我们讲述了延安脱贫的艰难历程。

一、初衷：从生活中看到文学的光。文学与现实生活关系密切。我对《延安答卷》的阅读，是从文学读者和社会学研究者的双重视角进入的。写作者面对时代主题，渴望做出积极回应，以参与者、见证者和记录者的身份加以书写，但往往因为与现实贴得比较紧，做出准确表现并不容易。文学与政治、与现实构成的重要导向，既是我们看待文学与时代关系的一面镜子，也会成为多年以后重新审视那一段历史的镜像。改革开放40年，中国经济发展迅速，在社会财富迅速累积的同时，贫富差距不断拉大，不同社会阶层之间的流动性减弱，摆脱贫困依旧是相当一部分人的生存诉求，也是国家治理的重要战略任务。

厉彦林秉持的是相对客观的写作态度，以历史眼光看待现实，写下自己的所见所闻、所思所感。他的观察和思考是理性的，书写又是饱含情感的，体现了文学的现实关切和社会关怀。在社会学视野中，真实性是文学话语回应现实有效性的力量来源。当代中国社会发展迅捷，新事物、新问题不断出现，能否突破旧有的认知模式，是否具备清醒的问题意识，是写作者能否深刻理解和判断现实生活的基础。厉彦林带着清晰而明确的理念进入自己面对的题材，试图在一个特殊地域的人文图谱中破解历史和人类社会理想的密码。无论是在诗性审美领域，还是社会科学研究维度，把握和呈现广阔的社会生活都需要有深度的思考，仅仅停留在生活表象，既不是文学的使命，也不是社会学的目标。对于一个写作者来说，能否对社会生活做出整体性观照，有时候并不是最重要的，局部的生活中同样蕴含着本质的真理。只有充分理解社会发展的基本走向，对生活进行负责任的理性检视，才能真正写出既无愧于时代，更不会愧对历史的文字。

如何在纪实性文本中找到文学的自洽性，而不仅仅是复制生活，这是一个难题。在叙事的真实性与文学审美之间，作家不仅试图建构一个世界，还渴望建构一种意义。社会生活的真实性与具体的个人生存感受之间，可能高度契合，也可能深壑阻隔。庸俗的微观史学与局部现实主义，往往让写作者困囿于眼前的现实；而执着于宏大叙事和时代正义，又经常遮蔽个人的声音和感受。处理好个人与民众、动态与静态，避免淹没或者吞噬个体，避免自说自话，不断超越自身视野的局限，洞察意识形态倡导之外个体的生存困境，从而对时代生活有更客观的阐释，这是非虚构写作的重要价值。如今我们的生活变得越来越复杂，不同地域、代际、族群的生活体验和价值观念可能完全不同。贫困，不只是物质贫困、文化贫困，也包括精神贫困和心灵贫困。厉彦林有句话很感人："中国人其实大都是穷人家的孩子，可惜许多人忘记了。"始终记得贫穷，并且愿意和那些在贫困中挣扎的人们在一起，看到他们的艰难和努力，这是属于写作者的人道主义和社会良知。

二、情怀：到土地和百姓中去。 "历史从来都不是史实和数据简单冰冷的堆砌，是即时又鲜活的镌刻，是民族反复打磨的集体记忆和民心憋不住的自主书写。冒着热气、散着地气的诉说，探寻'我是谁，我从哪里来，我到哪里去'的真实答案与路径选择，启迪后人、烛照未来，铭记心窝不能忘却。"厉彦林在开篇写下的这一段话，可以看成是我们走进延安叙事、走进《延安答卷》的有效路径。只有尊重历史，正视现实，才能够对现实负责。厉彦林所做的，是铭刻集体记忆和个人思考，通过具体数据描述这一过程，通过饱含情感的写作，带我们一起感受那片土地经历的巨大变迁，包括那些疼痛的过去、正在不断变化的现在，以及充满希望的未来。

在《延安答卷》中，厉彦林希望带给我们清晰的历史纵深感，以及贴近生活的现场感。叙述沿着生态保护和脱贫攻坚展开，漫长的时间链条上，陕北高原上的痛苦和希望、奋斗和汗水，像一幅画卷缓缓铺展在我们面前。"苹果"改变了人类历史，也改变了延安现状。漫山遍野的苹果花，火红的苹果，风格独特的民宿，丛生的野草，生生不息，厉彦林写得满怀深爱、诗情画意。"蓝天白云，绿水青山，溪流清冽，歌声曼妙，景美人醉。这是人类梦寐以求的生存家园。食不果腹，衣不遮体，饥寒交迫，生活贫苦——这是谁也不愿面对的生活状况。"在鲜明的对照中，是厉彦林描绘的社会理想。这景美人醉的理想国不是世外桃源，是渴望蓝天的鸟，每根羽毛都闪动着追逐自由的光辉；是渴望幸福的人们，每一滴汗水都闪烁着幸福的光亮。作品有一处细节非常感人："（男主人）说着话顺手把灶膛里的火点燃，立刻冒出了一股柴草味的浓烟。同行的同志说：'先熄了吧，这烟呛人。'我说：'不碍，锅灶冒烟好呀，这是地道的人间烟火味！'"短短一句话，写出了厉彦林对生活的热爱，对人间的顾念和珍惜。真实的生活，真实的感受，蕴藏着贴近土地和民生的呼吸与心跳。

脱贫不容易，不是给钱有政策就能够实现的。中国贫困人口基数大，中西部地区经济模式单一，发展面对的困难比想象的更多。对于延安老区来说，如何能够不破坏生态环境，养护青山绿水，实现脱贫，实现自我发展，使开发与保护同步，的确是一个严峻的考验。种植苹果，引进项目，开发红色资源和自然资源，发展乡村观光旅游，探索综合立体式的发展之路，发展才能够持久，这其中，教育是根本的动力。厉彦林不仅写到穷乡僻壤空置的窑洞也能生出钱来，还写到延安对教育的重视，人们对知识的渴望，对现代化社会发展的追求。无数的普通人在这片土地上生生不息，不断走向幸福生活，这种对美好生活的向往，就像一粒粒种子，扎根发芽，不断生长。"只见山坡上还有许多极普通、叫不出名字的草，随意生长在光明或阴暗的角落里，随风摆动，随遇而安。虽然开不出鲜艳的花朵，也没有吸人眼球的优雅造型，身体弱小、生命短暂，但忠于大地，顽强地生长、结籽，奉献着自己的青春与色彩。"这里面有厉彦林的理想情怀和现实关怀。

三、思考：在时代浪潮中走向未来。"在这洒满阳光、开满花朵的山冈上，我望见几个花枝招展的孩子手里挥舞着山花，在景区里的水泥板铺成的山路上呼喊、追逐和奔跑。我被这片土地上追求绿色和美好生活的人们所打动、所感动，生态环境的变迁为孩子们留下了五彩缤纷的花园、人生的乐园……世界是多彩的，拥有平凡的丰富与浪漫。普通的阳光雨露，是温暖和拯救生命的灵丹。"这段话既是厉彦林对眼前美景的描绘，更是他内心美好情感的自然流露。厉彦林还提到，要让贫困人群的尊严和自信复活过来，在身体和心灵的意义上真正站立。天真烂漫的孩子，是未来的希望，他们能够自由舒展地成长，拥有独立精神和神圣尊严，才能实现生命本身的意义。这是基于可持续发展理念和人文关怀的负责任的观点，也是一个国家、一个民族真正得以强大的内在动力。

对于扶贫如何去做，脱贫如何实现，厉彦林有自己的理性思考。在《延安答卷》中，他反复写到脱贫的重要意义："'扶贫'，是指扶助贫困户或贫困地区发展生产，改变穷困面貌。从'扶贫'到'脱贫'，只是改动了一个字，内涵却发生了重大变化。'扶'更多强调外力，而脱贫更关注内生动力与外力的协同。"从这一段话中，我们可以看到人类消灭贫困的决心和艰难历程。彻底摆脱贫困，进入全面的现代化，这是基于人类文明的社会理想。《延安答卷》是关于一个独特地域的叙述，也是当代中国社会变革和转型中的普通案例，还有很多类似的贫困老区正在慢慢走上现代化之路。思考政治实践的方向和路径，不能绕开现实，不能回避问题，其中有两个主要指向，即民众真实的生活状态及我们预设的理想社会形态。《延安答卷》不是理念的简单传达，但是有着生动的理想主义色彩。书中对于李昌平、温铁军、陆子修等当代社会学者所做的"三农"问题研究，运用了更切实的数据，提出了各自的解决路径。厉彦林的写作赋予了延安更多文学色彩，将个人抒怀融入了时代的昂扬曲调。

《延安答卷》中包含着行动和书写，提供了切近的现场感。厉彦林在时代脉搏的跳动中记录个人的观察与思考，在大历史进程中，我们能够看到一个民族充满生机和活力的未来，看到一个严肃的写作者对生活的理解和追求。政之所兴，在顺民心；政之所废，在逆民心。得民心者得天下。自古"德惟善政，政在养民"，这是历史经验，也是当代中国在探索发展路径和各种可能性中始终不能忽略的基础。我们面对的是剧烈变革的年代，写作者需要有清醒而睿智的思考能力，努力重建对中国现代历史进程和复杂社会现实的整体理解，避免把文学简化为意识形态的附属品，在政治理念与文学表达之间，呈现丰富的情感内蕴和生活经验图景，形成有效的文本审美空间。《延安答卷》超越具体的时空所限，既立足于现实，又不局限于当下，厉彦林尝试在更广阔的时空中审视延安现象，给出有说服力的历史叙述。

不是为了写作而写作，而是为了那些曾经吃不上饭的、刚刚摆脱了贫困的人们，写下他们的泪水和汗水，写下无数普通人奋斗和进取的生命历程。厉彦林在具体的走访和写作中，尽最大努力贴近农民，贴近他们的生活和心灵，理解他们所经历的一切，让那些沉默的大多数发出自己的声音。他的写作，致力于动态还原延安现象，揭示表象背后的深层逻辑，立体地观照现实结构与社会发展走向。从这一意义上看，《延安答卷》也可以作为我们看得文学与政治、历史和文化关系的样本，借此我们可以从更多元的维度思考文学的审美意识形态。

礼赞时代，歌咏生命

——评《延安答卷》

刘 岩

贫困，是全世界面临的共同挑战，"消除贫困，自古就是人类梦寐以求的理想"。作为世界上最大的发展中国家，中国在消除贫困、改善民生的道路上矢志不渝、坚定前行。改革开放 40 多年来，特别是党的十八大以来，在以习近平同志为核心的党中央的坚强领导下，全党全国各族人民立下愚公移山志，咬定目标，众志成城，攻坚克难，全面打响了具有世界意义的脱贫攻坚战。地处黄土高原的革命圣地——延安，面向全面建成小康社会的百年奋斗目标，以一往无前的勇气和坚韧不拔的决心开启了脱贫攻坚的新征程，226 万老区人民坚定信心、齐心协力，同时间赛跑，与贫困较量。2019 年 5 月 8 日，延安正式宣告，实现贫困县全部"摘帽"，从此告别绝对贫困，开始了奔向全面小康的新生活。"文学在重要的历史时刻必须在场，作家在时代的伟大变革中不能失声"，厉彦林创作的《延安答卷》，以延安为时代样本，描绘了中华大地上气势磅礴的脱贫攻坚动人景观。

习近平总书记指出，"要把提高作品的精神高度、文化内涵、艺术价值作为追求，让目光再广大一些，再深远一些，向着人类最先进的方面注目，向着人类精神世界的最深处探寻"。《延安答卷》以饱满、生动的笔触记录了延安绿色脱贫的先进经验，描绘了延安乡村振兴、城乡结合的幸福景象，讴歌了延安精神在脱贫攻坚、全面建设小康社会中的时代力量。

就精神高度而言，《延安答卷》阐释了党的领导是打赢脱贫攻坚战的根本保证。《诗经·民劳》有云："民亦劳止，汔可小康。惠此中国，以绥四方。"解决贫困问题，是中华民族千百年来为之不懈奋斗的梦想。回溯中国历史，没有哪一个朝代能够让人民摆脱绝对贫困，无论是封建时代的"盛世"，还是积贫积弱的近代中国，人民从未吃饱穿暖，劳苦大众一直过着艰辛的生活。《延安答卷》深刻认识到，要想摆脱贫困、全面建成小康社会，只有中国共产党念兹在兹、须臾不忘。中国共产党从诞生那天起，始终把为天下劳苦大众摆脱贫困、谋求幸福作为奋斗的目标，持之以恒地带领广大人民消除贫困、奔赴小康。突如其来的疫情也证明，中国共产党善于在逆境和磨难中奋起，持续创造出让人难以置信的伟业奇迹。习近平总书记在第七十五届联合国大会一般性辩论上的讲话中指出："我们有信心如期全面建成小康社会，如期实现现行标准下农村贫困人口全部脱贫，提前10年实现联合国《2030年可持续发展议程》减贫目标。"万山磅礴看主峰，脱贫攻坚，党的领导是根本，如作者所言，"中国共产党的坚强领导和中国特色社会主义制度的独特优势，是中国人民摆脱贫困、走进幸福之门的一把'金钥匙'"。

就文化内涵而言，《延安答卷》彰显了中国特色社会主义文化的历史自觉与文化自信。文学作品要有正确的历史观，这是"目光更深远一些"的创作要求。脱贫奔小康是历史命题，《延安答卷》作为延安脱贫的时代注脚，揭示了中国共产党最深沉的历史观，即始终坚持以人民为中心。作者回顾中国共产党的百年历史，我们党"始终脚踏中国这块古老的土地，高举马克思主义信仰的旗帜，立党为公，执政为民，党爱人民，为民而生，为民而兴，为民而强"；党的历史"既是一部党为人民服务、团结带领人民艰苦奋斗的历史，又是一部人民养育党、支持党、帮助党、成就党的历史"。党的十八大以来，以习近平同志为核心的党中央始终把实现好、维护好、发展好人民群众的根本利益作为脱贫攻坚工作的出发点和落脚点，坚持脱贫攻坚为了人民、脱贫攻坚依靠人民、脱贫攻坚成果由人民共享，矢志不渝地走逐步实现全体人民共同富裕的中国特色社会主义道路。

《延安答卷》遵循马克思主义历史观，通过一个个生动的人民故事，表现了"中国共产党领导人民在中国革命、建设、改革不同时期和正在行进中的复兴时期，始终不渝地坚持马克思主义'人民历史观'"。在历史的纵向坐标上，《延安答卷》是中国共产党人民历史观的伟大胜利；在历史的横向坐标上，《延安答卷》是具有世界意义的中国范本。作者指出，贫困问题、人口问题和环境问题，是当今国际社会公认的三大难题，被喻为急需求解的"纳维－斯托克斯方程"。《延安答卷》引用联合国开发计划署对中国脱贫事业的评价、各大世界经济组织官员的发言，并结合世界银行发布的数据实例，充分证明了中国的减贫成就是"人类历史上最伟大的事件"之一。这不仅显示了中国特色社会主义道路的制度自信，更彰显了传承五千年的中华文明的文化自信。

就艺术价值而言，《延安答卷》饱含怜爱之心与悲悯之情，从我国优秀的古诗词中汲取养料，带着隽永的哀伤，抒发着英雄气概的赞美诗情。书中写道，明代诗人于谦在《咏煤炭》中慨叹，"但愿苍生俱饱暖，不辞辛苦出山林"；郑板桥在书斋听冷雨敲窗，感叹"衙斋卧听萧萧竹，疑是民间疾苦声"。《延安答卷》在崇高美中获益有二。论及其一，崇高美征服我们，使我们生畏，转而又振奋我们的精神，鼓舞我们的意志。"能够激起我们的崇高感的是那辽阔的苍穹，铺天盖地的狂风暴雨，浩渺无际的汪洋大海"，更崇高的，"是苏格拉底或列奥尼达的那种大勇，是全能的造物主那种气概，他说要有光，于是便有了光"。《延安答卷》描写文明河流中的寒冷与饥饿，"元代张养浩在赈济灾民的路上，望着满地因饥饿而死的灾民，心生一种寒冷彻骨的悲怆。他在《山坡羊·潼关怀古》中愤世感慨：'兴，百姓苦；亡，百姓苦。'"但笔锋一转，继而以毛泽东"为有牺牲多壮志，敢教日月换新天"的壮丽诗篇，宣告了中国共产党从《到韶山》传承至全面建成小康社会"要有光"的大勇之声。康德说："崇高感是一种间接引起的快感，因为它先有一种生命力受到暂时阻碍的感觉，马上就接着有一种更强烈的生命力的洋溢迸发。"作者即是依这样的美学原理，书写了生命力偾张的延安脱贫之路。

论及其二，《延安答卷》的崇高感重在弘扬民族精神。优秀的中华传统文化蕴含着唤醒价值感的崇高力量，及至今日，崇高感依然以其亘古的恒量在平庸的现实世界中，呼唤英雄主义，歌咏诗的正义。宗白华先生说，文学意境与民族精神紧密相连，文学能转移民族的习性。他认为，"在汉唐的诗歌里都有一种悲壮的胡笳意味和出塞从军的壮志，而事实上证明汉唐的民族势力极强，晚唐诗人耽于小己的享乐和酒色的沉醉，所为歌咏，流入靡靡之音，而晚唐终于受外来民族契丹的欺侮"。闻歌咏以觇国风，在我国社会主义文学创作的新时代，《延安答卷》以"班马萧萧，大旗飘飘"的磅礴气势，唱响了主旋律，弘扬了正能量，书写了血色鲜丽的民族精神和大勇无畏的时代风貌！

歌德在《浮士德》中说："在那幸福的时刻，我感到渺小而又伟大。"《延安答卷》，一幅中华儿女脱贫攻坚、全面建成小康社会的时代画卷，在这幸福的时刻，正徐徐展开。

刊于 2020 年 11 月 18 日《中国艺术报》

新时代　新使命　新作品

——评厉彦林长篇纪实散文《延安答卷》

邱　键　张廷兴

我们已经进入了一个伟大的新时代。作为世界第二大经济体，我国面对的是解决发展不平衡、不充分的问题，要带领人民群众脱贫攻坚，走向小康，过上美好生活。同时，我们还要不忘初心，牢记使命，实现伟大民族的复兴，实现两个百年梦想，实现中国由富起来到强起来，在二十一世纪中叶建成富强、民主、文明、和谐、美丽的社会主义现代化强国。

同样，作为一名党员作家，在这样一个伟大的时代，必须要有自觉意识、责任意识，自觉担当新的伟大使命，创作出反映伟大时代的新作品。厉彦林的长篇纪实散文《延安答卷》，就是一部反映新时代延安交出的我国中西部地区和革命老区绿色脱贫"答卷"，体现主流文学作家记录、讴歌党和人民艰苦奋斗，实现脱贫、迈向小康，展现新时代风采的全新作品。

一、在波澜壮阔的历史长河里，展现延安脱贫攻坚的雄壮画卷。

厉彦林指出："站在时代制高点，俯瞰人类居住的这个蓝色星球，跨入二十一世纪以来发生的最令人振奋的重大事件之一，就是全球减贫事业取得辉煌成就。"《延安答卷》就是站在新时代全球减贫的高度，去掬取我国近 20 年来特别是近 5 年来的脱贫攻坚战这一波澜壮阔的历史长河中的一朵浪花。这部作品以革命圣地延安为中国脱贫攻坚的样本，采用纪实文学的形式，带领读者走进延安脱贫攻坚的历史现场，通过一个个人物、一帧帧画面、一组组场景，纵横驰骋、开阖自如地书写了延安脱贫攻坚这一时代主题。文章既书写了延安脱贫攻坚成就、查找了脱贫攻坚中出现的问题，又全景式、多维度地展现了延安脱贫攻坚中呈现出的"精气神"，特别是书写了延安精神焕发青春活力凝聚而成的人民情怀、扶贫精神等，诠释了中国共产党领导下脱贫攻坚事业的"基因密码"，展现了延安，乃至全中国脱贫攻坚事业的雄壮画卷。

作者选取了脱贫攻坚这一新时代重大主题，紧扣延安脱贫攻坚，解决人民群众吃穿问题，使义务教育、基本医疗、住房安全等有保障的奋斗历程。作品包括《宝塔山：照耀穷人翻身》《大决战：打赢脱贫攻坚战》《拔掉"穷根"，建成"绿延安"》《摆脱贫困之路》《瞩望"延安绿"》《美好新生活》《延安答卷的奥秘》等七个部分。围绕着"为什么扶、扶持谁、谁来扶、怎么扶"等"靶心"问题展开铺叙、描写、抒情，将"人民至上，跟定中国共产党，走习近平新时代中国特色社会主义道路"的一整套理论体系，合理地安置在与党和人民心灵相通的根基上，与作者的初心使命融为一体，用 17.6 万字完成了中国共产党带领人民群众脱贫攻坚的"史诗鸿篇"。作者 2019 年春动笔，亲赴延安，沉入延安，一线采访，查阅了浩繁的数据、资料，反复修改，六易其稿而成。笔者阅读手稿时，非常清晰地感受到作者对文字的尊重，对"文以载道"的敬畏。仅文章标题就经过了《延安密码》《延安样本》《延安答卷》等几次修改。标题的嬗变也是作者思考的"蝶化"，是其呕心沥血的求索痕迹跃然纸上。成稿后，《延安密码》被列为中国作协 2020 年重点扶持项目，在新中国成立 71 周年之际，《人民文学》第 7 期以《延安样本》为题刊发了 3 万字选文；2020 年 8 月份，由党建读物出版社出版发行。

《延安答卷》体现了作者对重大主题的驾驭能力。扶贫脱贫是我们党对人民的重大承诺，在国家层面是一项宏观政策。如何在浩如烟海的数字和事例中，将中国共产党领导下的脱贫攻坚事业生动形象地展现出来并非一件易事。厉彦林作为一名沂蒙革命老区以弘扬沂蒙精神为己任的主旋律作家，一以贯之地关注乡土中国、关注普通百姓。在这部作品中，他将目光转向与自己的家乡沂蒙同为革命老区、极富精神魅力的革命圣地延安，把它作为书写对象，从"窑洞对"、进京赶考，到新时代的时代之问，从宝塔山、枣园、杨家岭到安塞区、延川县、吴起县，作者将烦琐庞杂的材料条理化、问题化，去伪存真，对延安乃至全国的脱贫攻坚进行了文学书写，并以之作为揭示历史发展和时代精神的具象，呈现了中国共产党人在 100 年发展历程中破解的系列历史性难题中最为精彩的一张"答卷"。

作者深刻指出，贫困是人类公认的魔咒和梦魇，是一道世界难题。跨入二十一世纪，最令人振奋的重大事件之一，就是全球减贫事业取得辉煌成就；而全球减贫事业的成就 67% 归功于中国。"消除贫困，自古就是人类梦寐以求的理想""摆脱贫困，是中华民族几千年的期盼""消灭贫困，是共产党人的初心和历史责任"。这就把延安扶贫脱贫放在了人类共同面对的世纪难题背景下进行考察、议论、考证，通过研究政策、查阅资料、分析数据、撷取实例，书写了"冒着热气、散着地气"的基层民间，这些都使《延安答卷》体现出了非凡价值和意义。

"人类文明史、中华民族史、中国共产党党史、新中国建国史，改革开放史和中国特色社会主义史，从一定意义概括地讲，都是鲜活的脱贫史。"文章通过"我"的所见所闻，抓住典型事例，描绘了延安脱贫攻坚漫长而生动的画卷。书中有带头搞家庭养殖脱贫致富的吴起县新寨乡杨庙台村许志洲，几十年扛锹绿化荒山的宝塔区柳林镇王家沟村"亚洲杰出农民"、红军老战士郭志清，采用"农民专业合作社＋农户＋贫困户"模式带领群众致富的洛川民丰农民专业合作社经理郝延红，推行"果树认养"方式带领贫困群众致富的安塞区高桥镇南沟村驻村干部张光红，靠政府无息贷款扶持种植蔬菜致富的安塞县王家湾乡驻地村贫困户陈登亮，通过扶志扶智激发内生动力搞种植养殖致富的延长县安沟镇高家川村刘延平，通过健康扶贫惠民政策受益的甘泉县桥镇乡闫家湾村贾建社，等等。讲述了延安人民发扬延安精神，在党的领导下，在绿色脱贫之路上发生的系列故事、取得的辉煌成就。这"使人们清晰地看到：延安是中国脱贫事业的一个缩影，创造了我国中西部地区和革命老区绿色脱贫鲜活可信的'延安样本'，也为世界减贫事业和全球生态治理提供了'延安样本'"。

作者还引用了大量文献，如《墨子·非乐土》中"民有三患，饥者不得食，寒者不得衣，劳者不得息"；《诗经·大雅》中"民亦劳止，汔可小康"；《离骚》中"长太息以掩涕兮，哀民生之多艰"；《史记》中"郡县治，天下安"；明代于谦《咏煤炭》中"但愿苍生俱饱暖，不辞辛苦出山林"等，来说明扶危济贫、改善民生是中国传统文化的内在追求。这些都提升了重大题材的深度，体现了作者对大历史、小缩影，大写意、小工笔，大气象、小事例，大情怀、小人物的艺术处理能力。

二、以扶贫攻坚新作为，展现延安精神的新成就。厉彦林以延安脱贫攻坚为书写对象，通过对延安脱贫攻坚历史过程及成就的深入细致描绘，呈现了新时代延安精神的新发展、新成就，特别是概括、揭示了系列革命精神在新时代的全新体现——"扶贫精神"。

延安精神是我们党的性质和宗旨的集中体现。革命时期，中国共产党在革命圣地延安前后共 13 年，开展了大生产运动，找到了农村包围城市、武装夺取政权的道路，领导了抗日战争和解放战争，孕育了新中国。改革发展时期，生态环境恶劣成为制约当地经济社会全面可持续发展的一大瓶颈。在党和毛泽东、周恩来、邓小平等老一辈国家领导人的关心下，延安从 1978 年开始探索实行阶梯递进式脱贫，1988 年推行一竿到底、全面覆盖绿色脱贫、生态脱贫的政策；进入新的历史时期，特别是步入新时代，对标"两不愁三保障"目标，全面落实"八个一批"工程，真正实现了"村村过硬、户户过硬、全面过硬"脱贫新成就。

绿色脱贫、生态脱贫是延安脱贫攻坚的独特秘籍，这是延安精神在脱贫攻坚过程中的物化结晶。2018 年 3 月 26 日，延安市委召开脱贫攻坚誓师大会后，先后出台了 30 多项具体的扶贫政策，困难群众得到的实惠最多。到 2019 年 5 月 8 日，延安向全国人民、向全世界宣布告别绝对贫困，所有贫困县全部脱贫"摘帽"。绿色发展、生态建设是延安脱贫攻坚进程中表现出的大智慧。绿色生态扶贫脱贫是延安市委市政府牢记全心全意为人民服务的宗旨，坚持解放思想、实事求是，服从和支持国家重大任务安排、听从党和国家召唤、忠于党和人民，在自然条件差、资源贫瘠的艰难环境下，探索验证了 20 多年，被"逼"出来、"拼"出来、"闯"出来的脱贫攻坚路径。作者描述了延安吹响脱贫攻坚冲锋号，奋力向贫困宣战的生动场景：派驻第一书记，异地搬迁，成立合作社，干部联户，部门企业帮包等。通过对这一系列脱贫方式的描绘，作者清晰地记录了延安人民自力更生、艰苦奋斗、久久为功、敢啃硬骨头的精神风貌和"妙棋一着，全盘皆活"的奋斗历程。

《延安答卷》塑造了多位扶贫干部形象，他们身上体现了延安精神在新时代的新发展。"他们牢记让群众过上幸福生活的诺言，力争既解决短期收入问题，又为当地探索出可持续发展道路。他们有勇有谋、脚踏实地，是万千优秀扶贫干部的缩影。"这展现了延安市党委和政府的责任担当和对历史使命的牢牢把握。作品热情讴歌了依据习近平总书记精准扶贫的战略指导，党和政府带领延安人民群众脱贫攻坚、与苦难做斗争的伟大力量；礼赞了"作为中国革命圣地的延安，在新时代决胜全面建成小康社会道路上的浴火重生，再一次迎来世界惊讶和景仰的目光"。延安脱贫攻坚的成功，是延安精神在脱贫攻坚领域焕发生机生动鲜活的实践。

《延安答卷》以延安精神的创新为基点，还多次与沂蒙精神联系起来。厉彦林早期诗歌和散文创作的母题就是沂蒙山。在近 40 年的文学创作中，他坚持为时代发声，通过深入生活描写沂蒙老区人民群众的生活实践，以及沂蒙老区人民的生活在党的领导下发生的巨大变迁。他的《沂蒙山》《故乡》《村庄》等作品都是以文学的方式书写沂蒙精神，颂扬沂蒙精神。

2013年11月24日至28日，习近平总书记在山东临沂考察时指出："沂蒙精神与延安精神、井冈山精神、西柏坡精神一样，是党和国家的宝贵精神财富，要不断结合新的时代条件发扬光大。""军民水乳交融、生死与共铸就的沂蒙精神，对今天抓好党的建设仍然具有十分重要的意义。"在作者的笔下，沂蒙精神同样是沂蒙山区脱贫攻坚的力量源泉，沂蒙山区的脱贫攻坚之路也与延安的脱贫攻坚之路异曲同工。"'给钱给物，不如建个好支部'，这是二十世纪九十年代沂蒙革命山区总结出来的扶贫开发经验。"沂蒙山区的脱贫攻坚靠的是政治优势、制度优势和组织优势，通过发挥党的领导核心作用、党支部的战斗堡垒作用和党员的先锋模范作用，层层传导责任和压力，提供给贫困县、贫困村、贫困群众脱贫致富的"内源动力"，通过"输血"，激活了自我"造血"功能，实现了整体脱贫致富。沂蒙精神在扶贫攻坚中又融入了同心同德、忠诚忘我，艰苦创业、开拓奋进，不甘落后、迎难而上等新的时代内涵。作者还与江西井冈山、贵州赫章等脱贫重点区域做了对比分析，对革命老区有着整体关注与把握。作者在弘扬革命精神、宣传革命精神的同时，进一步拓展、深化主题，突出了革命精神在扶贫攻坚进程中所展现的磅礴力量和全新发展。

厉彦林提出革命精神在新时代孕育产生了新的"扶贫精神"。"扶贫精神"涵盖听从党和国家召唤、忠于党和人民的精神，愚公精神、担当精神、拼搏精神、创新精神、乐观精神、奉献精神、合作精神等8个不同维度，是"在波澜壮阔的扶贫实践中锤炼形成的，是敢于斗争、敢于胜利的革命精神与伟大民族精神、时代精神汇聚而成的"。从延安精神、沂蒙精神等革命精神层面诠释"扶贫精神"，这何尝不是一名党员作家的"答卷"！

三、书写伟大时代，高扬新时代的主旋律，展现一个党员作家深刻的思想性、人民性。《延安答卷》基调高亢，热情讴歌党、讴歌人民、讴歌伟大的新时代，从历史和现实的视角抒发情感，通篇洋溢着一个党员作家爱党爱国、为人民代言的情怀，展现了党员作家的初心和使命。

作者以中国共产党在领导中国人民追求民族独立、人民解放和边区人民开展经济建设的道路上创造的一个又一个人间奇迹为线索，以中国脱贫攻坚的道路和方案为导向，以讴歌延安脱贫攻坚为标的，展现了中国共产党领导人民立足本国国情、倾听时代声音，敢于向贫困宣战，战胜饥荒和贫寒，在中华大地上描绘出的波澜壮阔的历史画卷。作者的敬畏之心、信仰之光、信念之美感染着读者，自然而然地唤起读者的民族自豪感和建设中国特色社会主义的百倍信心，更引导广大读者将爱国之心转换为报国之举。

作者笔下的爱党、爱国和为民情怀，是以延安脱贫攻坚战中的百姓视角来切入的。这是厉彦林散文作品的一个共同特点。厉彦林是中国当代著名作家，他先后出版了《裸露的灵魂》《灼热乡情》《都市庄稼人》《赤脚走在田野上》《春天住在我的村庄》《享受春雨》《地气》等多部诗歌和散文作品集。作为一名沂蒙人，他把故乡沂蒙山作为自己的文学坐标和灵魂栖息地，文学创作与沂蒙山的一草一木、山山水水、民俗风情等融会勾连。作品鲜活、生动、接地气，烟火气弥漫，行文异体同构、声气相通，将浓浓的亲情、乡情、家国情作为抒发的主要情感，弘扬沂蒙精神、中国精神。

厉彦林关注底层，体恤弱者，其作品既守传统，又重创新，直接切入事物的核心、切入生命的深处、切入生活的底层，倾注真心，坚守初心，紧贴民心。他善于用农民的"眼睛"看，用农民的"耳朵"听，用农民的"语言"讲，并以之体悟、叙说农民的心理内涵、生命渴求与行为方式，坚持以民间立场传递民间声音，打通了自我跟当下时代的内在关联。农民、市民、公民是他写作的对象，也是他写作的主体，更是他的目光所在和情怀所依。

厉彦林的《延安答卷》同样用一位党员作家特有的人文眼光、思想去观察和思考。以"我在"的写作视角，不做单纯的采访者、旁观者，而是介入他们的生活、深入他们的内心。围绕着脱贫攻坚，红军老干部、驻村扶贫干部、特困户、脱贫带头人、大学生村官、创业的青年等一个个、一群群脱贫攻坚人物都变成了作者最熟悉的亲人、朋友，或是学生、同事和邻居，他们在一起聊天、生活、生产，解决各种困难和问题。作者也没有回避矛盾，而是对一些官员懒政、怠政，讲面子、走形式，"大呼隆""大水漫灌"等失范思想和行为，对一些脱贫对象存在短视、消极依赖等问题进行了质询和拷问。厉彦林那些带着心灵体温的文字从来都关联着良知和责任，他的质询和拷问有多深入，其反省和思考就有多强劲！

《延安答卷》在思想性的表达方面，将宏大叙事与日常生活叙事相统一。作者知识渊博、涉猎广泛，这使他能将延安脱贫攻坚置于历史、经济、政治和文化的多重视野中。作者文笔纵横开阖、进退自如，许多材料仿佛信手拈来，还常常将一些读者意想不到的事情放在一起加以对比，直接进行主观评论与抒情。这种表达，便于拉近历史与现实、主观世界与客观世界、自然之景与内心崇高的距离。在《延安答卷》中，我们看到的不是对具体政策、脱贫标准的图解，也不是对具体事件、政治趋向的演绎，而是作者对时代的关心、对国家和民族的期许，对人类命运和人的意义的形而上的思考和审视，展现了一位党员作家丰富的内心世界。这恰恰是作者以文学的方式书写脱贫攻坚独有的魅力和特殊的效果，这是政治家、经济学家或其他领域专家难以做到的。

作为一名党员作家，厉彦林始终坚持"不忘初心，人民至上"的创作理念，能够敏锐感受到脱贫攻坚这一重大题材的历史价值。《延安答卷》正是他面对全国 5 年脱贫攻坚规划，自觉自律、义不容辞的文学书写。著名学者石英曾说，厉彦林"作为一个党员作家（尽管还是业余创作）怎能置身于事外？必须热忱地响应历史的召唤，在全国扶贫的伟业中奉献自己的一份力量"。

人生有正面，也有负面，正面中也含有负面，负面中也含有正面。有的作家对人生反面的感受特别深刻，而作为沂蒙精神的践行者和传播者，厉彦林拒绝蝇营狗苟，走出个人小天地，跨越个人小情感，注重对历史与现实、人生与命运的思索，对人生正面的感受特别深刻。厉彦林始终能够看到人民生活中积极的、新生的东西，不论在怎样复杂的情况下，不论在怎样困难的环境中，他总是对党、对国家、对人民、对革命、对建设、对胜利、对强国梦充满了信心。《延安答卷》始终贯穿着一个高亢的主旋律，热情讴歌党和人民的艰苦奋斗，字句间洋溢着一种浩然正气，引导读者斗志昂扬，向善向好，通过对现实生活的真实描绘而展现伟大的时代精神。

党旗红遍宝塔山

——读厉彦林的《延安答卷》

孙道壮

　　"贫困"这一犹如梦魇和魔咒的世界难题困扰了人类文明千百年，过去25年，中国为全球减贫事业做出了67%的突出贡献，取得了史无前例的伟大成就。为了寻找中国脱贫攻坚的世界方案，2019年7月17日，厉彦林先生来到延安，探寻"延安版本"的中国脱贫故事，并将其此行一路所获尽皆记录下来，形成了《延安答卷》这本于2020年8月正式出版的深刻反映新时代延安脱贫攻坚实践的优秀纪实性著作。

　　这本著作体现了中国共产党人在推进脱贫攻坚工作进程中表现出来的新时代发展理念。发展是解决一切问题的关键，不发展就不可能解决贫困问题。理念是行动的先导，书中所描述的延安脱贫攻坚战之所以能够打赢，首先就在于其遵循了新的时代发展理念。书中指出，党的十八大以来，以习近平同志为核心的党中央把脱贫攻坚当成一项重大政治任务，并且提出了坚决打好精准扶贫攻坚战的有力举措，不仅有效破解了我国政府贫困治理中长期以来存在的扶贫瞄准偏离、表象化和功利化的问题，而且还使得不少扶贫项目粗放"漫灌"、针对性不强、效益较低等问题得到了很好的解决，达到了"精准妙棋一着，脱贫全盘皆活"的整体效果。这一妙剂良方，正是因为很好地坚持了创新、协调、绿色、开放、共享的新时代发展理念，才得以聚焦问题、精准发力、协调推进延安脱贫攻坚的各项工作，使宝塔山这一中国革命的标志和象征熠熠生辉，使延河这条见证了中国革命的河流焕然一新，使延安城这一中国革命的圣地再创奇迹，使延安这方土地上习近平总书记牵挂的人民群众实现了脱贫致富。

　　书中指出，在坚持创新发展理念上，延安在脱贫攻坚工作中创立了由市、县、乡、村"四级书记"抓扶贫工作的体制机制和市级领导包县区的工作制度，并且在精准识别、建档立卡的同时，由各主要负责人签订了军令状，实现了全市领导干部对县区、贫困村、贫困户走访调研的"三个全覆盖",保证了各项脱贫政策措施真正落到实处,增强了扶贫动力;在坚持协调发展理念上,延安在脱贫攻坚工作中从全局出发,做到了"既富口袋又富脑袋",并且在实现了老百姓吃饭、喝水、穿衣、居住、出行等全方面改善的同时,也统筹好了扶贫开发和其他各项工作之间的关系;在坚持绿色发展理念上,延安在脱贫攻坚工作中积极探索了生态扶贫的新路子,拔掉了"穷根",建成了"绿延安";在坚持开放发展理念上,延安在脱贫攻坚工作中做到了在扩大开放中抓扶贫,冲破了"经济上农业单打一,农业上粮食单打一"的模式,探索出了"半城郊型"的经济发展之路;在坚持共享发展理念上,延安在脱贫攻坚工作中围绕全面建成小康社会的目标要求,让贫困群众最大限度地享受了各项公共资源,发挥和利用了各地的比较优势,将本地的绿水青山变为了脱贫致富的金山银山。

这本著作彰显了中国共产党人领导穷人翻身的奋斗初心和历史责任。人类文明的河流,涤荡着寒冷与饥饿,无论是冰河、地震、洪水,还是战争、屠杀、瘟疫,灾难从未阻止人类前行的脚步。贫困作为一种"无声的危机",时常伴随着人类社会中出现的各种战乱、动乱,大量的犯罪也与其有关。从某种意义上说,整个人类社会发展的历史,就是一部摆脱与消除贫困、走向繁荣与富足的历史。书中指出,消除贫困,自古就是人类梦寐以求的理想,古今中外,人类一直在与贫困顽强抗争,不同的社会形态,斗争方式也不尽相同,贫富不均、两极分化的社会现象,也始终与人类形影不离,日日相随。摆脱贫困,始终是中华民族孜孜不倦的向往和追求。纵观中国历史,中国在几千年的封建社会里,一直贯穿着"普天之下,莫非王土"的阶级统治思想,根本没有哪一个朝代能够让人民摆脱绝对贫困,虽有时会出现不乏主张"民本思想"的封建帝王和对穷苦百姓、灾荒饥民施舍恩惠的"开明君主",但其根本目的是借此笼络人心,以维护封建统治阶级的根本利益和统治地位,平民百姓一直过着艰辛的生活,能获得利益实属偶然。饱受欺凌的中国人民,被统治阶级欺凌过,被鸦片毒害过,被西方列强奴役过,"师夷长技"也好,"实业救国"也好,改良维新也好,国民革命也好,都没有从根本上改变中国人民贫困和挨打的命运。十月革命一声炮响,给我们送来了马克思主义,也送来了摆脱苦难、挣脱贫困的一缕曙光。

马克思的一生同样也伴随着贫困,他在为共产主义事业奋斗时,过的就是流亡与贫苦的生活,他为无数家庭谋福祉,却唯独忘了自己。马克思是穷人的领袖，他的一生是为穷人奋斗的一生。在马克思主义指导下建立起来的中国共产党，自诞生起就把农民吃饭问题作为最重要的问题，把带领天下劳苦大众摆脱贫困、谋求幸福作为自身的奋斗目标。在马克思主义的指引下，中国共产党自觉承担起消除贫困、改善民生、共同富裕的历史使命，组织动员亿万贫苦农民成为中国革命的主力军，在异常困苦的情况下，过草地，翻雪山，胜利完成了长征，战胜了日本帝国主义，推翻了国民党的统治，开天辟地地建立了人民当家作主的新中国。新中国成立后，从苦难中站起来的民族犹如大病初愈，百废待兴，中国共产党人把摆脱贫困作为治国理政的首要任务，在解放区千方百计地保障了"人人有饭吃，人人有衣穿"，并结束了两千多年的封建土地制度，圆了中国农民"耕者有其田"的梦想。正如书中所说，中国共产党人，无论"打江山"还是"坐江山"，说到底都是让普通老百姓、让穷苦的人过上好日子，让弱者获得人的平等与尊严。

初心如磐，使命在肩。书中指出，改革开放 40 多年来，延安人民在党的领导下，为尽快改变贫穷落后的面貌，进行了艰苦卓绝的探索实践。前 20 年延安人民探索实行了阶梯递进式脱贫，从救济扶困入手，到由单纯救济式转向开发扶贫式，再到实行集约经营、科技发展，解决了全区 3/4 人民的贫困问题；后 20 年至今，推行了一竿到底、全面覆盖绿色脱贫和生态脱贫，促进了经济社会的全面进步。特别是步入新时代以来，全面围绕习近平总书记的讲话精神，立足本地实际，先后出台了 30 多项具体扶贫政策，释放的红利和叠加效应前所未有，困难群众也得到了更大更多的实惠。"延安整体告别绝对贫困"是中国脱贫事业的一个缩影，是中国脱贫减贫工作创造的奇迹。这不仅有力地体现了中国共产党人领导穷人翻身的奋斗初心和历史责任，而且有力地证明了中国共产党是一个越挫越勇的政治组织，具有摆脱险境的伟大力量，善于在逆境和磨难中奋起，持续创造出让人难以置信的伟业和奇迹。中国共产党人之所以能够如此，恰恰是因为始终牢记着自己的初心，始终没有忘记为什么出发、从哪里出发、向哪儿出发。宝塔山的光芒，始终映照着中国共产党人的这一奋斗初心和历史责任。

《延安答卷》昭示了中国共产党人实现中华民族伟大复兴梦想的坚定决心。千百年来，贫困根深蒂固，贫困群众的梦想被大山阻断、被困难压弯。脱贫攻坚路上遇到的各种问题、矛盾、风险和挑战，就像一座座大山横亘在中国人民面前。习近平总书记在陕甘宁革命老区脱贫致富座谈会上强调："革命老区是党和人民军队的根，我们不能忘记自己是从哪里来的，永远都要从革命历史中汲取智慧和力量。""要思考我们这个地方穷在哪里？为什么穷？有哪些优势？""要搞好规划，扬长避短。"习近平总书记还多次强调，要"把提高脱贫质量放在首位"，解决好"扶持谁"的问题，实现真脱贫、脱真贫。书中指出，这些年国家发展快，人民生活水平整体提升，贫困群众的脱贫问题更成了党和国家牵肠挂肚的大事。宏观政策、良好环境和经济实力等都具备了，必须瞄准"为什么扶、扶持谁、谁来扶、怎么扶、如何退"等几个"靶心"，下一番"绣花"功夫，精准施策，以避免有头无尾、虎头蛇尾、首尾不顾，拖大局的后腿。延安在脱贫攻坚工作中不仅对这几个"靶心"问题进行了深入分析，也确实下了一番"绣花"功夫，彻底拔掉了"穷根"，铲断了贫穷的"尾巴"。书中强调，这是一条被穷"逼"出来的路，这是一条拼出来的路，这是一条闯出来的路，这条路坚定了延安人民脱贫的信心，昭示了党中央实现全面脱贫的决心。

脱贫不易，攻坚更难。贫困作为一种社会现象将会长期存在，绝对贫困消除了还会有相对贫困。绝对贫困具有相对性，相对贫困具有绝对性。从书中所描绘的延安摆脱贫困之路这一缩影来看，从战略目标、战略决策、政策策略，到决战决胜，再到取得决定性胜利，无不昭示着中国共产党人打赢这场脱贫攻坚战的信心和决心。从解决绝对贫困转向减缓乃至解决相对贫困，这直接关系到贫困群众的生活质量。农村贫困人口有了着落，城市贫困群体同样需要关注和关心，他们一旦丧失谋生的岗位或积蓄用尽，生活的贫困就会迅速降临，在这点上，比起有一块土地作为生存保障的农村贫困人口会更加脆弱，更加寸步难行。统筹城乡扶贫已经给出了路线图和风向标，任重而道远。脱贫攻坚是全党的大事，是中国政府向人民庄严承诺必须完成的大事，必须全党齐心，举国努力。延安脱贫攻坚战的胜利，全面吹响了中国脱贫攻坚的冲锋号，2020年是中国脱贫攻坚的收官之年，必须一鼓作气，一气呵成，不达目的不收兵。

锲而不舍，金石可镂。脱贫攻坚的工作任务能否完成，事关中华民族的伟大复兴。共产党人求真理，认道理，辨事理，重情理。脱贫攻坚必定会遇到沟沟坎坎，但只要横下一条心，憋上一股劲，实事求是地想，脚踏实地地干，真心实意地办，就没有战胜不了的困难。书中所呈现的延安脱贫攻坚工作，体现了马克思主义的根本立场和社会主义公平正义的本质特征，奔向以人民为中心、共同富裕的道路；体现了党的坚强领导和中国特色社会主义制度的独特优势；创造了人类减贫史上的最好成绩，谱写了人类反贫困历史的崭新篇章；体现了政治方向坚定、无所畏惧、不怕千难万险、自强自立、艰苦奋斗、敢于胜利的精神，集中体现了党的性质、宗旨和任务。书中所给出的延安答卷的真正奥秘，就在于中国共产党不惧狂风骇浪的掌舵领航，就在于中国共产党能够领导人民握指成拳，凝聚起磅礴力量，就在于地上有民心、天上有太阳。这份答卷启迪我们：只要有坚定的理想信念，就没有战胜不了的困难；只要有敢于胜利的信心决心，就没有突破不了的关隘。延安答卷掀开了中华民族走向伟大复兴的崭新一页，昭示了中国共产党人带领中华民族实现伟大复兴梦想的坚定决心。站在宝塔山上登高望远，未来的曙光已隐隐显现。

《延安答卷》，你为什么这样火

方　圆

读完厉彦林同志《延安答卷》中的最后一句话，瞅了一眼墙上的挂钟，凌晨一点半。

又是一个不眠夜。

8月底，《延安答卷》刚刚出版，我就拿到了这本书。

我觉得此类书不宜"快餐式"阅读，适合夜深人静、无人打扰的时候一个字一个字地品。

终于，用了一个多月的时间，我"品"完了这本书。

今夜，读完了《后记》的最后一个字。

把书合上，轻轻放到床头柜上，我没有一丝睡意。外面，出奇的安静，感觉思绪还在书的情节里欢快地跳动。

《延安答卷》的张力之强、厚度之深、立意之高、意义之远，使其堪称良心之书、经典之作。

本书是沂蒙籍著名作家厉彦林同志创作的一部反映延安脱贫攻坚辉煌实践的纪实文学作品。由党建读物出版社出版后，受到社会各界的广泛关注和好评。

本书从大处着眼，从小处落笔，从细处着力，聚焦延安脱贫攻坚实践，讲述了延安人民发扬延安精神，在党的领导下走出一条"绿色脱贫之路"的生动故事，讴歌了延安和我国脱贫攻坚的辉煌成就，勾画了脱贫群众的美好新生活和城乡融合、乡村振兴的发展方向，探寻了中国脱贫攻坚取得成功的奥秘和密码。使人们清晰地看到：延安的脱贫是中国脱贫事业的一个缩影，创造了我国中西部地区和革命老区绿色脱贫鲜活可信的"延安样本"，也为世界减贫事业和全球生态治理提供了"延安样本"。今年是我国脱贫攻坚的"收官年"，我国脱贫成绩辉煌，举世瞩目。

中国的脱贫奥秘在哪里？这是国人热衷谈论的话题，也是世界关注的大问题。

本书出版后，新华社专门刊发了书讯，这是很少见的。

随即，《人民日报》《中国新闻出版广电报》《中国社会科学报》《中国青年报》等数百家新闻媒体也相继刊发了评论。

来自一线读者的评论更是热情洋溢："这是一部扶贫教科书式的精品力作，具有重大文学和史学价值。""这既是一篇新时代延安精神的颂歌，也是一部扶贫脱困的简装教科书。""本书是对习近平总书记有关脱贫攻坚系列重要论述的最好诠释，是对党的宗旨的最好诠释，是对我们党带领人民正在进行的脱贫攻坚伟大实践的最完整、生动体现！"

《延安答卷》既不像散文那样好看，也不像诗歌那样唯美，更不像小说那样情节生动，抓人眼珠。

就是这样一本书，为什么会引起如此大的反响？《延安答卷》，你为什么这样火？

究其原因，我想大约有以下几点。

一、中国全面脱贫的成功经验，引发了读者作为中国人骄傲自豪的共鸣。 中国这些年的发展有目共睹。改革开放40多年来，中国共产党团结和带领全国各族人民，解放思想、实事求是、同心同德、锐意进取，给中国带来了历史性的巨变，令世界为之惊叹。中华民族大踏步赶上了时代前进的潮流，迎来了民族复兴的光明前景。人民的生活实现了由贫穷到温饱，再到整体小康的跨越式转变。中国社会实现了由封闭、贫穷、落后和缺乏生机到开放、富强、文明和充满活力的历史巨变。

40多年来，党和政府始终坚持把增进民生福祉作为一切工作的出发点和落脚点，在发展中保障和改善民生，在经济增长的同时实现居民收入同步增长。人民生活水平显著提高，人民群众切切实实享受到了改革发展的成果，家庭财富由无到有，由少到多，实现了从温饱到小康的历史性跨越，并逐步向富裕迈进。

如今，放眼华夏大地，科技成果显著，交通便利，基础设施和公共服务条件大大改善，广大人民群众的爱国热情高涨，幸福指数不断上升，社会和谐稳定的基础不断夯实，呈现出人民和睦、社会和谐的良好局面。

党的十八大以来，以习近平同志为核心的党中央把脱贫攻坚摆到治国理政的突出位置，以"精准扶贫"为方略，用顶层设计塑起扶贫工作的"四梁八柱"，着力解决"扶持谁""谁来扶""怎样扶""如何退"四大难题，形成了"六个精准"和"五个一批"的基本思路。以卓越的领导力、广泛的动员力、超强的执行力和改革创新力，向贫困发起最后的冲击。

中国每年都保持了千万以上的减贫人数，贫困群众从吃不饱饭，到住上了砖瓦房、用起了互联网，这是今日中国发展最温暖的印记。

新中国成立以来，我们创造了经济快速发展的奇迹和社会长期稳定的奇迹，实现了经济快速发展和大规模减贫同步的双赢局面。

经济增长直接惠及贫困人口，使之共享改革发展的成果。

世界经验表明，贫穷从来都是社会动荡、民族分裂等不安定因素的祸根。

可以想象，在中国这样一个人口大国，如果一边是经济强国的繁荣与雄起，一边是数以千万计衣食不保的贫困群众，那么社会的公平正义、社会主义的荣光将无从言及，也很难有社会的长期稳定。应该说，消灭贫困是新时代中国所描绘的最出彩的魅力画卷。

所有亲身经历了这40多年伟大变革并贡献了自己力量的中华儿女，关心祖国命运、享受到发展红利的每一位华夏子孙，都有理由为我国改革开放取得的历史性成就感到自豪。

世界整体发展状况如何，大多数人也只是从媒体的只言片语间稍有了解。从吃穿住行的变化，到当前疫情的控制，每个国人心中都有向外界述说我们辉煌成就的冲动。

但受视野、学识、信息、渠道等各种因素的制约，大部分人无法向世界述说。厉彦林同志的《延安答卷》，正好契合了读者内心激动和自豪的情感，所以能够引发共鸣。

在这幅魅力画卷面前，每一位国人无不骄傲自豪，很多读者都试图通过对《延安答卷》的阅读，完成个人内心激动和骄傲情绪的释放。

二、激发了共产党人的自豪感，引起强烈共鸣。《延安答卷》的读者，相当一部分是中国共产党党员。这是近年来少有的一本让很多党员读者爱不释手、用心品读的书。"让人民过上好日子"，一直是中国共产党人不变的初心。1921年，从南湖红船扬帆出航的那一刻起，中国共产党人就把实现中华民族的伟大复兴作为自己的初心与使命。让人民吃饱饭，过上幸福美满的生活，是实现民族伟大复兴的核心内容。

新中国成立后，中国共产党带领全国人民，走上了攻坚克难的脱贫之路。

1949 年的新中国，一穷二白，百业待举。整个世界都在观望着这个古老而年轻的东方大国，事实证明，我们没有让人失望。

一代代中国共产党人不懈奋斗，在实践中砥砺前行，为改变国家贫穷落后的局面进行着艰辛的探索。

截止到二十世纪七十年代末，最初的 30 年里，第一代党的领导集体致力于解决"吃饱饭"这一千年难题，主要以推动中国走工业化道路和农村走向集体化等方式来解决贫困问题。

改革开放以后，中国经济快速增长，中国共产党人开展了有组织、有计划、大规模的扶贫行动，贫困人口数量大幅度下降，贫困问题得到初步解决。

党的十八大以来，扶贫攻坚达到新高度，走出了一条具有中国特色的社会主义扶贫道路，谱写了具有里程碑意义的人类反贫困新史诗。

从"人民万岁"，到"人民拥护不拥护、人民赞成不赞成、人民高兴不高兴、人民答应不答应"，再到习近平总书记提出的"以造福人民为最大政绩"，勾勒出了中国共产党"人民至上"的执政理念。几十年来，中国大规模的反贫困行动让数亿困难群众摆脱了贫困。

从 14 个集中连片特困地区到深度贫困地区，再到小康路上"一个都不能少"，脱贫攻坚战以磅礴之势一路高歌猛进，破解了农村贫困的深层次问题，中华民族的小康梦正在成为现实。

纵观历史，这不仅是中国历史上从未有过的事情，也是人类历史上绝无仅有的——在一个政党的坚强领导下，用 70 年左右的时间，大规模消除了贫困。

正如习近平总书记所指出的，"中华民族千百年来'民亦劳止，汔可小康'"的憧憬将变为现实。这在实现中华民族伟大复兴的历史进程中具有里程碑意义"。

面对世界百年未有之大变局，《延安答卷》既向国际社会介绍了我国的宝贵经验，又展示了党的领导下社会主义制度优势和中国人民的巨大创造力。漫长的脱贫路上，一代又一代的共产党人既是扶贫的发起者，又是引领者、参与者、实践者。

扶贫脱贫实践检验了党的领导力与执行力。中国的扶贫脱贫工作是一项超大规模的系统工程，需要党中央的运筹帷幄，也需要上上下下各个层面步调一致，协调运转。其运作的好坏是对党执政能力与执政水平的一场"大考"。

在决胜全面建成小康社会的关键时期，从习近平总书记到农村最基层的驻村书记、村委干部都全力出击，齐抓共管脱贫工作。这期间，22 个省区市一把手立下了"军令状"，放开手脚开展了一场前所未有的大会战。

哪里有贫困群众，哪里就是扶贫攻坚的战场。

中国共产党再次用行动证明，这是一个对人民负责，有能力、有担当，能够大有作为的执政党。

据统计，为加强一线扶贫力量，全国累计选派近 300 万县级以上机关、国有企事业单位党员干部参加驻村帮扶。其中，目前在岗的第一书记 20.6 万人、驻村干部 70 万人，还有近 200 万名乡镇扶贫干部和数百万名村干部。

为开展全国性的贫困识别，仅 2014 年党和政府就组织了 80 多万人逐村逐户登记造册，共识别出 12.8 万个贫困村、2948 万个贫困户、8962 万贫困人口，基本摸清了我国贫困人口的分布、致贫原因、脱贫需求等信息，建立起了全国统一的扶贫信息系统。

在这场伟大斗争中，大批党员干部下沉到最艰苦的农村地区，密切联系贫困群众，真心实意地帮助群众克服困难，与他们患难与共。在经年累月的苦干实干中，党的干部队伍经受住了考验、得到了锤炼，党的基层组织得到了巩固和加强，取得了人民群众的信任，民心铸成了我们党最牢靠的执政基础。

每一份扶贫答卷上，都有共产党人的辛勤付出。

《延安答卷》这本书，实际上是共产党人参与扶贫攻坚的"践行实录"，这就难怪他们会对这本书产生浓厚的兴趣了。许多党员读者喜爱《延安答卷》，源自他们作为决策带领者、践行实践者、参与完成扶贫攻坚光荣使命者的强大共鸣。

三、顺应了读者对文艺工作者要"尊重历史""深入群众""大兴调查研究之风"的殷切期盼。 很长时间以来，一些文艺工作者脱离群众、作风浮躁、不注重调查研究、热衷闭门造车和作品华而不实等问题愈演愈烈。

动辄斥数亿资金戏说民族抗战史，"裤裆藏雷""手榴弹炸飞机""手撕鬼子""包子手雷"等一部部神剧出笼。不久前上映的《雷霆战将》刚播 9 集就被《人民日报》点名停播，表明人民群众对不尊重历史、不深入群众的文艺创作作风已经很不满意。

这次《雷霆战将》遭到众多观众质疑，只是引起"沉默中爆发"的导火索。谁都不希望我们的孩子整日看的都是不尊重历史的"戏说"，甚至怀疑教科书上中华民族面对苦难勇敢顽强、不屈不挠的抗争历史。

中华民族的历史是多灾多难的，也是不屈不挠的。这些都是需要被庄严地铭记在每一代国人心里的。

中国共产党带领中国人民脱贫的历史同样是伟大的，也是需要大批有良知的文艺工作者参与其中、大书特书的。

人们一直呼唤"尊重历史""深入群众""大兴调查研究之风"的优秀文艺工作者的出现，也呼唤"有担当、接地气、倾诉群众心声"的优秀作品的出现。

这次《延安答卷》的热销，和《雷霆战将》的爆"雷"，给文艺工作者带来太多的警示和启迪。

文艺创作，不管是历史题材，还是现实题材，一是要对历史负责，不能亵渎为了民族复兴躬身前行的仁人志士；二是要对当下负责，让年轻人珍惜得来不易的和平生活；三是要对未来负责，为下一代的成长助力。如果我们不以正确的历史观、价值观来看待昨天和今天，那么这些历史很可能因为文艺创作的不负责任被以讹传讹，后果不堪设想。

《延安答卷》计划创作之初，就有朋友好心劝厉彦林道："你一个业余作者，都过六十的人了，何必耗这个精力？"

厉彦林笑了笑，没有说什么。他心里明白，既然定下了这个计划，就得横下一条心，奋力一搏。

于是，厉彦林开始跑图书馆、书店，如饥似渴地读书、查资料，几次奔赴延安实地查看贫困群众的脱贫情况。先后拜访了百余位延安老领导、老同志和扶贫干部，购买、借阅了几百册图书，搜集积累了大量的文字、图片等素材。

正是基于这样的恒心、思考和准备，厉彦林，这位沂蒙山走出去的作家，用一位文艺工作者的良知，用一位领导干部的思考，用一位共产党人的责任担当，利用业余时间完成了这部可望载入"中国脱贫史"的鸿篇巨制。

无疑，厉彦林呕心沥血完成的这部《延安答卷》，正顺应了人民群众对文艺工作者要"尊重历史""深入群众""大兴调查研究之风"的殷切期盼。

四、敬畏之心、平民视角、使命担当，契合了广大读者对文艺精品的渴望。作为一名业余作者，厉彦林能够完成《延安答卷》这样一部鸿篇巨制，原因很多。从本书的《后记》中，我们可以了解到他创作本书的心路历程。

首先，缘于他对延安大地和延安人民的敬畏。

厉彦林很小就知道了延安的宝塔山，心目中，它是那么神圣、那么高大。后来，在党的教育培养下，他更是对党、对延安有了敬畏和感激之情。在厉彦林心中，延安，是中国工农红军长征的落脚点，是夺取全国胜利的出发点，是中国革命的指导中心和中国人民解放斗争的总后方。

延安、延安人民为中国革命做出了历史性的贡献。延安人民初心不改，在社会主义建设和改革进程中发扬着延安精神，不断创造着新的奇迹，脱贫攻坚同样成绩斐然。

让普通老百姓过上好日子，让弱者获得人的平等与尊严，承载着中国共产党人的初心、使命和追求。讴歌延安的脱贫，具有特殊的政治意义、社会价值和强大的说服力。

其次，缘于沂蒙子弟对故乡亲人和普通百姓的情感。

厉彦林在沂蒙山区的一个小山村长大，从小受穷挨饿，对贫穷有着切身的感受。后来在机关工作，一直从事与基层、与脱贫密不可分的工作，参与过一些农村政策文件的起草研究，对基层疾苦有比较多的了解，一直在关心、关注着我国的脱贫事业，也被党和国家下这么大决心、花这么大气力解决贫困问题所激励和感动。

每每看到、听到战胜困难脱贫致富的故事和消息，他就很动情，感到暖心暖肺。写反映脱贫的文章，契合了他深埋心窝的平民情结。

最后，缘于文艺工作者责任担当与使命驱使。

"文章合为时而著，歌诗合为事而作"。波澜壮阔的新时代，文学必定绽放新的光彩。中国的问题，从一定意义上说就是农村问题。农村稳，则天下安；农业兴，则基础牢；农民富，则国家强。厉彦林经历和见证了改革开放以来，特别是新时代中国脱贫攻坚的光辉历程和伟大成就，亲眼看见众多贫困群众脱贫后的新生活、新面貌。

2020年我国现行标准下的农村贫困人口全部脱贫，几亿农民彻底摆脱贫困，中国人不再"挨饿"，我国将提前10年实现联合国《2030年可持续发展议程》的减贫目标。这是多么了不起的成就，多么伟大的奇迹，应当倾心讴歌这彪炳史册的成绩，应当有与时代同步、与民心同行，有情怀、有温度、有分量的文学作品出现。

脱贫效果要靠老百姓说话，作者要靠作品说话，作品要靠读者说话。

把贫困和脱贫事业写成美文本身就是个难题，必须跳出传统的写法，以宏观视野、平民视角、底线思维，满怀深情地去关注和感受人民的饥饱、冷暖、喜忧，用善意的眼光和良心的笔触去探寻他们成长发展的轨迹和内心的波澜，发现闪动的思想火花和戳痛心灵的瞬间。

厉彦林喜欢阅读。这些年他先后阅读了文学、哲学、经济、政治等方面的大量著作，记录了几百万字的读书笔记。腹有诗书气自华，这为他进行《延安答卷》的创作提供了强有力的资料支撑和思想支持。

写作过程中，有些问题不仅文学界没有触及，就是理论界也少有涉猎。

尤其是一些警句式的宏观性判断和结论，更需要反复研判和求证。既要与党史、国史一致，又要切合现实，读者还得能读得懂。

譬如，"绝对贫困具有相对性，相对贫困具有绝对性"。又如，"探寻建国70多年来解决贫困问题的历史足迹，中国扶贫的重点、重心是随着实践发展和贫困人口的期待不断调整变化的，基本轨迹是：由建国初期的经济救济式扶贫到改革开放以后侧重贫困人口能力的开发式扶贫，再到新时代侧重提高贫困人口能力与保障贫困人口权利并重的精准式扶贫，这是一个由低层次扶贫向高层次扶贫阶梯式递进的进程"。很多结论都是他仔细研读和反复思考斟酌后的"独创"。这也为后人总结、完善我们的"中国扶贫史"提供了宝贵的借鉴。

这次创作《延安答卷》，对厉彦林个人来说是一次人生实践，是一种生命体验，也是心灵重塑和精神提升的过程。

同时，厉彦林也给我们伟大的时代、伟大的文艺工作者提供了创作上的启迪，树立了写作的标杆。那就是"文学是良心事业，职责是为时代和人民讴歌"。

《延安答卷》的问世再一次警示文艺工作者，必须关注社会现实，必须深入群众，积极关注弱势群体和边缘群体，和人民群众同呼吸共命运。这不仅体现着社会主义核心价值观和国家治理现代化的核心要素，也体现着时代的热度、社会的温度。

小到一个人、一个家庭、一个集体，大到一个政党、一个民族、一个国家，关注贫困群众，关心弱势群众，这是文明进步的标志，更是文艺工作者良知和正义的体现。

希望更多的文艺工作者向厉彦林同志这样，发扬优良传统，积极深入火热的生活，与新时代、与人民群众同呼吸共命运，多创作出一些讴歌人民群众，激励人民群众，为实现中华民族伟大复兴的中国梦不懈奋斗的优秀作品。

我们应该感谢厉彦林同志，是他，把我们党宝贵的扶贫脱贫经验梳理得如此清晰，总结得如此生动、到位。

同时，我们更应该向为中国革命和建设做出重要贡献，并在扶贫攻坚工作中创造出宝贵的物质财富的延安精神致敬！

刊于 2020 年 11 月 27 日《联合日报》

讲好中国故事，构建中国史诗

——厉彦林《延安答卷》的叙事及当下意义

马学永　刘　香

厉彦林的《延安答卷》是由党建读物出版社新近出版的纪实文学著作，主要以延安为"样本"，讲述中国共产党领导下的脱贫工作与贫困地区的脱贫历程。毫无疑问，这是一部关注现实的著作，与中国特色社会主义的政治实践有着直接关联，体现出极为鲜明的政治观念和明确的现实意识。从作者的叙事来看，他毫不回避自己的政治理想和对现实问题的关切，反而以坦诚、直率的态度来阐明自己的政治信仰与民族情感，在对历史的回望中诠释了对中国特色社会主义"四个自信"的深度认识。但是，这部作品不是空泛地就理想谈理想，也非从政策和路线的角度来图解现实，而是充满了对贫困者的真挚情感、对历史和现实中"贫困"问题的深沉忧虑、对中国共产党执政理念的内在认同和坚守。

作者并没有局限于对中国现状的描绘，而是将笔伸向历史的深处，在对历史的回顾中重新探析中国扶贫工作的种种举措、政治意义与现实成就；也没有将视角拘囿于政策和路线层面，而是试图将顶层设计的声音与来自民间草野的呼声进行内在勾连，进而凸显出扶贫与脱贫的道德意义与伦理责任。最为可贵的是，作者在其文本的构建过程中，能够在坚守正确政治立场的同时，运用不同文化中的多维视角，对"贫穷"进行了学理上的探析和个体化的思考，从而将物质层面的生存问题上升至精神层面的文化伦理高度，进而从"物质脱贫"引申、过渡至"精神脱贫"，"脱贫"也便具有了更为深远的思考空间。

一、　纵向延伸与横向对比相结合的叙事脉络。　"历史从来都不是史实和数据简单冰冷的堆砌，是即时又鲜活的镌刻，是民族反复打磨的集体记忆和民心憋不住的自主书写。冒着热气、散着地气的诉说，探寻'我是谁，我从哪里来，我到哪里去'的真实答案与路径选择，启迪后人、烛照未来，铭记心窝不能忘却。"在厉彦林的自述中，我们不难发现作者构建此作品时主动追寻的历史意识和历史精神。实际上，《延安答卷》这部作品中所提到的"脱贫漫记"正是作者在历史长河中对中国故事的"漫游"和"回望"。

厉彦林试图通过回顾世界历史中有关"贫困"的痛苦记忆来诉说人类的奋斗史和苦难史，认为人类文明的河流向前漫延的过程中充溢着寒冷与饥饿，人类的文明史同样也是一部向贫困和饥饿宣战的战斗史。这种略带悲观意味的历史认知，实际上阐明了一个吊诡的历史现象和历史事实，即文明的光芒和理想主义的炫目色彩背后往往存在着极为残酷的事实和令人缄默的苦难。鲁迅在散文诗《影的告别》中曾经描述过介于明暗之间的影子形象，这种彷徨于明暗之间的影子可以是人类存在的一种象征，黑暗和光明如影随形，难以剥离。因此，面向未来的理想便成为重负，有着难以承受的重量，不仅需要担负起人类对于未来的美好想象，以此慰藉寒风中的人们，还要具备切实有效的现实改造能力，以此让贫苦的人们过上有尊严的生活。就像鲁迅所描述的那样，"背着因袭的重担，肩住了黑暗的闸门，放他们到宽阔光明的地方去；此后幸福的度日，合理的做人"。在现代性祛魅和启蒙文化的视角下，文化能否切实改善人的存在状况，理想能否有效介入现实，理念能否"保存生命""延续生命""发展生命"，成为判断一种文化、一种理想、一种理念先进与否的重要尺度。从厉彦林的表述中，我们可以看出他对人类历史中的种种文明范式的担忧和疑虑：灿烂的文明背后一直有着漫长的寒夜。正是从世界文明的角度，作者确立了历史叙事的思路，即从悠久的历史渴望中呼唤美好生活的到来。也正是如此，作者才对中国的脱贫工作怀有欣喜之情，对中国共产党的伟大实践拥有自豪之感。

厉彦林从世界历史和人类文明的宏观视角转向了对中国历史的具象化审视，从中国文化演进的角度来描绘"中华民族几千年的期盼"。作者信手拈来的诸多典故和文献，如《诗经》中的"小康"、《尚书·大禹谟》中的"德惟善政，政在养民"、《老子》中的"道法自然"、《论语》中的"贫与贱"、《墨子》中的"民有三患"、《离骚》中的"长太息以掩涕兮，哀民生之多艰"、《史记·皇帝本纪》中的"赤子"、《管子·牧民》中的"仓廪实而知礼节，衣食足而知荣辱"、王充《论衡》中的"知屋漏者在宇下，知政失者在草野"、于谦《咏煤炭》中的"但愿苍生俱饱暖，不辞辛苦出山林"、郑板桥的"衙斋卧听萧萧竹，疑是民间疾苦声"、孙中山的"三民主义"等，无一不体现出中国文化的温度、情怀和追求。作者在此作品中的许多观点，如对民生的高度关注、对民间疾苦的感同身受、对弱者的体恤和同情等，也与上述传统文化有着深层次的关联。但是作者具有较为理性的认识，他认可中国文化中的人本主义的因素，也认同传统文化中的理想性特质，但是他也不回避比较严酷的历史事实："纵观中国历史，中华民族的治乱兴衰都可直接或间接地从土地与农民的关系中找到原因，根本就没有哪一个朝代能够让人民摆脱绝对贫困，即使那些所谓的封建社会的'盛世'，也从未真正让人民吃饱穿暖，劳苦大众一直过着艰辛的生活。"面对尖锐的现实问题，传统文化范式与治国理念似乎只能提供精神上的安慰，并不能真正带来现实中的盛世美景。因此，对于中国社会而言，转变与突破将是社会发展的必然选择。而对于厉彦林而言，他则将叙事转向了中国共产党的党史领域。

作者用精练的语言勾勒出了中国共产党从 1921 年至 2020 年整整一个世纪的探索历程。其中，最为突出的便是中国共产党如何解决人民的生存问题。在厉彦林的描述中，从中国共产党成立时的宣言，到国共合作失败后的独自前行；从漫漫长征路上的腥风血雨，到延安简陋而温暖的革命窑洞；从"打土豪、分田地"的红色旗帜，到 1947 年《中国土地法大纲》的颁布实施；从社会主义农业改造，到农业合作化运动；从安徽省凤阳县凤梨公社小岗村 18 位村民的红色手印，到家庭联产承包责任制的全面实施；从农业现代化、中国反贫困的总体战略，到开放式扶贫与科学发展观下的脱贫思路，直至新时代在中国特色社会主义思想指导下的"四个全面"战略布局和"五位一体"总体布局，中国共产党人的百年奋斗史实际上是与贫穷落后的斗争史，也是实现共产主义理想、实践共产党人初心与宗旨的探索史。"中国农民摆脱贫困的历史，俨然就是一部共和国的成长史、发展史。也就是说，共和国的发展史，就是带领人民摆脱贫困、追求幸福的历史。"

在中国共产党的探索历程中，作者选取延安作为主要的论述对象。通过对延安红、黄、绿等色彩历史流转的呈现，描绘出了一幅波澜壮阔的历史画面。"红色：是延安为中国共产党的生存成长发展和新中国诞生做出特殊贡献的功勋色彩；黄色：是黄土高原的黄土沉积上百万年，无穷无尽的自然灾害在延安大地刻下的痛苦而无奈的泪痕；绿色：延安人民祖祖辈辈祈望又绝望，但新世纪用智慧和汗水描绘出的真实而壮丽的巨幅画卷。"经过历代人的努力，跨过历史的坎坷与曲折，在以习近平总书记为核心的领导集体的带领下，延安攻坚克难，终于在全面建成小康社会之前实现了整体性脱贫的历史壮举，埃德加·

斯诺口中的"最贫困地区"彻底告别了绝对贫困。作者对延安脱贫的历史叙事是漫长和详尽的,其中有若干"小人物"的悲欢离合、琐碎的家长里短,有枯燥的数字和缺乏文学色彩的政策文件,但是不能否认的是,作者的叙事充满了历史主义的激情。从世界的角度来论述人类文明,从人类文明的角度来审视中国社会,在中国历史的脉络中凸显共产党人的治国理念,从新中国的整体中择取延安为典型,从而将延安的"脱贫漫记"演绎为中国脱贫工作乃至中国共产党人执政为民的"样本"。所以,我们从《延安答卷》中看到的不是一个点,而是一个广阔的画面;不是一个偶然和"现象级"的片段,而是中国历史演进的必然趋向;也不单纯是理想的放歌,更是现实的客观再现。

从某种意义上讲,任何现实问题都存在于横向的截面和历史纵向延伸的交叉处,都存在历史的必然性和现实的个体性、偶然性。因此,只有在对历史的把握中呈现现实的独特性才能让宏大的叙事主题呈现出典型化的特征,才能让叙事达到史诗的高度。在此方面,厉彦林的《延安答卷》可以说是做出了良好的示范。他能够在历史的叙事中,将中国与外国、中国现当代的历史与传统社会的历史、延安与其他区域进行适当对比,将延安脱贫的故事上升为有着漫长历史因缘和丰富文化内涵的"中国故事",达到了现实呈现和史诗建构相融合的良好叙事效果。

二、 红色激情与土地情怀相融合的道德整体性。 史诗建构的合理性不仅体现为历史与现实的沟通、和解和相互改造,也不仅在于创作主体是否具有历史的视野和历史性的时间意识,更为重要的是文本能否实现道德伦理的现实化,即按照某种观念介入现实之后,作者的主体性和先验性认识能否适应现实经验,以使其先入为主的观念能够融入并存活于现实经验之中。如卢卡奇描述的那样:"史诗的主体总是生活中以经验为依据的人,但是,在伟大的史诗中,创造性的、驾驭生活的狂妄将在璀璨夺目的意义面前变为谦恭、注视、沉默、惊异,确实出乎意料的是,对他,即日常生活中的普通人来说,这种意义在生活本身中不言而喻已变得一目了然。"

对于《延安答卷》这部著作而言,其政治理念的凸显是不容置疑的外在特征。作者对他所秉持的政治理想格外珍视,在文本中不止一次地进行大幅度地论述,其中不乏饱含情感和诗意的描述,如:"中国共产党却创造了世界政党史上的奇迹,她铭记自己的初心,始终没有忘记为什么出发、从哪里出发、要走到哪里去,把对每个中国人的爱拉长、变浓,直到延伸成对人一生的关心、关爱，直到生命的终点……"但是纵观这部作品，我们不难发现这种政治理念的宣扬在文本中已经创造了现实化的效果。作者通过个体化道德经验和政治伦理的高度融合，在民间的伦理诉求与国家的政治理念之间实现了内在的理解和沟通，使得文本中的"意义"来自生活本身，意义和生活、理想与经验之间实现了总体上的平衡与和谐，从而达到了史诗性作品内在道德整体性的状态。具体而言，厉彦林在这部作品中通过以下三个方面达到了这种状态。

首先，作者对于共产党人理想信念的认识是内在性的。他不仅对中国历史有深入的认识，对中国共产党人的奋斗史更是有着清晰的把握。虽然是一部关于脱贫工作的纪实文学作品，但是作者却能在中国共产党发展的历史进程中进行宏观性叙事，既有对历史的回顾，也有对现实的理性认识，更有对未来的期盼，连通了过去、现在与未来。在对"摆脱贫困之路"的思考中，作者阐述了"为什么扶，扶持谁，谁来扶，怎么扶，如何退"等核心问题，将中国的脱贫工作放置于中国共产党宗旨和初心的层面，赋予现实政策行为以党性的高度和政治伦理的意义。所以说，厉彦林的《延安答卷》并非仅仅是一部脱贫攻坚的现实答卷，更是中国共产党面对初心与理想自我检验、自我审视、自我反思的历史答卷，也是面对群众、兑现诺言的人民答卷。在这份内涵丰富、极具重量的"答卷"中，我们可以发现"中国道路"的方向和背后的崎岖、"中国成就"的伟大与内在的艰辛、"中国精神"的笃定与前方的挑战、"中国力量"的强大与周围的危险。只有在有了学理化和理性化的认识之后，才能将政治叙事行为升华为主体性精神，才能将写作中的政治意识演化为内在的精神素养，从而将外在的语言凝聚为内在的精神力量。从厉彦林的写作中，我们不仅发现他对中共党史的熟稔，对中国道路和中国共产党执政行为的理性把握，对中国共产党人革命道德与政治伦理的学理化认知，更重要的是他将上述种种内化为叙事者的学养、修养和涵养，成为文本中显现的伦理叙事和潜在的叙事伦理。

其次，与共产党人的内在修养相对，作者具有先天的土地情怀。在此作品中，厉彦林曾经引用艾青的诗句"为什么我的眼里常含泪水？因为我对这片土地爱得深沉"，借此描述习近平总书记所坚守的人民路线和乡土情怀。实际上，这句话也是作者心迹的流露。厉彦林对僻静的乡村、沉默的民众、厚实的土地有着极为深厚的情感，对中国农民在历史中所承受的苦难有着深层次的同情和悲悯，这在《春天住在我的村庄》《赤脚走在田野上》《地气》《裸露的灵魂》《都市庄稼人》等作品中已经有深入的描述。在《延安答卷》中，作者也多次用饱含深情的语调描述他对民众的关爱之心，对贫困农民的生存困境有着令人动容的情感倾诉。"中国农民默默无言承受的辛酸苦楚跃然纸上，让人震撼。还有曾是'希望工程'的形象代言人、全国人熟知的'大眼睛女孩'，那双山区贫困家庭孩子渴望读书、期望改变命运的大眼睛，撞击心灵。""道路崎岖泥泞、沟渠道路堵塞、校舍破旧、困难户生活无着、大病户治不起病、学生读不成书……困难户那卑微姿态让人心生怜悯，佝偻着的身躯在寒风中显得弱小，想想那些挣扎痛苦、心酸无奈、生死离别的人生场景，就让人心生苍凉、无奈和悲壮。""处于贫困状态的人，面对望不到边的穷愁困苦，仿佛弱不禁风的幼苗生长在悬崖的缝隙里，犹如长期挣扎在泥潭中，好似涓涓溪水在乱石峭壁间流淌，虽然心依然在跳动，眼睛依然闪耀渴望的火花，但总归周身溅满痛苦的汁液和泥浆，落寞着心殇。"他从罗中立的油画《父亲》中看到了朴素的外貌、泥土般的温情与苦难的痕迹，从《羊肚子手巾三道道蓝》《信天游》等陕北民歌中听出了农民的坚韧与无奈，从流行歌曲《黄土高坡》中听出了空旷与苍凉，从路遥的《人生》、陈忠实的《白鹿原》中感受到土地的宽容与人民求生的意志。最为可贵的是，他能从这一代人挨饿受穷的经历中保留一份对人民苦难的敬畏和深切同情，也因此在其一生的工作和生活中能够始终关切、关怀、关心底层群众生活的冷暖。这一点不仅体现在这部作品中，也贯穿于厉彦林散文创作的整个历程中。正因如此，他能够对"脱贫"高度关注，能够将贫困群众有没有安身之房、有没有糊口之粮、孩子是否上学堂、有无病人躺在床等确切生活问题放在心上。也正是由于这种来自底层和民间的土地意识和悲悯情怀，作者才能对延安脱贫成功怀有诗意的情感："远眺如画的美景，满山的白桦、栎树、榛子和松柏等树木呈现出深红、浅绿、橙黄、殷紫的绚丽色彩，若浓墨重彩的山水画。夕阳从山顶斜射过来，温存地照在残垣断壁的墙头上，虽然有些苍凉，但满是深秋成熟的颜色，让我心生暖意。""坐在延河边，仰视心生激越；俯瞰是视觉盛宴。还是静心倾听大地幽远深邃的倾诉，让思绪穿越如诗如画翠绿的树林吧：无论是大树还是小树，无论稼禾还是稗草，它们都在沉默中积蓄能量，在寂寞中等待破土，在延安这片土地上扎根、萌芽、吐叶、成长。摆脱苦涩与无奈，自由地舒展生命，顽强地活出自己的风格。"从厉彦林的忧虑与欣喜中，我们不难发现其优柔的情感与身为政治工作者的担当与使命，在他身上实现了文人与政治工作者身份的有效结合，延续了革命知识分子与革命文人的优秀传统。

　　最后，在上述两者的基础上，作者形成了突出而鲜明的人民性观念，从而实现了叙事道德的内在整体性，即作者对民间的关注与其政治叙事姿态高度结合所形成的统一性叙事伦理。关于人民性的论述，作者在前期的创作中已出现过多次，最为典型的为 2015 年他在《时代文学》上发表的《人民，人民……》。作者在这篇散文中重申和强调的"人民万岁"的口号实际上是作者政治叙事中最为核心和稳固的伦理基础。在《延安答卷》中，作者延续了这种理念，并借用沂蒙精神的八字精神特质——"生死与共，水乳交融"来进行理解和形容。对中国共产党而言，这种道德的整体性是"从哪里来""到哪里去"的根本性问题。能否解决人民生存问题，是中国共产党存在合理与否的标准。对于群众而言，现实领域内生存状况能否得到改善和提升是人民能否对中国共产党和中国人民政府持有信心并加以拥护的最终依据。所以说，在作者的心目中，"民心"是一个根本性的标准。"民心在哪里？不在口号里，不在会议里，不在高官权贵手里。民心奔淌在老百姓兴奋的泪水里，民心闪动在老百姓开心的微笑里，民心跳动在老百姓自发的掌声里，铭刻在老百姓的心坎儿上，融入在切切实实为人民服务的实际行动中。""国家政策是否有温度、得民心，得由实践检验、百姓评判。……中国共产党人铭记初心和使命，深深扎根在普通群众中间，沿着民心追逐的方向，昂首走在时代前列，与民众心灵相通、贴心暖肺，成为靠山。"

　　以民心为标准，以人民性为尺度，以人民的监督为制度运行的保障，意味着历史评判标准制定和实施的权利真正还给了"沉默的大多数"，他们真正成为国家的主人公，消除了几千年以来中国社会"庙堂之高"与"江湖之远"的隔阂，消除了"草野小民"与"朝者显贵"的政治界限。厉彦林以"人民性"和"民心"为核心的叙事无疑切中了中国政治的实质，也反映出其内在道德意识的整体性色彩。

　　三、　物质脱贫与精神脱贫相结合的现代性视角。　厉彦林对于脱贫的认识是立体化和现代性的。在作品中，延安地区的脱贫主要指向的是告别绝对贫困，即在数字指标下中国民众生活状况的物理性改观及其所带来的精神状态的系列变化。在绝对贫困的概念下，脱贫主要指向生存贫困和生活资料匮乏的层面。换言之，摆脱绝对贫困意味着人能够维持基本的生存指标。整体性脱贫意味着每一个人都能得到生活必需的生活资料，得到物质上的基本保障，正如《礼记·礼运篇》中描述的那样："使老有所终，壮有所用，幼有所长，矜、寡、孤、独、废疾者皆有所养。"

虽然这种美好的理想是中华民族几千年来所致力的方向和想象中的盛世美景，但是没有一个朝代能够彻底告别绝对贫困。"庖有肥肉，厩有肥马，民有饥色，野有饿莩"的历史怪象在不断循环，中国人所处的时代也便如鲁迅所描述的那样，只是在"想做奴隶而不得的时代"与"暂时做稳了奴隶的时代"之间交替。中国新文学中有关中国民众贫困与摆脱贫困抗争的描述是最为沉重的主题，也是最为重要的文学题材。

二十世纪二十年代，作家在呼吁精神解放、思想启蒙的同时，高度关注下层群众的生存困境，最为典型的便是"乡土小说"中关于下层民众为了生存而"典妻当子""卖儿鬻女"的文学叙事。到了二十世纪三十年代，如何摆脱贫困、像正常人一样生活下去已经成为左翼文学关注的焦点，《多收了三五斗》《丰收》《春蚕》《秋收》等题材的作品是其中的代表。社会剖析派的作者们开始尝试利用马克思主义中的唯物史观分析中国的社会性质、探寻中国的革命道路，最终得出了要想生存必须革命的结论。到了延安文学时期，对于脱贫的关注已经从文化领域上升至政治领域和制度层面，1947年《土地法大纲》的颁布及"土改"运动的实施，开始为下层民众的生活提供制度性的保障，《太阳照在桑干河上》《暴风骤雨》等作品便是这段历史的例证。新中国成立后，对改善人民生存状况的尝试更是从未停止，《创业史》《山乡巨变》《三里湾》等作品中塑造的带领贫下中农脱贫致富的农村新人形象在今天仍然具有很强的情感、道德与艺术感染力。进入新时期之后，中国共产党重新调整了经济制度和社会保障策略，贫困地区的困难民众开始逐渐脱贫。但是，新时期会有新问题，有的群众在市场经济优胜劣汰的环境中陷入更加困难的境地，城乡之间的差距也越来越明显，于是，统筹扶贫、精确扶贫、开放扶贫、"造血"扶贫、生态扶贫等脱贫策略多管齐下，最终使延安等自然环境恶劣、地理位置不佳、发展具有先天劣势的区域相继脱贫，告别了绝对贫困。正是在这个意义上，《延安答卷》是对中国百年新文学史、中国共产党百年发展史的理性回顾，是站在中华民族伟大复兴的历史关口上对中华民族五千年文化夙愿的正面回应。它延续了关注国计民生的时代主题，但是情感上已经由因贫困带来的凄凉和悲哀蝶化为脱贫的喜悦和骄傲。

但是，作者在欣喜的同时仍然存在对未来的忧虑。他发现在物质上消除绝对贫困或许只是"万里长征"的第一步。"我们试想一下，父母受教育程度低、劳动技能培训少、观念陈旧、生产资料占有份额少、缺少谋生和发展的手段，就容易安于现状、不思进取，子女从小受其影响，重复父母贫困境遇的可能性就很大。譬如受血缘、地缘和人际关系的局限，导致性格忧郁、孤僻、沮丧，缺乏战胜贫困的思路、门路和信心、勇气。因而，往往一代代难以挣脱贫困代际传递的锁链。""消除绝对贫困后，相对贫困将长期存在。当然，贫困不是单纯的物质贫乏，吃不上好饭、买不上新衣服都不算贫困。如果家里储存的食物只能吃两天，然后就空空如也，也可以算贫困。也就是说贫困是一种生活的压力和不确定性，包括对现代社会生活的不适应和目光短浅、身处窘境、形成'管窥效应'。有些人在物质上已经脱贫，甚至从来没有贫穷过，但心理、精神层面可能还处于贫困状态。从这层意义上讲，贫困既是一种'物质病'，也是一种'生理病'，还可能遗传。"因此，他在此作品中强调物质扶贫、制度扶贫与精神扶贫的结合。只有如此，才能斩断贫困代际的恶性传递链和贫困症。"贫穷是不在乎尊严的，长期处于贫困的人口更不在乎。人一旦不在乎尊严，就感觉一切都无所谓，毫无进取心和思变之心，这可能就是实质的贫困症吧！"只有让人在精神上脱贫，才能实现真正的脱贫。随着作者的描述，我们可以发现作者对于脱贫的理解已经不再局限于吃饱穿暖的层次上，而是逐步上升到人的尊严和道德的高度。这不仅是对贫困人群物质匮乏的感叹，更是对贫困人群主体性精神缺失的沉重忧虑，这也是作者高度关注贫困地区脱贫过程中"孩子上学堂"问题的重要原因。

实际上，厉彦林的这种视角，已经从对现实中政治行为的观察回归到思想启蒙的道路上。他认为，只有通过文化和思想上的启蒙，才能让人们形成健全的人格、自尊自爱的品行、发愤图强与自力更生的意志，进而认真反思贫困的原因，理性探索脱贫致富的道路，最终从生活的泥淖中走出，真正获得重生。所以，他在为物质脱贫的成功感到喜悦的背后，关注的是更加深远的主题，即如何从贫困状态中"救救孩子"。厉彦林认为，世界上有两种东西永远不会被人夺走，一是藏在心里的梦想，二是读进脑子里的书。因此，他从精神脱贫的高度对贫困地区的教育问题格外关注。他认为只有更为广泛和普及的现代教育，才能让贫困地区的孩子见到更远的天空和风景，从精神深处塑造积极健康的人生观和世界观，从而将政府外在的扶贫行为转化为个体内在的脱贫愿望和能力。

也正是在文化传承和思想构建这个更为深远的视阈下，厉彦林面对现实中的文化乱象，提出了极为严峻的时代命题，即物质脱贫乃至于实现富裕的同时，能否实现精神的富足和良好的文化生态，能否实现民族精神和国家意志的统一与和谐。"一个国家的年轻人，应该信仰和崇拜的偶像，关键时刻、危急关头能为国避难、为民撑伞"；"人和动物同样有着生命和鲜红的血液，根本区别就是人有意识和思维，能超越原始的动物需求。贫困解决了，精神是不是富有？应当学会在恐惧无助的黑暗里探找光明，在苦咸的汗液中体验温度，始终追逐救赎自己心灵的那束亮光"。厉彦林的描述已经超出了特定的空间，也超出了脱贫工作的物质层面和政策层面，而是面向未来、面向整个社会，站在社会文化构建和民族精神传承的高度上，对中国社会主义事业的殷切期盼和深入思考。这或许不仅是厉彦林个人所关心的问题，也是国家在实现全面脱贫之后面临的另一时代课题，或许还会影响中国共产党所构建的中国史诗的未来走向。

中国不缺乏精彩的故事。或许，在悠久的历史中，在中国这片广袤的土地上，跌宕起伏的民族命运本身便是一部真实、宏伟、荡气回肠的中华史诗，曾经的辉煌、屈辱的沉沦、思想的觉醒、革命的成功、民族的复兴等都是中国故事的主要情节。当然，我们不能回避，在宏大的历史主题下、在中国思想的主潮下、在民众的齐声呐喊下，有诸多独特、有个性的声音在若隐若现，有大量的传奇故事在不断上演，有众多完美的设计和憧憬在激发着人们的想象。但是，如果不结合中国的历史、中国的现实，不具备整体性的视野，任何故事或许只能是传奇、神话乃至于闲谈，不具备现实意义，从而失去审美的基础和文学的基本质素。在此意义上，厉彦林的《延安答卷》能够从历史发展的角度探析中国的道路问题，能够从道德伦理的整体性角度认知中国政治的基本取向，能够从文化的高度理解中国的脱贫历程，无疑具有重要的政治意义和现实意义，也为中国文学叙述中国故事提供了一个颇具借鉴意义的精神"样板"！

《延安答卷》：筑梦、逐梦、圆梦

刘万强

回顾往昔，雄关漫道真如铁，革命摇篮、精神灯塔——延安，沟壑交叉，荒山秃岭，地广人稀，老百姓用一腔热血构筑了心中的小康梦；正视当下，而今迈步从头越，革命儿女逐梦前行，延安市延川、宜川两个县退出贫困县序列，延安 693 个贫困村全部出列，谱写了"人间正道是沧桑"的序曲；展望未来，长风破浪会有时，英雄人民将在富强、民主、文明、和谐、美丽的社会主义现代化强国中圆梦。巨变，在黄土地上书写；力量，在攻坚中彰显。在这片希望的田野上，新时代的延安人正意气风发、昂首阔步走在奔向全面小康的大路上。

延安，这位曾经在革命路上逐梦的英雄，如今也是脱贫攻坚逐梦路上的奇迹。从满身黄土到身披绿衣；从"种一茬庄稼脱一层皮，下一场暴雨刮一层泥"，到"念着山字经""做好林文章"……《延安答卷》以写实的手法为我们展现了革命老区创造奇迹的筑梦、逐梦的过程。

品读完《延安答卷》，便被其深深感染，心中的激荡之情久久不能平复。厉老师站在了历史的高点，把握住了时代的脉搏，诠释了作家的责任与担当……文学在重要的历史时刻必然在场，作家在时代的伟大变革中不会失声。每每翻阅书籍，都禁不住留恋于这幅由奋斗描绘的真实壮美画卷，沉醉于这曲由民心谱就的宏伟激昂乐章，痴迷于这篇由精神铭刻的壮丽文化史诗。

一、《延安答卷》是延安人民用奋斗建设美好家园的写照，更是我国脱贫攻坚事业的缩影。《延安答卷》是延安思路，也是中国智慧。"天下事有难易乎？为之，则难者亦易矣；不为，则易者亦难矣。"中国的成功脱贫为困扰世界千百年的难题找到了解答。吴起县南沟村、洛川县菩堤乡木家塬村、宜川县壶口镇昝家山村……读《延安答卷》，这一处处虽未亲临，却仿若目睹耳闻，也曾忍不住为一个个奋斗的鲜活例子泪目。读及"苔花如米小，也学牡丹开"时，一下子便扣动了我的心弦，这不仅是对那些第一书记、驻村工作队、扶贫干部、劳动人民的讴歌，也是我们千千万万中华儿女的写照，"家是最小国，国是千万家"，每一株"苔花"都绽开笑脸，这不正是当下的祖国最真实的画卷吗？

二、《延安答卷》是党员带头真抓实干的典型案例，更是中国共产党赢得民心大考的完美答卷。《延安答卷》是延安样本，也是中国方案，是脱贫攻坚的典型，也是民心所向的彰显。人民在党的带领下，斩断了"穷尾巴"，挖断了"穷根子"，改变了"穷基因"，这不正是每个人都期待的吗？这就是民心——不在口号里，不在会议里，它流淌在老百姓兴奋的泪水里，闪动在老百姓由衷的微笑里，回响在老百姓自发的掌声里，铭刻在老百姓的心坎儿上，生发于切切实实为人民服务的实际行动中。时代是出卷人，我们是答卷人，人民是阅卷人。"民之所向，胜之所往"，人民的心声便是上下跳动的音符，每个"音符"都有回响，人人都能得偿所愿，这不正是祖国最宏伟的乐章吗？

三、《延安答卷》是践行新时代延安精神的文字见证，更是实现民族伟大复兴的历史检验。《延安答卷》是延安灵魂，也是民族精神。实现伟大梦想，必须进行伟大斗争，脱贫攻坚便是我们逐梦路上的伟大战斗之一。坚定信念、实事求是、艰苦奋斗的精神指引着我们走出了"绿色脱贫之路"。"立下愚公移山志，敢教日月换新天。"在民族精神的感染下，无数中华儿女活成了英雄的模样；在民族精神的熏陶下，炎黄子孙总是会愈挫愈勇，不断在磨难中成长、从磨难中奋起；在民族精神的指引下，龙的传人坚信"山再高，往上攀，总能登顶；路再长，走下去，定能到达"。千里之行，始于足下。我们踏出的每一步都是崭新的篇章，每个"篇章"都流光溢彩，这不正是民族最壮丽的史诗吗？

怎样的梦才够永存不朽？怎样的梦才够永葆生机？怎样的梦才够永矢弗谖？我想这定是《延安答卷》想要诠释的——中国梦。那一群——不，那一个逐梦人便是我们。

刊于 2020 年 12 月 21 日《山东教育报》

献给中国扶贫事业的一曲壮丽赞歌

——评厉彦林《延安答卷》

谷亚光

　　散文家、诗人厉彦林最近又出版了一本厚重的散文作品《延安答卷》。作为当代中国有影响的作家，这次他献给人们的是一部纪实文学作品，内容扎实，文字优美，全面展示了延安脱贫变绿的历史过程。正值决战脱贫攻坚，决胜全面建成小康社会的关键时刻，这样一部力作的出现可谓恰逢其时，称其是献给中国扶贫事业的一曲壮丽赞歌，是中国共产党带领人民摆脱贫困走向富裕的一部史诗，一点也不为过。

　　这部书有很多优点，这里只能选取几点进行介绍。这部书视野广阔，主题虽然是延安脱贫，但作者的视野并没有仅仅局限于延安，而是从全国乃至全世界这样更大的视角去观察、分析贫困问题。对于贫困这个世界难题，联合国也想了很多办法，但成效很不稳定。有些国家不仅深陷贫困之中，而且吃饭问题也难以解决。但在中国，短短几十年却发生了奇迹，中国靠自己的力量，实现了经济快速增长，让世界五分之一的人口摆脱了贫困，中国的减贫成就被世界银行前行长金墉称为"人类历史上最伟大的事件之一"。摆脱贫困、实现小康是全党全国人民的宏愿，延安脱贫，正是我党落实富民政策和实干兴邦的一个具体缩影。

　　这部书历史感很强。延安实现脱贫变绿、走上富裕之路，是一件大好事。且延安还不是一个一般的城市，而是当代中国具有一定符号意义的城市，它是曾经诞生过延安精神的城市，是在中国共产党历史上做出过特殊贡献的城市。因此，延安摆脱贫困，从一个黄土高原上贫瘠落后的革命圣地到一个绿装霞帔、富裕发达现代城市的转变就有了特殊意义。延河水、宝塔山、延安城，这些并不是简单的地理符号，枣园、杨家岭、王家坪……这一串串神圣的名字让无数人神往敬畏。在二十世纪三十至四十年代，这里曾不断传出党中央和毛主席的声音，那是指引抗日救国、实现人民翻身解放的声音，那是能给人民带来幸福的声音，人们至今难忘。所以作者选择这个城市作为摆脱贫困的典型，可以说抓住了重点，具有以一当十的力度，更具有独到的历史眼光，意义非同一般。

这部书资料丰富，内容扎实。作为一部文学作品，一般人可能以为，它是作家虚构出来的，没有多大的实用性。但这部书具有纪实性，书中巧妙叙述了几十年来我党与贫困落后斗争的战略和策略，叙述了许多延安干部和人民战胜贫困、奋发图强的故事，展示了大量的数据。这些让读者真切感到，这里的人民在战争年代是对敌斗争的英雄，在建设和改革年代，又是同自然搏斗、同贫困角力的好手。

如果这是一部纯粹的文学作品，那就没有可重复性，也就是说，对其他地方而言没有参考价值。但正因为这是一部纪实文字作品，里面的事实、政策、数据、模式就具有了参考意义。

这是一部语言优美、充满诗意的文学作品。虽然上文提到过，该书来源于现实，但这并不代表该书就像一篇长篇报道，因为那样就不能称其为一部文学作品了。该书的血肉是丰满的，但灵魂更强大；主题内容是纪实性的，但语言风格却是诗化的。这可从两方面来说明。一是由于作者是一个作家的同时还是一个诗人，具有丰富的诗歌创作积累，因此在创作《延安答卷》的过程中调动了自身的艺术经验。读者可以看到，书中的很多章节引用了历史上的相关诗句，营造了一种诗意氛围。二是作者是用散文笔法来结构这部作品，这就决定了作者不能停留于沉重的纪实写法，而必须让文字灵动起来。不这样写，延安变迁的气势和灵魂就难以全景式地展现出来。

作者除了作家、诗人的身份之外，还是一位领导干部。在应对多种事务情况下，他仅用一年时间就创作了这样一部作品，确实难能可贵。但也正因如此，这部作品还稍显粗放，如果能有更多时间加以打磨，相信文字会更好。作者也感叹这部作品是"冒着热气、散着地气的诉说"，所以有些原生态和不够细腻之处也是可以理解的。等散去了历史的烟尘，汰去了近距的纷扰，那时作家再去观察、书写这段历史，可能另有一种风姿。

中国脱贫攻坚事业的成功是世界历史上的伟大事件，当然更是中国发展史上的辉煌一页，这一辉煌历史篇章还等着更多作家来书写。今天，厉彦林同志用他充满感情的笔描画了这幅巨作的一小部分，就已经让人为之兴奋，我们有理由期待更多更好的作品出现。

发于 2020 年 11 月 28 日改革网

微评集萃

◎因近期几次外出活动耽误，您的大作今日刚认真读完。写得非常好，有思想，有情怀，有分量，也很有文采。特别是您能把延安这个神圣、神奇、神秘地方的历史、人文、政治、经济等，从多个维度、事件和因素着眼，通过脱贫攻坚这条主线自然、巧妙地联系起来，浑然一体，加上大量生动感人的典型事例，更增添了该书的厚重感和可读性，令人十分钦佩和欣慰！我作为延安人，特别是一名"三农"和脱贫工作的亲历者，更要对您表示深深的敬意和由衷的感谢！延安人民和延安的历史也将会记得和感谢您！

延安市政协原副主席　马　晔

◎彦林同志：大著收到，非常感谢。立即拜读，感觉很大气，令人鼓舞，是主旋律中的佳作。可贺可喜。我也被《延安答卷》感动，脱贫，真是天大的伟业，历史将记下这一章。脱贫绝非易事，那过程肯定是很曲折的，并非政令一下，全力支持就可成功。比如贫困户搬迁进城，恐怕利弊均有。又比如返贫现象，很难解决。中国是世界上贫富不均最严重的国家之一，脱贫的最终成功，有待于体制改革。我也是农村出身，如果我现在还是农村高中生，恐怕也走不出乡村。无论如何，我挺赞佩你的工作，你的作品。

温儒敏

◎读了大作，深受感动。首先，我特别认同您的文体确认，认为这是一篇"纪实性散文"，也许是偏爱厉老师的饱含感情的语言而形成的执拗，竟然影响了对于文体的认知，可见我的偏颇。

其次，您从时代入手，评价的切入点很深入、贴切。您与作家厉彦林老师都是新时代的弄潮儿，热爱生活，追求新的理念和目标，你们与生活同行，与时代同步，所以，您与厉彦林老师有着共同的灵感，您的鲜活文字可以证实您的初心——"人民至上，跟定中国共产党，走新时代习近平中国特色社会主义道路!"这里的一整套理念体系，被合理地安置在与心灵相通的位置上，融合为一体。这是做评论的最高境界，在理念上占据时代最高点，马克思主义的批评便应运而生。

再就是才华。新的时代簇拥出现了一批作家和批评家，他们是时代的骄傲，是人民的代言人！他们拥有民族传统美德，有着美好的传统情怀，可以说这批人原本天成，是人才辈出的时代造就的。您是幸运的。与厉彦林老师一道讴歌时代，唱出社会主义的康庄大道，唱出马克思主义的胜利高标，建设中国特色社会主义的光辉未来！

因此，祝福您和厉彦林老师新作频出，严谨治学，为党和人民献出更多靓丽风景。

山东师范大学王万森教授回复邱健同志

读者微信：

◎这样的作品一定会载入史册，能以阅读的形式从另一个角度见证眼前这段脱贫攻坚的历史，也是我们的幸运。（读者王女士）

◎大思路、大手笔、高浓缩、深耕耘，敬佩品德，敬仰才华，读后感慨感谢：好人好文好境界。（读者穆女士）

◎读完很畅快，大气磅礴，扎实有力，一篇大美文，太棒了。其中关于"延安绿"的论述，新颖，意境深远，必须把这段读熟背好！（读者厉先生）

◎闲下来我仔细拜读了，厉老师感应时代大势，大主题小切口，从人文主义的角度把难写的延安题材写得生动而有温度，用文学作品展现党员的初心和使命，佩服。（读者周女士）

◎拜读了，厉先生对延安情真意深，延安样本就是中国扶贫的样本，就是党的辉煌伟业又一值得载入史册的样本。（读者董先生）

◎大手笔，书写大地和时代的又一次自我突破！文人的细腻、诗人的感情、政治家的眼光。（读者王女士）

◎通过这本书，拓宽了我们阅读的视野，提高了我们对文章的欣赏水平，必须反复阅读才能进一步理解延安答卷的崇高内涵和博大精神！（读者刘女士）

◎最近省里开会，领导专门讲到了这本书，昨天在文艺创作推进会上也听

了汇报，评价很高、影响很大。（读者王先生）

◎我们央企也有扶贫任务，我恰巧每月写报告的时候也会看很多资料，这本《延安答卷》写得太好了，是我目前见到写脱贫的作品里写得最好、最全面的，书中的理论、思考之深入都为我指明了学习的方向。读的时候我自然地联想到了埃德加·斯诺的《西行漫记》，《西行漫记》帮助世界了解了当年的中国共产党和中国，我觉得这本《延安答卷》也非常适合被翻译到国外，让世界了解现在中国共产党领导下的中国，让世界了解一个真正为人民服务、敢担当、肯负责的执政党的样子和执政能力。我也在积极地询问报社、出版社工作的同学朋友，看看翻译和海外出版的办法，也在积极联系当时在国外留学时认识的外国朋友。希望这样的著作不光让国内的读者受益，也能让国外的读者受益！（读者王华溢）

◎首先向厉先生表达衷心的敬意，如可能请赐给大作，我认真学习。虽不能到延安现场领略脱贫攻坚成果，相信通过厉先生的大作也一定会收获匪浅。热烈祝贺《延安答卷》正式出版发行！（读者董先生）

◎致以特别的祝贺！先是人民日报发了书评，接着本书又上了"学习强国"，这一下就把宏篇巨制《延安答卷》的划时代意义做出了顶端奠基，其深远影响不可估量，真为您自豪，倍感荣光！将把本书作为党校学习培训的重要教材，开展多种形式的学习与研讨活动。（读者王先生）

◎篇篇大作，饱含嫂夫人的温情温暖。向领导学习，向嫂夫人学习！（读者田女士）

◎这样的书不是人人都能写好的，只有具备了厉先生这样的阅历、才华及性情才能写出这样的饱含情感的作品，太厉害了！（读者陈女士）

◎大哥又一力作！之前在其他报刊读过节选或评论，受益匪浅！

◎纪实文学《延安答卷》，语言生动鲜明，真实客观地记录下了延安摆脱贫困的历程，展现出红色圣地脱贫致富的宏大历史场景。（读者夏先生）

◎每次赏读作品，就对厉先生倍加崇敬，如此的历史记忆，如此的家国情怀，满满的正能量，谢谢您给我推送既愉悦心情又增长知识的作品。（读者刘女士）

◎厉先生文章好，评论也到位，把文章的思想意义、特色都表现出来了。（读者蒋女士）

◎党报核心，权威发声，世界奇迹，攻坚之胜。该部力作，必将产生越来

越大的影响，焕发出越来越灿烂的光芒！（读者刘先生）

◎还没读过厉彦林先生的长篇纪实文学作品《延安答卷》，但通过读志尚所写的介绍文字和读后文章，十分笃定这是一篇不读便会留下遗憾的史诗级雄文。（读者李先生）

◎读《延安答卷》，让我再一次近距离感受到了延安老区人民的坚韧。少时读路遥《平凡的世界》，就深深被这片黄土地展现出的恢宏气势和史诗般的精神所震撼。《延安答卷》再一次揭示了老区人民脱贫攻坚取得胜利的关键——中国共产党的领导。（读者郑先生）

◎延安是一种精神，是与天斗、与地斗的大无畏精神；延安是一种信念，是敢于担当、勇于作为、乐于奉献的坚定信念。虽还没专门拿出时间拜读厉彦林先生的《延安答卷》，但从这篇评论中已能嗅到那熟悉的热土气息、听到那拼搏奋进的时代号子、看到那热火朝天的恢宏场面。延安，秉续红色精神，传承红色基因，一幅宏伟蓝图正徐徐打开！（读者刘先生）

◎是啊！党的十八大以来，在东西部扶贫协作的大背景下，习近平总书记心系延安，强调党的领导、精准方略、社会动员、激发内生动力等基本着力点，从而拓宽了中国特色扶贫开发道路，丰富和发展了中国特色扶贫开发理论，为全球减贫事业贡献了中国智慧和中国方案。作家厉彦林的《延安答卷》入选 2020 年中国作家协会重点作品扶持项目，聚焦延安脱贫攻坚实践，讲述了延安人民发扬延安精神，在党的领导下走出一条"绿色脱贫之路"的生动故事，汇集成长篇纪实文学《延安答卷》，讴歌了延安和我国脱贫攻坚的辉煌成就。

为此，这篇评论立足于"作为新时代的作家，有责任记录这段历史，为我国的脱贫事业鼓与呼"，礼赞延安脱贫攻坚辉煌实践，并披露作者厉彦林出生于沂蒙老区，对贫困有着刻骨铭心的记忆，因而对表现脱贫伟业有着发自内心的责任和使命感。他查阅了大量资料，并多次奔赴延安实地走访察看，数年来笔耕不辍，终于成就了这部力作。该书就为什么扶、扶持谁、谁来扶、怎么扶等几个"靶心"问题加以精辟论述，列举出党和国家出台实施的一系列中长期扶贫规划——从救济式扶贫到开发式扶贫，再到精准扶贫——探索出一条符合中国国情的农村扶贫开发道路。（读者黄先生）

◎《延安日报》在 2020 年 8 月 16 日第 02 版头条刊发了《书写脱贫攻坚的史诗——读长篇纪实文学〈延安样本〉》一文，山东作家魏志尚以卓远的眼光、优美的文字、流畅的思绪，写出了自己阅读此文之后的切身感受。字里行间体现了老区党员干部和农民群众众志成城、战胜贫困的崇高精神，生动地佐证了"只有吹响了脱贫攻坚号角以后，延安才发生了真正的巨变"。

著名作家厉彦林的最新力作《延安答卷》，是一部"国字号"题材的长篇纪实文学。作者既以缜密的思辨力准确地勾勒出中国脱贫事业创新发展的方略图，还以小见大地讲述了党领导老区群众决胜全面建成小康社会、决战脱贫攻坚的生动事迹。即"昔日连绵不断、令人绝望的塬梁丘峁，神话般地变成了蓬蓬勃勃、果木飘香的绿色家园。"这些不仅是观察中国西部脱贫伟业的绝佳窗口，更是对书评作家文学功底和文化底蕴的挑战。（读者薛先生）

◎如今，在以习近平同志为核心的党中央坚强领导下，中国特色社会主义进入到新时代。我国社会主要矛盾已经转化为人民日益增长的美好生活需要和不平衡不充分的发展之间的矛盾。作家魏志尚的书评细节真实、内涵饱满，在于对"精准脱贫"的生活实践有思考，对我国西部乡村生活和革命老区弱势群体的生活有忧患和担当意识。他穿越时空、由远及近、博古通今，写作更是笔走龙蛇、胸有块垒、大气如虹。这些优美的文字，牵引着我的思绪，引导着我向前，因为我相信阳光总在风雨后。为山东作家魏志尚的随感文字点赞，为长篇纪实文学《延安答卷》的作者点赞。（读者薛先生）

◎《陕西日报》刊发的《流光溢彩的时代答卷——评〈延安答卷——脱贫漫记〉》这篇评论有高度、深度、力度和广度，也在陕西省内为您的大作做了一次很好的推介、宣传！尽管我对您的过往经历知道很少，但通过这本大作，看得出您是一位有思想、有担当、有作为、有才华的领导干部。您作为共产党人和一个贫苦农民儿子的初心、良心、责任心、事业心，加之您对文学的毕生爱好、长期修炼和非凡功力，壮志不已，不鞭自奋，含辛茹苦，成此大作，为共产党，为新时代，为延安人立德、立传、立功。放眼全国，这样的写作者没有多少。我作为延安人，也算三农和扶贫工作的亲历者，既没有您的才华和水平，也缺乏您的激情和担当，实在钦佩崇敬也羞愧自惭了！（原延安市政协副主席马晔先生微信）

《延安答卷》诞生记

朱晓梅

杜甫曰："文章千古事，得失寸心知。"近日重读千古名文《岳阳楼记》，被范仲淹"不以物喜，不以己悲"的忘我胸襟所感染，于是也在电脑上记录下我先生厉彦林创作《延安答卷》的大致过程。

2020 年我国现行标准下的农村贫困人口全部脱贫，这是党中央向人民、向历史做出的郑重承诺。我国脱贫攻坚的辉煌成就，既是千秋伟业、中国奇迹，也是人类减贫史上的伟大壮举。我知道，我先生出生于沂蒙山区的农民家庭，虽然现在生活无忧，但内心的平民情结一直是他创作的动力源泉。我作为他的妻子亲眼见证了他创作《延安答卷》的全过程。我感觉他创作这部作品的过程，好比女人十月怀胎，虽然艰难痛苦却又是幸福的。如果这样比喻，那我就是这部作品的"助产婆"了。

备孕。写中国的脱贫，写延安的脱贫，既是源起于《人民文学》杂志主编的约稿，又是基于他对党的恩情、对农民的感情和对文学的痴情，这也是他的夙愿和梦想。因为工作繁忙，他一直没去过延安。没有亲身感受，没有亲眼所见，当然不敢动笔。2019 年 7 月，我放暑假后的第二天就陪他去了延安。为了接通历史与现实、中央与延安之间的信息与感觉，我们从济南坐高铁到首都北京，然后转乘去延安的火车，走了一个晚上，第二天大清早到达延安。到延安后，我们洗了把脸，扒上一碗饸饹面，就赶紧跟随延安干部学院去现场教学的何老师奔赴延川县的梁家河，跟着学员一道听专家、当地的老房东讲述习近平总书记在梁家河的 7 年知青岁月。通过听课，我们感受到，是那艰苦的 7 年知青岁月在习近平总书记的心灵里埋下了精准扶贫的种子，成就了今天中国的脱贫。晚上回到延安城后，他又联系了延安干部学院党建教研部的教授一起探讨延安的历史与现状。第二天，我们又跟着学员坐在教室里认真听教授讲延安那辉煌的 13 年。那几天，我们跑遍了延安城内的红色景区、景点，探访了毛主席等老一辈住过、工作过的窑洞和地点，时间安排非常紧凑。我和我先生开玩笑地说："来一趟延安不容易，我们只接受红色教育吗?"一周的时间，我们听人介绍、实地察看，带回了一包沉甸甸的资料，回来的路上他就开始酝酿构思了。

实地考察回来后，他一搭写作基本框架，感觉需要了解的东西还很多，于是就一头扎进了山东省图书馆。为了节约时间，每次去都要待上一天，像个中学生一样，带一杯水、一个面包、一盒牛奶，如饥似渴地查阅资料，然后按借阅上限借回一堆书，回家看完后再去泡一天。那几个月，他除了上班，业余时间全都这样循环往复地跑图书馆。后来，又一头扎进我们山东管理学院的图书馆，搜索出所有关于脱贫书籍的目录，既浏览，又精读，忙得不亦乐乎。我知道，这一年多的时间，他是在恶补知识，通读了习近平总书记的著作，特别是关于脱贫攻坚、精准脱贫的重要论述，以及《世界新变局》《贫困的本质》《中国共产党与中国扶贫事业》《中国扶贫政策：趋势与挑战》《精准扶贫：理论、路径与和田思考》等 200 多本书。

孕育。资料收集差不多后，他就一头扎到创作之中。这个过程其实是痛苦、艰辛的。我担心他这个年纪，这么投入，身体吃不消，就悄悄地承担了我所能代替他做的所有事情。他投入在创作中，似乎和延安的百姓、延安的脱贫融为一体了，你跟他说话他有时都没啥反应，喊他吃饭，有时会答"思绪不想从作品里出来"。为了节约时间，省得彼此牵挂，他有大空就陪我到学校住。他感觉我既上班又干家务挺辛苦的，想帮帮我，表现一下，有一天便在我下班前熬上了稀饭。厨房和他的电脑就隔了一扇门的距离，稀饭糊了他都浑然不觉，从那以后我就不允许他在创作的时候干任何家务。后来，他写着写着感觉还有好多东西没弄明白，还缺鲜活的事例，2019 年金秋时节就又去了延安，这次他是以一位出身农村的贫困家庭子弟的心态去的，不辞辛苦地去贫困县、乡、村，到贫困户的窑洞里，实在真切地感受延安的变化。当然，我相信他看到的、听到的，肯定和大家不同。用他自己的话说："我坚持用自己的眼睛看，用自己的耳朵听，用自己的脚步丈量，用自己的脑子思考，用自己的语言表达，努力追逐历史足音和脱贫群众的脚步声，增强作品的历史厚度、时代热度、现实温度和理性深度、文学美度"。回来后还不停地给延安扶贫局的同志和一些贫困户打电话要材料、问情况、索数据，渐渐地，延安扶贫局的同志都成了他的好朋友。有一天清晨，他在打电话，我费了好大的劲也没听明白，这边是沂蒙山方言，那边是陕北方言，沟通起来非常费劲。我一问，原来他是在和延安市甘泉县桥镇乡闫家湾村仙神庙坪村民小组的搬迁户通电话。虽然电话费花了不少，但他很高兴，说："贫困户家搬新居了，近百平方米的楼房，今冬不冷了，孩子有地方写作业了。"我听清了对方说的一句："大哥，放心。俺家今年冬天一定很暖和！"

创作中，他为了了解延安贫困户结婚生子的新近事例，就一直让延安有关扶贫干部和贫困村的干部帮助打听。当听到"富态的大胖娃娃降生了"的消息，他激动得不亚于自己当上了爷爷。"等我孙子长大了，我会把我们家脱贫的故事讲给他听。俺就盼着从今往后孩子们的日子越过越好！"当听到贫困户老大爷说出这么动情感人的话，他如获至宝。

我知道他确定写延安脱贫后，就一直在鼓励他："你当过历史老师，写过诗歌散文，又在机关干了一辈子党务工作，对政策的把握和对文字的驾驭都没问题，这些优势叠加起来，一定会写出读者喜爱的好作品。"用心用情用心血书写出来的文字，饱含着对父老乡亲的深情，饱含着对党的脱贫政策的感恩和对脱贫成果的赞颂，有光，有生命。全文18万字，他坚持每句话都认真推敲，仔细琢磨，不说滥竽充数的话，改了一遍又一遍，草稿光铅印就印了五次。我帮他校对的时候，除了用红色标出需要修改的地方，还把感觉优美的文字也用绿色标出来，其实这些地方单独成篇也是美文。用散文甚至是诗的语言来写纪实文学，虽然是费劲的，但读起来的确是美的，是流畅的，不会有生涩感。这就好比把大米蒸成米饭是相对简单的，但是酿成酒就得付出几倍的努力，当然效果也是不一样的。在作品孕育过程中，我尽可能少分他的心，尽量让他吃好喝好。

在写作过程中，他对每个数据、每个事例都仔细核对，为了搞清退耕还林以来延安降雨量的变化，他和延安有关方面通了几十次电话。为了写出概括新中国成立70年来脱贫路径的这段话，他先后查阅了20多本书籍，反复比对琢磨。他说："我觉得这类论断性的话，准确性、规范性都可以再讨论、再研究，大家共同关注和思考才是意义和价值所在。"

诞生。2020年5月7日，在他生日这天，文章终于写成，交付《人民文学》杂志社和中央组织部党建读物出版社。我们也终于如释重负，紧绷着的弦松了下来。突然间我感觉到他似乎苍老了许多，书写这种呕心沥血之作，是耗费生命的。我这个助产婆在他作品生产的过程中摇旗呐喊，当生产出成品后，又很心疼他，真是用大命换小命，我开玩笑地说："你过了六十岁还能生产，真不简单。"虽然很累、很苦，但心里还是挺美的，期待着这部作品能为读者送去丰盛的精神美餐，为社会做些贡献。

2020年7月，《人民文学》在庆祝党的生日的第7期以《延安样本》为题，选登了近3万字的内容，人民文学微信公众号同时推出，还附上了创作谈。7月13日，"学习强国"在推荐栏目里推送，人民网、中国作协网、大众网、搜狐网等多家网站都在第一时间转发，引起了社会广泛关注，受到读者好评。14日早晨，我们两个人各自拿着手机查看学习强国的阅读量，一分钟增加一万，不到半天时间阅读量超过150万；这天《延安日报》破例在1至4版配图全文转发了《人民文学》的这篇文章，延安政协一位长期从事三农工作的原副主席说："太好了！在我的记忆中，《延安日报》用四个版面刊载一篇关于延安的报告文学，这还是第一次，足见延安官方和媒体及延安人对大作的高度欣赏和重视，您和您的文章真正载入延安史册了！"此文已入选中国作协2020年度重点作品扶持项目"决胜全面小康、决战脱贫攻坚"主题专项和山东省优秀文艺作品入库项目，2020年8月已由党建读物出版社出版发行。

《延安答卷》出版后，新华社发布了此书出版的消息，《人民日报》《中国新闻出版广电报》《中国社会科学报》《文艺报》《大众日报》《延安日报》《山东文学》等报刊相继发表了评论文章。

实践证明，只要紧跟时代和民心，以讴歌真善美的眼光和平民心态，满怀深情地去关注和感受饥饱、冷暖、喜忧这些老百姓牵肠挂心的事情，用充满善意的眼光和笔触去探寻他们的故事，就能发现闪动的思想火花和戳痛心灵的瞬间，也必定能创作出好的作品。

刊于2021年1月16日《齐鲁晚报》

时代使命与文学主题

——评《延安答卷》的非虚构写作

周　南　邱　健

作为抗战时期的革命圣地和延安精神的发祥地，延安发生的故事在中华民族复兴征程的关键节点上，有着里程碑式的重大意义，同时也为非虚构写作提供了独一无二的宏大叙事题材。80 多年前，在全面抗战爆发前夕，也是中华民族最危急的历史关头，中国共产党人领导工农红军，经过两万五千里艰苦跋涉到达延安，并在此谋划拯救民族危亡的战略，筑牢中华民族复兴之路的根基。这一伟大历程引起世界瞩目，最初有赖于美国记者埃德加·斯诺的不朽名著——《红星照耀中国》，这部书被誉为"非虚构写作的光辉典范"。今天，历史行进到中华民族崛起的新时代，革命老区延安率先取得了脱贫攻坚的胜利，创造了举世瞩目的奇迹。2019 年 5 月 7 日，延安的最后两个贫困县延川、宜川退出贫困县序列。第二天《人民日报》在报眼位置配发延安果农采收红苹果的彩色照片，向全世界宣布：延安告别绝对贫困！中国文学素有关注现实、参与现实的传统，改天换地的时代画卷，火热丰富的社会生活，召唤作家的"行动"和"在场"。厉彦林的长篇创作《延安答卷》，就是生动展示延安脱贫壮举的一部力作，此书副标题"脱贫漫记"，让人自然联想到《红星照耀中国》的最初中译本书名——《西行漫记》。著者在后记中称《延安答卷》为"纪实文学"，也有评论者称之为"报告文学"。通观全书，就文体来说，《延安答卷》可以归类为近年来风头劲健的非虚构写作，从基于田野调查的内容真实性，到文本结构、表达方式，这本书都体现着非虚构写作的诸多特点。而作者把握和表现时代主题的气魄和驾驭重大题材的能力，发掘变革现实精神动力和探寻历史底蕴的追求与努力，又与近几年非虚构写作的创作倾向迥然有别，客观上表现出非虚构文学创作态度的转向，这种转向也早已为批评界预言并为读者期待。近期扶贫题材创作的大量涌现，已经被有些评论者看作非虚构写作倾向转向的信号。基于此，《延安答卷》堪称分析非虚构写作诸多面相不可多得的文本。

一

《延安答卷》旨在忠实记录新时代人民创造的奇迹，作者厉彦林未必是有意识地进行非虚构写作，或许根本没在意其作品与近来备受热议的非虚构写作是否相关。相比于文坛的东西南北风，厉彦林更专注平民百姓生活质量的提升。他这样谈本书写作的初衷："我经历和见证了改革开放以来特别是新时代中国脱贫攻坚的光辉历程和伟大成就，目睹了众多贫困群众脱贫后物质和精神的新生活、新面貌。2020 年现行标准下的农村贫困人口全部脱贫，几亿农民彻底摆脱贫困，中国人不再'挨饿'，我国将提前 10 年实现联合国《2030 年可持续发展议程》的减贫目标，这是了不起的成就，伟大的奇迹，应当倾心讴歌，应当铭记这段彪炳史册的历史。应当有与时代同步、与民心同行、读者喜欢读，有情怀、有温度、有分量的文学作品。""兴亡天下事，落地成文章。我们应当为脱贫攻坚大决战讴歌，为走出贫困的众乡亲立传。"这段肺腑之言让人想起斯蒂芬·茨威格在《人类群星闪耀时》序言中说的："我丝毫不想通过自己的虚构来增加或者冲淡所发生的一切的内外真实性，因为在那些非常时刻历史本身已表现得十分完全，无须任何后来的帮手。历史是真正的诗人和戏剧家，任何一个作家都甭想去超过它。"作者对待延安脱贫这个题材，应当如茨威格一样，要如实展现非常时刻历史的精彩，这是虚构性的文学做不来的。就写作方法和文类样式来看，从"写什么"到"怎么写"，《延安答卷》几乎具备当下非虚构写作的全部要素。实际上，如果以是否虚构分类，文学向来也只有虚构和非虚构两个大类，而广义的非虚构类，则包括报告文学、纪实文学、传记文学、日记、回忆录等。在这个意义上的非虚构写作，传统可谓源远流长。本文将《延安答卷》作为非虚构写作文本，这一概念虽然认可广义的非虚构含义范畴，但主要还是着眼于与近年来新兴起的非虚构写作比较而言。

广义的非虚构写作一直存在，是与虚构性的小说、戏剧等相对的文学写作文类。所以，非虚构写作尽管近年来才成为文坛热点，却并非近几年才有的写作方法样式。像本文一开始就提到的《西行漫记》，这本书创作于二十世纪三十年代，却被誉为非虚构写作的经典。研究界比较一致的观点认为，明确地将"非虚构"作为文学文体概念提出，源自美国杜鲁门·卡波特对小说《冷血》的命名，此后这一名称曾专指二十世纪六七十年代兴起于美国的非虚构小说、历史小说、新闻报道等写作类型。非虚构写作在中国成为热门话题，是在进入二十一世纪之后的近十几年。首先是文学实践发生的新变，标志性事件是《人民文学》杂志在 2010 年推出"非虚构写作栏目"，推动非虚构写作计划，并由此产生了影响广泛的代表性作品。继《人民文学》之后，也有文学期刊相继推出"非虚构论坛""非虚构文本"等。而与此相应的创作成果引发广泛关注，与时代飞速发展、现实生活瞬息万变直接相关，更与二十世纪九十年代以来中国文学的发展困境有关。文学创作沉溺于日常的、身体的、碎片化的个人经验书写，导致文学与公共空间、集体经验越来越疏离。文学几乎成为少数人小圈子的自娱自乐，日渐远离社会变革、与大多数人生活不相关。

早在 2003 年，厉彦林在自己诗集的后记中，就对文学脱离现实表达过担忧，对于诗坛由昔日的热闹趋于冷落和沉寂的原因，他明确批评道："也有诗歌作品片面追求个性化、自我封闭、远离社会和人生的问题。"《人民文学》发起非虚构写作时，以"大地人民·行动者"相倡导，2010 年第 9 期编者"留言"认为，非虚构写作"探索比报告文学或纪实文学更为宽阔的写作，不是虚构的，但从个人到社会，从现实到历史，从微小到宏大，我们各种各样的关切和经验能在文学的书写中得到呈现。"《延安答卷》的创作，正与这样的倡导一致。许多学者认为，非虚构写作代表着文学创作空间延展和纵深，创作风格的多元和复杂，文学与现实关系的深化与复归。

理论界对非虚构写作讨论热烈，却对什么是"非虚构文学"尚未达成共识。因为无论从文学样式还是创作倾向上，非虚构写作都是正在生成着的探索，有着广阔的变化空间和发展潜力。对非虚构的认知，也有赖于创作实践积累和经验总结。非虚构写作还处于现在进行时而非完成时，本文无意讨论关于非虚构文学的各种不同观点得失。仅就目前已有公论的几个方面，也就是代表这一文学现象的共同性元素考察，一方面《延安答卷》基于田野调查的故事真实性，或曰非虚构性，是非虚构写作的显著特性；另一方面，作品表现真实的社会生活、抒发真挚的平民情感等特点，又与非虚构写作倡导"大地人民"呼声相应和；而其"为脱贫攻坚大决战讴歌，为走出贫困的众乡亲立传"的目的追求，则昭示着当下非虚构文学主题积极意义的新变。

二

《延安答卷》从内容到形式，与非虚构写作的几个要素吻合。首先，是基于田野调查的真实故事和大量相关真实数据支撑。顾名思义，"非虚构"所

"非"的是"虚构",这是与传统文学根本的不同,即人物和事件是生活中真实存在发生的,并非作者凭想象虚构的。其文学真实性,不是诗歌、小说、戏剧的那种想象的真实("艺术真实"),而首先必须是现实生活中的真人真事,即新闻写作要求的"五个W"的真实。但是,既是经文学表现的真实,就不是表面的浅层次描述,也不是照相式复制现实生活,而是作者作为生活的记录者、调查者、参与者深度地介入生活,对现实生活做深度开掘和广度拓展。这样,田野调查是非虚构写作的第一步工作,是必备功夫。

《延安答卷》2019年动笔,而资料收集此前就已进行。延安脱贫攻坚之路涉及延安的自然地理、历史文化、风俗人情,既需要了解当前经济社会发展状况,也需要溯源我们从哪里来,将朝向哪里去;涉及基层对国家宏观政策的解读,既需要了解基层干部群众和贫困户的微观情况,还需要对国家和地方政策的准确把握,以及在宏观和中观层面解读。这就需要查阅大量书籍、文件,掌握翔实资料和精确数据。作者跑书店,泡图书馆,购买、借阅了大量图书,广泛搜集资料。从2019年春天到2020年8月,历时一年半,作者多次奔赴延安,实地跨涧越塬,先后拜访了延安的老干部和扶贫干部,走访贫困乡村的贫困户。以"我在"的写作视角,不做单纯的采访者、旁观者,而是介入他们的生活、深入他们的内心深处。仅举一例,可以见出调研的坚实与艰辛:为准确表述延安20年来的绿色脱贫成效,《延安答卷》选用了一组28个数据,从退耕还林、植被覆盖率、扬沙天气、年均降水量等9个方面,反映延安20年来的脱贫攻坚成就,仅仅为搞清延安退耕还林以来降雨量的前后变化,厉彦林就查阅了延安几十年的气象材料,和有关部门通了几十次电话。

但是如何充分恰当地利用好这些实地调研采访来的素材,使之既客观真实、又生动形象地再现于文本,对作者谋篇布局的匠心和信笔运思的能力是一个极大的挑战。回顾《延安答卷》的构思,作者这样说:"先搭建起文章的'四梁八柱',用一根思想的线贯穿和带动数据和人物、故事。围绕解读延安脱贫攻坚的'密码',运用纪实的创作手法,'形散神聚'的散文写作方法,引导大家一并思考和探寻。"这里提到的"纪实的创作手法",就是非虚构的。但与以往流行的纪实文学常夹杂虚构的人物对话等细节描写的做法截然不同,《延安答卷》中无论叙述还是议论,都是在呈现真实的人物、场景、言论、事件。

而所谓"'形散神聚'的散文写作方法",则言明其叙事有着充分的自由度。全书采用第一人称叙事，开篇"启世界难题·中国奇迹·延安答卷"，直接将读者带入延安脱贫攻坚现场，由作者身临其境的讲述，让读者领略 20 年来退耕还林建成绿色延安的新风貌，感受绿水青山变成金山银山的新生活；同时也指明延安脱贫于中国扶贫脱贫事业的意义，将中国告别贫困与人类反贫困的奋斗历史相联系，延安成就、民族复兴由此纳入了人类命运共同体视野。

全书用近 20 万字，分 8 个部分，探寻延安脱贫的奥秘。首先用一个关键词"延安绿"，让读者对延安独特的绿色扶贫成果产生感性的深刻印象。随后跟随作者足迹所至，由随处可见的红色文化遗址，回顾中国共产党和延安人民在住窑洞、吃小米的艰苦环境条件下，取得抗日战争、解放战争胜利，追忆延安的革命岁月铸就伟大的延安精神。延安脱贫是为了让大多数人过上好日子，战争年代人民之所以愿意跟着共产党，也是因为我们党是为大多数穷人谋利益。《延安答卷》只拆解一个"饭"字，就诠释了民众要求翻身解放的正当性："'民以食为天'，人活着就要吃饭。看这'饭'字，去掉'食'字旁，就剩'反'了。老百姓吃饭问题，始终是中国社会最大的问题，历朝历代都没有解决好。"此正当性，决定了以延安为大本营的共产主义革命胜利的必然性，也证明了中国共产党领导的历史合法性。由一个"饭"字，探寻到中国共产党带领大多数人民求解放的初心，也从历史演进的角度，印证了在中国建立社会主义制度，实行改革开放、脱贫攻坚，根本目的是为全体人民幸福美好生活而奋斗。

全书主体部分，采用让读者顺着作者采访路线走的方式结构成篇，事实上这也是对脱贫攻坚过程所做的现场见证。其中有许多精彩的细节场景，例如，写如何在荒秃的高原上栽活一棵树，就让林场工作人员现身说法："我们用的是石坑造林的办法。干活时先把绳子绑在身上，然后下去把坑垒起来，还有一个高难度，那就是运苗。因为山势陡峭，树苗下不去。我们就探索用索道运输的办法，用一根钢丝绳，把树苗一棵棵运到栽植点。栽上后为保证成活，我们架一根水管，从黄河里往上泵水，垂直距离有 100 多米。我们就是靠这种愚公移山的精神，植栽和守护着这片林子。"由此，读者得以体会今日"延安绿"的来之不易，深刻地感受到生态保护和脱贫攻坚是一个战场上同步进行的两场艰巨战役。

作者走到贫困群众的田间地头，走进他们的楼房院落；听他们唠嗑儿，讲脱贫的艰辛；看他们的扶贫建档卡，了解日常柴米油盐的今昔对比，聊脱贫后未来生活的希望。走到延安各级党政干部的工作现场，看各级官员和基层干部立下军令状，感受他们的奋斗和委屈，分享他们帮助贫困人口改变思想、走上致富路的欢欣。特别是有关精准扶贫政策的落实，写延安先后出台了 30 多项具体扶贫政策，用一个基层干部的话说："我在村上负责了 30 年，是第一次拿起本本记政策，第一次拿着本本给群众讲政策，第一次照着本本给群众落实政策，我不拿个本本记不住、说不对、落实不准。""不仅印证了这个时期的政策利好，更印证了我们党消除千百年来贫困问题的决心和强大的减贫力度。"

此外，书中不少片段还让读者跟着作者的想象走，走进历史纵深，放眼人类与贫困斗争的千年历史；站在贫瘠与荒凉的黄土高原，感受西部中国严峻的生态危机；走进红色根据地窑洞，听到党的第一代中央领导集体核心毛泽东与中国民建创始人黄炎培的"窑洞对"……如此一来，今天的延安奇迹与整体历史相融合，与延安精神相融合，"以延安为聚焦点，从历史、现实、未来三个时间维度，从人类文明、中华传统文化和党史、新中国历史等角度，探究贫困和脱贫的问题。"进而，又让读者随着作者的逻辑思路走，例如，提出和回答这样一些问题："为什么扶？""扶持谁？""谁来扶？""怎么扶？""如何退？"思考探寻脱贫攻坚的中国道路、中国成就、中国精神、中国力量。

作者全面勾勒出从新中国成立后救济式扶贫，到改革开放 40 年探索实行阶梯递进式脱贫的脉络。特别凸显了 1998 年至今推行一竿到底，全面覆盖绿色脱贫、生态脱贫，探索退耕还林、生态建设的脱贫重要路径的历史现场。延安立足本地实际，拼出来一条生路：北部生态破坏严重地区，实行退耕还林、封山禁牧（舍饲养羊），中部发展以洛川苹果为代表的林果业；闯出来一条活路：开发兴办生态旅游和红色旅游业；还有彻底斩断"穷根"的搬迁路：对自然环境恶劣不适宜居住地区的贫困人口实行异地搬迁。总体看，这是在描写从习近平总书记、延安各级党政干部到老百姓上下一心，从探索符合当地实际的脱贫路子，到精准扶贫各项政策落实的全图景。最后，揭示脱贫攻坚胜利的密码——中国共产党执政为民，民心就是天意。

《延安答卷》的语言特色，也是作为非虚构写作值得称道的。其一，大量使用延安当地方言、陕西歌谣（信天游）以及民间俗语，更显真实性、平民化、接地气。如，解决扶持谁的问题，也就是弄清楚哪些是真正的贫困人口，基层干部的一句经验之谈是："是不是贫困，通过'四看'就了如指掌：一看房，二看粮，三看孩子是否在学堂，四看有无病人躺在床。"仅此一句顺口溜，就把一个当地扶贫干部的责任心、胜任能力、工作积极性写活了。其二，人物语言生动简洁。本书不以描写塑造人物为目的，但是几乎每个人物都个性鲜明，作者寥寥数语就使各具特色的人物在读者面前活起来，而展现这些人物性格特质的除了衣着、表情、动作之外，最富表现力的是符合人物性格身份的特定语言。因为作品中出现的人物太多，大多数人往往只讲一句话，而这一句话，就让读者一下子读懂了他们内心。例如，写退耕还林最初不为群众理解，他们对干部吼："树活了，人要死了！""明年饿死人，就吃你啦！"群众强烈的抵触心理活灵活现，这一政策实施的难度，也由此可见一斑。书中部分章节带有调研报告式的科学性，体现了作者长期实际工作的思考特点及优势：概念准确、逻辑谨严、说理透辟、政策性强、有全局观和整体视野。例如："贫困作为一种社会现象将长期存在，绝对贫困消除了还会有相对贫困。应当说，绝对贫困具有相对性，相对贫困具有绝对性。"这一类哲理性的总结，几乎每一章节都可见，思考力度和方式是政府管理者特有，表达言词也是一般习惯于形象思维的作家笔下所无。景物描写的句段中，不乏满含诗情画意的词句和议论感兴的诗意理趣，这与作者兼为诗人和散文家的素养有直接关系。

三

中国扶贫脱贫事业取得的辉煌成就，是有历史责任感的作家必然要表现的重大题材。《延安答卷》的作者长期从事业余文学创作的素养与功力，与在职业生涯中练就的政治素质与政策水平，既是驾驭这一重大题材的必备条件，也是把握这一千载难逢机遇的眼力和底气来源。有评论家在谈到本书的选题时，认为"著名散文家、诗人、报告文学家厉彦林敢碰大题材"，是"历史责任催生'大题材'情结"。考察作家的创作历程，可以见出"大题材"选择的心路历程，即由关心普通百姓生活，上升到为告别贫困的众乡亲立传。作者的情感重心一直在于大多数人的苦乐，其文学目的是对天下苍生的关切，而非一己悲欢。《延安答卷》的创作，是作家40年业余文学道路的必然发展，显示出文学可贵的真心与诚意。厉彦林素以诗歌、散文创作见长，近年来也有报告文学佳作问世。他的早年诗文，主要以书写乡村普通人的生活为主，表达的是对生于斯长于斯的故土乡情的珍爱与眷恋，对勤劳淳朴的父老乡亲的理解与共情，是新时代的乡土文学。即便后来创作的以城市生活为题材的篇什，也深蕴在表现城市化过程中对乡村凋敝的关切，对城乡融合以及农民命运改善的殷切期盼。进入二十一世纪以来，《土地，土地……》和《人民，人民……》的创作，可见出作者视野扩大、思索精深带来主题的拓展，前者表现的是天人合一宇宙观、群众为历史主人的人民史观，以及在此世界观统摄下，关于生态文明和农村农民当下生活和未来发展的思考；后者是一个有着平民情结的作家对党群关系的历史回顾与现实问题关注，有着对共产党群众路线当代实践的深沉思考。《延安答卷》这样的"大题材"之作，与作者此前的诗文创作主题一脉相承，也是他思想境界和文学视野提升扩大的标志。

《延安答卷》延续着对乡村大地的情感关注，由作家从思想境界到艺术格局一路提升振拔发展而来，是作者积累了40年成功经验基础上完成的鸿篇巨制，无论从内容还是形式上，又是超越此前40年创作的全新尝试与自我挑战。从题材之"大"来看，《土地，土地……》和《人民，人民……》这类大散文，尽管表现了作者的宇宙观和历史观，但是那是基于作者本人关于土地厚德和人民力量主观思考的文学表达，其表现对象还是自我的思想和情感。而延安脱贫这一特定对象，却是场面宏大、人物众多、持续时间漫长的。中国极端贫困的终结，并非一朝一夕之功，而是凝结了几代人的努力，是中国共产党长达100年的奋斗目标。几亿人脱离绝对贫困，其最终结果、各类指标的统计数字可以瞬间公布，但是这些数字凝结着历史长河里无数人的艰辛付出，是艰苦奋斗洒下的无数汗水，甚至是流血牺牲的生命代价。《延安答卷》是重现脱贫攻坚实践历史的创作，表现的是历史的筋骨脉络和血肉。仅从救济扶贫到精准扶贫再到全面脱贫，历史跨度就是中华人民共和国成立以来的70年；即使从延安生态扶贫的退耕还林算起，也历时20载；如果联系中国共产党领导穷人翻身解放到建立新中国，就是整整100年的奋斗史。主要人物既有三代共产党主要领导人和各级党政官员及基层党员、干部，又有成千上万人民大众。

延安脱贫攻坚的胜利，是民族复兴历史征程上的关键步骤，是中国崛起至关重要的组成部分，这一历史过程需要客观具象呈现。将延安脱贫作为我国脱贫事业的缩影，要勾画出这个缩影的轮廓，需要作者在大量素材积累基础上的逻辑抽象。脱贫是亿万人民为主体的宏大历史场景，而在这个宏大场景里，一棵树、一株草就可能关联一个鲜活动人的故事，如果抓取一点进行自然主义式叙写，无法展现宏阔的历史画面；而如果面面俱到、事无巨细地描摹，其内容之浩繁势必要托尔斯泰《战争与和平》般巨著才容纳得下。同时，题材要求的时效性，读者阅读期待的即时性，又使《延安答卷》被赋予"此时此刻"的重任。从创作目的看，作家想呈现给读者的，是中国共产党领导人民战胜绝对贫困的奋斗史。作者还试图从中探寻成就辉煌伟业的历史规律，这既是对延安脱贫的文学书写，也是对中国摆脱贫困之路的历史梳理。因此，作品从立意到谋篇布局，是作者形象思维与逻辑思维的结合，客观再现与主观表现的统一。

《延安答卷》成书出版之前，其主要章节先由《人民文学》2020 年第 7 期"新时代纪事"栏目发表，体裁标明为"报告文学"；而在全书的"后记"中，作者则认为《延安答卷》是纪实文学；也有研究者将其作为报告文学。对同一部作品的体裁归属，读者、作者、编辑者有着不同的归类。这种不同，一方面由于报告文学与纪实文学概念的含混性，另一方面也表明《延安答卷》从文体上没有为某一既有体裁所限定，这种不能被特定体裁限定的难以归类性，也可以看出作者创作时的自由度或曰创新性。大题材创作源于作家的历史责任感，而源于作家强烈责任感的大题材情结也带来了文学形式的创新。这创新从作家个人角度，是挑战自我的胜利；从文学发展的角度，是新时代新的文学可能性的若干征兆之一。

四

《延安答卷》的形式和写作方法是由题材决定的，与非虚构写作的吻合，或许竟是作者无心插柳。为了真实、全面、迅速地反映延安脱贫这一伟大时代成就，满足主题表现的需要，作者必要选择最适合的非虚构文体形式。这也与非虚构写作在中国兴起的原因大致吻合。

"文变染乎世情，兴废系乎时序"。所谓"一代有一代的文学"，社会发展巨变的波澜壮阔让既有的文学手段样式不能适应现实变革需要，必然引起文学反映生活的方式发生相应变化。改革开放 40 年来，伴随着经济社会生活行进的步伐，当代文学有着表现时代主题的自觉追求，像伤痕文学、改革文学、反思文学，就是因其反映时代主题敏感迅速造成轰动性效应，而成为一个时期文学的创作标签。然而，面临时代巨轮飞速旋转带动社会生活巨变，传统所谓纯文学，越来越显出反映和把握现实的滞后性与无力感。经过 40 多年的艰苦奋斗，中国成为世界第二大经济体，社会政治经济各领域发展突飞猛进，巨大的现实生活容量，诗歌、散文无法承载；小说、戏剧是需要经过长期潜心构筑的工程，无法满足读者紧跟时代的阅读需求，有责任感、有主动性、有创造力的写作者，不会甘心囿于既有文类的桎梏。更何况，传统文学创作越来越自我封闭和边缘化，长期满足于形式探索和沦陷于日常生活琐细中绕不出来。非虚构写作在当下蔚成风气，尽管由诸多因素促成，而快速鲜活地展现丰富生动的生活，是其应运而生的机缘。从重塑文学与现实的关系这个意义上，非虚构写作就是对文学远离现实的补偏救弊。

或者我们可以这样认为，《延安答卷》与时下非虚构写作倾向的不同，对于非虚构文学更有意义。《延安答卷》的选题，是一个时代真实发生着的、关联最广大群体日常生活状况的根本变革，是这个时代本质的真实。而近几年的有些非虚构写作者将一种写作倾向或态度作为其标识，即坚持"个人独立性"，以社会批判性立场作为特定色彩，以非宏大叙事为取材方向。

非虚构写作的根本问题是取材，而材料的选取是由立意决定的。《延安答卷》聚焦延安退耕还林、涵养生态的特色化扶贫，把握住了扶贫事业推进到新时代的突出特点——专业化、系统化，精准施策、精准落地。非虚构写作与一般文学写作和新闻报道相比，需要更明确更切实的社会伦理立场，政策水平不足，了解现实不全面，都写不好。驾驭这样的题材，机关工作者出身的作者对基层了解更切实，政策水平更高，独具政治眼光和优势。

兴起于十几年前的非虚构写作，现在就断言其昭示着中国文学在新时代演变的趋势，显然言之过早。然而，批评界寄希望于随后的参与者队伍持续扩大。写作者群体放大格局、提升境界，将从根本上扭转突破目前的文学创作已显露的选题取材局限，由此产生堪称时代文化标杆的鸿篇佳作，则是可以预期的。对此，研究界也对有能力的作家寄予厚望，呼吁他们加入非虚构写作，避免题材窄化，在选题、取材上向更广大领域拓展，这也是读者期盼的。如果写作者对有关国家前途、民族命运的重大题材一味漠然地保持距离，自我设限甚至自我边缘化，会导致往后的路越走越窄。目前要继续增强非虚构文学在读者中的影响力，保持其强劲的发展势头，首要的是作家要有能力触碰现实生活中的重大题材，承担起以文学把握时代主题的文化使命，这是非虚构文学亟待解决的重要课题。

二、《延安答卷》研讨会暨 《沂蒙壮歌》审读会

　　2021年9月17日，《人民文学》杂志社、党建读物出版社、山东省作家协会、山东文艺出版社在北京联合召开厉彦林长篇报告文学《延安答卷》研讨会暨《沂蒙壮歌》审读会。中国作协书记处书记邱华栋，中共山东省委宣传部副部长钟华，中国作协办公厅主任李一鸣，中国作协创联部主任彭学明，中国作协创研部主任何向阳，《文艺报》总编梁鸿鹰，《人民文学》主编施战军，中国图书评论学会副会长杨平，中组部党建读物出版社总编辑尹洪亮，山东文艺出版社社长李运才，以及石英、胡平、贺绍俊、李炳银、徐则臣、刘宗琴、李兰玉、陈文东、董崇涛、冯晖等专家学者出席会议研讨。会议由山东省作协党组书记姬德君主持。现摘登部分相关领导和专家的讲话、发言。

圣地延安的时代记录者

——从"西行漫记"到"脱贫漫记"

李彧钦

2020 年是中国全面建设小康社会宏伟目标实现之年，也是中国脱贫攻坚战的收官之年，中国扶贫之路是世界经济发展史上的奇迹，为实现联合国《2030 年可持续发展议程》设定的目标做出了重要贡献。厉彦林先生的纪实文学《延安答卷》于 2020 年 8 月出版，恰逢其时地为世界打开了了解中国脱贫故事的大门，向世界展示了中国奇迹——中国脱贫的成功经验。

这份沉甸甸的《延安答卷》不禁让人联想到出版于二十世纪的《西行漫记》，它让全世界认识了中国共产党和中国革命，而《延安答卷》在全党掀起学习"延安精神"的热潮，该著作获评第五届全国党员教育培训优秀教材，为中国当代文学史增添了浓墨重彩的一笔。笔者将两书进行了对比，一部是写在中国面临内忧外患的二十世纪三十年代，一部是写在中国经济社会发展备受世界瞩目的二十一世纪二十年代，二者具有历史连续性，同时又有各自的特点。

两部著作具有一致性。首先，二者同属于历史题材纪实性文学，两位作者采用实地调研的方法对历史进行真实记录。当年，埃德加·斯诺对中国西北革命根据地（以延安为中心的陕甘宁边区）进行实地考察，深入红军战士和老百姓当中，口问手写，对苏区军民生活、地方政治改革、民情风俗习惯等做了广泛深入的调查，除了采访领导人，斯诺还对农民、军人等群体做了细致入微的观察，并选取了许多非常生活化的细节。鲜活的事例穿插于行文中，人物形象顿时丰满起来，来源于真实的生活，更具有说服力。作者根据考察所掌握的第一手材料完成了《西行漫记》的写作，这部作品不仅对中国共产党和中国革命做了客观评价，向全世界做了公正报道，更描绘了中国共产党人和红军战士坚韧不拔、英勇卓绝的伟大斗争，以及他们的领袖人物伟大而平凡的精神风貌。

《延安答卷》的作者厉彦林先生重走延安，先后拜访延安当地老干部、老同志和扶贫干部，实地走访贫困乡村和贫困户，用心用情解读了脱贫攻坚的延安样本，带领大家再次认识延安，领略这座曾为中国革命做出历史性贡献的、党中央和全国人民一直牵挂的城市是如何告别绝对贫困，摘掉贫穷落后的标签的。这部著作同时也属于非虚构文学作品，非虚构文学不仅要求作者做一个时代忠实的观察者和记录者，还要求其做一个审慎的思考者。厉彦林一直从事着与基层、脱贫联系密切的工作，接触群众多，对他们的疾苦了解得就更透彻，想群众之所想，急群众之所急，时刻关心着贫困地区和贫苦百姓，关注着我们国家的脱贫事业。著《延安答卷》的初衷来自厉先生记忆深刻的贫困经历和目睹穷苦人民水深火热的生活，并且亲历了改革开放以来尤其是新时代中国脱贫攻坚的光辉历程，这份平民情结和脱贫初心使他脚踏延安圣地认真地记录和思考。

其次，两部著作都是以延安为背景，书写重大历史事件。延安是革命圣地，是中国工农红军长征的落脚点，是中国革命的指挥中心和中国人民解放斗争的总后方，延安和延安人民为中国革命做出了历史性贡献，使人心生敬畏。埃德加·斯诺1936年6月至10月间，带着当时世界无法理解的关于革命与战争的无数问题，冒着生命危险进入陕甘宁边区，开始实地考察。

新时代的今天，当2019年5月，延安向世界宣布告别绝对贫困，贫困县脱贫"摘帽"，这个中共中央曾经驻扎13年的革命根据地、中国人民抗日战争的领导中心、解放战争的总后方终于迎来了脱贫攻坚的胜利。怀揣着对延安和延安人民的敬仰之情，厉彦林着手搜集延安相关素材，亲自坐着绿皮火车多次前往延安，将其作为中国脱贫事业的一个缩影，探寻中国脱贫故事，向世人展示这份打赢脱贫攻坚战的延安答卷。关于贫困，厉先生用高尔基的话进行了深刻诠释——"人类生活一切不幸的根源就是贫困"。当人食不果腹，衣不蔽体，居无定所的时候，是无从谈及尊严、自由和幸福的，贫困击溃了所有美好。可以说"反贫困是每一个正常国家社会治理的首要目标和任务，人类的发展史从某种意义上来说就是一部摆脱与消除贫困、走向繁荣与富足的历史。"厉先生在书中总结了"反贫困三部曲"——消除贫困、摆脱贫困、消灭贫困。"消除贫困"自古就是人类梦寐以求的理想，古今中外，人类一直与贫困进行殊死搏斗，"摆脱贫困"更是中华民族几千年的期盼。细数中国历史，没有一个朝代能够让人们摆脱绝对贫困，但是在中国共产党的领导下，通过坚持不懈的努力奋斗，中国摆脱了绝对贫困，将再次作为一个伟大的国家屹立在世界之林。"消灭贫困"是中国共产党人的初心和历史责任。脱贫攻坚是中国共产党带领人民群众向重度贫困地区发起的攻坚战，这场攻坚战不仅完成了消除绝对贫困的艰巨任务，而且诠释了伟大的脱贫攻坚精神，即消除贫困、共享富裕的人民至上精神。重走延安，书写延安脱贫答卷，更是展示了代代相传的延安精神，体现了中国共产党执着奋斗、大获全胜的初心与决心。

两部著作各有特点。首先，作品记录的时代不同。《西行漫记》写于1936年，这是国内局势大转变的关键性一年，1937年10月第一版发行时正值第二次世界大战爆发前夕，众多国家已经丧失主权，民族被奴役，人民生活于水深火热之中。《西行漫记》用事实证明中国共产党是忠诚坚定的革命者，是人民利益的保护者。坚持信仰、忠于革命、敢于牺牲的中国共产党带领人民进行民族抗战。《西行漫记》完整真实地记述了红军的事迹、中国共产党的主张以及抗日救国的决心，鼓舞世界人民与法西斯国家抗战到底，被侵略奴役的国家通过这本书看到了中国在反侵略战争中的战略战术，见识了中国革命者的革命信念和远见卓识，这本书也有效促进了被法西斯侵略的国家之间形成世界反法西斯战线。

《延安答卷》反映了党的十八大以来，在以习近平同志为核心的党中央的带领下，中国共产党人迎难而上，担负起责任与重担，夺取了脱贫攻坚战的一项项胜利成果。正如《延安答卷》中所说，中国脱贫攻坚的故事和风景多彩耀眼，中国脱贫攻坚的探寻和历程坎坷艰难，中国脱贫故事的道路和方案令世界称奇。水乳交融、生死与共，全国上下干部、群众携手突破关隘、险滩，自强不息、敢于向命运挑战的民族精神，体现着中国共产党人的初心使命和政治品格，彰显出中国特色社会主义制度的优越和威力。习近平总书记从十五岁开始在延安梁家河度过了7年艰苦却受益终生的插队岁月，陕北高原培养了他"要为人民做实事"的信念，这就是共产党人一脉相承的"为人民服务"的责任担当精神。习近平总书记在《习近平谈治国理政》中提到："我们的人民热爱生活，期盼有更好的教育、更稳定的工作、更满意的收入、更可靠的社会保障、更高水平的医疗卫生服务、更舒适的居住条件、更优美的环境，期盼孩子们能成长得更好、工作得更好、生活得更好。人民对美好生活的向往，就是我们的奋斗目标。"正如毛泽东1934年在《关心群众生活，注意工作方法》所说，"解决群众的穿衣问题，吃饭问题，住房问题，柴米油盐问题，疾病卫生问题，婚姻问题。总之，一切群众的实际生活问题，都是我们应当注意的问题。假如我们对这些问题注意了，解决了，满足了群众的需要，我们就真正成了群众生活的组织者"。《延安答卷》中也回顾了二十世纪三十年代"在延安，中国共产党人不仅重整行装、推动中国革命再出发，同时为解除边区人民经济之困、生活之苦，领导边区人民发展经济，产生了党的脱贫思想萌芽，开启了解决群众生活、生存困难的具体实践。"

其次，两位作者籍贯不同。埃德加·斯诺1905年出生于美国，年轻时当过农民、铁路工人和印刷学徒，大学毕业以后开始从事新闻工作。1928年，在中国大革命陷入低潮的时候，他来到上海担任《密勒氏评论报》的助理编辑，以后兼任纽约《太阳报》和伦敦《每日先驱报》的特约通信员。1930年以后，他为采集新闻，遍访东三省、内蒙古自治区、中国台湾和中国其他主要城市以及日本、朝鲜、荷属东印度。他在中国西南各省长时间旅行，徒步经过云南省西部，到达缅甸和印度，访问了甘地和其他印度革命领袖。"九一八"事变时，斯诺正在上海，目睹了1932年的淞沪战争和1933年的热河战争。在这以后，他在北平燕京大学担任新闻系教授两年，同时学习了中国语文。1936年他进入陕甘宁边区，是在红色区域进行采访的第一个西方新闻记者。

厉彦林1958年出生于中国沂蒙山区，对贫穷有过切身体悟，作为沂蒙子弟离开家乡几十年却依旧惦念着父老乡亲，这种平民情怀使人感动敬佩，这源于对故乡亲人的深厚情谊与不忘本的坚守初心。他一直以来从事党政工作，作为一名党政领导干部具有天然的责任心和使命感。一方面，他心系人民，不忘自己的故土和家乡百姓，血液中浸润着浓厚的人民情怀，另一方面，作为共产党人，他有着与生俱来的革命担当精神，心中一直装着人民和国家，对人民、对国家、对党的忠诚与责任促使厉先生时刻关注基层地区和基层人民。

我们一代代共产党人都在为人民的幸福生活进行艰苦卓绝、锲而不舍的奋斗与努力，中国共产党人的初心和使命，就是为中国人民谋幸福，为中华民族谋复兴。让百姓过上美好的生活是党的事业，是每位共产党人的责任和追求。厉彦林作为一名共产党人，两次考察我们党曾经战斗过的地方，探索这块正在发生天翻地覆变化的革命圣地，寻找延安走出这条绿色生态脱贫之路秘密所在，向世界展现延安脱贫的奇迹。厉彦林从二十世纪八十年代初开始陆续发表文章，40年的笔耕不辍一方面来自他爱好文学的本心，另一方面，支撑他孜孜不倦年复一年写作的动力来源于作为党政领导干部在工作中养成的思考问题和解决问题的习惯。厉先生在书中提到："中国的问题，从一定意义上说就是农村的问题，农村稳，则安天下；农村兴，则基础牢；农民富，则国家强。"所以我们看到了《地气》《赤脚走在田野上》《春天住在我的村庄》等取材于农村的散文集。厉先生长期从事机关工作，却并没有脱离群众，而是抓住更多的机会下基层，充分与基层接触，了解基层人民的酸甜苦辣，文学创作虽是业余爱好，但作为党政干部的责任心驱使他更好地发挥在机关工作的优势，将文学创作融入社会使命当中，把文章写在大地上，在实地考察的基础上形成了这部巨著——《延安答卷》。

我们社会提倡匠心精神，"守匠心做匠人，努力用一生做好一件事"——这是厉彦林先生的人生信条，他也在用实际行动一步一个脚印稳扎稳打地践行。厉先生平日里是见缝插针式的阅读和写作，写到兴致盎然时便达到"四季不分，宠辱皆忘"的境界。为了写这部著作，厉彦林不辞辛劳多次踏上延安大地，深刻认识了解延安脱贫工作和延安贫困群众的真实生活，实地考察贫困村的脱贫情况，就是要给读者还原一个真切生动、完整翔实的延安脱贫攻坚案例。写作对于厉先生来说是一种信仰，更是一种人生态度，一种知难而进、奋力拼搏、勇往直前的精神。他引用爱因斯坦的话"成功有时需要一种近乎愚钝的力量；并不是我很聪明，只是我和问题周旋的时间比较久"，这就是工匠精神，对细节有很高的要求，对精品有着执着的坚持和追求，追求完美和极致。

厉彦林秉承"文学是良心事业，职责是为时代和人民讴歌"，关注社会弱势群体和社会问题，为人民发声，奏响时代主旋律。《西行漫记》诞生于新中国成立之前，为世界打开了客观认识中国共产党的大门，用适合西方人的理解方式使他们第一次真实地看到了中国共产党人的生活，也为世界塑造了中国共产党人的光辉形象，得到了世界人民的认同。而《延安答卷》让世界深刻认识新时代的中国在中国共产党的坚强领导下如何攻坚克难，创造了人类发展史上的脱贫奇迹，显示了团结一致、努力拼搏的中国力量，可谓感天动地。

刊于 2021 年 12 月 10 日《陕西日报》

厉彦林为什么把"延安答卷"写进书名

王晓敏

2021 年是建党 100 周年，我国脱贫攻坚取得全面胜利。百年党史，从一定意义讲，也是一部党领导人民摆脱贫困的历史。《延安答卷》出版恰逢其时，这是一部从扶贫角度诠释党史和新中国史的优秀读物。

一

饥饿与贫穷，是人类有史以来一直面临的生存困境。鸦片战争以后，外敌入侵、连绵战乱以及天灾人祸，使大多数中国人生活在贫困线以下，过着牛马不如的悲惨生活。中国共产党成立以来，始终为了人民摆脱贫困而奋斗追求。进入新时代，更是聚焦精准扶贫，带领人民集中力量打赢脱贫攻坚战。作为革命老区，延安于 2019 年 5 月宣布贫困县全部摘帽，693 个贫困村、19.5 万贫困人口全部实现脱贫。曾经为中国革命做出重大贡献的延安人民，从此告别绝对贫困，走上了全面建成小康社会的幸福大道。同时，2020 年是脱贫攻坚决战决胜之年，这一年中国如期实现农村贫困人口全部脱贫、贫困县全部摘帽，终结了困扰中华民族和中国人民几千年的绝对贫困。这是中国奇迹，也是世界奇迹。

我国脱贫攻坚取得决定性胜利，无论是在中华民族历史上，还是在世界历史上，都是一部感天动地的奋斗史诗。脱贫攻坚的历程为广大文艺工作者提供了广阔深远的创作天地，人民群众也期待着记录、书写、讴歌脱贫攻坚的多种形式的作品。

厉彦林在沂蒙革命老区成长，长期从事党的基层党组织实务与研究工作，一直关注扶贫事业。2020 年，他以延安脱贫为聚焦点歌颂我国脱贫攻坚成就的长篇纪实文学《延安答卷》，首发在当年第 7 期《人民文学》上。《延安答卷》这部由党建读物出版社出版的反映延安脱贫的大型纪实文学作品，经中组部、中宣部专家专业评审，入选第五届全国党员教育培训优秀教材。文学作品能够入选是少见的。

厉彦林在这本书的后记里交代了写作的动机，就是对延安大地、延安人民的敬畏，沂蒙子弟对故乡亲人和普通百姓的平民情结，以及作家责任与使命的驱使。这是一部为脱贫攻坚大决战讴歌、为走出贫困的众乡亲立传的书。这也是一部凝聚了作者党员情怀、平民情结的纪实文学作品。

因为工作的机缘，我与厉彦林从青年时期就认识，开会、调研时常见面。老区优良革命传统的教育熏陶和长期的学习实践锻炼，使他从青年时期就表现出对党的事业的忠诚坚定，对本职工作的勤奋敬业，对基层人民群众的真情实感。

二十世纪九十年代中期的一个年末，我跟他一起参加农村基层班子换届调研。一天早饭后，我们来到沂蒙一个山村。一进村，看见一位妇女在推碾，她背着一个一岁左右的娃娃。寒冬腊月，娃娃手、脸冻得红里透紫，一只小手攥着一块地瓜干，边啃边好奇地看着我们。厉彦林驻足看了好一会儿，脸色凝重，陷入沉思。中午回到镇机关，食堂做了羊肉汤面火烧招待我们。彦林看着餐桌上的饭菜，别人开始吃饭了，他也没有动碗筷。后来他说有点难受不吃饭了，就起身回了房间。饭后我去房间看他，他说，上午看了那些贫困户，他们的生活还很困难，看得心里难受，没有胃口。

我们这些二十世纪五六十年代出生的人，大都感受过饥饿与贫穷的滋味。在农村上学时，我生活的鲁中地区每个村庄常有沿街讨饭的人。我们村有一家兄弟3人，正是长身体的时期，春天饥荒缺粮，经常上顿不接下顿，他们有时就着大盐粒喝水充饥。因为营养不良，先后得了肝病，先是老二病死，后来老三也在十四五岁时得病去世了。村里的青年民兵连长，一天两顿吃米蒿一类的野菜，毒素积累过多，脸肿得像要裂开一样吓人。1977年底，我入伍离开农村的时候，一个高中同学的母亲还靠外出讨饭维持生活，当时村里像她那样讨饭的不是个别现象。贫穷与饥饿，是我们那个年代的人，也是中国人刻骨铭心、难以磨灭的记忆。

二

贫困是人类面临的共同难题，世界各国都有不少社会学者致力于研究认识和摆脱贫困的问题。诺贝尔经济学奖获得者阿马蒂亚·森的《贫困与饥荒》，史蒂芬·M·博杜安的《世界历史上的贫困》，亨利·乔治的《进步与贫困》等学术著作，从政治、经济、社会、人类学、人口学等不同角度，观察探索贫困问题。我国著名社会学家费孝通先生，从青年时期起便投身人类学、社会学研究，二十世纪三十年代，他在留学英国期间撰写的博士论文《江村经济》中写道：中国农村的基本问题，简单地说，就是农民的收入降低到不足以维持最低生活水平所需的程度。中国农村真正的问题是人民的饥饿问题。他一生探索中国农民的富裕之路，晚年以"脚踏实地、胸怀全局、志在富民、皓首不移"作为座右铭，围绕中国农民致富过上小康生活，行行重行行，紧紧追随我国社会主义现代化进程，一边调查，一边记录，提出了发展乡镇企业、发展小城镇、边区开发、区域经济发展等主张，为推进中国特色社会主义事业做出了巨大贡献。

我们党从建党之日起，就把让人民翻身过上好日子作为初心使命，进行了艰苦卓绝的流血牺牲、奋斗拼搏，用 28 年时间，终于建成了人民当家作主的新中国。新中国成立以后，特别是改革开放以来，确立了"三步走"的发展战略，党带领人民不断发展经济，改善民生，探索中国特色社会主义发展道路。二十世纪八十年代后期，习近平同志在担任福建宁德地委书记期间，带领大家发扬愚公移山精神，多措并举，治山治水，努力实现经济、社会、生态三个方面的效益，推动闽东贫困地区人民脱贫。《摆脱贫困》一书，记录了他对闽东脱贫的思考和实践。

十八大以来，党中央把脱贫攻坚战作为三大攻坚战之一，特别是近年来，聚焦精准扶贫，在中国这个世界上人口最多的国家，举全国之力开展扶贫脱贫攻坚，取得了历史性的伟大胜利。2021 年 2 月 25 日，党中央在北京召开了全国脱贫攻坚总结表彰大会，习近平总书记宣布我国脱贫攻坚战取得了全面胜利，现行标准下，9899 万农村人口全部脱贫，832 个贫困县全部摘帽，12.8 万个贫困村全部出列，区域性整体贫困得到解决，完成了消除绝对贫困的艰巨任务。中国的精准扶贫成就，惠及了无数困难群众，让人们过上了衣食无忧、有尊严的小康生活，让我们记忆中的贫困饥饿永远成为历史。我有一个老年残障亲戚，她因小时得病没钱治疗落下终身残疾，今年春节我回老家走亲戚，看到她的老房子已经重新翻修，屋里墙上粉刷得干干净净，床上是厚实整洁的棉被，饭桌上、壁橱里放着新鲜的蔬菜和水果，自来水和煤气入了户，房里也安上了壁挂式暖气，暖洋洋的。这位亲戚告诉我，她已经加入了"五保"，有固定的养老收入，镇上的青年党员定期来帮她看她，有了病能及时治疗。说话时老人脸上洋溢着满足和感激的笑容。厉彦林在书中写道，中国的脱贫成果令人服气，这是人类历史上规模最大、涉及面最广、速度最快、成效最持久的反贫困斗争，谱写了人类反贫困史上的辉煌篇章。世界上除了中国共产党，没有其他任何一个政党，像中国共产党这样，一心一意为人民，使近代以来饱受欺侮凌辱、饥饿贫困的中国人民过上小康生活。进入新时代，必将继续带领人民走向民族复兴的伟大道路。

三

《延安答卷》是一部记录延安大地与延安人民建设绿色生态家园、摆脱贫困的纪实文学作品。这部书聚焦延安脱贫，用大量实地考察获取的一手材料和科学数据，若干个具体的扶贫事例，展现了延安人民建设"延安绿"，拔掉穷根，摆脱贫困，过上美好新生活的历程。同时，这部纪实作品也是对中国共产党带领人民打赢脱贫攻坚大决战历程的记录。《延安答卷》既是一部文学作品，作者以温情的笔触、温暖的文字，抒发对贫困群众过上小康生活的激动欣慰之情；也是一部中国人民摆脱贫困的奋斗史，回顾和展现了中国共产党带领人民向贫困做斗争，打赢脱贫攻坚战的卓绝历程。书中有大量的生动事例，介绍延安的老百姓怎样脱贫过上小康生活，还通过调研和深入思考，探索脱贫工作的特点规律。

作者以《延安答卷》作为书名，蕴含着牢记初心使命的深刻寓意。从延安时期毛泽东与民主人士黄炎培讨论共产党如何跳出历史周期律问题的"窑洞对"，到老一代领导人从西柏坡"进京赶考"，再到改革开放之初，邓小平提出"三步走"的战略目标。党的十八大以来，习近平总书记把人民对美好生活的向往作为我们党的奋斗目标，提出在建党100周年的时候，实现打赢脱贫攻坚战的目标任务，建成惠及十几亿人口的小康社会。经过不懈的努力，我们党带领人民实现了这个奋斗目标。我想起电影《周恩来回延安》里的一个情节，二十世纪七十年代，周总理陪同外宾到延安访问，看到延安人民的生产生活条件还比较落后，还有很多人吃不饱穿不暖，难过地流了泪，要求当时的延安地区领导，一定努力建设好延安，发展经济，让人民有吃有穿，过上好日子。经过几代人的不懈努力，如今延安人民摆脱贫困过上了小康生活。这是我们党带领人民奋斗的结果，是向延安人民，向历史，向先烈先辈交上的一份合格答卷。延安答卷也是中国答卷，是中国共产党人对自己初心使命的回答，对历史的回答，对人民的回答。

在工作之余，厉彦林以书为伴。阅读涵养了他的文学素养、诗人气质，业余创作成为他体验思考人生的另一种生存生活方式。年轻时他就出版了《都市庄稼人》《灼热乡情》等诗集。这些年，他在工作之余写了不少记录故乡亲情的散文，前年结集在人民出版社出版的散文集《地气》中，文集里的每一篇作品都根植沂蒙大地，讴歌亲人和沂蒙人民。前年我们一起参加会议，晚上散步时，他说从媒体看到延安老区脱贫的报道，认为延安脱贫具有现实和历史意义，萌生出了写延安的想法。他是个干事执着的人，虽然人过耳顺之年，但说干就干，怀着一颗对延安敬仰的心，带着一名老党员的情怀和老区普通百姓的情结，几次奔赴延安，跨涧越塬，实地查看贫困村和贫困群众的脱贫情况，回顾中国打赢脱贫攻坚战的历程，以延安脱贫为样本深入探究解读其中的"密码"，写出了他的作品中篇幅最长也是意义最重大的作品，令我感动和佩服。

刊于 2021 年第 8 期《博览群书》

努力打造精品力作

——中共山东省委宣传部副部长钟华致辞

钟　华

在庆祝中国共产党成立 100 周年大会上，习近平总书记庄严宣告，经过全党全国各族人民的持续奋斗，我们实现了第一个百年奋斗目标，在中华大地上全面建成了小康社会，历史性地解决了绝对贫困问题，正在意气风发向着全面建成社会主义现代化强国的第二个百年奋斗目标迈进。今天，我们在中国作协召开长篇纪实文学《延安答卷》研讨会暨《沂蒙壮歌》审读会，这是两部分别反映延安和沂蒙革命老区人民贯彻落实习近平新时代中国特色社会主义思想，在党的领导下，打赢精准脱贫攻坚战，全面建成小康社会的优秀作品。在此，我代表中共山东省委宣传部对会议的召开表示热烈的祝贺，向出席会议的各位领导、各位专家表示热烈的欢迎。对大家长期以来对山东文学创作和出版事业的关心支持，表示诚挚的感谢！

《延安答卷》和《沂蒙壮歌》的作者厉彦林同志，长期在山东省委担任重要领导职务，政治站位高，理论素养好，创作了许多沾泥土，带露珠，有温度，有深度的优秀作品。反映延安脱贫攻坚辉煌实践的长篇纪实文学《延安答卷》，入选了 2020 年中国作家协会重点作品扶持项目，国家新闻出版署优秀现实题材文学出版工程，被评为第五届全国党员教育培训优秀教材，在社会上引起强烈反响。厉彦林同志不仅深耕于文学创作，还致力于推广全民阅读。在家乡建成了"彦林书屋"，让乡村孩子爱上了浓浓书香。今天研讨的《沂蒙壮歌》，是厉彦林同志又一部脱贫攻坚、乡村振兴题材的长篇纪实文学作品，记录了沂蒙老区人民决胜全面建成小康社会的生动实践和伟大成就。作品已入选 2021 年中国作家协会定点深入生活项目，山东省优秀文艺作品入库孵化项目，在《人民文学》重点推出后，引起了社会的广泛关注。在今天的研讨会上，希望大家各抒高见，畅所欲言，多提宝贵意见，推动作家进一步打磨提高作品质量，也期望大家对山东的文学创作和主题出版工作多提宝贵意见，更好地助力山东创作出版出更多无愧于党、无愧于人民、无愧于时代的精品力作。

以匠人精神书写文学答卷

邱华栋

今天是个好日子，天高云淡，暑气渐消。我们的研讨会和审读会实际上已经筹备了很长时间，起码从去年年底就开始酝酿，但是因为疫情的原因一拖再拖。由《人民文学》杂志社、党建读物出版社、山东省作家协会、山东文艺出版社四家单位主办的厉彦林《延安答卷》研讨会暨《沂蒙壮歌》审读会，今天终于胜利召开。在这里，我代表中国作家协会对厉彦林同志新书研讨会和审读会的召开表示热烈祝贺！

习近平总书记 2013 年 11 月在山东和临沂考察时指出，沂蒙精神与延安精神、井冈山精神、西柏坡精神一样，是党和国家的宝贵精神财富，要不断结合新的时代条件发扬光大。今天摆在大家面前的是两本书，这两本书的出版人、发表单位都来到了现场，大家共同来研讨审读。《沂蒙壮歌》是厉彦林同志为建党 100 周年撰写的献礼之作。这本书紧跟时代节拍，以山东沂蒙乡土为切入点，将沂蒙精神的内涵进行了鲜活的阐释，并且让我们看到了如何传承与弘扬沂蒙人民脱贫攻坚的伟大精神，特别是跟乡村振兴发展路径整合在一起的奋斗历程。作者在《沂蒙壮歌》中书写了新时代沂蒙精神的新内涵和新特征，同时探索了中华民族伟大复兴的中国道路，中国力量，中国精神。这本书入选了中国作家协会 2021 年的定点深入生活项目。定点生活项目是中国作协早在 2010 年推出的一项鼓励创作作家坚持以人民为中心的创作导向，推动作家深入生活、扎根人民、创作精品艺术的重要举措。定点深入生活项目开展 11 年来，得到了中宣部的高度肯定与支持，也吸引了很多中国作家的积极参与。截止到 2021 年，一共有 830 位作家入选定点深入生活项目，其中不少作品获得了中宣部精神文明建设"五个一工程"奖、鲁迅文学奖、全国少数民族文学创作"骏马奖"、全国优秀儿童文学奖，还有很多作品获得了省市区政府的文学奖，也有一些作品被改编成影视作品，在文学界和社会上产生了持续的影响。厉彦林

《沂蒙壮歌》入选的就是我们的定点深入生活项目。《人民文学》在 2021 年第 7 期头条刊发了厉彦林同志的报告文学《沂蒙壮歌》（节选），得到了广泛关注。厉彦林将沂蒙脱贫攻坚和乡村振兴历程嵌入到沂蒙精神的发展的脉络中，秉持红色基因所带来的强大的信仰理念。他走进田野调查的现场，走进脱贫攻坚和乡村振兴的一线，搜集了大量的素材，倾听贫困户搬迁村村民的心声，还有第一书记的甘苦、帮包干部的思考，从历史和现实的两个维度，探寻沂蒙人民在脱贫攻坚完成后高效推进乡村振兴的精神密码。厉彦林同志写了 40 多年，虽然从省委组织部副部长岗位转岗到省人大工作，但是他始终做到身体力行，可以说这本书是他用自己的脚丈量大地写成的，特别不容易。

反映延安脱贫攻坚辉煌实践的纪实文学作品《延安答卷》，入选的是 2020 年中国作家协会重点作品扶持项目。定点深入生活项目和重点作品扶持项目，是中国作协两大支持作家创作的项目，项目具体是由创作研究部来组织实施的，创研部主任何向阳对这部作品也非常熟悉。《延安答卷》这本书聚焦延安脱贫攻坚实践，讲述了延安人民发扬延安精神，在党的领导下走出一条绿色脱贫之路的生动故事，书写了延安人民在脱贫攻坚过程中取得的伟大成就。部分内容以"延安样本"为题，发表在《人民文学》杂志 2020 年第 7 期。厉彦林创作的这部《延安答卷》，聚焦革命圣地延安，呈现了一部中华大地上几代共产党人带领广大农民脱贫攻坚，齐心协力奔小康的动人画卷，是一部向坚决打赢脱贫攻坚战，全面建成小康社会收官之年献礼的优秀之作。我们大家也知道，中国共产党领导的脱贫攻坚可以说是人类脱贫史上的一个壮举，也是一个宝贵的中国经验、中国成就。时代是出卷人，共产党人是答卷人，人民是阅卷人，脱贫攻坚这一件时代大事，在《延安答卷》中得到了及时、直接、有力的反映。文学是时代的书记员，也是历史的一面镜子。这部作品一开始就指出，消灭贫困是共产党人的初心和历史责任。作者把中国特别是延安的脱贫攻坚战，放到了世界反贫困这样一个大的全球语境下来认识，深刻表现了作品的格局和主题。同时，厉彦林同志和我聊天时说，他在延安待了两个多月，我也去过延安七八次，感到现在那里整个的生态环境变化特别大，已经完全是一个绿色的延安了。我觉得彦林同志花两个多月时间走进延安，特别用心、特别投入，有些图片的选择也很精彩，可以说，他创作了一部经纬交织、文体交融、多重协奏的文本。

作者的情感非常饱满，书写了中国共产党人在全民脱贫路上的初心和坚持，书写了中国共产党人和中国人民的梦想和奋斗，彰显了以人民为中心的情怀。从延安的窑洞到西柏坡启程的进京赶考，从黄土高坡到绿色延安，扶贫脱贫可以看作是新时代中国共产党人的又一次赶考。以习近平同志为核心的党中央，坚持以人民为中心的发展理念和一切为了人民的政治理念，以敢于啃硬骨头的意志和精神，打赢了脱贫攻坚战，解决了世界难题，创造了中国奇迹，提供了延安样本，向人民交出了一份优秀的时代赶考答卷。《延安答卷》把扶贫放到一个历史文化悠久、地域文化鲜明的背景和语境中去呈现与书写，做到了历史现实和未来交汇，农业文明、工业文明、生态文明交替，党心和民心交融。这部作品以纪实之实与文学之需互相交替，具有很高的文学韵致、艺术品位和文化视野。作者视野广阔，将近百年来年延安人民与贫困抗争到脱贫攻坚的华丽蜕变进行了全景式的扫描，体现了作者驾驭宏大题材的能力和处理繁杂素材的底气。

作者赋予人物以强烈的文化力量和文化精神。厉彦林在作品中塑造了一系列脱贫一线的党员干部形象，生动刻画出这一伟大事业中的行动者群像，谱写了共产党领导下脱贫攻坚的人民大合唱。在这部作品中，他运用如椽之笔，赋予了作品新闻的精确性，小说的叙事性，还有诗歌的意象、丰盈以及散文的韵致，把枯燥的数据融入一种富有激情的叙述中，让读者们对决战脱贫攻坚、决胜全面小康有了更深层的理解。比如，作者特别写到延长县瓦村的脱贫的蜕变，写到甘泉县王家湾村的致富新路，写到扎根乡村带领农民致富的驻村干部，写到绿化荒山的红军老战士……这些情节结构、人物形象和大量的细节，都展现出脱贫攻坚奔小康整个过程的生动性、扎实性，非常出彩。厉彦林从二十世纪八十年代初就开始文学创作，至今有40多年，我柜子里他的书也有七八本，我很早就读过，知道他是一名非常优秀的散文作家。这两部书也体现了一个作家的匠人精神，因为作家也是手艺人，我感觉体现了他"守匠心作匠人，努力用一生做好一件事"的精神，这也是厉彦林同志的人生信条。他一步一个脚印，稳扎稳打，孜孜不倦地阅读书写，给大家呈现出这两部作品。今天在座的各位都是非常有水平的评论家、作家和学者，我也相信针对这两部作品，大家都能够畅所欲言，提出真知灼见，包括一些良好的建议甚至修改意见。

最后预祝我们这次研讨会和审读会圆满成功，谢谢大家。

脱贫攻坚的精品力作

李一鸣

读了厉彦林的《延安答卷》，感觉这是一部脱贫的政治经济学大作，也是一份回答时代之问的优秀文学答卷。作者具有很强的思辨力、洞察力和表现力，他以目光如炬、先于天下的严峻思考，庄严无畏、尖锐透彻的深入解析，广阔深远、精深细微的层层呈现，追寻历史，也观照现实。他有哲学精神的考察，也有人文情怀的关怀，有史料性的探究，也有物理性的追寻，因此行文有文学性、学理性、知识性，也有现代性、启蒙性、引领性。他从人类视野、世界视野出发，就政论性思辨性来讲，做出了很深刻的贫困论、扶贫论，以及中国道路、中国精神、中国力量论。他的著作也显示出很强的洞察力，透视非凡事物，呈现内在本质，咀嚼历史，领悟规律，立足当下，发现大事，真是具有从一斑见全豹，从延安看中国的文学实效。他的作品具有很强的表现力，体现为结构之变、叙事之魅、语言之美。从结构上讲，他有史与论的结合、时与论的结合、诗与思的结合；从叙事来讲，凸显在重视细节呈现，重视意境感染；从语言上讲，诗性语言星光灿烂，知性语言掷地有声。可以说是近年来脱贫攻坚题材报告文学中的一部精品力作。

文学信仰支撑的文学答卷

何向阳

《延安答卷》是中国作协重点作品工程中的一部优秀作品。今天《延安答卷》《沂蒙壮歌》这两个姊妹篇放在一起研讨，我先从《延安答卷》来重点讲一讲。

第一，我觉得站位非常高。题材聚焦脱贫攻坚，也就是中国共产党带领中国人民在 2020 年解决了绝对贫困问题，决胜全面小康，决战脱贫攻坚，取得了重大历史成果这样一个大的史诗背景。对于大史诗作家怎么表现，怎么把这种史诗性的实践变成史诗性的文本，这是一个考验。延安又有所不同，它代表着老区脱贫，从国家政策到战略意义再到民生工程，都必须非常有高度地进行把握，厉彦林在这方面的完成度确实非常高。以人民为中心是我们共产党人的初心，在建党 100 周年时，习近平总书记就重申了，中国共产党的初心就是为中国人民谋幸福，为中华民族谋复兴。我感觉初心在这个文本当中体现得非常充分。联合国开发计划署指出，对于中国在全球千年发展目标中所做的贡献，给予再高的评价也不过分。如果没有中国的进步，整个世界在减贫方面总体上说其实是倒退了。另外也有很多评价，称赞中国脱贫速度之快绝无仅有，取得了史无前例的成就，堪称人类历史上最伟大的事件等。对这些成就书写和把握，我认为两本书做出了非常好的文学答卷。

第二，我觉得作家的文学信仰在书中体现了出来，也就是共产党的初心——谋幸福、谋复兴。作家的信仰是什么？厉彦林认为写作是一种信仰，也是一种人生态度。在这部作品当中，我觉得始终贯穿了这样一种信仰和态度。作者还谦虚地说，成功有时需要一种近乎愚钝的力量，对爱因斯坦这句名言的引用，也体现了他的谦逊，这种态度实际上是写作者的财富。习近平总书记说过，态度决定作品的成败，因为作者有这样一种态度，所以决定了他要深扎，要去广泛搜集资料。他几次奔赴延安，就钻到延安的山沟里头，跑图书馆、书店，实地勘察贫困村贫困群众生活环境。他听着《黄河绝恋》的主题曲在写，把个人创作跟整个民族对黄河的崇拜这样一种时代精神放在一起。我们说"四力"，我觉得脚力是写好报告文学非常关键的一部分，这种态度、这种笔力确实是要有脚力做支撑的。作者是非常清醒的，从立意到架构，再到文字的书写表现，从历史一路走来，到对现实的勘察力，加上对读者负责任的执着，才成就了这部让时代和人民满意的作品，有温度、有热度。

第三，是特点。延安的特色是什么？我去过三次延安，两次在中组部中国延安干部学院学习。第一次去和第三次去中间相隔了有 10 年时间，延安风景大变。第一次去延安，感觉跟历史镜头当中的延安还是一样的，第三次去就完全就认不出了，它确实像盖了一层绿毯，完全变成了一个绿色的延安。新发展理念、乡村振兴、生态文明思想，在这里都得到了体现，这也是作者写延安脱贫、作延安答卷的一个精彩之点。通过阅读，我还得知封山禁牧就是从延安吴起县开始的，退耕还林也是从延安开始的。我觉得这也是一种史料，延安是个老区，但它也是生态文明理念的践行地，而且还是相对前沿的践行地。"绿水青山就是金山银山"，在这里都得到体现。文本确实是非常扎实，而且非常有特色。最后向作者和山东作协、省委宣传部以及咱们出版社，都表示祝贺！

信仰充盈浩荡之气

施战军

厉彦林的《延安答卷》《沂蒙壮歌》这两部作品，都首发于《人民文学》。特别幸运的是，我们见证了厉彦林写作的全过程，从他最初确定写这个题目开始，到他开始实地考察、初步完成文本、我们选发稿子的完成，再到他最后书稿的完成等，可以说我们杂志社全程参与了他的创作。研讨会在今天召开，我们是很感动的，也是很动情的。厉彦林用了一种比较"笨"的调查研究的方法来创作。《延安答卷》这部书，我们发表的时候叫《延安样本》。厉彦林刚要提笔的时候我们曾做过深度交流，他说"我虽然没去过延安，但作为沂蒙老区的子弟对延安有特殊感情"，他读了许多有关延安的图书，搜集了许多资料，也做了许多思考。他专门去延安体验感悟，用他自己的说法是"跑了两个多月"，实际上是去了多次，时间上也超过两个月。而且他行程的每一步，比如延安那边从地区到县里扶贫办的同志，怎么陪同他下去探访，这个过程我也都知道。他拍的重要照片我都见过，延安有代表性的山梁沟塬他几乎都去了，有关贫困群众改变生产方式的所见所闻，比如种植、养殖等方面的情况，那些农户的生活样貌，我都很熟悉。所以我完全被他感动了。他真的是下功夫，真的是动感情。我们对延安的感情是一样的，我们也在那儿学习过，他对延安的老百姓、土地，包括对那里奇迹般变化的惊叹，和我们也都是一样的。所以他其实是做了一回延安人，是在这样一种和延安人民高度共情的状态下写就了这部《延安样本》，出书叫《延安答卷》。这是一部由中国作协创研部重点扶持的项目，当时我们的设计是献给脱贫攻坚的伟大实践，就是在习近平总书记宣布脱贫攻坚战取得了全面胜利的时候，作品要出来，所以我们就安排在 2020 年第 7期推出这部作品。我们对文本的完成是有些小满意的，对有些地方是很满意的。

《沂蒙壮歌》是由中国作协创联部"定点深入生活"项目在扶持，由山东作协申报到中国作协，然后很顺利地成为重点扶持项目，说明我们作协对选题的意义看得很清楚。我觉得这两部书既有共同点，也有不同之处。共同点就是，他的写作选取的都是具有巨大后坐力之处，这种后坐力以历史为根基。延安是革命圣地，长征的落脚点，"新民主主义革命"的科学概念就是从这里被提出来的，然后一步步迈向新中国。描述延安由过去那样一个贫瘠的黄土高坡，步入依托红色资源探寻绿色发展的路径，这是《延安答卷》的基本写作线索。延安和临沂都有深厚的革命文化，也有深厚的传统文化。作者以历史为底色，以绿色发展的现实为表现主题，其实是以理想信念和信仰作为导航的。厉彦林的写作跟一般作家的写作不太一样，在于哪里？他是非常坚定、非常清晰的，也是怀着深情的，以一种信仰、信念、理想来写自己的作品。这样的作品是建党百年的关键时期特别需要的，也是读者特别需要的。

还有一点是非常不容易，但是又做得特别好的，很多作家在写作转型过程中办不成的事情，或者说办得不圆满的事情，厉彦林做到了，也就是由二十世纪八十年代培养起来的文学兴趣，完成与新时代要求的转型对接。所以除了我刚才说的以历史为底色、以现实为主题、以理想为导航之外，还要以创新理论为写作支撑，这条是很了不起、很难做到的，而他又做得很严谨，他的行为又很感人。《延安答卷》是由到了延安这个地方、对延安产生的这种感情促动写成，虽然也很感人、很动人，但行文跟《沂蒙壮歌》相比稍显拘谨。到了《沂蒙壮歌》可就不一样了，厉彦林写自己家的事，写家乡的那块土地，完全是一种展开的状态，有浩荡之气。他写整个沂蒙山，并没有单单写临沂这一个地区，而是对枣庄、日照等都有覆盖，凡是和沂蒙革命根据地，和那片山脉、这片土地有关的，全都写到。其中写的每一处作者都如数家珍，读来就好像是随便推开每家每户的门，进去以后，跟人聊天，在一块吃饭、喝水，是一种非常自如的写作。在写作过程当中我们联系很多，对整个写作都非常了解，但是拿到《沂蒙壮歌》的稿子后，确实有一种电一下子充满了，笔也润圆了的感觉。将自己特别熟悉的、特别亲近的成长之地的变化由衷地表达出来，包括描写搞商贸、搞旅游、搞开发的人的那些内容，也带着某种偏袒和关怀……行文仿佛进入到哪户人家就介绍哪户人家，他眼睛里好像看不见生活中还存在的杂质，那种对家乡的爱其实是非常动人的。刚才华栋引用习近平总书记的那句话，"时代是出卷人，我们是答卷人，人民是阅卷人"。《沂蒙壮歌》在《人民文学》发表以后，整个沂蒙一带的读者反响之热烈是我们没有想到的。有些街道、社区拿着杂志举办党日活动，然后分享到微信公众平台等，我们看到许多群众在谈自己的阅读体会。因为那里面真正写到了他们，展现了他们的生活，我觉得这就是对"人民是阅卷人"最生动的诠释。我们也常常思考，我们是《人民文学》，必须交给人民去阅读。这样的作品能够达到让人民——阅卷人都满意，对我们办刊人来说是一种莫大的幸福和安慰，所以很感谢厉彦林的创作。由于今天到场的专家有很多都是特别专业的读者，所以今天的会议也有改稿会的性质。大家肯定都已经准备好，接下来的发言会对咱们下一步的出版有更大的帮助，在此不多加赘述，谢谢！

《延安答卷》名副其实

梁鸿鹰

《延安答卷》和《沂蒙壮歌》这两本书我都看了，着重看的是《延安答卷》，印象很深。现在这类书非常多，怎么写得有特点？怎么把扶贫的事儿从历史到现实、从理论到实践都给讲好，又能讲生动，其实还是挺考验作者功力的。

这两年我去了好几次延安，去过梁家河村，也去过延安市本地。去过两次之后，感到这里确实是焕发了新的生机，包括同处陕北的延安、榆林一带。我是内蒙古巴彦淖尔人，实际上它们在二十世纪六七十年代的时候，比我们内蒙古自治区都落后。那个时候从榆林出来讨饭的人很多，因为跟我们距离比较近，一到过年他们上门的特别多，但是后来的陕北确实发生了巨大的变化。延安让我印象最深的是什么？就是梁家河村的新华书店，当时我们参观地附近就有新华书店。我在任何扶贫点，在其他参观地都没发现书店，梁家河村的新华书店让我觉得特别惊喜。我觉得能在那个地方看到新华书店，有着特殊的意义。还有就是延安市里有大型的红色书店。新华书店实际上就是从延安走出来的，延安是新华书店的重要诞生地，从梁家河村和延安市的书店，能够看出整个延安焕发的活力。从脱贫攻坚到经济发展，延安有中央政策的支持，有中央脱贫攻坚战略总体的设计，因此在扶贫的实践中焕发出了巨大的活力。这本反映延安脱贫攻坚实践的书是由《人民文学》首发的，这反映了厉彦林的书写是非常深入的。确实，他写过之后，别的作家就很难有所突破。

《延安答卷》里涉及的问题实际上是非常多的，厉彦林是从世界尺度上评估问题的，他放眼世界评估问题的根源、解决的路径，回顾共产党人在制度方面的探索。对于中国道路、中国成就的探索，中国成就、中国精神、中国力量的彰显，都通过这本书得到了非常好的呈现。

作者有着非常扎实且深厚的理论功底，知识面很广，涉及古今中外。书中既有理论探索，也有具体的历史案例，例如对照苏联东欧剧变，探讨国内的改革开放向何处去，再由此回溯到马克思、恩格斯关于劳动的论述，等等。它既有理论上的支撑，也有对中国实践经验的探索，更有对延安当地经验的总结，我认为还是非常有特点的。从文体表达上来讲，我认为这是出色的报告文学，同时也是更吸引人的散文、美文，作者的语言运用能力也非常强。这里面既有对于历史脉络的呈现，也把富有哲理的思考和对历史的回顾非常好地融合起来。作为写一个地区的成功实践，突破了地域写作的局限，不单单是写延安这一个地方。通过延安样本看世界范围内的反贫困斗争，看马克思主义对于劳动、劳动价值的论述，以及中国共产党人践行初心，为人类营造真善美的生存家园的历程，这种创作观念在本书中是一以贯之的。

这部作品对我们认识延安这种成功经验乃至认识中国人在脱贫攻坚方面所积累的经验、凝聚的精神，我觉得都是非常有价值的。接下来，这部作品还可以被改编成广播剧和拍成电视专题片，我觉得它具有很强大、很深厚的可以进行这种转化的底蕴，能够真正发挥好题材的作用！

谢谢大家！

讴歌延安新时代画卷的力作

尹洪亮

  刚才听了各位领导和专家的发言，很受启发教育。《延安答卷》这本书是在我们党建读物出版社出版的。去年初，当我们拿到厉彦林撰写的这本书的书稿的时候，眼前一亮，一看到书名就被深深地吸引，再翻开正文更是被那精准的选题、高远的立意、深邃的思想、广阔的视野和优美的语言所打动。延安是革命圣地，是中国共产党人的精神家园。延安脱贫在中国脱贫攻坚壮举当中具有非凡的样本意义，是中国共产党回应历史之问和时代使命的精彩画卷。遥想当年党中央在延安 13 年，那个时候，延安黄沙遍地，满目疮痍。老一辈革命家感叹，延安的山山岭岭何时能够披上绿衣？经过这些年的奋斗，特别是近一二十年的脱贫攻坚，延安的山变绿了，延安也成为绿色脱贫、生态脱贫的典范。能把延安脱贫的伟大实践、时代价值，乃至世界意义，以纪实文学的形式书写记录和透析，应当说是实属不易。这是讴歌革命圣地延安新时代画卷的一部力作。《延安答卷》的写作是一次非常成功的尝试，能够出版这样一部有筋骨、有思想、有温度的作品，我们出版社也感到责任重大，使命光荣。伟大的时代和火热的现实生活，召唤高水平的文学作品。在这部作品当中，作者满怀对人民的热爱和对生活的热情，以"我"的所见所闻为线索，发挥高超的语言表达能力和文体驾驭能力，从大处着眼，从小处落笔，从细处着力，将延安人民 20 多年听从党和国家的召唤，经过不懈的探索、验证，闯出绿色脱贫之路的生动画面展现在读者面前，深情讴歌了延安和我国脱贫攻坚的辉煌成就，深刻揭示了中国脱贫攻坚的宝贵经验和成功奥秘，堪称无愧于我们伟大时代的优秀作品。

  为了给这部作品锦上添花，我们克服疫情期间编辑在家办公的不便，安排骨干力量，邀请著名设计师装帧设计，进一步提升了图书质量。这部作品出版以后，各方面反响热烈，中国文艺评论家协会主席仲呈祥、中国作家协会书记处书记邱华栋、中国散文学会名誉会长石英等文艺界的领导都给予了高度肯定，刚才几位领导、专家在发言中又给予了高度评价。作品出版以后，中央和地方主流媒体纷纷报道，新华社发布出版消息，《人民日报》刊发书评，先后有十几家报刊登载评论或转发消息。人民网、求是网、中国作家网等网站，"学习强国"学习平台、人民文学公众号等新媒体平台也纷纷转载，广大党员干部、社会读者积极订购。截至目前我们已经两次加印，累计印制发行近3万册。作品出版以后也得到有关行业主管部门的高度关注和充分认可，入选国家新闻出版署2020年优秀现实题材文学出版工程奖，申报这个奖项的有600多种作品，最后入选的只有15种；本书还入选中共中央组织部公布的第五届全国党员教育培训优秀教材。应当说能够获得上述奖项的都是凤毛麟角，精品佳作。也相信今后这部作品还能收获更多更大的荣誉。彦林同志作为文学名家，深怀爱党爱国爱民之情，几十年来为伟大时代和伟大事业笔耕不辍，立时代潮头，发时代先声，充分彰显了一名新时代文学大家的责任和良知。期待彦林同志在今后能出版更多不负时代召唤、不负人民期待的文学作品，我们将一如既往地做好服务，在这里我们也提出了希望厉彦林同志把新作交给我们党建读物出版社出版的愿望！

厉彦林交给时代的答卷

石 英

　　几十年来，厉彦林同志锐敏的笔锋如耕犁豁开了或荒芜或板结的土地。与此同时，被虔诚的心灵焐暖了的种子与被春雨润过的土地相契合，成就了一篇篇有深度、有独特角度、真正接地气的有分量的作品。从乡村到城市，从革命到人民，从延安到沂蒙山区，都给作者提供了最合适的题材，最钟情的生活，最亲近的真实人物，最能施展才情和笔墨的广阔天地。虽然我不能说这些我称之为大散文或纪实大作的文章达到了篇篇完美、字字珠玑的水平，但可以肯定的是，他的选择契合时代的发展步伐，他对选中的题材都倾注了毫无虚饰的赤子之情，他的写作既体现了一位沂蒙老区之子的初心，又表现出了一名共产党员作家义不容辞的时代担当。这一系列作品是最好的证明：他倾尽心力的劳动很有成效，他没有使新时代的广大读者失望。

　　与《延安答卷》的书名相呼应，作者给革命圣地延安所交的答卷也是相当圆满的。他在《延安答卷》和《沂蒙壮歌》之前写的多篇重大题材作品（包括平时的乡情美文），我大都认真读过，基本上都是融叙事、抒情与哲理为一体的高屋建瓴的诗质力作。使我印象极深的那些乡情美文，都是融合了作者的情感体验与淳朴人生的真髓之作：可视、可感、可品、可诵。大至蓝天阔野、山重水复，小至纺锤烟袋、葱韭纤毫，都灵动细致。乃至母亲呼唤孩子吃晚饭的声音，玉米红缨上露珠的气息，高粱晒米时出现的酡颜，无不状写入微，却又淳朴自然。这种诗性的底里其实来自一位出色诗人的扎实基因。

　　30 年前我在《人民日报》主持《大地》副刊时，就不止一次收到山东的一位诗作者写沂蒙大地人民生活的组诗。起初并不是作者的名字引起了我的注意，而是诗作的特色使我眼前一亮。其实，当时作者已在《诗刊》发表了多首诗作。这些诗作在形式上，不是过去写农村生活那种快板式的"民歌体"，而显然是吸收了民歌、古典诗词精髓，又熟练掌握了现代新诗表达方式的自由体。这些诗作贵在作者对沂蒙山、沂蒙人的真爱，对沂蒙乡情书写之真切，对传统诗性与新诗表达方式的把握，且淳朴而不平直，通晓中又有变化。在运用通感、借喻、引申等艺术手法时不那么生硬造作，多能做到柔韧自然，恰到好处。基于此，显然在有些方面略优于许多同类题材的诗稿，被选用的概率自然就大些。所以说，就我个人和许多编辑而言，最初不是因为作者党政部门干部的身份认识他的作品，而是在大堆来稿的选取中开始注意这样一位有思想、有创意的作家。

我之所以要提及这些30年前的旧事，是想说明：厉彦林对沂蒙山爱之深，对沂蒙人爱之切，对通过文学表现生活，尤其是对诗意的人生有着相当深刻的理解。我总觉得他后来的写作，无论在题材和路数上有什么变化，那种表达诗质的根基其实是久已存在的，这一根基甚至是其思维方式和艺术表现方式形成的原因之一。

无疑，他后来在时代浪潮推动下写成的系列大题材、大架构的力作，从某种意义上讲，较之早期的乡情文字是更有难度的。但彦林同志是一位有此魄力、有此担当的党员作家，在新时代号角的召唤下，他自觉应义不容辞地担负起这份责任。对党和人民无限热爱的思想情感，加之二三十年间，在党政部门工作的经验与笔耕生涯的历练，多方面的积累和储备，使他成为能够胜任时代和自己赋予的重任的人选。在以习近平同志为核心的党中央引领亿万人民打赢脱贫攻坚这场艰苦卓绝的伟大战役的鼓舞下，他理所当然不能缺席。他将双目瞄向陕北和延安，既然选定了，就不惜全力投入。为此，他多次赴延安学习考察，体验生活，掌握了丰富的素材。生活深深地感动了自己的心，心才能自如地驱动手中的笔。

他之所以在这个大课题中选择了延安，当然也是出于精准的考虑。因为延安是中国的革命圣地，党中央在那里度过了十多年，指挥了抗日战争和决定中国前途与命运的解放战争，尤其是在蒋介石疯狂进攻延安的艰难岁月，党中央在延安以北的山区创造战机，终于拖垮并最后战胜了敌人，所有这一切，都是厉彦林自童年起即心向往之的。而同样是因为共产党人和中国人民解放军与延安和陕甘宁边区的人民形成了血肉相连、休戚与共的鱼水关系，所以彼此相互依存，非同寻常：人民群众将党和毛主席视为救命恩人，而党的革命领袖和军政人员也视延安和陕北人民为恩人——全心全意为人民服务是我们党的宗旨，如果说"报恩"的话，党和人民之间也是相互的。在这个根本点上，《延安答卷》中有许多精彩篇章进行了阐述。当年，老一辈革命家完成了那个时代赋予的历史使命之后，才离开陕北。正可谓"这不竭的延河水用蒸熟了的陕北小米，把革命力量养足了，然后东渡黄河"，去收获 1948 年、1949 年，船工解开白头巾，张扬成鼓荡的风帆。

然而，大自然赋予陕北的山水不是那种青葱茂密、十足丰腴的；新中国成立后，尽管经过几十年的努力，但仍远未达到全面脱贫的标准。繁重的任务只能落在这一代共产党人的肩上，尤其是在党的十八大以来全面打响的脱贫攻坚战中方能得以实现。在《延安答卷》中，作者不仅从宏观的角度书写了这一大的背景，更以欣喜的心情描述了这一宏大工程中一个个前所未有的重要举措。从某种意义上说，这些有力的举措来自敏锐而正确的认知，打破了过去很难改变的成规旧识。如针对"一方水土养活不了一方人"的情况，因地制宜地毅然实行合理的、有针对性的易地搬迁。既使人民群众能更高质量地安居，又开拓出了更有成效的致富之路。类似这样关键的"点"，作者都是写得很透彻的。

有了更大的信心与更丰富的经验，厉彦林最终还是回到了他最熟悉的沂蒙山区。如上所述，他不仅在这方面具有更浓重的思想感情基础，在文笔表达上，也更能驾轻就熟地驰骋。无独有偶，机缘巧合，当年蒋介石在全面进攻解放区失败后，又转而进攻东西两翼，即陕北和山东，但结果是我们又一次粉碎了敌人的图谋，获得了全胜。战争的胜利绝非天降馅饼，绝非有人想当然的那样，歼灭了张灵甫的整编 74 师就完全打破了蒋介石军队在山东的进攻态势。陈毅、粟裕率领华野十几个纵队，周旋于沂蒙山区这块说大够大、说小也很小的地盘上，其实十分不易。有鲁南、莱芜、孟良崮的胜算与大捷，也有南麻、临朐的失机与受挫；还有坦埠的险情，因为敌人发现了我军华野指挥机关的所在地。当时山东解放区的个别干部就知道，如果南部战役将胡琏的整编 11 师彻底打掉，就不会有当年深秋蒋军六个整编师疯狂进攻胶东。彦林同志的《沂蒙壮歌》始终将过去与现在交错来写是对的，因为记忆没有距离，历史与现实其实是紧密衔接的；虽然过了一辈又一辈，但人心没有断层。

还有一个交叉对称的现象也不可无视：自古至今，沂蒙大地的精神财富始终是丰足的，文化的矿藏一直是深厚的，但相对而言，物质层面却比较贫瘠。这里的水草还不是多么丰美，比起我国华中地带长江流域，山林还远非葱郁。在我们山东，一般认为沂蒙山区是比较穷的地方（在古代也许不完全如此）。战争年代和新中国成立初期我曾多次去过那里，总体印象是荒山瘦水，当然也算不上物阜民丰，但当我十多年前再去时，沂蒙山区的面貌已大为改观：如蒙阴，几乎是村村林木葱绿，户户瓜果飘香，党和政府显然为沂蒙老区的振兴发展投入很大。也许是地理位置所致，历史和战争给这片土地带来严酷的考验，但到头来最大的考验也转化为最大的幸运。作者作为一个晚辈，又来到了先辈浴血奋战过的故乡，谱写了一曲倾注满腔热爱的《沂蒙壮歌》，那种心情与采写别的地方时同样神圣却更有几分熟稔。

沂蒙山区本身有两个足以引为自豪之优：一是它深厚悠远的文化底蕴，另一个就是它非同一般的红色革命资源。今天的临沂市，东汉时期就已是著名的琅玡；而在抗日战争初期，它又是八路军和山东省军区的所在地，后成为山东解放区首府。彦林同志在书稿中，列举了一大批沂蒙山区孕育出的各方面的历史名人。他们不仅为故乡土地奉献力量，而且有的远徙他方，对中华民族的发展做出了重要贡献。记得我 20 多年前出差去浙江绍兴，在兰亭景区遇到一位当地文史部门的老同志，他以充满谐趣的口吻对我说："你们山东的王羲之，是来到我们这里的第一个南下干部，放在现在是厅局级还是副部级？"我听后想，王羲之是南下干部是不错的，却不是第一个，至少东汉末年就有诸葛瑾南下江东，诸葛亮南下荆襄。除了文臣，武将也不少，山东南下东吴的就先有孙武，后有太史慈、徐盛、潘璋等人（其中徐盛就是莒县人）。这些人，有的可能听来不大熟悉，但其实都不是"跑龙套"的等闲角色，他们有的与"小霸王"孙策争锋打了个平手；有的曾亲手擒获了威风八方、西蜀五虎上将之首关云长；有的在晚年还发挥余热，为东吴后期政权稳定立下了汗马功劳……这些文武俊才南下，一方面固然是由于当时北方战乱，而另一方面也是为了去更需要他们的地方，在新的地域建功立业。这样一来，客观上也为所到之地带去了沂蒙乃至齐鲁的文化、科技、农事之所长。到了现当代，在革命战争中涌现出的战斗英雄、"爆炸大王"，支前拥军的红嫂更是不可胜数。我记得陈毅司令员最初说的是"淮海战役的胜利，是人民群众用小车推出来的！"后来演化为更具普遍意义的"是解放区人民用小车推出来的"。在解放战争中，出自沂蒙山区的我军战斗英雄都是顶出色的。其中华东一级人民英雄林茂成，1947 年就曾出席在东欧举办的世界青年联欢节，1949 年 8 月于浙东前线壮烈牺牲；同样是华东一级人民英雄的张明，在攻克洛阳的战役中，被评为甲等战斗英雄，全营被授予"洛阳营"的光荣称号。另外，还有许多并非生于沂蒙山区的杰出人物，也曾经受到沂蒙山区的洗礼或终老于此地。其中来自云南的彝族人民的儿子，从奴隶到将军的新四军副军长兼山东省军区副司令员罗炳辉，1946年病逝于临沂；成长于胶东、共和国百名杰出人物之一的任常伦，是在1944年于临沂召开的山东省军区战斗英雄代表大会上被授予山东省军区"一等战斗英雄"的荣誉称号的；还有来华援助的国际友人也与沂蒙建立了血肉相连的深厚情谊。足见沂蒙山区地气之盛、影响力之大。

彦林同志书写沂蒙山区和沂蒙人民可谓一往情深，不吝心力且锲而不舍。过去的几十年里，他始终围绕这一主题，奉献了许多题材多样的篇章，而此次的力作《沂蒙壮歌》则是集中指向沂蒙人民群策群力，努力搬掉贫穷落后这座大山，守护绿水青山，建设美丽家园的实践，奏响了脱贫攻坚与乡村振兴有效衔接的壮丽凯歌。

作者在本书中充分发挥出了他驾驭重大题材时收放自如的能力，该粗处粗犷而不粗疏，该细处细而不腻，体现了寓诗性于晓畅的叙述文字之中、抒情与哲理交糅无痕等综合素质和所长。不仅敢写更会写，善抓具有核心意义之"点"，许多小标题就是其中的眼睛：如《我身体好，是托总书记的福》《俺不给"地下党"丢脸》《沂蒙小棉袄温暖人间》《"光棍村"里孩子闹》《千里眼随降及时雨》《生态文明活化石》，等等。而且点中有点，典型中之典型，往往可收以一当十之效。我还注意到作者对沂蒙老人格外关注，书中写一百零八岁的老八路军，一百零四岁的革命老奶奶，不只是为了传达敬老之情，更是红色历史活的象征，是物质生活和精神生活共同塑造的新时代寿星的真实写照。

作者从沂蒙山走出来，又从城市走回去；走出来是承接红色甘霖而润泽他方，走回去是承担新的使命以报沂蒙人民培育之恩。

最后，既然是审读此书，我经认真思索，提出一两点不成熟的建议：或许书稿中有些地方处理得比较仓促，在文字感染力上有不平衡之处。用山东农村评价土质的俗语做比喻，少数地方"土质"少了些"油性"。油性，即土壤中的有机质，有经验的老农用手一捏就能感觉出来。所以如有可能，或时间允许，在这些地方下点功夫或许会更好。还有，在不同的部分或段落中，如意思相同或近似，即使所写人和事有所不同，亦不妨再加以适当调整：增删或各作不同侧重。如此，定能使作者驾驭文字之长更为鲜明。如时间不允许则又当别论。

从《延安答卷》到《沂蒙壮歌》，两项思想和文字工程正巧对应了当年我军在东西两个地区对敌人重点进攻的战略突破，对这两个地区的突破为随后的大决战的完胜奠定了基础；而在今天，这两个重要区域，在脱贫攻坚和乡村振兴之路上又是奋战的先驱，具有相当的典型性和代表性。作为伟大工程的参与者和出色的记录者，作者的担当精神是值得我们同行敬佩的。

刊于 2021 年 12 月 12 日《大众日报》

政论色彩与现场纪实的创作风格

胡 平

这两部作品我都看了，感觉厉彦林同志的创作还是比较有个人风格的，其中感触颇深的是这两部作品属于宏观的政论色彩比较突出的纪实创作，其中其他内容和采访内容基本上平分秋色。可以说两部作品都是以漫记形式进行书写的报告文学。这是他的创作上的一种风格，说明作者有比较强的政治意识、理论素养，两部作品都写了乡村振兴，可以看到作者不仅实地采访，也翻阅了大量相关资料，旁征博引。虽然是写两地，但是让读者看到的又是全国的相关形势及党的政策的发展脉络，所以两部作品都是属于视野比较开阔的。读两地，让人感觉到也是在读全国！作者对于红色老区的脱贫致富确实尤为关注。沂蒙是老家，肯定要写，延安则是精神圣地，所以主动去写，从两部作品中都可以看出作者像大家说的那样洋溢着饱满的热情，这种热情是发自内心的。书中收集的资料很多，看得出作者也很重视研究，有些观点还是很富有启示意义的。比如，书中谈到关于农村合作组织的内容，以前大家都更多以为这是社会主义的一种方向特色，但是作者还梳理列举了日本和韩国农协的情况。日本农协既是群众团体，又兼有协助政府贯彻农业政策和代表农民向政府建议的双重职能，韩国的农协被称为"国民生命谷"。而且作者描述了世界上越是市场经济发达的国家和地区，各类农民合作组织化程度越高，书中像这样的内容，对大家都是很有启发的。作者将广阔的阅读面融入书中，启发了大家，他也比较善于提出和研究问题，比如说在沂蒙山区革命历史的探索方面，他提出的一个问题是为什么沂蒙山区出的红嫂多，但是出的男性英雄少。他通过议论得出结论——这是因为几千年来妇女地位十分低下，而且沂蒙山区尤为重男轻女，所以妇女面临解放运动的时候感觉到深深受益，这激发了她们的革命积极性。这些观点都是让人感到很有意思、很受启发的。但是我更喜欢的还是书中很多现场纪实的部分，这些内容十分鲜活和生动，具体描述梳理了延安、沂蒙两地发生的巨大变化。里面写到，延安一度几乎每个村子都有外出讨饭的，连大队干部家里的孩子都快要活不下去了，后来那个工作组书记给他批了点油渣，才救了大队干部一家。沂蒙这个地方过去交通不便，作者在书里写一个外嫁的媳妇父亲死了，她被水库拦着就是过不去，最后只能在水库这边给父亲烧纸。这反映的是过去的情况，现在的延安已经发生了翻天覆地的变化。延安退耕还林 20 多年，已经实现了"绿肥黄瘦"，林果成为主要的产业，洛川苹果的品牌价值已经名列全国第二。我最近连续收到两次洛川苹果，可见洛川苹果产销两旺。沂蒙也在全国 18 个连片贫困地区中率先实现整体脱贫，进入了发展快车道，这些变化都是作者亲眼看见的，每一段这样的描述文字我都仔细看过。作者在作品中着重塑造的一些人物，给人留下了比较深的印象。比如，刘延平本来是个酒鬼，什么都不干，还骂村第一书记，村第一书记还是非常耐心地对待他，后来刘延平想这是跟人家干啥，开始改邪归正，居然还挣到了钱，一发不可收，最后还成了一个理事长。书中所叙之事很生动，特别是写到一个农村妇女，她是听了父亲的话，励志种树，她把比较大的孩子拴在炕上，一拴就是一天，把家里的地全都种上了树，种了好几十年。这个人物是英雄人物，作者发现了她，写了出来。我看到这个妇女觉得很不简单，很希望再多读到一些这种人物的故事。如果进行修改的话，以后可以加强对像这样特别生动的人物事迹的书写。作品中干部的形象也都很具体，比如，写到一个村干部工作了 30 多年，从来不用本子，现在开始在扶贫工作当中用本子了，因为相关政策非常具体，不能大而化之了，书中对这些细节的展现都非常好。这些都是使生命之树常青的内容，是凭想象不能建立的生活逻辑，非常好。如果进一步修改的话，我提出的建议主要就是增加这类饱含生活信息量的内容。议论当然也很重要，但在比例上可以适当缩小，把有关生活的内容再增加，因为生命之树常青，作为报告文学作品，这种东西还是更受读者欢迎。

洋溢文学激情的政治读本

贺绍俊

厉彦林的《延安答卷》《沂蒙壮歌》这两本书，都非常有力量。我在看的同时，也在想将它们归类。我个人宁愿不把它们看作是文学文本，而是把它们看成是洋溢着文学激情的政治读本，或者说是文学的、诗性的政论报告。我觉得这两本书的重点其实在政论上。

这两本书写了延安、沂蒙这两个革命根据地的扶贫工作，其实有一个共同的主题，就是以充足的事实为依据，阐释中国扶贫工程的伟大意义，落脚点就在这儿。作者不是纯粹的客观记录一下这个地方、在哪项工作上发生了一些什么事情，而是以这些事情作为论据、作为依据，所要论证的是中国扶贫工程的伟大意义，这两本书都回答了这样一个重大的问题。这两本书的写法也稍有不同。我觉得《延安答卷》的特点是视域特别开阔，是从人类文明发展史和全球化这样一个大的背景下，从人类文明发展史这样一个漫长的、纵向的时间的角度，来讨论延安的扶贫。加之大空间是全球化的，所以本书是在大时空背景下讨论延安的扶贫，是以解剖麻雀的方式来讨论中国的扶贫工程，绝对不是在就事论事，不是仅仅在做延安扶贫的方案。他通过延安的扶贫实践来论证中国的扶贫工程，所以是将延安扶贫作为麻雀来解剖的，写出了延安的典型性和代表性，我觉得这是《延安答卷》的特点。

我先看的是《延安答卷》，接着看《沂蒙壮歌》的时候，我还有点担心。我想厉彦林写《沂蒙壮歌》，会不会也以这种方式来写，还是在一个大的时空背景下来写？我担心要是他又从大的时空背景下来写，有些东西就很有可能会重复。读了以后我发现厉彦林的确是很认真，很聪明，也很智慧，完全又从另外一个角度来写《沂蒙壮歌》。我觉得《沂蒙壮歌》的特点是抓住了沂蒙的革命历史传统来写。他是从整个沂蒙的历史传统脉络中来看沂蒙今天的扶贫，来看共产党的精神传承，来看群众理念的延续，都是围绕沂蒙的革命历史传统来写的。所以这两本书虽然都是讨论中国扶贫这样一个大工程、大主题，但是又不重复，我觉得做到这点很不容易。要概括特点，我觉得这两本书不仅洋溢着思想激情，而且具有饱满的政治情怀。他确立了鲜明的政治意识，这种意识建立在理论深度的基础之上。书中有一个很大的特点，就是既富有思想洞见、又富有文采的句子特别多，即那种富有文采的政论式的语言是很多的，我随便读一读大家就可以看出来。我就选引《延安答卷》中比较短的一句话，"中国向全世界宣示 2020 年告别绝对贫困！这就等于中国共产党人把威望、声誉和身家性命都押在这件大事上，背水一战，决一死战，不留后路和退路。"这样的句子是很有力量、很有感召力的，但是又是政论式的，又体现了他的政治意识和政治情怀。

还比如《沂蒙壮歌》里讲的，"如果说农业是国计民生，农民是执政基础，农村则是战略后院，'三农'必须作为一个庞大系统来考虑，充分认识乡村的多功能性"。我觉得这是很有思想深度的，如果一个作者不是对中国的政治、文化做了很认真的研究，他不会写出这样精练的句子。还有像"社会治理如同'瓷器店里打老鼠'，方法必须精准得当，既要捉到影响社会和谐稳定的'老鼠'，也要保护好社会和谐、百姓安居乐业的'瓷器'，以最小的代价获得最佳效果，避免呼呼隆隆、大而化之"。这就体现出了这种文采，体现出了他怎么用一种文学的方式来表达自己的思想、理论和政治上的见解。我是这么看待这两本书的——这是两个非常精彩的政治读本。其实我们今天很需要这样的政治读本。回到文学的角度，我这么说是不是就降低了这两本书的价值？我们在中国作家协会的十楼开会，好像我们开会就要强调它的文学性，好像没有文学性，它的价值就降低了，我觉得不是这样的。不是说只有有文学性的才是最好的。

厉彦林这两本书的写作恰好证明了文学的价值和功能是多方面的。作者的目的不是写一个文学文本，但是我用了我的文学才华来写这样一个政治文本、政治读本，就使得政治读本更有感染力，能够使更多的读者愿意阅读。本来政治读本可能是枯燥的，但是这样富有文采的政治读本，更加易于被读者接受。我们应该通过多种渠道来发挥文学的作用，而且用这样的方式来写我们的扶贫工程，或者写一些政治色彩较强的题材，我觉得有它的长处。

文学往往具有形象感染力，但是文学的形象感染力，又有一种不确定性，有时候文学作品所指和能指是脱离的，有时候对于其中的想象、比喻，不同的人可能会有不同的理解。不像这样的读本，它的所指和能指都是很清楚的。在政论的角度，这种立论的所指和能指是很清晰的，它没有不确定性，要传递的思想价值是很明晰的，思想很清晰，理论性很强，所以这样的读本能够更好地、更清晰地把我国扶贫工程的意义和价值传递出去。所以我很欣赏厉彦林的这样一种写作，谢谢大家！

重大题材文学创作的新探索

徐则臣

  我接着施战军主编的话讲，因为这两部作品不会作假，而且在很短的时间内连续在《人民文学》上刊发，的确不是特别常见。我们用这么大的篇幅，以这样高的频率刊发厉老师的作品，的确是杂志社内部达成的共识。我们看重这两部作品所体现出来的一些特质。刚才战军主编已经讲得非常详细，从我个人的角度、按照我个人的理解，我也谈谈一些想法。

  第一点，是他选择的特殊性。我们刊发了很多脱贫攻坚题材的作品，平时阅读审稿过程中看到的当然更多，大部分脱贫攻坚题材都局限在相对单一的背景上。而这两个作品一个是以延安为背景，一个是以沂蒙老区为背景，刚才几位老师都提到了，他既要处理中国的革命史，又要处理中国当下的建设史，是要把红色文化跟经济发展结合起来。跟一般的脱贫攻坚题材相比，我觉得这两个维度让整个题材的空间更加复杂，这两部作品将这两者结合得很好。就目前的脱贫攻坚题材创作来看，我觉得这两部作品基本上称得上成功处理中国历史上非常重要的两段历史，并将两者结合得比较好的一个典范，是重大题材文学创作领域的一个新探索。

  第二点，的确是站位高。可能这也跟厉彦林老师个人的身份有关系。刚才贺绍俊老师一直提到这两部作品有很强的政论色彩，其实我们看重的也是这一点，我们希望能够从更高站位、更深认识的角度，给当下的脱贫攻坚题材创作提供一种认识论上的样板。我也非常赞同刚才李炳银老师提出的——有一些细节，需要更落实、更丰富一些。这的确是一个非常重要的提醒，如果接下来厉彦林老师能够做修改，我觉得除了面上的、点上的，这方面也必须要做足，这样作品会更好。就目前而言，在同类的题材中，我认为他的确在认识论上、在价值判断上都站在了一个很高的位置，这样也就区别于我们刊发的，或者现在见到的很多脱贫攻坚题材作品，这也是他的另外一个特殊性。这里面还有刚才战军主编提到的，整个写作过程中作者精神和信仰的那种贯穿力，把这两部作品整个贯穿起来。很多的作品，尤其在报告文学中有很多应制之作，或者是一些任务式的作品，在这样的作品中有时很难看到作家自身的那种"信"的东西。他不一定信，他只是从材料到材料，把一堆相关的东西累积到一起，的确也能成功，呈现出一个不错的样本，但是在里面你感觉不到作者精神的力量、开掘的劲头。这种"信"的力量我觉得这两个作品里面都有，这也是我们看重的。

第三点，我们看重其写作方式。刚才何向阳老师提到"四力"的问题，我觉得这部作品里面非常明显地呈现出了田野调查的特质。刚才胡平老师也说到，很多报告文学可能是从资料到资料，从一张纸转到另外一张纸上，缺少真情实感，缺少对细部的认知和发现。刚才胡老师还提到了书中一个非常感人的人物，他说厉彦林老师发现了这么一个人物，我不知道是不是发现了，但厉老师的确是在田野调查的基础上，把这样的一个人物给呈现出来了，或者说呈现得更好了。这些都是我们特别感兴趣的。另外，你能看到作者在写作的过程中感情的投入。厉彦林老师是临沂莒南人，在阅读的过程中，其实我个人也感同身受，我是半个临沂人，我姥姥家在临沂，所以小的时候我在临沂生活过很多年，后来也每年都去，对于临沂的情况应该说是比较熟的，临沂大大小小的地方，我基本上也都去过了。在阅读的过程中，我能感受到作者的那种情感，我觉得这很难得，很多人觉得写报告文学有的时候不需要太多感情的介入，但真正的感情介入以后，它所呈现出来的是另外一种样态，我们能够感受到文字中散发出来的那种基于个人情感的认识。所以对我个人而言，不仅仅因为我们是这部作品的刊发方，我还算是亲友团的一员了，同时也因为我个人的身份，我的确能够从中感受到某些来自故乡的非常亲切的东西。所以这里面的情感投入和田野调查，让作家不外在于作品，这也是我们看重的。

第四点，是我个人比较看重的，尤其是对《沂蒙壮歌》，因为我对沂蒙这个地方还是比较熟的。我在阅读《沂蒙壮歌》的过程中，是把它当成地方史或者地方志来看的，里面涉及的过去的历史细节，唤醒了我很多的回忆。比如说书里写修路，我记得小时候每年去我姥姥家，走到江苏和山东交界处的一座桥时，我们都要停下来。因为那个时候山东的路修得特别好，江苏这边是沙土路，山东那边是水泥路，我们每次都要在那里停下来感受一下，感叹"你看山东路修得多好"。接下来几年，山东的路慢慢地就不好了，路面渐渐开始坑坑洼洼，而江苏的路修得很好，正好也修到了桥头的地方，那个地方在两省交界处有一个界牌。再过几年，山东那边的路又重新修好了……整个过程我是经历过的。还有里面提到的通电，我大姑嫁到临沂，有一天我在大姑家的时候，正赶上那天她们村里通电，那个地方是在山东和江苏交界，比较靠山。那天晚上，很多人都往山脚下的一个大场子上跑，到打谷场上去，村里为了庆祝通电放电影。我记得当时村里面的很多老太太患白内障，她们不愿意去，就坐在屋里面等着，等电灯亮起来的那一瞬间。后来很多年我都记得那个场面。所以文章里面提到的这些细节确实唤醒了我过去的很多回忆。现在到山东、到临沂，你会发现完全不一样了，这张报纸上有一张临沂的照片，现在临沂的确是发展得特别好，每次我到临沂都觉得特别震惊。我想厉彦林在写《沂蒙壮歌》的时候，既看见了过去的沂蒙山区，也看到了现在的沂蒙山区，同时也看到了过去的沂蒙怎么一点一点变成今天的沂蒙。在整个阅读过程中，我重新把这么多年对沂蒙，对我母亲、我姥姥她们家乡的印象整个梳理了一遍，所以特别有感触。这完全是出于个人情感的，谢谢！

生态理念和生态发展的文学呈现

李兰玉

　　我很高兴今天能够参加厉彦林老师的作品研讨会，作为首发刊物的责编，编辑《沂蒙壮歌》和《延安答卷》的过程也是我学习的一个过程，我感到很荣幸，我简单说一下自己的想法。这两个作品都是书写革命老区在新时代的新变化、新发展、新面貌，这种"新"是独属于中国的本土经验，是在脱贫攻坚和乡村振兴的伟大实践中，坚持党的领导，传承革命史上的巨大精神财富，并将其与新时代巨大发展成就融为一体的中国经验。我记得在编辑《沂蒙壮歌》时，书稿中有一句话让我很有触动，作家说，我国的现代化与西方发达国家有很大不同，这种不同发展到今天、发展到当下一个重要的呈现就是坚持绿色发展、步入生态文明，它不同于西方的生态思潮。我觉得这种现代性反思是属于中国的，是中国经验、本土经验，无论是《沂蒙壮歌》还是《延安答卷》中，都有专门的章节对推进生态文明，建设美丽中国进行描述，比如说绿色生态是沂蒙山区的最大财富、最大优势和最亮品牌。而且我记得作者在《沂蒙壮歌》的《美丽中国沂蒙版面》这一章里面还专门引述了利奥波德《沙乡年鉴》中的"大地伦理"观念；还有《延安答卷》的《瞩望延安绿》一章中也引述了蕾切尔·卡逊的《寂静的春天》。除了这些专门的章节之外，我们还可以看到生态发展的理念在作品中是无处不在的。像"三生融兴"，桃花源里可耕田，农业产业生态，从优先保护转向同生共荣，等等，这些内容太多了！它主要体现的是一个从农业文明到工业文明再到生态文明的历程，以及中国农业和工业之间的关系，体现的是不同于西方的中国的现代化进程——就是说如何让土地真正地成为家园。从前我们在文学作品里面看到大量的对农民进城务工、乡村凋敝等的书写，而现在大量的农民回到土地上的趋势，和脱贫攻坚、乡村振兴的实践是分不开的，比如作品里面谈到的临沂"美在农家"活动。这样的例子太多了，我就不具体讲了。从前的文学作品中也常写到一个城乡二元对立的情况，但是在厉彦林老师的作品中，我觉得现代文明的产物和古老的文明找到了融会贯通的和谐之道。今天，一方面农业文明历经数千年的传承，它在中国最为重要的表现是农村的多元化经济与自然界的多样性合为一体，农业的经济过程与动植物的自然过程合为一体，这是与生态理念中可持续性的完美对应，这在这两个作品中都有充分体现。而另一方面，在不均衡的全球化所塑形的世界体系中，目前中国已经成为全世界唯一具有完整工业体系的国家！这种独特的现代化进程，这种内生动力和内在生命力强健复杂的中国经验，是我们书写文学作品的现实根基，这也是我通过作品学习到的。

三、《沂蒙壮歌》新书发布仪式暨研讨会

2021年10月17日，山东省沂蒙精神研究会、省委宣传部、省作协、省出版集团和临沂市委宣传部联合召开的《沂蒙壮歌》新书发布仪式暨研讨会在沂蒙老区的核心区临沂市成功举办。

中共临沂市委副书记、市长任刚和山东出版传媒股份有限公司副总经理韩明红先后致辞，中共山东省委党校（山东行政学院）副校（院）长、山东沂蒙精神研究会副会长孙建昌和中共山东省委宣传部副部长、省电影局局长程守田讲话。《沂蒙壮歌》的作者厉彦林，省委党校（山东行政学院）常务副校（院）长徐闻，省作家协会党组书记、副主席姬德君，中央党校（国家行政学院）《学习时报》社副总编、《中国党政干部论坛》主编何忠国，《中华读书报》特稿部主任韩晓东和临沂市人大常委会副主任丁善余，副市长张玉兰等同志出席。

《沂蒙壮歌》新书发布后，随即召开了《沂蒙壮歌》研讨会。部分《沂蒙壮歌》中书写的基层代表人物和来自北京、济南的专家学者共同研讨。

祝贺全景式讴歌沂蒙的《沂蒙壮歌》问世

任　刚

在第 29 个国际消除贫困日来临之际，我们在这里隆重举办厉彦林同志长篇纪实报告文学《沂蒙壮歌》新书发布会。在此，我代表临沂市人民政府，对《沂蒙壮歌》的出版发行表示热烈祝贺！向厉彦林同志的辛勤付出表示崇高敬意！向一直以来关心支持临沂各项事业发展的各位领导、各界人士表示衷心感谢！

临沂是山东省人口最多、面积最大的市，是历史文化名城，临沂也是山水之城、红色革命老区。抗日战争时期，党和军队在这里创建了滨海革命根据地，在这里涌现出了"沂蒙六姐妹""沂蒙红嫂"等一大批先模人物。特别是2013 年习近平总书记视察临沂的时候，对沂蒙精神做出了高度的评价，指出沂蒙精神与延安精神、井冈山精神、西柏坡精神一样，是党和国家的宝贵精神财富，要不断结合新的时代条件发扬光大。沂蒙精神始终是我们这座城市发展壮大的内在精神力量。

临沂商城现在有专业批发市场 123 家，商品涵盖 600 多个品种，物流网络覆盖全国 2000 多个县级以上的城市。前一段时间我在《经济参考报》上看到一篇文章，是写我们商城里边的一个故事，让我感到很不可思议。文中说南京主城区的商品运到南京的义和区，还要先经过临沂，再到义和。因为这样一来，所花费的时间、成本都比从南京主城区直接发到义和区还要短、还要便宜，这就说明市场发现了这样一个规律，也说明了我们临沂经济、商贸、物流的发展。现在临沂的 GDP 居全省第 5 位，并已跻身全国地级市前 20 强。

临沂也是全省脱贫攻坚的主战场，贫困人口约占全省 1/6。近几年，在上级党委政府和有关部门的坚强领导与帮助下，全市上下经过 5 年的持续攻坚，全市 45.1 万农村贫困人口全部脱贫，脱贫攻坚战取得了全面胜利。

厉彦林同志是我们临沂人，他对沂蒙有着深厚的感情，一方面担任领导职务，另一方面又钟情于文学创作。厉彦林同志以习近平总书记视察临沂时提出的殷切期望为基础，以沂蒙脱贫攻坚为背景，创作推出了《沂蒙壮歌》，全景式地描绘了临沂人民发扬沂蒙精神，全力以赴打赢脱贫攻坚战的伟大历程。

我感到这本书的思想性非常强，且富有厚重感，是厉彦林同志带着感情、带着责任写就的呕心沥血之作，既反映了我们脱贫攻坚5年来的奋斗历程，又讴歌了临沂这座城市的历史性变迁。

省委省政府非常重视该书的创作出版，省领导专门做出批示。今年，《人民文学》第7期头条位置刊发《沂蒙壮歌》（节选），《临沂日报》也连续四版刊登，在社会各界引起强烈反响。当前脱贫攻坚的任务已经全面完成，乡村振兴正深入开展。下一步我们将组织各级各有关部门认真学习研讨本书，从中充分汲取智慧，凝聚力量，并以此为契机，持续巩固拓展脱贫攻坚成果有效衔接乡村振兴，推动我市农业农村工作和经济社会高质量发展。

在这里，也恳请各位领导、各位朋友在临沂走一走、看一看，亲身感受临沂的发展变化，继续关心支持临沂的发展。谢谢！

彰显齐鲁气派和沂蒙风韵的优秀作品

程守田

在庆祝中国共产党成立 100 周年、深入推进党史学习教育之际，我们相聚临沂，举办厉彦林同志长篇报告文学《沂蒙壮歌》新书发布仪式，具有重要意义。借此机会，我代表省委宣传部，向新书发布仪式的举办表示热烈祝贺，向厉彦林同志心系沂蒙、笔耕不辍的深厚情怀表示崇高敬意，向长期以来关心支持我省文化事业发展的各位领导、专家表示衷心的感谢！

为生动展现沂蒙大地脱贫攻坚和乡村振兴成果，厉彦林同志怀着高度的责任感和神圣的使命感，深入脱贫攻坚和乡村振兴最前沿，用心倾听群众心声，用情书写时代伟业，通过长期艰苦的深扎创作，推出了长篇报告文学《沂蒙壮歌》这部有温度、有深度、有厚度的精品力作。作品以宏伟的气魄、翔实的资料，讲述了沂蒙人民在党的领导下脱贫攻坚取得的巨大成就，全景式展现了沂蒙精神在新时代迸发的磅礴力量，深刻思考了实现乡村振兴的愿景和路径，是一部彰显齐鲁气派和沂蒙风韵的优秀作品。作品在《人民文学》2021 年第 7 期头条发表后，引起强烈反响，被誉为新时代的沂蒙史诗。

文艺是时代前进的号角，最能代表一个时代的风貌，最能引领一个时代的风气。近年来，按照中宣部和省委的部署要求，省委宣传部围绕决战决胜脱贫攻坚、全面建成小康社会这一重大节点和时代主题，除了长篇报告文学《沂蒙壮歌》，还重点策划和组织创作了大型吕剧《一号村台》、电影《高家台》、电视剧《经山历海》《温暖的味道》、长篇报告文学《家住黄河滩》等一批主题突出、内涵深刻、品质上乘的优秀文艺作品，为反映时代风貌、讲好中国故事、满足人民群众精神文化需求发挥了积极作用。为进一步提高文艺作品创作生产质量，推出更多精品力作，近期，我们制定印发了《山东省重大主题文艺创作策划推动机制》，全面提升精品创作的规范化、科学化、机制化水平。

当前，全省上下正在锚定"七个走在前列""九个强省突破"，全力推进新时代现代化强省建设。这为文艺创作提供了生动素材，为作家艺术家提供了广阔舞台。希望也坚信以厉彦林同志为代表的生长在沂蒙和齐鲁大地上的作家艺术家，能够把握时代脉搏、关照现实生活、聆听人民呼声，创作出更多更好的优秀作品，奉献人民、回报时代。

最后，预祝长篇报告文学《沂蒙壮歌》发布仪式圆满成功，祝愿临沂文化事业繁荣兴旺，祝各位领导、专家和来宾身体健康、工作顺利、万事如意！

学习研究弘扬沂蒙精神和脱贫攻坚精神的生动教材

孙建昌

很高兴参加今天的新书发布仪式，与大家一道见证和庆祝厉彦林主任创作的新书《沂蒙壮歌》问世。我受省委党校常务副校长、山东行政学院常务副院长、沂蒙干部学院院长徐闻同志委托，代表山东省沂蒙精神研究会和省委党校（山东行政学院）、沂蒙干部学院，向《沂蒙壮歌》的出版发布、向尊敬的厉彦林主任表示热烈祝贺！

蒙山高、沂水长。沂蒙这片红色热土，是一个让人一提起、一想起就浮想联翩、热泪盈眶的地方。厉彦林主任生在沂蒙、长在沂蒙、根在沂蒙，他怀着对沂蒙的感恩之情和敬畏之心，用《沂蒙壮歌》这部厚重的长篇报告文学，全面展现了革命老区百年间翻天覆地的变化，生动描述了沂蒙革命老区脱贫攻坚的历史场景和火热实践，深度思考了老区人民实现全面脱贫、走向乡村振兴的时代密码。我愿借此机会，向各位汇报、分享我的读书心得。

读《沂蒙壮歌》，更加深刻地体会到党的领导是战胜一切艰难险阻的制胜法宝。八百里沂蒙，多少个山脚下、多少个崮崖边，留下了当代中国共产党人带领人民脱贫奔小康的身影。书中生动地描述道："这是一群脚踩泥巴、头顶国家的人；这是一群为党尽忠、为民舍命的人；这是一群胸口有火、眼里有光的人；这是一群朴实厚道、感天动地的人；这是一群散发光芒、给人力量的人！"党的十八大以来，平均每年1000多万人脱贫，相当于一个中等国家的人口脱贫。只有在中国共产党的领导下才能创造这样的历史伟业，只有中国共产党人才能让脱贫攻坚的阳光照耀到每一个角落。我们党以实际行动赢得了人民群众的信任，老百姓打心里认同——有党的领导，一定能搬掉贫困这块大石头。

读《沂蒙壮歌》，更加深刻地体会到坚守人民立场才能实现伟大梦想。通过《沂蒙壮歌》，我们体会到，党员干部脚下沾有多少泥土，心中就有多少真情。田间地头是贫困群众生产生活的地方，更是党员干部开展脱贫攻坚工作的阵地和课堂。如今，沂蒙革命老区从当年"四塞之崮、舟车不通"，到高铁奔驰、公路通车里程全省居首；从"外货不入、土货不出"，到临沂商城"买全球卖全球"、临沂成为全国闻名的物流之都；大山里的孩子坐上了校车，吃上了营养餐，用上了触控笔；沂河两岸风景如画，沂蒙老区跑出了发展"加速度"。

读《沂蒙壮歌》，更加深刻地体会到沂蒙精神和脱贫攻坚精神的统一。沂蒙精神与脱贫攻坚精神都是第一批纳入中国共产党人精神谱系的伟大精神。从《沂蒙壮歌》中，我们看到，沂蒙山区脱贫攻坚的过程，也是弘扬传承沂蒙精神的过程；在传承弘扬沂蒙精神的过程中，也进一步弘扬了伟大建党精神。我想，这部作品的核心价值就在这里。用作者的话说，"水乳交融、生死与共"铸就的沂蒙精神，是党的精神谱系中的经典章节，也是其中最鲜活、最感人的一个样本，是对党的初心使命最生动的诠释。从这个意义上，我们可以说，《沂蒙壮歌》是学习研究弘扬沂蒙精神和脱贫攻坚精神的生动教材，是属于广大党员干部群众的。

除此之外，《沂蒙壮歌》还呈现出语言的生动性、结构的科学性、逻辑的严谨性、文风的活泼性等许多优点。由于时间关系，我不再一一列举了。建议大家用心读一读这本《沂蒙壮歌》，从中感悟沂蒙精神，重温初心使命，汲取奋进力量。

阐释宣传沂蒙精神的精品力作

韩明红

春华秋实，金风送爽，丹桂飘香。在这收获的季节里，我们在这里隆重举行"厉彦林《沂蒙壮歌》新书发布仪式暨研讨会"，我谨代表山东出版传媒股份有限公司，向会议的召开表示热烈的祝贺！向莅临今天会议的各位领导、各位嘉宾，表示诚挚的谢意！

厉彦林主任是我省的著名作家，坚持业余文学创作40余载，已出版诗歌、散文、报告文学集十余部，作品多次获奖，在国内享有盛誉。

今天举行首发的《沂蒙壮歌》，是厉彦林主任的最新著作，由股份公司下属的山东文艺出版社出版。该作品是中国作家协会2021年度定点深入生活项目，是2020—2021年度山东省优秀文艺作品入库项目和孵化项目，也是我们出版传媒股份有限公司的募投项目。厉彦林主任通过实地走访和调研，走进脱贫攻坚一线，倾听贫困户、搬迁村村民的心声，了解驻村第一书记和帮扶干部们的甘苦，以敏锐的眼光和细致的笔触，生动展示了鲜活的故事和场景，又从实践中概括出"'三生融兴'的沂蒙样板"，创造性地提出了自己对乡村振兴样板公式的思考和解读，为我们做好今后的乡村振兴工作提供了借鉴和参考。

为创作好、出版好这部作品，9月17日，由山东省作家协会姬德君书记牵头，在北京举办了"厉彦林长篇报告文学《延安答卷》研讨会暨《沂蒙壮歌》审读会"，与会专家认为：《沂蒙壮歌》以山东沂蒙乡土为切入点，将沂蒙精神的内涵阐释、传承弘扬与沂蒙人民脱贫攻坚、乡村振兴的发展路径整合在一起，书写了新时代沂蒙精神的新内涵和新特征，进而探索中华民族伟大复兴的中国道路、中国力量、中国精神，称赞作品"沾泥土、带露珠、有温度、有深度"，是一种生活化的有浩荡之气的写作，字里行间流露出的是真情实感，是阐释和宣传沂蒙精神的精品力作。针对大家提出的意见，厉彦林主任又对作品进行了修改打磨，现在呈现给大家的就是最新的版本。

　　习近平总书记指出："沂蒙精神与延安精神、井冈山精神、西柏坡精神一样，是党和国家的宝贵精神财富，要不断结合新的时代条件发扬光大。"赓续精神血脉，发扬红色传统，传承红色基因，是我们大家更是我们出版人的责任和义务，为此，围绕着宣传阐释好沂蒙精神，我们与山东省沂蒙精神研究会、临沂市有关单位密切合作，策划了一批研究、宣传沂蒙精神的选题，将陆续出版，为持续弘扬沂蒙精神尽绵薄之力。最后，真诚地祝愿厉彦林《沂蒙壮歌》研讨会圆满成功，祝愿各位工作愉快、身体健康！

沂蒙精神的强大力量

何忠国

　　很高兴今天有机会来参加《沂蒙壮歌》的新书发布仪式和研讨会，首先衷心祝贺《沂蒙壮歌》的出版。今年是中国共产党成立100周年，我们顺利实现了第一个百年奋斗目标。中国共产党百年历程中孕育形成了中国共产党的精神谱系，沂蒙精神以其独特的历史轨迹、科学内涵和突出贡献，成为这一伟大精神谱系的重要篇章。习近平总书记指出，沂蒙精神是党和国家的宝贵精神财富，要不断结合新的时代条件发扬光大。

　　《沂蒙壮歌》是对沂蒙精神的最生动的诠释，这部用纪实手法写就的英雄史诗将革命史上形成的巨大精神财富与新时代的伟大发展实践融为一体，以宏伟的气魄、翔实的资料真实书写了沂蒙人民在党的指引下取得的重大发展成就，全景展现了革命老区百年间翻天覆地的巨大变化，讴歌了沂蒙人民听党话、感党恩、跟党走，与我们党荣辱与共、生死相依的鱼水深情，深度思考了走向乡村振兴的现代密码，诠释了"江山就是人民，人民就是江山"的重要论断，充分彰显了沂蒙精神在新时代迸发的伟大力量。

　　作家厉彦林生在沂蒙、长在沂蒙、根在沂蒙，他怀着对沂蒙的感恩、敬畏之心，站在新时代的发展交汇点上，用自己的脚步丈量沂蒙，用崭新的视角观照沂蒙，经过深入调查走访，用真实的数据、直观的感受，书写了沂蒙的现在进行时，用一个个充满泥土气息的地名、人名、农作物名描绘了具有红色基因的沂蒙发展史。比如说著作中从《跟着共产党走》这首歌越唱越顺口、"俺不给地下党丢脸"，到解读乡村振兴的样板公式，平实而生动地予以叙述，充满了意识与细节，也充满了作者的真情实感。这些真实而感人的人物和事件，如老党员刘翠秀老人、沂蒙红嫂张淑珍、"俺不给地下党丢脸"的赵娟等，都可以是平凡的英雄，她们把对党史和国家兴衰的认知融入具体的家事和个人的生活当中，读之让人不觉感动不已。书中的诸多人物，大都是普通人，如村干部、工人或者农民，对他们的命运和事迹的讲述生动地描写了在党的领导下，中国社会百年来整体性的变迁，书中的人物都是朴实而平凡的，没有惊天动地、可歌可泣的事业，但他们对国家民族的情感、对国家政治的担当，都将被后人铭记。

厉主任说党的立场、百姓的心，是创作《沂蒙壮歌》的价值标尺。《沂蒙壮歌》凸显了伟大的沂蒙精神，沂蒙精神是沂蒙人民创造各种发展契机的精神密码。作者在书中指出，沂蒙精神具有两个方面的含义，一方面，党把人民生死安危放在首位，共产党人为人民必须敢于冲锋和陷阵的现实品格，没有党的组织情怀，就没有沂蒙精神；另一方面，沂蒙人民认为党和人民是讲奉献、敢担当、为穷人谋利益的，让沂蒙人民在经济、政治、文化等诸多方面得以翻身做主人，所以沂蒙人民对党和人民军队的感情一直是炙热滚烫的，由此形成了与党、与人民军队水乳交融、生死与共的精神品质。

无论是二十世纪五十年代至七十年代的知青精神，社会主义建设初期的厉家寨精神，还是改革开放后的九间棚精神，到如今的全面深化改革的"领头羊"精神，都在与时代一起脉动，孕育着强大的生命力，激励着沂蒙人民继承优良传统，传承红色基因，干出一番新天地。

《沂蒙壮歌》这本书彰显了伟大的脱贫攻坚精神。习近平总书记在全国脱贫攻坚总结表彰大会上庄严宣告，我国脱贫攻坚战取得了全面胜利，充分肯定了脱贫攻坚取得的伟大成绩，深刻总结了脱贫攻坚的光辉历程和宝贵经验，深刻阐述了伟大的脱贫攻坚精神，脱贫攻坚伟大斗争锻造形成了"上下同心、尽锐出战、精准务实、开拓创新、攻坚克难、不负人民"的脱贫攻坚精神。沂蒙精神在这场脱贫攻坚的伟大战役中得到了升华。在沂蒙这片红色热土的脱贫攻坚中，沂蒙人民大力弘扬沂蒙精神，将伟大的脱贫攻坚精神与伟大的沂蒙精神相结合，牢记习近平总书记视察时提出的"要紧紧拉住老区人民的手，决不让他们在全面建成小康社会进程中掉队"的殷切期望，把脱贫攻坚作为重大重点任务和头号民生工程，摘穷帽、拔穷根、因地制宜、精准施策，走出了一条具有沂蒙特色的精准扶贫、精准脱贫，并与乡村振兴有效衔接的新路。在沂蒙精神的激励下，沂蒙老区人民正在开拓奋进、艰苦创业，想加油建成"人人都说沂蒙好"的乡村振兴样板和脱贫攻坚名片。

《沂蒙壮歌》再现了沂蒙儿女传承弘扬沂蒙精神和脱贫攻坚精神的历史，吹响了沂蒙儿女新时代的奋斗号角。作者将沂蒙精神和脱贫攻坚精神化为沂蒙人民的品质特征，在书中，这些精神始终是沂蒙人民干革命、搞建设的动力源泉，字里行间折射出的情感更加饱满，通过文字矗立起一座沂蒙精神和脱贫攻坚建设的丰碑。

正如《沂蒙壮歌》的作者厉彦林同志说，沂蒙山是一片红色热土，更是充满希望，成就梦想的土地。在新时代脱贫攻坚和乡村振兴中，沂蒙人民再吹冲锋号，振奋精神再出发，咬定青山不放松。沂蒙人民脱贫攻坚和乡村振兴相互衔接的探索和实践，不仅验证了中国共产党从哪里来的问题，而且回答了要到哪里去的时代之问，为全面建设社会主义现代化国家树立了坚定的信心、注入了磅礴力量。

我的发言就到这里，谢谢！

有感而发，为情所迫

徐　闻

今天和出版社及临沂的同志们一起参加《沂蒙壮歌》的新书发布会，这个新书发布会办得好。大家刚才的发言，还有领导的致辞，都体现了《沂蒙壮歌》这本书是表达沂蒙精神、让大家了解沂蒙山的很好的作品，我认为这本书是弘扬沂蒙精神的一个新的里程碑。书中一些平凡而伟大的人物，人物讲的一些动情的话语，沂蒙山人的淳朴感情，都让我感到非常亲切，激动不已，我是发自内心地赞美这本书。虽然还有一些专家没有发言，但前面同志的发言已经让我们对《沂蒙壮歌》的理解更加深入，对其价值内涵的理解更多，启发我们进一步思考这本书的时代价值和时代意义。感谢彦林同志写了一本好作品，今天我有感而发，为情所迫，有三个方面的意思。

先说书外的故事。1994年我开始认识沂蒙山，彦林同志那时在省委组织部研究室做副主任，我恰好从省级机关事务管理局借调到省委组织部研究室工作。为了对我这个还没有进组织部的新人进行考察，领导安排彦林同志带我到潍坊临朐调研，这里属于广义上的沂蒙山的范围，这是我第一次接触临沂，到现在整整27年了。临沂人民是什么样的人民，《沂蒙壮歌》里写得非常清楚；临沂这片土地是什么样的土地，《沂蒙壮歌》里也写得非常清楚。

我认识的厉彦林同志，从沂蒙山区的莒南师范学校毕业后，在这么多年的繁重工作中，能够笔耕不辍，坚持文学创作，他是多么强大、多么勤奋。今天我们更多看到的是他的文学作品，而不是政论作品、为领导写的讲话，还有省里出台的一些重要文件。从我第一次接触临沂起，厉彦林同志就成了我的老师，我说自己是他的关门弟子。厉彦林同志的勤奋让我难忘。他的英语基础薄弱，一开始连26个字母都认不全，但用笨办法从头补课，自学考入省委党校攻读研究生，都是因为他有沂蒙山人勤奋的基因。

厉彦林同志还有一个特点是善良。有一次我跟着他写了半个月的材料，手写了三五页纸，厉彦林同志夸我写得好，但最后成稿只用了我写的几十字。如果那时厉彦林同志说一句"小徐不行啊"，我的命运可能就不是现在的样子了。我对厉彦林同志有一个评价，我说他是一张白纸，完全是沂蒙山人的样子，一看就是纯白的，所以厉彦林同志是我的领导、兄长、师长。

我们经常写材料的有一句话，叫"精神到处文章老，学问到时意气平"。我现在看书还会很激动，《沂蒙壮歌》看得我掉眼泪。我们过去讲，一部作品需要典型环境中的典型人物，典型人物中的典型精神，这是一个创作规律。我觉得这本书在精神上达到了一个高度，我们从这本书里面，可以看到伟大的建党精神、伟大的脱贫攻坚精神、伟大的沂蒙精神，大家读完自然会有结论。特别需要说的是，我们还能看到这本书是伟大的新时代精神的真实写照。大家注意看，习近平总书记发表"七一"重要讲话，向全世界庄严宣告，我们实现了第一个百年奋斗目标，在中华大地上全面建成了小康社会，历史性地解决了绝对贫困问题，正在意气风发向着全面建成社会主义现代化强国的第二个百年奋斗目标迈进。这样一个时代的精神核心两句话就可以概括，叫"自信自强，主动创新"，我觉得这本书还特别讴歌了这样一种精神。

我能从这本书里看到党的十八大以来，在习近平总书记带领下，我们中国发生着历史性变革和历史性变化，我们读的是道路好、理论好、制度好、文化好，我们共产党的政策好，这就是我们自信的写照和自信的源泉。我想这说明我们读这本书能够产生一种向上、向善、蓬勃进取、砥砺奋进的正能量，我相信这本书会在领导干部当中、在青少年当中产生深刻的影响。过去叫"洛阳纸贵"，现在的技术发达了，这种精神一定能够通过这本书传承下去。

最后是这本书背后的精神。我心里的彦林同志是一个带有知识分子气息的领导干部。他的身上带有知识分子的使命感，另外，他的形象也是一个文人的形象，这来源于一种植根于内心的修养、为他人着想的善良。我觉得他写这本书与其说用笔在写，倒不如说是他用对这片故土、对这片大地、对人民、对时代、对党的爱和真情来写，我在读这本书的时候能看见他写这本书时呕心沥血的样子。

再次感谢大家，也感谢厉彦林同志，谢谢！

弘扬沂蒙精神和脱贫攻坚精神的有机统一

林学启

用中国语言讲好中国故事，是习近平总书记对广大哲学社会科学工作者和文艺理论工作者提出的要求。《沂蒙壮歌》这部作品就是讲述新时代中国故事的成功作品。作品是新时代沂蒙精神的颂歌，也是弘扬脱困攻坚精神的教科书。认真拜读作品，感觉有这几个特点：

一、 体现了弘扬沂蒙精神和脱贫攻坚精神的有机统一。 沂蒙精神和脱贫攻坚精神都是中宣部梳理的第一批纳入中国共产党人的精神谱系的伟大精神。《沂蒙壮歌》以历史的纵深视野，把沂蒙人民脱贫攻坚的生动实践和弘扬沂蒙精神有机结合起来，是对习近平总书记有关脱贫攻坚重要论述的最好诠释，是对党的宗旨的最好诠释，是对我们党带领人民正在进行的脱贫攻坚伟大实践的最完整、最生动的阐释。

二、 展现了沂蒙精神的力量。 《沂蒙壮歌》作品从大处着眼，从小处落笔，从细处着力，以宽广的写作视角、翔实的资料书写了沂蒙人民取得的巨大发展成就，全景展现了沂蒙精神在新时代迸发的推动力量。在《沂蒙壮歌》中，作者经过深入调查走访用真实的数据、直观的感受书写了沂蒙山区的现在进行时，用一个个充满泥土气息的地名、人名和农作物名等描绘了具有红色基因的沂蒙地理志和沂蒙精神传承发展史。从王传喜敢为人先、勇于开拓，到一百零四岁的沂蒙红嫂张淑贞去世之前叮嘱女儿要一辈子跟党走，从残疾人以自强不息、积极奉献的精神传承红色家风，到沂源县董方军回到家乡用真诚和汗水带动贫困乡村走向富裕美好的生活，一个个鲜活的案例让人感动不已，而作者在创作时并未将他们视为高高在上的英雄，而是将他们作为一个个平凡的普通人去看待，关注他们的生活，走入他们的内心，塑造了新时代沂蒙人民的先进群体形象和精神品格。

三、 **展现了脱贫攻坚精神的力量。**《沂蒙壮歌》深度思考了走向乡村振兴的现代密码，生动诠释了脱贫攻坚精神的时代伟力。人间奇迹的创造，离不开伟大的脱贫攻坚精神。党的十八大以来，以习近平同志为核心的党中央以脱贫攻坚精神为引领，把脱贫攻坚摆在治国理政的突出位置，组织开展了声势浩大的脱贫攻坚战，攻克了一个又一个贫中之贫、坚中之坚。广大扶贫干部倾力奉献、苦干实干，同贫困群众想在一起、干在一起，涌现出许多感人肺腑的先进事迹。《沂蒙壮歌》在历史与现实的交汇中面向未来，将沂蒙乡村发展和乡村振兴的经验进行了精准总结，以"硬件先行，支部顶天，治理断后"高度概括了乡村振兴三个发展支点，从基础设施建设、支部人才培养、基层乡村治理等方面总结了推进乡村振兴的有效举措，体现出作者强烈的社会责任感和书写当代故事的担当精神。

以赤子之心谱写新时代的沂蒙壮歌

李运才

　　《沂蒙壮歌》是厉彦林主任为建党100周年撰写的献礼之作，是中国作协定点深入生活创作项目，全书共20余万字，分为九个篇章，前四章详细地阐述了沂蒙老区脱贫攻坚的艰辛历程，五至八章探讨了乡村振兴的沂蒙样板，第九章探讨了沂蒙发展的红色引擎，对沂蒙精神的提出、发展轨迹进行了详细的梳理，进一步概括提炼了沂蒙精神的内涵，以江山如画作为结语，畅想美丽中国的沂蒙版面。全书读来，有以下特点：

　　一、立意高远，前瞻性地探讨了乡村振兴这个建设社会主义现代化强国必须解决的重大课题。尽管作者从临沂的脱贫攻坚开始写起，但重点探讨的问题却是我国未来一段时间必须解决也是最难解决的一个重大课题，即如何搞好乡村振兴这个大课题。我们可喜地看到，作者通过深入的调研，以敏锐的眼光和扎实的理论功底，对临沂乡村振兴中的典型事例进行了提炼和概括，挖掘了部分乡村振兴的沂蒙典型、样板。今年是中央提出并实施乡村振兴的第一年，作者能够有这样的成果，是作者长期关注三农问题、关注临沂农村发展，长期研究思考的结果，显得弥足珍贵。

　　二、思想深邃、文笔优美，是献给建党百年的精品力作。习近平总书记指出，精品之所以"精"，就在于其思想精深、艺术精湛、制作精良。该书是厉彦林主任的呕心沥血之作，他不辞辛苦，去各地调研、思考、创作，做到了思想深邃、结构严谨、文笔优美，书中既有理论的思考，又有对现实经验的总结；既有对成就的概括，也有对未来发展的思索；既有现成的经验，也有可供今后实际工作借鉴之处。该书已经超出了一般意义上的报告文学，更具有浓厚的理论和思想色彩，这也是本书的一个显著特点。

　　三、以饱满的热情，诚挚热烈的情感，为家乡打造了一张精美的

名片。厉彦林主任不辞辛劳，深入沂蒙山区城镇乡村调研，在脚力、眼力、笔力、脑力上用足了功夫，如数家珍般地用故事讲述临沂的发展变迁，无论是对临沂过往苦难的回忆，还是对脱贫攻坚历程的回顾总结，无论是对沂蒙英烈的褒扬，还是对新时代英模的颂扬，无论是对沂蒙风景的赞美，还是对家乡新貌的欣慰，字里行间充满了作者对沂蒙山的真情厚意和炽热情怀。古人曾说"吟诗犹是少年情，要复当初赤子心"，本书正是在外游子对家乡最好的回馈，是厉彦林主任为宣传临沂、颂扬临沂打造的一张精美的名片，也为全国人民了解沂蒙、认识沂蒙提供了一幅精美的山水画卷。

衷心希望作者在今后的创作中，继续关注临沂、关注山东，继续关注乡村振兴这个课题，写出更多更精更美更好的作品。

用情书写沂蒙精神

刘要停

很感谢会议主办方邀请我参加这次高规格的理论研讨会，这给我提供了一次宝贵的学习机会。《沂蒙壮歌》在《人民文学》刊发后，国内有不少新闻媒体进行了专题宣传报道，使我对此书的出版很期待。今天新书面世，首先是祝贺厉彦林同志新著出版！认真学习这本著述，我深切体会到，此书在对沂蒙精神、脱贫攻坚、乡村振兴临沂实践的热情讴歌和规律把握中，体现了厉彦林同志的四种情感：家乡情、文学情、公仆情、党恩情，这几种情感都生动体现在作者对于沂蒙精神的文学化书写之中，体现在《沂蒙壮歌》著述的字里行间，体现在作者对沂蒙大地、老区人民深深的挚爱和敬仰之中。

一、　全书体现了浓厚的家乡情。　在《序幕》中作者写道："花甲之年的我又重整行装，兴奋地穿山越涧，亲近山川河流、田间地头，和父老乡亲一起品茶、畅谈，品尝菜肴和佳酿，探寻铭记心头、启迪后人、烛照未来的鲜活记忆和思绪，寻找那百折不挠、乐观向上的青春气质。"刚才"沂蒙小棉袄"加工厂创办人吴照京、新时代"沂蒙扶贫六姐妹"代表王洋、脱贫致富群众代表赵娟、费县乡村振兴服务中心陈方美都做了精彩发言，这些都是厉彦林同志书中所提到的人物。同时，书中还有许多精彩篇章，如脱贫户"请战"抗疫情、饺子店老板刘晓的阅读情、金银花开昆仑山下的九间棚精神，等等。这些先进人物和典型，及其身上所体现的沂蒙精神，在书中随处可见，每一字、每一句，都是作者亲力亲为地深入基层、走山入户、访贫问苦之后，通过思想淬炼、语言升华而又自然流露，对家乡的挚爱情感充盈其间。

二、　全书体现了飞扬的文学情。　作者用文学化的语言描述了"穷的滋味"——"的确，我们有时需要借点微弱的光亮，用敏锐的、俯视的目光去捕捉现实生活中需要帮助的人。对贫困群众而言，生活没有那么多'诗和远方'，尽全力求生存，熬岁月过寻常日子是最基本的生活状态。""高歌沂蒙山，不是因为山的雄奇、崮的独特，而是共产党人、人民军队和沂蒙儿女水乳交融、生死与共铸造的革命精神、谱写的英雄史诗。"　"每棵树和每株草都有生命、有感知，它们坚定地凝望和守护着抱犊崮山区，不亢不卑地绽放生命的姿态和光彩。深秋时节，漫山遍野的柿树枝头挂满红柿子，那熟透了的柿子甜滑如蜜，再配上漫山红叶，真是令人陶醉的绝色秋景。"类似这样的诗性语言随处可见，作者以深情感悟并亲近着沂蒙大地的山山水水、花花草草。

三、全书体现了深沉的公仆情。　作为一名领导干部，作者始终关注关心着山东的发展，参与了一系列山东脱贫攻坚政策的制定，并多次到沂蒙山区调研脱贫攻坚实践。作者认为，"山东波澜壮阔的脱贫攻坚大决战，主要集中在三个领域：紧盯'黄河滩'，聚集'沂蒙山'，锁定'老病残'；乡村振兴的旗帜更是在山区、丘陵、平原、海岸、湖畔全域插遍。"如《先转脑筋先通路》这一篇章里，作者历数了省委省政府为解决革命老区的贫困问题，从1984年开始采取的一系列对策和措施。其中经历了几次思想的大碰撞、大解放：首先，冲破"一大二公"传统观念，深化农村改革；其次，放下"农业大区"的思想包袱，工业农业一齐抓，解决农民粮食丰收之后兜里"缺钱"的问题；最后，1992年开展第三轮思想解放后，打破了"姓资姓社""姓公姓私"的疑虑，推进各种所有制共同发展。作者以细致的笔墨、翔实的记述，完整呈现了沂蒙人民脱贫致富的历史。对于如何脱贫攻坚，作者借助扶贫干部的话提出了"两面一线"等经验做法，这是对扶贫经验的深刻总结，也是对党的十八大以来精准扶贫政策实施后临沂人民经验创新的实践总结，对于推动全省乃至全国脱贫攻坚事业的完成有一定的借鉴意义。

四、全书体现了忠贞的党恩情。　"为什么沂蒙人民选择共产党作为自己的救命恩人？为什么选择今天的发展道路和发展方式？为什么日子越过越美好、越过越甜美？"这是时代之问、人民之问、实践之问。在作者看来，"沂蒙精神的红色基因代代传承。'红嫂精神''厉家寨精神''九间棚精神''商城精神'，是沂蒙精神在不同时期凝结出的一粒粒珍珠，与党同频，与时代同步，与民心同向，成为推动沂蒙老区改变贫穷落后面貌、彻底摆脱贫困束缚、追求丰衣足食美好生活的澎湃动力。""沂蒙山脱贫攻坚和乡村振兴的鲜活实践，不仅佐证了中国共产党人'从哪里来'的问题，而且诠释和回答了我'要到哪里去'的时代之问，为建设社会主义现代化国家注入了无穷的信心与自强不息的磅礴力量。""永远跟着共产党走"的忠贞信念，在《沂蒙壮歌》的字里行间都有生动体现。

正如作者所言，"我始终坚守党的立场、百姓的心，坚守热爱文学的温度与浓度，坚守文学情怀的真诚与纯洁，坚持求真务实的创作态度，纵情为时代抒怀、为人民而歌，奋力用手中的笔为故乡、为父老乡亲、为沂蒙山的脱贫攻坚与乡村振兴尽一份敬畏心，出一把报恩力。"《沂蒙壮歌》全书深刻体现了这种创作初心和为民情怀，十分期待厉彦林同志有更多类似佳作出版。

以上是我的学习体会，谢谢大家！

信仰的力量

邱　键

　　厉彦林老师在 2011 年第 7 期《党员干部之友》卷首曾发表过题为《信仰的力量》的文章。文中指出："信仰是决定一个民族、一个政党凝聚力、战斗力和竞争力的核心指数，是战胜艰难困苦的精神支柱，是决定人生幸福指数的关键元素。"《沂蒙精神红色引擎》是《沂蒙壮歌》的核心章节，既独立成章，又在作者强大信仰的映照下贯穿全书。今天，厉老师怀着感恩和敬畏之心，在临沂举行《沂蒙壮歌》的首发式，折射出厉老师信仰力量的来源，就是沂蒙精神。

　　厉老师在《沂蒙壮歌》中对沂蒙精神的主要表现、嬗变脉络、价值意义等进行了深入思考，提出了两个主体论的观点。一方面，党把人民生死安危放在首位、为人民利益冲锋和献身，没有党的政治品格和宗旨情怀就没有沂蒙精神。另一方面，沂蒙人民认定党和人民军队讲奉献、敢担当，让沂蒙人民在经济、政治和文化等诸多方面翻身做主人，沂蒙人民对党和人民军队的感情一直炙热、滚烫，形成了"水乳交融、生死与共"的亲密关系。革命战争时期，沂蒙人民用乳汁救伤员，用小米供养革命，党的队伍打到哪里，独轮车和担架就跟到哪里。社会主义建设时期，沂蒙人民自力更生、艰苦奋斗，涌现出了厉家寨、王家坊前、高家柳沟等一系列闻名全国的先进典型。改革开放时期，沂蒙人民锐意进取、开拓奋进，又涌现出九间棚、沈泉庄、临沂商城等新一批先进典型。脱贫攻坚和乡村振兴新时期，沂蒙人民再吹"冲锋号"、再击"奋进鼓"，咬定青山不放松，不达目的不收兵，攻下一个个"难关"，啃下一个个"硬骨头"。沂蒙精神成为沂蒙人民创造各类"人间奇迹"的动力源泉和精神密码。

　　对于厉老师而言，故乡沂蒙为其文学创作提供了精神源泉和文化符码。《沂蒙壮歌》中既有乡村表层的巨大变迁和时代气息，也有乡村深层结构蜕变的艰难困苦，文中处处鼓胀着沂蒙精神的意蕴，赋予了孤立的、碎片化的沂蒙史料以生命，书中蕴含哲理、有心跳、有体温的文字，凝结为沂蒙乃至国家和民族的永恒记忆，让读者触碰到了真实可感的沂蒙人、沂蒙情、沂蒙史。

1989年12月12日，"沂蒙精神"这一概念在《临沂大众》上被首次提出，历经多次精炼、升华、再发展，已不再仅仅是区域精神，也成了山东精神，更升华为彪炳史册党的系列精神之一。1990年2月，时任山东省委书记的姜春云将其内涵概括为"立场坚定、爱党爱军、艰苦创业、无私奉献"。在中央和省委的重视、关怀下，沂蒙精神的内涵又被概括完善为"爱党爱军，开拓奋进，艰苦创业，无私奉献"。但如何更准确生动地诠释沂蒙精神的时代意旨、科学内涵，山东各级各界仍然在求索、探究。厉老师在《沂蒙壮歌》中做出了自己的思考和解读，将沂蒙精神归纳为"党群同心、忠诚忘我、攻坚克难、生死与共"。党群同心是逻辑起点和初心宗旨，忠诚忘我是家国情怀的思想境界和特质，攻坚克难是勇往直前的精神状态和责任担当，生死与共是矢志不移的政治追求和目标。核心要义是党爱民、民爱党，党群同心、步调一致，战无不胜、所向披靡。

"一个民族最深沉的精神追求，一定要在其薪火相传的民族精神中进行基因测序。"在1961年8月由山东人民出版社出版的《沂蒙山的故事》中，著名作家刘知侠就深情回忆了革命战争年代"张大娘""武书记""老孙"等红嫂、红哥的故事，尽管刘知侠在书中没有明确提出"沂蒙精神"，但这本"薄薄"的故事册却显示出非凡的意义，可以视为对沂蒙精神进行文学书写的逻辑起点。著名作家李存葆、王光明在1991年第11期《人民文学》上发表了《沂蒙九章》，沂蒙的红嫂红哥群体、跋山库区的段维仁"段表态"、"光明使者"刘振亚、"九间棚精神"缔造者刘嘉坤……被作者雕刻成伫立在沂蒙大地上的不朽雕像，成为社会主义建设和改革开放时期沂蒙精神文学书写的一个坐标。厉老师的《沂蒙壮歌》并没有就沂蒙精神而写沂蒙精神，他以平民视角，从渺小拓展到宏阔，由卑微抵达崇高，通过对沂蒙革命战争、社会主义建设、改革开放以及新时代流金岁月的秉烛探幽，走进了生活和生命深处，将历史与现实、世情与人性勾连在一起，使宏大叙事与日常生活融为一个整体，构建起了自己光彩照人的"文学原乡"。时隔60年，在建党100周年之际，《人民文学》卷首又刊发了厉老师《沂蒙壮歌》的主要章节，这无疑又矗立起了新时代沂蒙精神文学书写的新坐标。

习近平总书记指出，核心价值观是一个民族赖以维系的精神纽带，是一个国家共同的思想道德基础；好的文艺作品"像蓝天上的阳光、春季里的清风一样，能够启迪思想、温润心灵、陶冶人生"。厉老师的《沂蒙壮歌》将国家的"殿堂之策"与"江湖之远"的民心"零距离"协整在一起，用事实说话，坚持"国之大者"让人民评判，彰显了中国道路、中国精神、中国力量。

今年9月，中国作协召开《沂蒙壮歌》《延安答卷》专题创作研讨会时，中国作协的领导曾这样点评：信仰对于厉老师而言，就是一种人生态度、人格力量。

最后，祝福《沂蒙壮歌》作为我们临沂诠释沂蒙精神的一张文化名片走得更高更远！

谢谢！

普通平凡同样闪烁耀眼光芒

"沂蒙小棉袄"加工厂创办人吴照京：《沂蒙壮歌》是沂蒙文化的壮歌，是沂蒙精神的壮歌，更是沂蒙大地上从脱贫攻坚到乡村振兴道路上的壮歌！《沂蒙壮歌》第60页有作者对沂蒙小棉袄的一个评价——"沂蒙小棉袄温暖人间"，这是对沂蒙小棉袄最好的褒奖，也是对我个人最大的激励！

战争年代，沂蒙人民用小米、煎饼、布鞋、棉袄等支援前线，供养革命。今天，沂蒙人做布鞋、缝棉袄、烙煎饼，不再仅仅是为了满足物质生活的需要，更多的是为了一种精神的延续和文化的传承。与其说通过缝制沂蒙小棉袄助力脱贫攻坚、乡村振兴，倒不如说是我和这些乡村老人的一个幸福约定、一个承诺兑现的过程、一个乡村里的"中国梦"。沂蒙小棉袄暖身、暖心，能够传播温暖和力量。老人们一针一线的不辍劳作里蕴藏着生生不息的沂蒙精神、蕴藏着代代相传的红色基因！

沂蒙小棉袄作为沂蒙大地上的省级非遗文化品牌，将继续为沂蒙乡村振兴贡献一份力量！

临沭县乡镇扶贫干部王洋：我是《沂蒙壮歌》中"沂蒙扶贫六姐妹"里年龄最小的一位。作为一名基层扶贫干部，我与忙碌在其他扶贫领域的五位姐姐一样，以老一辈"沂蒙六姐妹"为榜样，守初心、担使命，勇于奉献、乐于奉献。坚持入户走访不落一人，因人施策制定扶贫帮扶措施；带动贫困村发展电商，拓展农产品销路；举办免费暑假培训班，点亮农村贫困儿童逆境中的"求学梦"，等等。我们在扶贫路上洒下了汗水和泪水，也收获了喜悦和感动。我坚持在脱贫攻坚战场上传承、弘扬沂蒙精神，倾真心、动真情积极参与新时代伟大的脱贫攻坚事业，用奋斗和奉献见证了沂蒙大地的华丽蜕变。

《沂蒙壮歌》描绘了一个真实的沂蒙山，记录了沂蒙大地脱贫攻坚事业的点点滴滴，展现了沂蒙革命老区新时代脱贫攻坚新成就，将沂蒙精神所迸发出的蓬勃力量展示得淋漓尽致，这部壮丽史诗非常珍贵，这首沂蒙壮歌唱响了时代强音，沂蒙人民一定会用心珍藏。

莒南县十字路街道贫困户赵娟：我是《沂蒙壮歌》中提及的建档立卡贫困户，由于身体残疾、大病治疗，两个女儿又在读大学，我们一家的生活一度十分艰难。是党和政府的扶贫好政策给我们家带来了福音，医疗保险报销了我90%的医药费，医院定期为我检查身体；大女儿读大学时被"雨露计划"列为帮扶对象，二女儿也被莒南县委、统战部、街道办事处等纳入救助范围。2021年，两个孩子分别考取青海民族大学和西南政法大学硕士研究生，立志学有所成，回报党恩、回报社会；富民农户贷帮我们家建起了两座蔬菜大棚，让我们家有了稳定的收入来源，村集体扶贫项目收益年年给我们家分红，我们家彻底脱贫，走上了致富路、幸福路。

2020年冬天，厉彦林老师采访得知我们家情况后，特别关心两个孩子的学习，多次给予鼓励，给了我们全家巨大的精神动力。今天有幸参加《沂蒙壮歌》新书发布会，让我有机会说声：感谢党，感谢政府，感谢厉彦林老师，感谢大家！

临沂市费县乡村振兴服务中心陈方美：有幸第一时间读了厉彦林的报告文学《沂蒙壮歌》，我深受震撼和感动。书中以沂蒙山为背景，用生活化的方式、平民化的语言将沂蒙精神的弘扬传承与沂蒙老区的脱贫攻坚实践、乡村振兴发展融为一体，将沂蒙老区人民不懈努力、持续奋斗取得的显著成效全景式地描绘出来，平凡而生动地娓娓叙述，书中那些真实而感人的人物故事，是壮歌也是赞歌。我被故事感动的同时，也想起了我们费县致力于脱贫攻坚工作的广大党员干部，他们都是平凡人，却闪耀着光，温暖着人心。

幸福的生活没有终点，只有连续不断的新起点。今年是全面推进乡村振兴建设的元年，是迈进第二个百年奋斗目标的历史关口。我们应该以强烈的社会责任感和担当精神，像厉委员一样深爱沂蒙这片英雄的土地，像沂蒙红嫂张淑贞一样坚定对党的永恒信念，学习王传喜敢为人先、勇于开拓的精神，学习赵娟自强不息、积极奉献的精神和董方军努力拼搏、造福乡里的精神，怀着"重整行装再出发"的壮志豪情，以高昂的奋斗姿态投入新的征程，坚决守好脱贫攻坚成果，全面推进乡村振兴，让沂蒙精神在新时代焕发出更加光辉耀眼的光芒。

四、《沂蒙壮歌》评论

沂蒙：新时代的诉说

——读厉彦林的长篇报告文学《沂蒙壮歌》

潘凯雄

沂蒙，这个既普通又不平凡的地名开始为我们这一代人从知晓到熟悉当可追溯到二十世纪六十年代初：1961 年 8 月，以《铁道游击队》驰名文坛的著名作家刘知侠创作的短篇小说集《沂蒙山的故事》由山东人民出版社出版，沂蒙山根据地人民在极端艰苦的条件下积极支援人民军队救护伤病员的英雄故事开始得以传颂；1973 年，中央芭蕾舞团创作的四场现代芭蕾舞剧《沂蒙颂》公演，让"蒙山高，沂水长"的悠扬旋律响彻华夏大地。到了新时期，李存葆、王光明 1991 年创作的长篇报告文学《沂蒙九章》被当时已创刊 42 年的《人民文学》杂志"首次几乎倾尽篇幅"刊出，这部黄钟大吕般的作品让读者对沂蒙山间饱经战火洗礼的共产党员群像肃然起敬，为老区今日闪现出新的辉煌而由衷欢欣；而 1997 年，广西电影制片厂出品的电影《红嫂》，让伟大的"红嫂精神"传遍华夏大地。跨入新时代，同样还是《人民文学》，在今年举国上下隆重庆祝中国共产党建党百年之时，又推出了厉彦林的长篇报告文学《沂蒙壮歌》，这是在新时代全国脱贫攻坚和乡村振兴取得决定性胜利的重要时间节点对沂蒙精神予以最新解读的文本之一。

本文开篇之所以从文艺创作的角度粗略地理出这样一条沂蒙革命老区题材创作的线索，无非意在说明沂蒙革命老区乡亲们可歌可泣的平凡而英勇的作为，始终为广大作家、艺术家所关注、所书写，不同的只是伴随着社会的发展和时代的前进不断地进行开掘与深化。

习近平总书记在庆祝中国共产党成立 100 周年的重要讲话中深刻指出："100 年来，中国共产党弘扬伟大建党精神，在长期奋斗中构建起中国共产党人的精神谱系，锤炼出鲜明的政治品格。"而他在 2013 年考察临沂时更是明确地说："沂蒙精神与延安精神、井冈山精神、西柏坡精神一样，是党和国家的宝贵精神财富，要不断结合新的时代条件发扬光大。"这种在长期的革命和建设实践中的形成的沂蒙精神，其精神要点被概括为吃苦耐劳、勇往直前、永不服输、敢于胜利、爱党爱军、开拓奋进、艰苦创业和无私奉献。厉彦林的《沂蒙壮歌》就是立足于新时代发展的历史交汇点，以科学理论为引领，以自己脚步为工具，以真实数据为基础，是全景式地再现了滋生与支撑沂蒙精神历史进程的一次生动实践。

将历史与现实贯穿打通、融为一体是《沂蒙壮歌》鲜明的艺术特点之一。沂蒙精神从滋生到成型，经历了从革命战争到社会主义建设时期、新时期再到新时代这样一个漫长的历史进程，因而过往表现沂蒙精神的文艺作品囿于创作时点之限，取材往往局限于某一特定时段、某一具体场景、某一核心人物。但《沂蒙壮歌》的创作恰逢中国特色社会主义进入了新时代，恰逢中国共产党迎来自己的百年华诞，恰逢"在中华大地上全面建成了小康社会，历史性地解决了绝对贫困问题"这样一个"中华民族迎来了从站起来、富起来到强起来的伟大飞跃，迎来了实现伟大复兴的光明前景"重要的时点，这就为全景式地展现沂蒙精神的发生发展提供了充足、必要的客观条件。面对这样一个大课题，厉彦林选择了融合而非分段式的写法，用作者自己的话说就是"历史视野、现实视角、平民眼光"。在第三章《红火日子大家一起过》之《"沂蒙六姐妹"续新篇》中，先是叙述蒙阴县野店镇烟庄村张玉梅等六姐妹在解放战争时主动承担起支前重担，发动全村男女老幼为部队纳军鞋、护理伤员等英雄事迹，继而再讲曹淑云等"沂蒙扶贫六姐妹"主动投身到反贫困斗争大决战当中，靠微薄收入帮扶贫困群众、靠点滴善事汇聚人间大爱的故事。这样一种打通历史与现实的叙事方式使得人物过去的作为有了未来的目标，现实的行动有了历史的依据，其厚重感与纵深度无形中得到了增强。

作为沂蒙人的厉彦林亲近热爱这里的山水草木，他在记录、讴歌与传播自己家乡面貌地覆天翻的变化的同时，也在从历史与现实、精神与物质、体制与机制等不同的维度，总结与探寻沂蒙人民打赢脱贫攻坚战的艰辛历程以及如何进一步推进乡村振兴的行动密码，这是《沂蒙壮歌》又一显著特征。比如，他视"新中国史、改革开放史和中国特色社会主义建设史，从一定意义上讲都是一部鲜活的脱贫史"，在他眼中，"回顾沂蒙革命老区摆脱贫困的辉煌历程，基本轨迹是：建国初期的经济救济式扶贫阶段（1949 年—1984 年）；伴随改革开放兴起的区域开发扶贫阶段（1985 年—1996 年）；治穷与治愚并举的综合扶贫阶段（1996 年—2012 年）；步入新时代侧重提高贫困人口脱贫能力与保障贫困人口权利并重的精准扶贫阶段（2013年至今）"。而正是这样"一个由低层次扶贫向高层次扶贫阶梯式递进的伟大进程，形成持续减贫、共同富裕的发展走势"。再如，在看到临沂市"通过生产、生活、生态三者有机融合，相互平衡，同步兴旺"所取得的成就并进行统筹分析后，厉彦林概括出了"三生融兴"的基本理念和推进机制，并总结出"生产·生态·生活×N＝乡村振兴样板"这个公式，"其中生产、生态、生活是最核心的平行、平等三元素，'N'是指现代、时尚、科技、信息、文化等赋能元素，实现乡村在农耕文明与时代因素的推动下榫卯契合与觉醒重构，不断发育、生长和成熟，复活与提壮农耕文明的基因、智慧与密码，建设人与自然和谐共生的美丽家园……"很显然，前一种观察是纵向的，具有历史的纵深感，隐喻着在旧中国半封建半殖民地的社会条件下要实现全面脱贫的奋斗目标并非一蹴而就，需要几代人持续的艰苦奋斗；后一种总结则具有某种辐射性，以期产生某种以点带面的联动效应。厉彦林立足于报告文学所报告的客观现实，进而用历史唯物主义和辩证唯物主义的方法论予以思考和总结，显然增加了《沂蒙壮歌》的深度与厚度。

作为本文的结束，我还想说的是：将历史与现实贯穿打通、融为一体以及从历史与现实、精神与物质、体制与机制等不同的维度，总结与探寻沂蒙人民打赢脱贫攻坚战的艰辛历程以及如何进一步推进乡村振兴的行动密码，固然是《沂蒙壮歌》两大突出而鲜明的特征，也是这部作品的独特价值之所在，但本书或许又因此而应验了"收之桑榆，失之东隅"那句老话。因其对上述两大特点过于追求，在一定程度上导致整部作品存有"理性有余感性不足、宏观有余微观不足"之憾，栩栩如生的人物形象及生动感人的情节细节在作品中有所欠缺。由此看来，如何平衡好上述几方面的关系与比重还是这一类报告文学写作需要继续探讨与实验的一个突出问题。

刊于《中国艺术报》

一部叙事性和诗性的政论报告

——读厉彦林的《沂蒙壮歌》

贺绍俊

厉彦林的《沂蒙壮歌》是一本全面反映沂蒙人民打赢脱贫攻坚战、创造乡村振兴齐鲁样板的书，书中有生动的细节，有详尽的数据，有鞭辟入里的分析，也有饱含激情的议论，全书充溢着时代的新意。这新意自然是源于内容之新，作者以其高度敏锐的政治判断力紧跟时代，迅即抓住了发生在沂蒙大地上的崭新变化，并用文字记录了下来；这新意同时还体现在文体之新，也就是说，崭新的内容激活了作者的叙述，他集不同文体之优长，为这部作品的精准表达找到了一种新的文体。这种新的文体，既保留着报告文学以文学手段真实记录新闻事件的特点，又显示出一种政论文体的理论性和逻辑性，同时还洋溢着政治抒情诗般的激情。当然从基本形态上说，它还是一部报告文学作品，但作者以其文体上的创新，大大拓宽了报告文学叙述的空间，提供了报告文学书写的另一种方式。因此，我更愿意将《沂蒙壮歌》这部作品称之为一部兼具叙事性和诗性的政论报告。

其一，作为一部政论报告，作者是以缜密的理性逻辑来结构作品的。作者并不拘泥于记述沂蒙乡村，而是将沂蒙的脱贫工作作为中国扶贫战略工程的一个分支来立论。作者视域开阔，他从人类文明发展和全球化的大背景下论述中国扶贫工程的伟大意义；同时将沂蒙的脱贫作为一个典型个案，以解剖麻雀的方式为沂蒙乃至全国的脱贫提供了具有充分说服力的论据。作者充分认识到，全面建成小康社会、历史性地解决绝对贫困问题，是当前中国重大的时代主题，这是由中国共产党"为人民服务"的伟大宗旨决定的。作者正是以此作为全书的总纲，并将历史与现实贯通起来，夹叙夹议，深刻阐发了沂蒙脱贫工作的思想意义。

其二，这是一部政论报告还突出体现在作者通过沂蒙脱贫的成功案例，试图总结出具有鲜明政治内涵和时代特色的沂蒙精神。作者认识到沂蒙地区是在中国革命战争中做出巨大贡献的革命老区，沂蒙精神不仅具有现实性，也具有历史性，熔铸着深厚的革命传统。作者紧紧抓住沂蒙的革命历史传统做文章，清晰梳理出革命传统与现实的一脉相承的关系。在总结沂蒙精神时，厉彦林充分发挥了政论的长处，他以富有文采的语言总结道："沂蒙精神的红色基因代代传承。'红嫂精神''厉家寨精神''九间棚精神''商城精神'，是沂蒙精神在不同时期凝结出的一粒粒珍珠"，"沂蒙精神的基因密码是什么？一方面是党视人民至高无上的政治立场和为民奋斗的情怀，一方面是沂蒙人民坚定跟党走的执着信念，以命许党，永远跟党。党全心全意为人民的初心使命，是沂蒙精神的逻辑起点，沂蒙人民一心向党的这种群体意识和集体自觉，是其逻辑必然。"

其三，思想和理论无疑是政论报告的核心，这也是《沂蒙壮歌》作为一部政论报告能够获得成功的关键。作者确立了鲜明的政治意识，其论述建立在理论深度的基础之上，在记述沂蒙大地上发生的精彩故事的同时，作者适时地提出富有启示性的观点，书中有大量既凝聚着思想洞见又富有文采的段落和句子。如作者认为："如果说农业是国计民生，农民是执政基础，农村则是战略后院，'三农'必须作为一个庞大系统来考虑，充分认识乡村的多功能性。"正是从这一观点出发，作者充分论证了沂蒙作为乡村振兴样板所确立的生态、生产、生活"三生共融"发展理念的科学性和合理性，展示了沂蒙大地上"桃花源里可耕田"的美好情景。又如作者通过郯城县构建"共建共治共享"的基层社会治理体制的经验，感慨道："社会治理如同'瓷器店里打老鼠'，方法必须精准得当，既要捉到影响社会和谐稳定的'老鼠'，也要保护好社会和谐、百姓安居乐业的'瓷器'，以最小的代价获得最佳效果，避免呼呼隆隆、大而化之。"这段话抓住了郯城县基层社会治理经验的实质，既具有理论概括力，又具有文学感染力。

政论性，可以说是中国当代文学铸就的传统之一，是当代作家政治情怀的自觉流露，它由此曾酝酿了政治抒情诗的兴起和热潮。胡风在新中国成立之初就写了一首热情奔放的政治抒情诗《时间开始了》，赞颂中国人民开始了新的时间和新的征程。艾青、贺敬之、郭小川、严阵、闻捷等诗人都留下了脍炙人口的政治抒情诗，这些诗作高扬了时代的主旋律，起到了振奋人心、鼓舞斗志的作用。政论性在当代报告文学创作中也表现得非常突出，甚至成了报告文学的基本特征之一。我不知道厉彦林是否也写诗歌，但这并没有关系，因为每一个作家的内心都藏着诗，当政论性与文学性相遇时，必然会碰撞出诗歌的火花。在《沂蒙壮歌》这部作品的诗意主要体现在将政论性文字诗性化，他通过适当的修辞使本来比较抽象和正式的表述变得更加生动，更加富有感染力，比如他这样赞美沂蒙人民："在这片古老的土地上，人们流了太多的血泪，付出了太多的生命与情感，因而山山岭岭、沟沟坎坎都拥有高尚的灵魂和鲜活的生命。"他这样概述社会变革："时代光鲜亮丽的霞光，不可能照亮每一个个体生命的全部，但天平的每一次轻微摆动，都可能让一代人、一群人、一个人的命运彻底华丽转身。"读一读，这不就是铿锵有力的政治抒情诗吗？

今天的时代，是一个报告文学、特别是主旋律报告文学大有可为的时代。中国大地上发生了令世界瞩目的奇迹，而且这奇迹仍在我们的身边频频发生，这一切又为中国当代文学提供了最丰富的资源，讲述中国故事也就成了作家们的共同职责。但从更高的要求看，作家们不仅要以文学的方式把发生在中国大地上的奇迹记录下来，而且还应该阐述出这些奇迹为什么会在中国大地上发生。因为今天的中国故事是史无前例的，是中国人民在一条新辟的道路上创造出来的，中国故事所蕴含的中国经验完全是崭新的，所以对于作家们来说，不仅要讲好中国故事，更要阐述好中国经验。而政论性则是我们在文学中阐述中国经验的有效途径。厉彦林的《沂蒙壮歌》在这方面为我们提供了有益的启示。

刊于 2022 年 5 月 25 日《中华读书报》

大历史观、大时代观、大发展观视野中的沂蒙精神

——评厉彦林长篇报告文学《沂蒙壮歌》

王立胜

厉彦林的《沂蒙壮歌》是一篇新时代"沂蒙精神"的颂歌，也是一部书写脱贫攻坚和乡村振兴教科书式的力作。全书共九章，采用大历史观、大时代观、大发展观的视角，把大格局和小切口、英雄人物与人民群众、历史记忆和时代发展融为一体进行叙述，忠实记录了沂蒙地区脱贫的攻坚实践，全景式展现了沂蒙山区的历史伟业，使作品具备了可观的现实温度和思考深度，是"沂蒙精神"研究达致新高度之作。

一、《沂蒙壮歌》的思想境界。《沂蒙壮歌》虽然是一部精彩的长篇报告文学，其中也包含着大量诸如乡村振兴、社会治理等政治学和社会学的内容，从这些方面看，本书也是一部具有宏大而独特视野的政治学或社会学著作。从作者对沂蒙地区历史变化的深刻剖析、对时代形象的深层把握、对发展问题的深度思考中，作者具备着大历史观、大时代观和大发展观的思想境界可以窥探一二。因此，从思想方法角度来看，本书的特点体现为三个"大"。

《沂蒙壮歌》是具有大历史观的作品。作者在书中写道："高歌沂蒙山，不是因为山的雄奇、崮的独特，而是共产党人、人民军队和沂蒙儿女水乳交融、生死与共铸造的革命精神、谱写的英雄史诗。所以沂蒙山不是一个区域概念，而是一种精气神，是在中国共产党历史、新中国历史、改革开放历史、社会主义建设历史上，具有特殊地位、意义、作用的精神高地和基因标识。"作者在写作中并不局限于从具体概念出发对"沂蒙精神"的内涵进行阐述，而是采用更开阔的视角、以更灵活的语言风格，超越了沂蒙山的具体形态和沂蒙地区的区域概念去定位"沂蒙精神"。这实际上是把"沂蒙精神"放在中国共产党100年的奋斗历程中进行定位和研究的。可见，作者对"沂蒙精神"的理解是建立在改革开放史、中华人民共和国史、中国共产党史、中国近代史、社会主义五百年的历史和中华文化五千年历史的基础上。这种大历史观是习近平总书

记在全党开展党史学习的过程中提出来的。也就是说，把"沂蒙精神"放在这种大历史观中来衡量和考察，为本书确立了一个正确的历史观基础，凸显了作者向中国共产党100周年华诞献礼的写作主题。

《沂蒙壮歌》是具有大时代观的作品。伟大的时代呼唤伟大的作品，伟大的作品映照伟大的时代。作者在后记中提到了这本书以历史视野、现实视角、平民眼光聚焦沂蒙大地。这种大的时代观用习近平总书记的话说就是立足"两个大局"，即中华民族伟大复兴的战略全局和世界百年未有之大变局。只有这样站在时代的高度，再回过头看"沂蒙精神"，看沂蒙人民在革命、建设和改革时期的奋斗历程及他们做出的贡献，才能更全面地把握"沂蒙精神"与中国共产党精神谱系的辩证关系，才能真正认识和体会到"沂蒙精神"对社会主义建设以及走出中国式现代化道路的重要价值。作者立足大时代观，坚持以人民为中心的创作导向，通过客观叙述沂蒙地区的奋斗故事生动讴歌了党领导人民改革创新的火热实践，把握了时代脉搏，反映了时代精神，解码了中国的发展道路和成功秘诀，这既是伟大时代的必然产物，也与作者坚持守正创新、深入生活密不可分，使作品闪现出"思想者"的锋芒。

《沂蒙壮歌》是具有大发展观的作品。《沂蒙壮歌》总结的是沂蒙人民在革命、建设和改革时代的奋斗史，也是"沂蒙精神"产生、发展的历史，但是整本书着眼于未来，是将这些放在整个中国的发展历程中进行衡量的，也是着眼于中国的未来进行定位的。正如作者所言："处在新的发展阶段，我们确实需要反思快与慢、多与少、好与坏、长与短的辩证关系了。竭泽而渔式的发展，资源、环境、人心都受到损坏，未来的路怎么走？我们的后代怎么办？新时代推进乡村振兴战略，需要有新的思维、新的理念和新的载体做支撑。田园综合体项目通过土地整合、土地流转，实现农村从单独经营到集体经营、从农民单纯种地到企业化生产分红、从种养加工销售、一产到三产融会贯通，通盘统揽'粮囤子''菜篮子''果盘子'，土地集中、生产集约，效益更加凸显。"作者紧紧抓住革命、建设、改革、复兴等时代关键词，满怀对人民的热爱和对生活的热情，一边用文学语言叙述沂蒙地区的发展变化，一边又从哲学层面提出了对于新时代如何处理发展问题的新思考，体现了作者怀有大发展观的胸怀。

二、《沂蒙壮歌》把沂蒙精神研究推向一个新高度。品读《沂蒙壮歌》对于深入理解"沂蒙精神"具有非常重要的作用。以往的"沂蒙精神"研究虽然取得了很多成果，但是也存在着三个方面的缺陷，这不是说"沂蒙精神"有缺陷，而是说在"沂蒙精神"研究层面存在缺陷，这些缺陷在《沂蒙壮歌》一书中得到了弥补。这就是说，《沂蒙壮歌》以文学的形式，为推动"沂蒙精神"研究走向新的阶段和新的高峰提供了一个好的样本。总体来说，《沂蒙壮歌》克服了以往"沂蒙精神"研究以下三个方面缺陷。

一是在历史性与现实性的关系上，以往的"沂蒙精神"研究存在注重历史、忽视现实的情况。长期以来，很多教材、著作一提到"沂蒙精神"，就在讲过去军民团结、鱼水深情的故事，很少描述"沂蒙精神"在今天是怎么样发扬光大的，在结合现实的问题上既不密切又不生动，给读者造成了一种"沂蒙精神"只停留在过去的印象。从沂蒙地区的发展实际来看，特别是改革开放四十年以来，这里从"四塞之崮、舟车不通"的闭塞山区摇身变成一个"买天下、卖天下"的现代化物流之都，这些辉煌成绩的取得都离不开"沂蒙精神"的支撑、激励和促进作用。所以，"沂蒙精神"不仅具有历史价值，也具有重要的时代价值，它不仅在革命战争年代起到了非常重要的促进作用，而且在社会主义现代化建设进程中也起着很重要的推动作用。《沂蒙壮歌》这部著作，实际上是把"沂蒙精神"放在中国共产党成立100年的大历史背景中进行考察的，既立足于历史的本来面目，又紧密联系现实问题，通过"沂蒙红嫂""沂蒙六姐妹"等人物和故事引出沂蒙地区的时代变化，从历史和现实的紧密联系、交相辉映中去叙述沂蒙人民如何通过发扬"沂蒙精神"来摆脱贫困、实现现代化。这种把历史和现实融为一体的创作思路，体现出作者是站在现实的高度来理解"沂蒙精神"的，因而他的创作彰显了"沂蒙精神"的时代性。

二是在特殊性与普遍性的关系上，以往的"沂蒙精神"研究多注重探讨其特殊性，而忽视其普遍性。2013年习近平总书记在临沂考察时指出："沂蒙精神与延安精神、井冈山精神、西柏坡精神一样，是党和国家的宝贵精神财富，要不断结合新的时代条件发扬光大。"这一论断实际上就点明了"沂蒙精神"不仅仅是沂蒙人民的精神，更是党和国家的精神，是中国共产党精神谱系的重要组成部分。过去很多学者在研究"沂蒙精神"的时候，往往是不自觉、无意识地把"沂蒙精神"局限为临沂地区的精神，或者沂蒙人的精神。习近平总书记的这段重要论述从很高的站位肯定了"沂蒙精神"的重要价值，深刻阐明了"沂蒙精神"虽然产生于沂蒙大地，用"沂蒙"二字冠名，但是就精神层面来讲，它具有普遍意义，是体现了整个民族和全体人民共同价值观的宝贵精神财富，应该提升到全省、全国的高度进行宣传、践行和弘扬。作者站在普遍性的高度，站在习近平总书记论断的高度来看"沂蒙精神"的特殊性，既生动叙述了沂蒙大地上"'沂蒙精神'绽花朵"的壮丽诗篇，也通过大量具体事例描绘了一幅"'沂蒙精神'传四方"的宏伟画卷。比如书中写到沂蒙医生和学子到昆仑山下践行"沂蒙精神"，九间棚村党委书记刘嘉坤将金银花种到了喀什地区等。这些故事都生动诠释了"沂蒙精神"的普遍性特征和意义，彰显了"临沂的变迁史，其实就是山东省和国家变迁史的缩影，是波澜壮阔改革开放伟大实践结出的硕果，是'新中国故事'的一个精彩章节。"

三是在根源性和根本性关系的问题上，以往的"沂蒙精神"研究多注重探讨其根本性，而忽视其根源性。这里所说的根本性是指"马克思主义的指导和中国共产党的领导"，是从"沂蒙精神"的领导力量和指导思想的角度探讨的。但是对于"沂蒙精神"为什么产生于沂蒙地区，其背后的文化渊源、演变脉络等深层次、根源性问题缺乏深入探究。历史地看，沂蒙地区固有的历史文化是"沂蒙精神"之所以在该地区的产生和发展的底层逻辑，因此解答这个问题就需要研究该地区莒文化或琅琊文化的发展历程。作者在书中用较大的篇幅对沂蒙和山东地区的历史文化进行了较为细致的叙述，从发掘"莒国文化源远流长"彰显了"沂蒙山这片古老而神奇的土地，繁衍着古老东夷民族一支优秀的分支，是中华文明的重要发祥地之一"，可见，沂蒙地区深厚的文化底蕴为"沂蒙精神"的产生和发展提供了丰厚的历史文化滋养。因此，探讨"沂蒙精神"之所以产生于沂蒙地区的原因，以及该地区原有历史文化是怎样在中国共产党思想的激发下形成"沂蒙精神"的，就必须对沂蒙地区固有的具有根源性的历史文化进行深入研究。《沂蒙壮歌》很巧妙地处理了这个矛盾，不仅生动描写了中国共产党怎样热爱人民、沂蒙人民怎么样在中国共产党领导下将"沂蒙精神"发扬光大这个根本性问题，也客观叙述了沂蒙地区固有历史文化对"沂蒙精神"产生和发展的根源性作用。正确处理以上三个矛盾是真正了解"沂蒙精神"的产生机理、发展脉络、科学内涵及历史地位的逻辑前提。可见，本书在"沂蒙精神"研究当中具有十分重要的地位。

三、《沂蒙壮歌》对实施乡村振兴战略具有重要启示意义。

《沂蒙壮歌》是在全国脱贫攻坚取得决定性胜利、乡村振兴战略取得历史性成就的重要节点对"沂蒙精神"所做出的最新解读。乡村振兴是乡村全面振兴，从本质内涵来讲，乡村振兴指的是"产业振兴、人才振兴、文化振兴、生态振兴、组织振兴"五个方面的振兴；从实现目标来看，乡村振兴是经济、政治、文化、社会和生态"五位一体"的振兴。本书在叙述沂蒙人民摆脱贫困和乡村振兴的故事中着重强调了文化和精神的重要作用，在脱贫攻坚战取得胜利后，沂蒙人民主动将脱贫攻坚的精神转化成振兴乡村的精神，带头建设新时代的文明乡村，由此突出了"沂蒙精神"非常重要的精神引领和激励作用。

从文化和文明角度来看，乡村振兴和乡村建设行动的目标就是要建设或者创造一个中国特色社会主义乡村文明新形态。在完成了第一个百年奋斗目标之后，党中央提出了向第二个百年奋斗目标进军的任务，也就是到 2035 年基本实现社会主义现代化，建成文化强国，而文化强国建成的基础和关键是乡村文化建设问题。可见，乡村文化建设事关文化强国和社会主义现代化的实现，必须把握好其目标任务、形成原因、实践路径等基本问题。

构建乡村文明新形态，这是由新时代乡村文化建设的使命所决定的。文化是民族的血脉，是人民的精神家园。在绵延数千年的农耕文明中，中国社会一直以农为本，是基于血缘与地缘、依赖礼治秩序与长老统治、流动性非常小的熟人社会，费孝通先生将其概念化为一种社会现象，叫作"乡土中国"。几千年来，在这样一个植根于"土"的社会中，孕育了灿烂的乡村文化。乡村文化承担着非常重要的教化功能，赋予了普通人生活的意义，也滋养着人们的精神世界和伦理世界。对此，梁漱溟也谈到："原来中国社会是以乡村为基础，并以乡村为主体的；所有文化，多半是从乡村而来，又为乡村而设——法制、礼俗等莫不如是。"这一农耕文明的体系是如此的稳定而缺乏变化，如果没有外力的作用，或许可以长久地、稳定地延续下去。但是，"1840 年鸦片战争以后，中国逐步成为半殖民地半封建社会，国家蒙辱、人民蒙难、文明蒙尘，中华民族遭受了前所未有的劫难"。面对西方文化带来的现代性冲击，中国作为发展中国家和超大型农业国家，还要面对周边地缘环境紧张的压力，不得不开始了追求赶超型的工业化和现代化的实践过程。在这个过程中，特别是新中国成立以后，我国经历了国家的工业化、乡村的工业化、全球化的工业化、土地的城镇化、人的城镇化等阶段，农民与土地的关系发生了彻底的变化。经历了从离土不离乡，进厂不进城，到如候鸟般迁徙到沿海城市与内地农村之间，再到离土进城不回村这样一个演变的过程，西方发达国家几百年走过的工业化过程在中国只用了几十年时间就完成了。但这种加速度发展也具有两面性，一方面让中国取得了一系列举世瞩目的好成绩，另一方面也给中国带来了一系列社会问题。中国的经济结构、社会结构、治理体系，尤其是人民群众赖以生活的义理世界和伦理结构都发生了重大变化，在这种背景下，如何通过乡村振兴重新构建乡村精神世界，重新收拾人心，重新找到乡村的灵魂，一个重要任务就是要赋予乡村居民生活新的意义。习近平总书记对乡村文明建设提出了"既要塑形，也要铸魂"的要求，文化作为重要的精神力量，要起到铸魂化人的作用。当下我国文化建设的目标是要建设人类文明新形态，在乡村层面应该构建一个相应的乡村文明新形态。

那么乡村文化建设的目标怎样才能实现？一是要挖掘自然生态资源、历史文化资源，重铸乡村的主体性。作者在书中谈论这个问题时，引用了梁漱溟"要救中国必须救乡村"的观点，指出中国"新文化的嫩芽绝不会凭空萌生，它离不开那些虽已衰老却还蕴藏生机的老根——乡村"。应该大力挖掘和运用好"沂蒙精神"的积极成果，发挥好其铸魂化人的作用，提升农民群众对农村的认同感。二是要加强面向乡村公共文化服务的供给侧改革，在政府主导下，加强文化建设。要"通过发挥村规民约这个村庄'小宪法'和村民理事会作用，广泛开展文明创建，推动基层法治、德治、自治相融相促"等方法，"消除精神生活匮乏，复苏人的尊严和自强，满足广大人民群众日益增长的审美和文化需求"，以此来塑造农村新风尚，构建乡村文明新形态。三是以乡贤为中介，建立公益组织，搭建桥梁，对接大城市与乡村之间的资源与价值体系平台，通过各种形式推动城乡融合发展。作者在《"乡村振兴齐鲁样板"啥样子？》一篇中写到，为解决扶贫任务重的问题，"临沂市邀请中科院地理研究所，编制临沂市脱贫攻坚可持续发展示范区规划，努力构建多业融合、多点支撑、多元发展的体制机制"，以此引出县区推进乡村振兴的具体工作，这实际上是在倡导一种以县为基本单位来推动乡村文明建设的方法。《乡村振兴方法论》和《乡村建设行动》这两本书对于如何以县为基本单位推动乡村建设都做了非常系统的阐述，指出关键是充分发挥县的作用，深化与二元体制的障碍解除，推动城市文明与乡村文明的共融共生，实现中国的结构现代化和伟大转型。

综上所述，《沂蒙壮歌》采用具有大历史观、大时代观、大发展观的视角，科学巧妙地处理了"沂蒙精神"研究的历史性与现实性、特殊性与普遍性、根源性和根本性的关系问题，是一部记录沂蒙地区脱贫攻坚和乡村振兴历程的教科书式力作。作者在后记写到要真心真意、脚踏实地、竭尽全力地讴歌沂蒙：

"故乡和亲人是我创作的原点和起点。沂蒙这片热土和繁衍生息在这片热土上的人民，是我讴歌的母体、主体。刻骨铭心的沂蒙情结，是一根剪不断的情感脐带、文化脐带和历史脐带。我脚踩坚实的沂蒙大地，置身沂蒙火热的社会实践，一切创作技巧和手段都成为说人记事述理的工具。"从中可以看出作者对乡村建设、人民生活、国家发展那种清澈而炽热的爱。让我们从《沂蒙壮歌》中汲取乡土社会的营养和沂蒙精神的力量，继续书写具有中国特色、沂蒙特点、适合国情民情和农业现代化发展方向的乡村振兴方案和新史诗。

刊于《中华读书报》

奏响乡村振兴的壮丽凯歌

——读厉彦林《沂蒙壮歌》

黄发有　孙　涛

　　著名作家厉彦林的《沂蒙壮歌》是一部全方位展现沂蒙山人民在党的坚强领导下，在新时代继承并发扬沂蒙精神，奋发图强打赢脱贫攻坚战，又昂首阔步开启乡村振兴壮丽征程的长篇报告文学作品。作为一位土生土长的沂蒙山人，作者满怀着炽热的乡情踏遍6市18县，用一双有着对生活敏锐洞察力的、雄鹰一般清澈锐利的眼睛观察这片土地上悄然发生的变化，并带着责任感和使命感记录了革命老区跨越封闭、落后大步迈入现代文明的历史进程，对乡村振兴齐鲁样板与沂蒙精神的科学内涵做出了有益的探索。《沂蒙壮歌》是作者为党和人民奉献出的一部提振精神的文学佳作，适逢中国共产党建党百年的重要时间节点付梓，其历史意义和文学价值更加值得重视与珍视。

　　《沂蒙壮歌》的开篇第一章即讲述了"新中国脱贫故事"，为读者拉开了沂蒙山区脱贫攻坚动人故事的大幕，展示了各条战线上的丰硕成果。我们高兴地看到，沂蒙老区人民在党的坚强领导下，在摆脱贫困的伟大斗争中率先打了大胜仗，那个人们固有印象中的"老少边穷"地区，如今在全国树立了摆脱贫困、实现全面小康、享受美好生活、打造乡村振兴样板的榜样。这里，作者没有停留在空洞的说教，而是详细描绘了那些迎接挑战、抓住机会、创新实践的具体事例和感人形象，勾勒出一部鲜活生动的脱贫史。《"沂蒙六姐妹"续新篇》介绍了新时代"沂蒙扶贫六姐妹"的感人故事，曹淑云、刘加芹、于学艳、林西臻、牛庆花、王洋6名沂蒙女性靠坚强的毅力努力改变自身的命运，她们在脱贫后不忘党的恩情，主动投身到反贫困斗争的大决战中，竭尽所能帮扶困难群众，靠点滴善事汇集人间大爱。《俺不给"地下党"丢脸》让我们认识了身残志坚的贫困残疾人赵娟，政府医疗扶贫和教育扶贫政策下解决了她家医疗费和孩子学费两大开支难题，又用自己的微薄之力在村里成立生蒜加工点回馈乡里，她的故事平凡但令人感动。还有返乡创办"沂蒙小棉袄"加工厂的创业青年吴照京、助力留守儿童读书的"活水饺子"店当家人刘晓、"请战"抗疫的脱贫户崔以庆……这是一批有着在脱贫攻坚战场中锻炼出来的不屈不挠的坚强性格的人，是一批头脑敏锐、精力旺盛、勤学苦干，由党的恩情哺育并培养出来的奋不顾身的人。他们的成长都不是一帆风顺的，作者以怜惜又崇敬的心情描述了他们的坎坷经历，又书写了他们的高尚心灵和如今翻天覆地的生活变化，读来令人感动不已。作者正是要表达，经济的变革和人的改变总是糅合一气，脱贫攻坚不仅能够带来生活上的富裕富足，也深刻影响了人们的思想、感情、性格和作风。在脱贫攻坚这一进程中，沂蒙精神在潜移默化中得到传承，而听党话、跟党走的信念也在老百姓心中生根发芽，变得更加明确和坚定。

2018 年，习近平总书记在参加十三届全国人大一次会议山东代表团审议时，要求山东"充分发挥农业大省优势，打造乡村振兴的齐鲁样板"。总书记的要求，给沂蒙山提供了机会，也提出了挑战——这在《沂蒙壮歌》中有着生动的体现。作者追寻着时代的脚步，体察奋进的心灵，随着乡村振兴战略的全面展开和日益深入，作者的思考也更加深切："到底怎么表述呢？我想用这个公式来解读：'生产·生态·生活×N＝乡村振兴样板'""乡村振兴的样板，应当重在拉长板、补短板、固底板，搭起支撑乡村振兴的'三支点'。"这是作者在深入了解了散布在沂蒙山区雨后春笋般的田园综合体，又亲身领略了沂源桃花岛世外桃源般的田园风光和安居乐业的百姓生活后给出的答案，似乎怀着一种急不可待又激动欣喜的心情，作者将乡村振兴的丰富内涵抽丝剥茧，让它由抽象模糊变得具体可感，由纸上的文字变得现实立体又深入人心。需要指出的是，《"三生融兴"沂蒙样板》等篇中，作者援引了一些政策以及公式加以解读，这当然不是为政策作图解，而是通过认真总结和政策学习，试图找到一把钥匙，便于走出令人眼花缭乱的现象迷宫，洞察历史发展与乡村变化的来龙去脉，描绘乡村科学发展的美好未来。这似乎不是文学的职责，然而作者却以严谨科学的态度来总结并提炼，显示出一位优秀作家为时代发声的责任与担当，一如作者自己所说，"从创作的角度讲，我既讲述感人肺腑的人物和故事，又注意梳理历史脉络，呈现平实道理"。而报告文学创作能够着眼于此，也就不会只停留在表层的描述或者浮泛的歌颂了。

厉彦林指出："沂蒙精神是和时代同步共生的。既是历史的，又是现实的；既是永恒的，也是发展的；既是地域的，也是全局的。"沂蒙精神诞生于革命年代血与火的斗争当中，是党和人民同心同向共同创造的，从一开始便闪耀着中国共产党伟大精神的光芒，而经过岁月的洗礼，沂蒙精神历久弥新，早已融入党的精神血脉，成为党和国家宝贵的精神财富。如今，随着乡村振兴的美丽画卷一幅幅展开，沂蒙精神也展现出并被赋予了全新的内涵，正在被新时代的沂蒙人民演绎和弘扬。在作家的笔下，沂蒙精神被形象地喻为临沂有效衔接脱贫攻坚与乡村振兴、推动绿色发展的"红色引擎"。沂蒙精神的确称得上是一种不竭的动力和源泉，究其原因，在于沂蒙精神的红色基因早已嵌入了沂蒙百姓生活与心灵的每一处角落，刻骨铭心的沂蒙情结成为了沂蒙山人民剪不断的情感脐带、文化脐带和历史脐带。因此，当他们脚踩坚实的沂蒙大地，置身火热的乡村振兴伟大实践中时，任谁也会义无反顾投身到致富创业的前线，凝聚起不可小看的磅礴力量，赢得那些真正属于自己的美好和光荣。

《沂蒙壮歌》的最后，作者意犹未尽又酣畅淋漓地描写了沂蒙大地一片春回大地、万物竞生的美好景象。"鸟群在恣意追逐，翻飞打闹，和鸣着远处清爽悠扬的山歌声、音乐声，修葺一新的乡村路，箭一般钻进绿树映掩的村落，顽皮的春娃佩戴着红领巾，呼喊着自由奔跑……"这绝非凭空想象，而是作者真诚决然的相信，站在"两个一百年"奋斗目标的历史交汇点上，在"十四五"开局之年的起跑线上，英雄的沂蒙山人民注定会凭借自身聪慧、质朴、坚定、奉献、勤劳的美好品行做出一番大的事业，用自己的实际行动搏击中国新一轮经济社会转型的历史潮流。伴随着新发展阶段的澎湃鼓点，他们正奏出从摆脱贫困到乡村振兴可持续发展的壮丽凯歌。

沂蒙精神的一曲新的时代颂歌

——评厉彦林长篇报告文学《沂蒙壮歌》

谭好哲

在广袤壮阔的华夏大地上，有多处最能代表现代以来中国革命精神气质和中国人民奋斗历程的历史地标性热土，沂蒙地区是其中之一。"沂蒙精神"这一概念自二十世纪八十年代末被提出以来，即与延安精神、井冈山精神、西柏坡精神一样，成为我们党和国家的宝贵精神财富，而浸染着沂蒙精神的沂蒙大地和人民便成为文学艺术不断讴歌与表现的对象，并产生了报告文学《沂蒙九章》、电影《沂蒙六姐妹》、电视连续剧《沂蒙》、民族歌剧《沂蒙山》等许多广具影响的优秀作品。厉彦林新近创作的长篇报告文学《沂蒙壮歌》，又为沂蒙精神唱出了一曲新的时代颂歌。像先前的同类作品一样，该作依然充满了对沂蒙大地的深情礼赞，对沂蒙人民的崇高敬意，但又显示出不同的观察视野与思想意图。作品从脱贫攻坚和乡村振兴的崭新视野重新审视沂蒙大地，在感性观照与理性透视的有机融合中，既全景性勾勒描绘出发生于沂蒙大地上一个又一个生动的脱贫故事和场景，又穿越绵延的历史时空与缤纷的历史表象，深度叩问与破译了沂蒙老区战胜贫穷走向幸福生活的精神密码，同时还从沂蒙人民的脱贫与乡村振兴实践中总结出诸多有效做法与"三生融兴"的发展思路，令人感动，促人深思。

与上述电影、电视剧、歌剧作品通常偏于从一定的人物、事件或特定年代展开历史叙事不同，《沂蒙壮歌》是一部全景式展现沂蒙历史伟业的作品。作品写到了沂蒙人民在革命战争年代的奉献与牺牲，写到了他们在新中国成立后社会主义建设时期的奋斗与贡献，但更多的是写了 1984 年党中央和国务院发出关于帮助贫困地区尽快改变面貌的通知以来沂蒙人民向贫穷宣战、在改天换地的伟大实践中创造革命老区历史新篇章的奋斗历程，更多地将笔墨倾注在对近 30 年来沂蒙大地旧貌换新颜历史变化的叙说与思考。从《精准铲"穷根"》《精准脱贫长效"方剂"》《乡村振兴重在"全面"》《"三生融兴"绽花朵》

《绿色发展新动能》等章节中，我们看到了沂蒙地区党和政府种种精准治贫举措和乡村振兴的方法与道路探索；从《沂蒙小棉袄温暖人间》《金银花开昆仑山下》《沂蒙最高山庄脱贫忙》《"头雁"领飞群雁随》《产业兴旺"顶梁柱"》等章节中，我们看到了沂蒙人民在脱贫之路上的种种创业经历和感人故事；而从《"遥烧"村的变迁》《"光棍村"里孩子闹》《扶老携幼享天伦》《桃花源里可耕田》《崮顶桃花红》等章节里，我们则从作者难掩喜悦的文字间分享到沂蒙人民脱贫奔小康后满满的幸福之情。在展示与呈现当下的过程中，作者还不时将思绪与笔触探向沂蒙悠久绵长的古代历史和烽火连天的战争岁月，在历史与现实、过往与当下的牵连、对照、映衬、互嵌中将对沂蒙的历史书写立体化，让我们感受到沂蒙过往的悠久与辉煌，更让我们领略到沂蒙今天的新变与美丽。

尤其令人瞩目的是，这部作品不仅用大量篇幅写了沂蒙老区脱贫过程中党和政府的领导、组织作用，以及种种精准扶贫之举的谋划与实施，如直接帮扶、通路输电、吸引外出人员回乡创业、建好村镇领导班子等等，更写出了人民群众对摆脱贫困、振兴乡村的渴望，写出了他们在抗争与奋斗中搞新农业、建设新农村的业绩，让读者真切感受到大沂蒙历史的壮歌是由沂蒙人民的集体奋斗凝聚与升华而成的。在这曲壮歌中映现着无数优秀沂蒙儿女的身影，他们之中不仅有已经隐没于历史烟云中的红嫂、红哥、"沂蒙六姐妹"等，更有数不尽的当代沂蒙先进模范，其中有九间棚村党支部书记、将金银花种在昆仑山下的刘嘉坤，有吴家楼子村"沂蒙小棉袄"加工厂创办人、返乡创业带头人吴照京，有延续"沂蒙六姐妹"红色传统的曹淑云、刘加芹等"沂蒙扶贫六姐妹"，有岱崮镇返乡创业带头人王维、王栋等十棵"青春树"……这些当代英模人物有着共同的特点：他们都生于沂蒙、长于沂蒙，对这方水土深情挚爱；他们身上都流淌着先辈英烈的精神血液，沂蒙精神深入骨髓；他们都不甘于贫困，敢于与穷魔抗争、向穷魔宣战，并勇于、乐于带领父老乡亲共同致富，携手创造新生活。他们是沂蒙大地三十多年来治穷脱贫、创业创新的领头雁，正是在他们的带领下，沂蒙人民才在革命老区中率先打赢了脱贫攻坚战，并在乡村振兴的新征程中迈出了劲健的步伐。可以说，沂蒙壮歌中最雄浑的乐调、最优美的音符，正是由这些沂蒙大地上优秀儿女们的创造业绩、精神魂魄凝聚而成的。

1991 年，李存葆与王光明合力创作的报告文学《沂蒙九章》在《人民文学》发表，作品以饱含深情之笔叙写沂蒙人民在战争年代的牺牲与向贫困宣战的奋斗，曾经引起巨大反响。就基本题旨而言，《沂蒙壮歌》可以说是《沂蒙九章》的续篇。然而，比较来看，二者又有所不同：《沂蒙九章》是在全国扶贫攻坚之战正在进行的过程中写成的，更多地聚焦于二十世纪八十年代后期至九十年代初期这一阶段，写沂蒙人民在党的领导下勠力同心改变命运的历史奋斗，以发生在改革开放以来沂蒙山的九段故事结构全篇，侧重于对具体的人物和故事的叙写，一个又一个感天动地的人物和荡气回肠的故事激发起读者对沂蒙人民无比的崇敬。而后者是在脱贫攻坚决胜收官与乡村振兴全面展开的历史性转换之际写成的，作者有意识地站在时代发展的新高点上回望历史，更侧重对沂蒙 30 多年来脱贫致富整体发展历程与态势的呈现，与对取得成功的精神基因的叩问、追索和对成功经验的提炼、总结，在人物、故事、发展态势的生动呈现和主体情感的投入之外，还包含着党和政府的有关决策、奋斗成效中的相关数据以及作者自觉的理性思考和思辨。作者在书中用了相当的篇幅证明了一个道理：在战争年代军民水乳交融、生死与共铸就的沂蒙精神是沂蒙人民的"传家宝"；沂蒙精神聚起了英雄气、铸造了时代魂，是支撑沂蒙人民打赢脱贫攻坚战最深厚的精神力量。战争年代以沂蒙人民的牺牲与奉献孕育而成的沂蒙精神，历经社会主义建设时期、改革开放时期和新时代的淬炼，内涵在不断丰富与拓展，但"爱党爱军"始终居于首要的位置，听党话、跟党走是沂蒙人民不变的选择。脱贫攻坚是党和政府在全局性发展战略中提出的一项历史任务，是在各级党组织和政府的领导下实施的，沂蒙人民把自己脱贫的愿望、奋斗的意志与党和政府的英明领导、正确决策紧密结合起来，在艰难困苦的条件下打赢了令人惊叹的脱贫战争，这是沂蒙人民的胜利，也显示出沂蒙精神的无穷伟力。作品深刻地揭示出脱贫攻坚的胜利是在党和政府领导下取得的历史性成就，党的领导是取胜的根本保证，而人民群众的积极作为则是取胜的前提和基础。

《沂蒙壮歌》不仅书写出沂蒙人民脱贫攻坚的伟大业绩，揭示出沂蒙人民能够成功的精神密码，而且从沂蒙人民的鲜活历史实践中总结出一系列精准脱贫、精准致富的工作经验。1989 年 8 月 4 日，《人民日报》曾在第一版显要位置发文推介临沂地区扶贫经验——"给钱给物更要建设一个好支部"。在《沂蒙壮歌》中，作者用许多实例证明了基层党组织建设是沂蒙大地扶贫工作的一项根本性经验和重要保证。以此为核心，作品在广泛调研的基础上全景式展示出临沂地区如何把脱贫攻坚作为头等大事和第一民生工程来抓，走出了一条帮扶措施多重覆盖、扶贫政策多层叠加、贫困群众多方受益，具有临沂特色的精准扶贫路子。同时，作者也对沂蒙人民脱贫攻坚实践中一些富有成效的做法和经验做了提炼和总结，仅以临沂地区为例，就有扶贫工作领导中"坚持'两面一线'"（"两面"是指贫困群众分贫困可逆转和不可逆转两类，"一线"是指政策措施细水长流不断线）；扶贫资产管理中的"四权"分置机制（扶贫资产所有权归村集体，经营权归合作社、龙头企业、专业大户等新型农业经营主体，受益权归贫困户，监管权归农业局）；分类打造作为乡村新型产业发展亮点举措的"田园综合体"；乡村振兴中生态、生产、生活"三生融兴"的发展思路，等等。在这些具有推广与借鉴价值的做法和经验中，不仅显示出沂蒙人民脱贫攻坚中艰苦奋斗的精神，也显示出他们富有智慧、敢于领先的创造精神，他们既是革命战争年代里拥军支前的时代楷模，也是社会主义新农村建设中的伟大创业者。从他们的奋斗与创业中，我们欣喜地领略到民族复兴中乡村振兴的大美景致，也深深地感受到美丽中国凤凰涅槃般的时代新变与无比诱人的美好前景。

刊于 2022 年第 1 期《百家评论》

丹心一寸谱壮歌

——读厉彦林《沂蒙壮歌》

马 兵

2020 年 12 月 3 日，习近平总书记向世界庄严宣告："经过 8 年持续奋斗，我们如期完成了新时代脱贫攻坚目标任务，现行标准下农村贫困人口全部脱贫，贫困县全部摘帽，消除了绝对贫困和区域性整体贫困，近 1 亿贫困人口实现脱贫，取得了令全世界刮目相看的重大胜利。"2020 年是中国的脱贫攻坚之年，有抱负、有追求的文艺工作者围绕这一伟大的攻坚目标和任务，创作了一系列的作品，厉彦林的《延安答卷》和《沂蒙壮歌》无疑是其中重要的收获。在写作《延安答卷》之时，厉彦林就"立志为故乡沂蒙再唱赞歌"，这位赤诚的沂蒙之子曾用数十篇抒情散文组成曲曲文字的"沂蒙小调"，而今又用他对这方土地的深沉爱意、用面对这个时代的最真诚的眼睛，凭借厚实的艺术功力，还有"身入""情入""心入"的深扎精神，为读者奉献了一曲风神高迈、激越昂扬的"沂蒙壮歌"！

在《沂蒙壮歌》的后记中，厉彦林反复谈到这部长篇报告文学歌颂的主体是沂蒙山区"普普通通的人民群众"，且始终以"平民眼光聚焦沂蒙大地"，要为"沂蒙人民歌功颂德、树碑立传"！而这种以人民情感为本位的写作站位正是作品打动人心的关键所在。脱贫攻坚类的重大题材其实并不好写，写出彩则是难上加难，因为宏大主题所凝结的巨大情感和思想指向若没有深描的能力、确凿翔实的调研与走访，以及深入透辟的思考，很容易流入空疏，正如识者所论，脱贫攻坚题材的报告文学面临的最主要的问题"是亟须克服在创作上存在着的概念化、模式化、同质化和抽象化、说教化的缺憾"，为此要"努力去挖掘刻画出新颖的、鲜活的'这一个'，塑造出有情有义有个性的人物，开掘出具有特殊地域性、民族性色彩的生动感人的故事情节，提炼出更加精辟独到的主题立意和思想内涵"。厉彦林对此是有清醒认知的，在他的笔下，"人民不是抽象的符号，而是一个一个具体的人，有血有肉，有情感，有爱恨，有梦想，也有内心的冲突和挣扎"，也因此，书中宏阔的历史事件并没有取代人间烟火的底色，普通老百姓的困惑和摸索也总能与风起云涌的时事相得益彰。《沂蒙壮歌》每一章都有几个读后令人动容的普通老百姓的故事。如第二章《俺不给"地下党"丢脸》中的贫困残疾人赵娟，出生于远近闻名的抗日模范家庭，她因病致穷，后来在大家帮助下靠蔬菜大棚脱贫，又培养两个女儿考取研究生。赵娟没有什么豪言壮语，期望的也无非是生活有奔头、孩子有出息，但那种素朴的乐观和反哺乡民的热诚却那么真挚，那么感人。又如第三章里沂水县"刘掌柜活水饺子店"的老板、"80 后"女孩刘晓，她在自己的小店拓出一方空间，留给爱阅读的孩子，又在慈善基金、团委等各方的支持下，正式启动了"刘掌柜活水饺子山区留守儿童阅读工程"，组织"阅读漂流"等系列活动，给小小的食铺平添馥郁的书香。刘晓的事迹在众多艰苦卓绝的脱贫故事里并不算突出，甚至也谈不上有多么典型，但它新鲜而又带着年轻人特有的敏感与担当，脱贫不但是物质上的，更是精神上的，刘晓用小小的努力为孩子们长远的成长种下了一颗颗向善的种子。类似刘晓的事迹，书中还有很多，而时代的"壮歌"不正是由这些柔弱细腻的声腔一点一点地汇流而成的吗？

　　《沂蒙壮歌》的成功还在于，作者始终将脱贫攻坚的功业置于深远的历史景深之中来叙述，全面系统地阐释了沂蒙精神自革命战争时期直至新世纪的内在发展脉络。"蒙山高，沂水长，军民心向共产党……"军民、党群之间水乳交融、相濡以沫的关系是沂蒙精神的重要体现。抗日战争和解放战争时期，沂蒙大地涌现了渊子崖保卫战中与敌伪血拼到底的爱国爱乡村民群体、用乳汁救助伤员的沂蒙红嫂，支前的模范"沂蒙六姐妹"……《沂蒙壮歌》在书写新时代的沂蒙故事时，不断将视野放远，穿插进上述先辈们可歌可泣的英雄事迹，引领读者思考以"爱党爱军、开拓奋进、艰苦创业、无私奉献"为核心的沂蒙精神是如何经由战争与社会主义建设的磨砺一点一点化入人心，又如何在这方苍茫的大地上不断生根发芽，催生新时期和新时代那些令人振奋的乡村振兴新故事的。《沂蒙壮歌》重果，更重因；重叶，更重根，令人信服地诠释了沂蒙大地上先进典型何以一代又一代生生不息。坐落在沂蒙山区龙顶山上的九间棚村经历了从穷山村到"沂蒙明珠"的蝶变。1984 年，在村支书刘嘉坤的带领下，全村老少齐上阵，连续苦干 5 年，开山整地、种植果木，初步改变了九间棚村恶劣的生产生活条件，解决了温饱问题，也迈出了艰苦创业、脱贫致富的第一步。对于闻名遐迩的九间棚，《沂蒙壮歌》着墨并不多，但在不同章节里数次提及，特别注意了历史与现实的映照，并侧重两点：一是九间棚村以金银花产业为突破口的二次创业，二是九间棚村脱贫后，积极援疆，回报社会。这样的处理，凸显了沂蒙精神的长效与内在，乡村振兴是条长路，沂蒙百姓并不甘心停留在功劳簿上享受已有的荣光，而是不断自我激励、砥砺前行，就像厉彦林说的："沂蒙精神是和时代同步共生的。既是历史的，又是现实的；既是永恒的，也是发展的；既是地域的，也是全局的。"

反贫困是世界性难题，而贫困与反贫困并非单纯的经济问题，更是与各方面利益密切相关的综合性社会问题。能否统筹全局、形成合力，充分发挥政治经济制度的优势，事关脱贫大业的成败。《沂蒙壮歌》紧紧围绕推进乡村振兴的"五大内涵"，以沂蒙山区的脱贫历程为样本，展示了中国特色社会主义政治经济学的最重要的本质；那就是让人民共享发展成果，实现共同富裕。在具体展开时，厉彦林尤其注重从"上层意见和基层意愿如何榫卯？切入点在哪儿？老百姓咋想的？"等角度展开调研和书写，将精准决策、精准方略、加大投入、物质脱贫和精神扶贫两手抓、注重绿色转型和生态扶贫、加强社会动员等党的扶贫精神和政策落在了实处，也落在了细处。读者读后自然明白，"脱贫攻坚"就是新时代马克思主义理论中国化的具体实践，就是先进理论与中国乡土实际的有效衔接。如书中第五章《乡村振兴开新局》和第六章《"三生融兴"沂蒙样板》重在展现沂蒙地区脱贫"重在全面"，坚持生态优先和高质量、高品质发展的优秀经验，均以富有人文意蕴的大问题开篇，引发思考。具体展开时，则兼顾地市层面、乡村基层、国家乃至全球层面，将视线延伸至科技、产业、文化、民俗等多个场域，以散点透视的方式对乡村振兴全面开花的大好形势全景化地予以描述，最后又聚焦到乡村社会治理，借此阐释"中国之制"是"中国之治"的根本支撑这个核心命题。这种写法既体现了作者谋篇布局的匠心，也让被阐释的问题更具有逻辑上的整体性。

就像习近平总书记说的那样，最终决定作品分量的，"就是创作者以什么样的态度去把握创作对象、提炼创作主题，同时又以什么样的态度把作品展现给社会、呈现给人民"。厉彦林牢记"紧跟时代，书写时代，为时代发声"的责任和使命，而这也决定了《沂蒙壮歌》的分量！读完这本书，我们也更加坚定地相信，沂蒙大地的百姓必将在新时代创造出属于他们的更加辉煌的未来！

刊于 2022 年第 1 期《百家评论》

一首全景式呈现沂蒙精神的壮阔史诗

——从作者的三重身份评长篇报告文学作品《沂蒙壮歌》

赵国卿

2021 年 2 月 20 日，习近平总书记在党史学习教育动员大会上指出："在 100 年的非凡奋斗历程中，一代又一代中国共产党人顽强拼搏、不懈奋斗，涌现了一大批视死如归的革命烈士、一大批顽强奋斗的英雄人物、一大批忘我奉献的先进模范，形成了井冈山精神、长征精神、遵义会议精神、延安精神、西柏坡精神、红岩精神、抗美援朝精神、'两弹一星'精神、特区精神、抗洪精神、抗震救灾精神、抗疫精神等伟大精神，构筑起了中国共产党人的精神谱系。"值此举国上下隆重庆祝建党 100 周年之际，山东省著名作家厉彦林推出了自己的长篇报告文学作品——《沂蒙壮歌》，以沂蒙儿女的澎湃心力、党员作家的深邃眼力、文学创作者的如椽笔力，在多重身份的自由转换中跨越地域、时代与文体的局限，全方位、多层次、立体化生动阐释了党的精神谱系的重要一脉——沂蒙精神的丰富内涵与时代价值，书写出一首全景式呈现沂蒙精神的壮阔史诗。

一、 以亲历者身份寻找沂蒙精神。 海德格尔认为，艺术家是作品的本源，作品是艺术家的本源。作为土生土长的沂蒙儿女，厉彦林在 40 余年的创作生涯中，将沂蒙作为永恒母题，在割舍不断的乡情中汲取丰厚的创作滋养。在《沂蒙壮歌》中，作者一次次返回故乡，寻找并发现沂蒙精神的丰富内涵；又跳脱出故乡之外，比对并确认沂蒙精神的独特价值，完成了对"什么是沂蒙精神"的整体建构。

"在我的记忆里，改革开放前，我的故乡——那个地处沂蒙山区东部的小山村，和周围村庄一样，地薄久旱，吃饭困难。也许思想观念显得落后、保守、贫穷，但他们从不抱怨，依旧像土地一样朴实、谦恭，乐观、悲悯。"从用乳汁救伤员的"红嫂"明德英、创办战时托儿所的"沂蒙母亲"王换于到

"沂蒙扶贫六姐妹"、乡村振兴"领头雁"王传喜,从精准脱贫到全面小康,1275 个贫困村全部摘帽、农村贫困人口累计减少 45.1 万人,贫困发生率到 2018 年底基本"归零"……作者努力还原历史现场,为我们呈现出许多具有诗意和史意的细节。由此,他笔下的沂蒙是从未离开的故乡、是充满希望的热土,那样鲜活生动、可亲可爱。相应的,书中的沂蒙精神也是看得见、触得到的,它不仅是口耳相传的革命故事、眼见为实的乡村巨变,更是饱含血与火、笑与泪的英雄赞歌,透过纪实风格浓郁的文字,作者抑制不住的叙述激情于字里行间比比皆是,引人入胜。

虽然对故土爱得深沉,但作者并未沉迷于对沂蒙故事的简单记录,他跳出地域限制、摆脱个别人物,将创作野心和作品主题推向时代精神的场域,从历史、政治、经济、哲学、社会学等不同角度出发,用充满思辨色彩的理性思考梳理沂蒙精神的脉络:"'红嫂精神''厉家寨精神''九间棚精神''商城精神',是沂蒙精神在不同时期凝结出的一粒粒珍珠"。提炼其价值:"沂蒙人民的这种品格和风范,若凤凰在熊熊战火中燃烧涅槃,在改革建设的熔炉里淬炼磨砺,在脱贫攻坚战、抗击新型冠状病毒导致的肺炎疫情等冲锋时刻锤炼提纯,在乡村振兴元年重塑璀璨。"最终,沂蒙精神跨越地理概念,成为党的精神谱系中极具生命力的重要部分,它"既是历史的,又是现实的;既是永恒的,也是发展的;既是地域的,也是全局的",承担着传承红色基因、赓续精神血脉的历史重任,在新时代持续散发夺目光芒。

二、 以党员作家身份溯源沂蒙精神。 习近平总书记用"水乳交融、生死与共"八个字深刻揭示沂蒙精神内涵,将牢不可破的党群关系视作其最鲜明的特征。然而,人民群众在艰难残酷的环境中为什么铁了心跟党走、听党话?党建如何引领经济社会融合发展、美丽乡村建设?作为一名出色的党员作家,作者以马克思主义唯物史观立场,拨开历史迷雾,"探寻沂蒙精神坎坷艰难的发展轨迹和微妙玄通的奥秘"。

人民立场是中国共产党的根本政治立场。以史为鉴,开拓创新,在百年党史视域下审视沂蒙精神,不难发现,稳固党群关系的形成是艰难曲折、饱经考验的,经历了从"无情"到"有情"再到"深情"的过程。作品串联起党在领导人民进行革命、建设、改革过程中坚持人民立场、牢记为人民谋幸福、为民族谋复兴初心使命的动人事例:"枪声就是命令"的钢八连、明确农村党支部地位的"莱西会议"、"脱贫路上绝不掉队"的郑重承诺、脱贫攻坚伟大斗争的胜利……在沂蒙老区的发展巨变中,党始终扎根于人民之中,为了国家富强、民族复兴、人民幸福,英勇奋斗、不怕牺牲、殚精竭虑,终于赢得人民群众的自觉拥护,充分证明了只有中国共产党才是沂蒙精神的引领者、主导者和组织创造者:"没有中国共产党人担当与奉献的政治品格和真心为民的宗旨情怀,也就没有沂蒙精神";"党的红色基因始终是沂蒙精神的根和魂"。《沂蒙壮歌》中,作者将党的初心使命视作沂蒙精神的逻辑起点,唯有此,沂蒙人民"只有共产党才会这样做,共产党真把我们当亲人哪"的肺腑感叹才能划破历史长空,永远高亢。

"人民就是江山,共产党打江山、守江山,守的是人民的心,为的是让人民过上好日子。"这是对党的百年历史经验的深刻总结,也是对沂蒙精神源流更深层次的解读。在《沂蒙壮歌》中,沂蒙精神承载着党的光荣历史,体现着人民群众对党的事业的全力支持,并在不同历史时期反哺了党和人民军队:"在革命战争年代,沂蒙老区人民就听党话、跟党走,420万人口中有120万人拥军支前、20万人参军参战、10万先烈血洒疆场。"有人将自家房子烧掉给八路军烧火做饭,更有人把最后一块布做军装、最后一把面做军粮、最后一个儿子送上战场。摆脱贫困后,又将致富密码无私传授给祖国西部更贫困的同胞,为全面建成小康社会贡献"沂蒙力量"。生长在儒家文化发源地的山东人民,自古就有忠君爱国、侠义豪迈、正直忠厚的美好品格。在作者看来,这种品格造就了沂蒙人民"认死理"的性格特质,也造就了沂蒙人民横下一条心响应中央号召,一张蓝图绘到底,不达目标不收兵的坚定决心。

共产党人全心为民,人民群众忠心向党。作者以高度的政治自觉、超强的政治领悟力,为沂蒙精神的来源问题寻找到合适解答,即一方面是党视人民至高无上的政治立场和为民奋斗的情怀,一方面是沂蒙人民坚定跟党走的执着信念。这也恰好彰显了沂蒙精神与党的精神谱系、与实现中华民族伟大复兴的中国梦的内在一致性,展现出身为党员作家的强烈政治责任感和历史使命感。

三、 以文学创作者身份书写沂蒙精神。 为了尽可能全面地阐释沂蒙精神要义,作者的素材库中不仅积累了形形色色的人物故事,还饱含丰沛的个人情感和对党和国家前途命运的思考。在创作中,他有意打破文体界限,灵活运用散文、诗歌、小说等文体的表述方式，为在新时代如何书写沂蒙精神提供了有益范本。

在叙事策略上，作者采用非线性叙事结构，将素材按照创作需要重新整合，体现了驾驭重大题材的能力。开篇《虔拜沂蒙山》开宗明义，交代党领导下老区脱贫成果，接下来《党是脱贫致富的靠山》《红火日子大家一起过》《乡村振兴开新局》等篇章以空间的位移展示党领导下沂蒙老区脱贫攻坚的伟大实践。在大量的感性材料后，作者以《沂蒙精神红色引擎》这一独立篇章，从历史深处挖掘沂蒙精神的成因、意义和价值，并于尾声处勾勒了《美丽中国沂蒙版面》的生动图景，许下"江山如画"的美好愿望，阐释沂蒙精神新的时代活力。自始至终，作者在过去与现在、感性与理性、旁观者与亲历者身份间反复跳跃，但一切叙事都紧紧围绕"沂蒙精神"这一创作主题，最终绘就沂蒙精神生生不息的壮丽画卷。

在语言运用上，作者大量使用私人化、意象化的诗性语言进行描摹。因为在他看来，沂蒙精神不仅属于老区人民、华夏儿女，更浸润了这片土地的山山水水、前世今生。于是，草木有了灵性，"每棵树和每株草都有生命、有感知，它们坚定地凝望和守护着抱犊崮山区，不亢不卑地绽放生命的姿态和光彩"；原生态的石头屋不再冷冰冰，"石头是有记忆的，为给子孙后代留个念想呀"；苍凉的历史有了温度，"古人的愁绪已飘散，恒定的山河，绽放着明媚的阳光。一路风雨、坎坷和尘埃，掩埋不了百姓勤劳智慧绽放的笑脸"。在诗一样的氛围中，沂蒙精神如夜行人的灯塔，烛照心灵。

在人物塑造上，因为报告文学中的人物只能选择真实人物，所以对于人物的发现和再现，就考验着作者的判断力和艺术表现力。《沂蒙壮歌》中虽然没有贯穿始终的典型人物，但每个人物都极具典型意义，还成功塑造出锻造、传播、弘扬沂蒙精神的人物群像，比如"红嫂"群体、"带着光"的老党员群体、村支书群体、返乡创业青年群体、乡村振兴大潮中的新型农民群体等。正如作者自述："沂蒙红色故事、沂蒙精神的主角是人民群众，是普普通通的老百姓。""许多连名字都没留下。就单独的个体来讲，他们做出的是一件件惊天动地的大事，但作为一个群体，被我们党号召起来、发动起来、组织起来，他们就形成了一种撼人心魄、扭转乾坤、令敌人闻风丧胆的巨大力量。"他们也许算不上"人民的英雄"，但却是中华民族伟大复兴不可逆转的历史进程中真真正正"英雄的人民"!

　　天然的割不断的乡土情感和后天的成熟的政治自觉,让作者在波澜壮阔的百年党史中上下求索,致力于回答沂蒙精神从哪里来、到哪里去,又怎样结合新的时代条件发扬光大的宏伟命题。可以说,一部《沂蒙壮歌》把沂蒙精神写透了、写活了,更写美了。相信只要沂蒙人民的故事还在上演,厉彦林就笔力不竭、创作不止,沂蒙精神就将永远动人、永续传承。

刊于 2022 年第 1 期《百家评论》

新中国历史画卷中的史诗篇章

——评厉彦林《沂蒙壮歌》

王景科

当我接到厉彦林的《延安答卷》和《沂蒙壮歌》两部沉甸甸的大作时，不由得为之震撼。《延安答卷》由党建读物出版社于 2020 年 8 月出版；《沂蒙壮歌》（《人民文学》2021 年第 7 期头条首发）由山东文艺出版社于 2021 年 10 月出版。这两部加起来近 50 万字的大作的出版是在前后一年多的时间里，正是这位已过六十岁的写作者，凭着他的"一种信仰""一种人生态度"，在"每当夜深人静，别人酣然入梦时，我依然挑灯夜战，甚至夜不能寐"。报告文学《沂蒙壮歌》之所以洋洋洒洒，挥笔自如，其根本原因在于作者生于斯长于斯，作为沂蒙山水养育的儿子，他有着沂蒙山人民的血脉和基因，"心血和汗水化作有生命的文字，伴随感情的清泉和感动的泪水欢畅地在心灵流淌"。厉彦林是以散文写作而著名，他那部根植于沂蒙大地的散文集《地气》中的篇章如诗如画，不仅仅是真情的抒发，更是激情的挥洒。《沂蒙壮歌》正是他在多年散文创作基础上的一种厚积薄发！他的写作激情如泉涌般汩汩而发，尽情流淌，让读者目不暇接，达到了"行到当行而行，止到不可不止"的境界。

茫茫蒙山象征着临沂人民大气、豪爽与雄壮的气概，滔滔沂水象征着临沂人民劈波斩浪、勇往直前、敢于开创的精神。大沂蒙正是在中华民族这块有着五千年深厚历史积淀的、中华民族精神铸就的、独立于世界之林的肥沃土地上的一颗璀璨的明珠。《沂蒙壮歌》正是为读者展现了在沂蒙大地上，中华民族的血脉代代相传，沂蒙山人民万众一心、赴汤蹈火，为着国家的富强、民族的复兴，英勇顽强地拼搏着、战斗着、生活着，谱写着一代又一代的辉煌历史，挥洒着一代又一代的民族热血，成就了今天的大国雄姿，这正是中华民族的骄傲和自豪！而沂蒙人民的英勇、顽强、不屈不挠正是中华民族精神的历史缩影。其中蕴含着沂蒙人民深远的历史记忆和艰苦奋斗、不怕千难万险的痛苦经历，更充盈着中国人民传统文明和心理智慧的无穷力量。

从现实深入历史的叙写，以现实生活为导向反思历史进程，在中国历史的长河中梳理出可以传承发扬的中华优秀传统文化和伟大的沂蒙精神，深入挖掘其中蕴含的"军爱民、民拥军"的思想观念、家国情怀及舍小家顾大家的人文精神、扬善惩恶的道德规范，让沂蒙精神与新时代接轨，使沂蒙精神展现出惊人的魅力和时代风采。无论是叙事、议论、说理、点评，都生动阐释了沂蒙精神和沂蒙人民那英勇顽强、奋斗不息、诚实质朴的文化内涵和大善大美的人文情怀，展示出沂蒙人民根植于蒙山沂水这方热土上的深厚传统文化积淀。这种厚度生根于儒家文化的滋养之中，是任何别国不能拥有的，也是中国人民、沂蒙人民所独有的。对此，作者所采取的白描式的演绎、生活式的呈现、开放式的选择、在场式的叙写、对话般的言说、通俗式的讲理，让读者如见其人、如闻其声、如临其境。这种立体化的展现不仅有新闻报道式的亲切感，而且不失文学创作的艺术性。特别是后者，这种艺术性与作者长期进行散文创作是密不可分的，也展现出作者驾驭重大题材举重若轻的经验才能，更体现出作者对生他养他的故土、对革命老区人民那份炽热的真情，以及对党和国家提出的精准扶贫政策的坚定信念。

作者通过无数次的现场采访、实地考察和查阅众多的相关资料，运用大量的第一手材料及大数据，并利用相关的真实照片还原了沂蒙人民通过自己的努力、创新，推动社会发展、生活提高、思想进步的真实背景与生动细节。在讲述一些动人心魄的故事以及人民实干的过程时，真实具体地还原了他们立体化的日常生活，展现出一幅幅时代画卷，既有鲜活动人的风景画，又有平常亲切的风俗画；既有令人遐想的写意画，又有感人肺腑的风情画。这些沂蒙人民的亲身经历和奋斗历程，不仅是革命老区人民的拼搏奋斗史，而且从某些方面折射出了一个现代化大国崛起的艰难历程。这就是革命老区的时代新景！这就是沂蒙人民和着时代的节拍奏出的壮歌！这正是中华民族追梦路上的实干精神，也是民族复兴大业中彰显出的骨气所在！这些可歌可泣的故事或事件能够给我们以深刻的启示，同时也激励我们及我们的后代学习沂蒙人民的苦干创新之举，不断发扬沂蒙精神。榜样的力量是无穷的，让我们在实现第二个百年的进程中，在民族复兴大道上更加斗志昂扬，阔步向前，砥砺奋进！

在内容上，《沂蒙壮歌》恰到好处地做到了现实情景与历史画面的巧妙结合。从历史到现实，作者将沂蒙人民在抗日战争和解放战争中的英勇顽强斗争以血与火的画面展现出来，以鱼与水的情怀叙写出来，又描绘出具有现代气息的风景画卷、风俗画卷和时代画卷，从而以多层面、多途径、多角度、多方法的丰富充实的整体性来反映客观的真实性。

在广度与深度的结合上，作者从广阔的视野中寻觅着他所要叙写的自然风物与历史横断面，从中挖掘出富有深意的历史经验和现代实践，使二者巧妙地紧密相连。在宽度与厚度的把握上，作者跨越地界，穿越时空，纵横捭阖，任才思如天马行空般尽情挥洒，将沂蒙大地结合国家版图，让中国历史融入世界潮流，做到以小见大，以局部见全局。从这种宽度与厚度的交织中可见作者思辨能力之强。

作品所涵盖的历史有100多年的时间跨度，体现出作者将历史和现实相互映照，进行反思的力度，对生活与信仰进行分析思辨的深度，对全面与局部进行叙说的广度，对地域与村落描写的宽度，对人物与事物探索的厚度。这些都体现出作者那敏锐的目光、善于思索的灵性、勤于动脑的感性及他善于观察、善于分析、善于思辨的才能。

在形式上，本书以多种方式展示出作者书写的不同角度，思考的不同维度。作者在对社会观察思考的基础上，表现出鲜明的个性、独立思考的力度与书写的自信从容。作品接地气、表民意、抒真情、发新思，描绘出沂蒙山老区具有时代特色的地域风情，具有浓重强烈的时代气息，真是满目风光！从中可以看出作者创作中的时代感与在场感，那种敢于担当的使命感。

在思维上，作者在行文中经常变换叙写的角度，有时以第三人称解说的方式出现，有时以第一人称在现场讲述，给读者以亲切感、真实感和在场感。特别是在语言的运用上，既有报告文学常见的报道语言，更有富有文学色彩的艺术语言，还有乡间俚语和通俗语言的穿插，使读者感到行文既有一定高度的文学色彩、富有散文化的诗意表达，又有接地气的家常话语。

作者在作品中运用逻辑思维，将脱贫攻坚战与乡村振兴作了透彻深入的分析，"沂蒙革命老区的厉家寨、九间棚村，发生翻天覆地变化的原因就在于此。通过脱贫攻坚，使贫困人口找准病因、对照差距、树立信心，同贫困顽疾做斗争，走出大山、冲出重围、奔赴小康之路"。"脱贫攻坚战为乡村振兴奠定了良好的经济、社会和群众基础，而乡村振兴又为解决相对贫困提供了重要平台和有力支撑。只有乡村振兴了，相对贫困问题才能根本解决。""经过这一轮精准扶贫，乡村基础设施整体提升很大，未来更需要巩固和保障它的成果，让已脱贫的低收入群众减少遭遇疾病和灾难的返贫风险。"

作者发挥形象思维，将沂蒙人民比作漫山遍野的野草，"沂蒙人民很普通，很平常，就像漫山遍野的野草，在山前，山后，田畦，房跟，路旁，河边，沟底，石缝等顽强自由地活着。近看有形，远看有影。扎根贫瘠山地，默默生长，微笑着面对所有风雨雷电，在微风里摇曳，散发着淡淡的清香，尽自己微淡的色彩装扮群山和河滩，从屋前、山脚一直到山顶，浩浩荡荡，绵绵不断。镰刀可以割头，锄头可以斩根，但依然顽强地活着。或为饲料，或为肥料，或为灶柴。一旦有火种，就会燃起冲天大火，排山倒海，势不可挡。"

作者以满腔的激情、严密的思考、真诚的言说、灵活的表述，将沂蒙地区的山山水水、村村落落、男女老少、干部群众、脱贫攻坚、乡村振兴等都打上了时代的烙印，彰显出其历史积淀和前进不停的开拓奋斗精神。让读者深深感到在新中国历史的画卷中沂蒙精神在这片土地上照亮了沂蒙人民生活的每一个角落，其波澜壮阔的情景为世所少见，从中可以感到沂蒙精神确实为蔚为大国历史中一首史诗般的诗篇，"出师一表真名世，千载谁堪伯仲间"。作者以强烈的历史使命感和作为沂蒙之子的历史担当，挥洒出的历史画卷可谓洋洋大观，让读者在阅读中感受到作品中洋溢的正能量、真情感，充满浩然正气！

作品的创作有着大情怀、大场景、大手笔，既有宏观上大场景拓展开来的广阔画面，又有微观上的细腻描摹、深度抒情、娓娓道来的真实细节。这种创作方式既突破了过往报告文学的创作套路，又有文学创作上对艺术水准的适度把握，为报告文学创作品质的提高提供了创作实践上的典范。之所以如此，正是因为作者"跳出传统的写法，以宏观视野、平民视角，底线思维，换位思考，满怀深情地去关注和感受饥饱、冷暖、喜忧这些牵肠挂心的事情，用善意的眼光和良心的笔触去探寻他们的成长发展的轨迹和内心的波澜，发现闪动的思想火花和戳痛心灵的瞬间。这次文学创作，对我个人来说也是一次人生实践、生命体验、心灵重塑和精神提升。"

据相关消息，中共山东省委党校和山东省干部学院都将《沂蒙壮歌》作为公共教材。该书出版的另一个重要意义在于，当时正是党的十九届六中全会精神的集中培训时间，因此本书不失为一部生动而深刻的鲜活教材，为读者提供了一种新鲜的阅读体验，也为报告文学的创作提供了一个意蕴丰富的参照图谱。让红色基因幻化成人民的奋斗精神，让红色精神武装人民的灵魂！

《沂蒙壮歌》的成功和感染力来自作者以"党的立场、百姓的心"进行创作的理念，这也是作者所"坚守的价值标尺"。"为百姓谋福造福，为国家排忧解难，为子孙立标树杆"是沂蒙大地上的党员和群众高尚人格的具体体现，无论是"沂蒙母亲""沂蒙红嫂""沂蒙六姐妹"还是"沂蒙红哥"等的英模事迹，都是作者创作的动力和书写的源泉。作者在查阅了许多相关历史文献著作的基础上又深入调查、采访，最终成文 32 万字的《沂蒙壮歌》，真实记录了沂蒙革命老区打赢脱贫攻坚战后迅速展开乡村振兴新蓝图的感人故事，既讲好了中国故事，又讲好了沂蒙老区的新故事，彰显出革命老区的人民在时代巨变中的思想逻辑和发自内心的动力。"脱贫不忘扶贫人，致富全靠党指引。他们听党的话，跟党走"，描绘出了新时代一幅壮丽的史诗画卷。

站在建党百年的历史关口，观望百年荡气回肠的历史画卷，那一串串带有红色基因的难忘故事与无数革命先辈的流血牺牲，铸就了光耀天地的井冈山精神、遵义精神、延安精神、西柏坡精神、沂蒙精神，这些闪亮不止的精神在中华民族伟大复兴的进程中，仍然鼓舞着我们不忘初心、奋勇进取、开拓向前，去迎接第二个百年的中华民族的伟大复兴！

刊于 2022 年第 1 期《百家评论》

凝聚精神力量　抒写时代华章

——评厉彦林长篇报告文学《沂蒙壮歌》

李毅然

　　《沂蒙壮歌》是山东作家厉彦林继《延安答卷》之后推出的又一部长篇报告文学。该书全景式记录了沂蒙老区人民在中国共产党的坚强领导下传承和发扬沂蒙精神，在镌刻着红色印迹的土地上谱写出的"打赢脱贫攻坚战，实施乡村振兴战略"的壮美华章。作者把目光聚焦在沂蒙山区普通百姓身上，书写中国当代山乡巨变，透过平凡的生活再现农民的生存图景和历史命运。作品在沂蒙精神的与时俱进、精神特质以及思想启迪三个维度上，体现出作家对精神力量和时代的思考，是记录当代脱贫攻坚和乡村振兴不可多得的艺术样本之一。

　　该书在对沂蒙老区的发展史进行追溯和讲述的时候，不仅展现出沂蒙精神形成发展闪光聚焦的因素和历史轨迹，而且褒扬了沂蒙精神与时俱进的鲜明品质。革命战争年代里，沂蒙精神主要表现为对党和军队无比忠诚和热爱、对共产主义信仰无比坚定，勇于牺牲、甘于奉献的精神底色；新中国成立后，沂蒙精神主要表现为自强不息、艰苦奋斗的良好作风；改革开放以来，沂蒙精神既体现了艰苦奋斗、埋头苦干的优良传统，又彰显了锐意进取、开拓创新、敢为人先的精神风貌。"人无精神则不立，国无精神则不强。"正是这种在战火中孕育、在和平中成长壮大的沂蒙精神，极大丰富了民族精神和时代精神的内涵，成为中国共产党人精神谱系的重要组成部分，激励着沂蒙老区人民不断攻坚克难，从胜利走向胜利。

　　从《沂蒙壮歌》的主题意旨来看，其关注的核心是脱贫攻坚与乡村振兴有效衔接中的发展与进步，很大程度上阐释了"民族要复兴，乡村必振兴"，为新时代的"美丽中国沂蒙版面"增添了宏伟壮丽的色彩，同时也充分展现了沂蒙精神与时俱进的一面。作者着重讲述了沂蒙革命老区的核心区临沂市实施精准扶贫、全力打造乡村振兴齐鲁样板"沂蒙特色"的奋斗历程，呈现出脱贫攻坚和乡村振兴有效衔接以及持续提升的良好态势。一系列举措充分反映出沂蒙老区在脱贫攻坚与乡村振兴有效衔接中亮点频出，呈现出强大的生机与活力，探索出了一条独具特色的农业农村现代化发展新路。

《沂蒙壮歌》以党的百年奋斗史和沂蒙老区的历史文化、革命思想、爱国思想、民族思想、人道思想、经济思想等为叙述经线，以老区人民的不懈奋斗为纬线，从经纬交织中透视出"水乳交融，生死与共"的沂蒙精神特质，蕴含着"江山就是人民，人民就是江山"的哲思，使作品拥有鲜明的历史演进性、主体自主性以及时代创新性。

首先，作者通过敏锐细腻的思维、大气磅礴的笔调和严谨务实的态度，将笔触落到沂蒙老区脱贫史的深处，努力彰显"脱贫致富奔小康"的奋斗历程及其重大意义，揭示一个先进政党如何践行"为人民谋幸福、为民族谋复兴"的初心使命，使沂蒙老区人民的生活从温饱不足迈向小康富裕。作者将沂蒙老区这些年的实践经验客观地展示出来，概括出"坚持'两面一线'，彻底把'穷根'铲断"，进而揭示了沂蒙老区的扶贫发展史，实质上就是一个由低层次扶贫向高层次扶贫阶梯式探索和递进的伟大进程。这个进程，让人们深刻认识到新时代的中国人民在党的领导下如何攻坚克难，创造了人类发展史上的脱贫奇迹，彰显出中国特色社会主义制度的优越性，体现了党对人民的庄严承诺。其次，作者在长期积累资料的基础上，为读者呈现出朴实而坚毅、平凡而伟大的新时代先进沂蒙人民群像。他们中有冲锋在前、勇挑重担的扶贫干部王玉威，有顽强拼搏、倾力奉献、扶危济困的"沂蒙扶贫六姐妹"，有贫困残疾人赵娟的同时考上研究生、利用假期为村民开设学习班的两个女儿，有返乡创业、带动乡亲们发家致富的一群有志青年，有"一对一"帮扶孤贫儿童的临沂"孤贫儿童志愿者服务团"的志愿者们……这些鲜活事例和典型人物跃然纸上，生动感人，突出了沂蒙百姓"铭记党恩、永远跟党走"的心声，彰显了沂蒙精神在新时代的传承与发扬，及其为沂蒙老区可持续发展注入的不竭精神动力。

《沂蒙壮歌》开篇便写道："中华民族千百年来的绝对贫困问题，已在2020年历史性地画上句号，这是令世界刮目相看的伟大成就，是让国人骄傲自豪的特大喜讯！"毫无疑问，这是最接地气、最具豪气的"新时代中国故事"，无论是过去、现在还是将来，这都是中国故事中不可或缺的部分。该书之所以具有独特的艺术魅力和审美价值，更重要的还在于其中蕴含着"党的立场、百姓的心"。作品既饱含着作者对党、对沂蒙父老乡亲的忠诚、敬畏和感恩，又饱含着游子对故乡旧貌换新颜的个性化体验与抒唱，切实达到了"情深而文明，气盛而化神"的境界。如果说厉彦林用心去体验作家的现实职责和使命，努力传递报告文学应有的精神力量，展现时代风貌，那么读者用心去读，则能加深这样的理解：沂蒙山早已矗立在沂蒙儿女乃至全中国人民的心中！这无疑是一次陶冶情操的心灵之旅，能够帮助读者构筑健全的历史记忆和精神信仰，扬起精神求索与民族复兴的奋进风帆。从这个意义上讲，《沂蒙壮歌》的确引领读者穿越时空隧道，经历了一场现代的启迪。

纵观《沂蒙壮歌》，这是一曲人类摆脱贫困落后、奔向幸福生活的新时代凯歌，体现了党、国家和人民群众无愧于时代的召唤和需要，凝聚磅礴的精神力量，共同书写新时代伟大事业的精彩华章，也为人类减贫进程贡献了更多的中国经验和中国力量。由此而言，读懂了这部书，便读懂了沂蒙精神的新内涵、新价值，读懂了沂蒙老区在新时代高质量跨越式发展的新蓝图，也便读懂了新时代中国故事的重要篇章。

刊于 2022 年 7 月 8 日《文艺报》

弘扬新时代的沂蒙精神

——读长篇报告文学《沂蒙壮歌》

魏然森

从播撒革命火种到唱响抗击侵略的英雄壮歌，沂蒙人民于蒙山沂水间铸就了伟大的沂蒙精神。

继《延安答卷》之后，生于沂蒙、长于沂蒙的作家厉彦林又以一部厚重的《沂蒙壮歌》，书写了新时代的沂蒙精神。作品用散点透视法，全景式展现了沂蒙革命老区脱贫攻坚、乡村振兴的宏大历程，同时嵌入了沂蒙精神形成与发展的历史脉络，从革命战争年代到全力推进乡村振兴的当下，对沂蒙精神内涵的延展、红色血脉的延续、时代价值的取向几个方面，均做了详细的梳理与真切的呈现，创作了一部弘扬沂蒙精神、发展沂蒙精神、提振沂蒙精神的精品力作。

仔细捧读《沂蒙壮歌》，感觉有以下几个特点：

其一，紧扣时代脉搏。作家立足"脱贫攻坚、乡村振兴"这一伟大历史性命题，展现了沂蒙人民在新时代坚持党建引领、不忘初心、勇于奉献、敢于实践的精神风貌，奠定了本书立意与主题抒写的大基调，展现了党的群众路线的重要价值与地位，以及党群同心、血脉相连的依存关系。

其二，采访深入扎实。作家走进乡村田野，踏遍故乡青山绿水，以大量的人物采访及资料查阅为基础，笔下的人物从红军到红嫂，从老党员到年轻干部，从重要领导到普通群众，一个个形象鲜明、个性突出。作者以独特视角，亲和、自然、贴切地叙述他们的命运和故事，既有从里至外的真诚与坦诚，也有字里行间的感动与思索。

其三，情感饱满热烈。厉彦林对生于斯长于斯的这片土地充满了深沉的爱。当他拿起笔来书写这片土地时，笔端倾注了全部的真情、热情与激情。因此，所有文字都有着恒久的温度和诗意的抒发，所有的情节都感情饱满、动人心弦，更不乏一个个令人热泪盈眶的篇章。捧读作品，仿佛在与作家的心灵进行近距离对话，听得见怦怦的心跳，望得见满眼的泪花。作品具有很强的艺术感染力。

其四，手法匠心独运。厉彦林处理素材的能力让人感佩。写这部作品如同拍摄纪录片，之前获取了数以万计的素材，如何使用则是体现作家能力水平的关键。厉彦林独具慧眼，在浩如烟海的原始素材中挑金拣玉，构筑起一座光芒四射的大厦。我们进入这座大厦就会发现，作品是那样匠心独运。他让沂蒙精神交汇在历史与现实之间，让大量细节与生动事例交织，让描写、抒情、议论相生相发。作品谋篇布局丰满充盈，内容行云流水，令人叹服。

其五，注重经验总结。这样一部用心之作，它的价值不单在于文学本身的意义，还有作家对沂蒙老区乡村振兴探索与开拓理念的挖掘，以及对新时代乡村振兴机制的有机凝练与概括，这些都为今后探索乡村振兴发展道路提供了有益的借鉴与参考，也为后来者提供了发展的模板与蓝图。

其六，着眼精神传承。伟大的沂蒙精神是中国共产党领导下的沂蒙人民经过长久的锻造与锤炼产生的，它需要不断被赓续与提振，厉彦林的这部《沂蒙壮歌》正是承载了这样一项重要任务。作家在文本叙述中进行了自觉的阐发，通过大量人物的成长经历、思想意识的转变与升华，让沂蒙精神有了历史的纵深感与时代感。沂蒙人民创造的辉煌昨天与今天的脱贫攻坚、乡村振兴成就相互呼应，闪烁着耀眼光芒。

《沂蒙壮歌》是一曲雄浑、昂扬、奋进、激荡人心的壮歌，是从八百里沂蒙大地上谱写出来的主旋律，是新时代、新内涵、新特征的高音部，是宣传新时代沂蒙精神的优秀之作。

刊于 2022 年 6 月 11 日《解放军报》

书写新时代的沂蒙故事

——读厉彦林《沂蒙壮歌》

贺彩虹

近日，山东作家厉彦林最新创作的报告文学《沂蒙壮歌》在《人民文学》2021年第7期头条刊出，作品以宏伟的气魄、翔实的资料书写了沂蒙山人民在党的指引下取得的巨大发展成就，全景展现了沂蒙精神在新时代迸发出的推动力量，深度思考了走向乡村振兴的现代密码，生动诠释了"江山就是人民，人民就是江山"的深刻论断。

沂蒙是一个让人一提起就热泪盈眶的地方，在战争年代，无私的沂蒙山人民谱写过一曲曲波澜壮阔的英雄战歌，渊子崖抗战、沂蒙红嫂、沂蒙六姐妹等故事深入人心，在芭蕾舞剧《沂蒙颂》、电影《沂蒙六姐妹》、电视剧《沂蒙》、大型民族歌剧《沂蒙山》等各种文艺作品中熠熠生辉；新中国成立之后，沂蒙人民持续弘扬沂蒙精神，在社会主义建设史上谱写了新的篇章，厉家寨、九间棚等地的发展传奇广为流传，李存葆、王光明的报告文学《沂蒙九章》塑造了刘振亚、刘加坤等社会主义建设新时期的英雄群像。而作家厉彦林站在新时代的发展交汇点上，用自己的脚步丈量沂蒙，用崭新的视角观照沂蒙，经过深入调查走访，用真实的数据、直观的感受书写了沂蒙的现在进行时，用一个个充满泥土气息的地名、人名和农作物名等描画了具有红色基因的沂蒙地理志和沂蒙发展史。

抱犊崮下的双山涧村，拥有八路军———五师纪念馆等红色资源，如今发展乡村旅游，发展蔬菜种植产业，已远近闻名。沂南县孙祖镇东高庄村是红色歌曲《跟着共产党走》（又名《你是灯塔》）的诞生地，如今村里原有的贫困户已经全部实现"两不愁三保障"。沂蒙山遍布着红色教育基地，而今都在奋力建设为绿水青山的美丽乡村。这可喜的发展变化既是党的期盼，也是人民的向往。沂蒙是《跟着共产党走》这首歌诞生的地方，也是军民水乳交融、生死与共铸就沂蒙精神的地方，正是有了红色基因的代代传承，才让党的指引深入人心。"听党话、跟党走"深深镌刻在沂蒙人民的骨子里，从战争时期的无条件支持到新时代的紧紧追随，党带领人民不断走向幸福美好的新生活。沂蒙这片热土永远让人满含期待，永远让人热血沸腾。也正因此，沂蒙不再只是一个地名，而成为一种精神，一种基因，成为党的精神谱系中光辉的一页。正因为对沂蒙精神的深入挖掘和当代书写，《沂蒙壮歌》也区别于其他脱贫攻坚题材的文学作品，从而具有了独特的价值。

作家厉彦林来自沂蒙，熟悉这里的山山水水，亲近这里的一草一木，更了解这里勤劳朴实的人民，《沂蒙壮歌》在书写沂蒙发展故事的同时也塑造了新时代沂蒙人的群体形象。兰陵县县委常委（挂职）、代村社区党委书记，村委会主任王传喜"凭着一股子傻劲"，带领党员群众把曾经负债四百万元的村子发展为年集体经济总产值达三十亿元的先进村，他敢为人先、勇于开拓的精神令人赞叹。沂南县马牧池乡东辛庄村一百零四岁的"沂蒙红嫂"张淑贞去世之前手里还攥着一枚党徽，叮嘱女儿要一辈子跟党走，奉献一生的老人对党的永恒信念让人崇敬。莒南县十字路街道戴家扁山村的残疾人赵娟出生于抗日模范家庭，全家有五位"地下党"，她抱着不能给"地下党"丢脸的积极心态，在政策资金等资助下建起了蔬菜大棚，并坚持让两个女儿读书成才积极回馈乡里，她自强不息、积极奉献的精神和对革命家庭红色家风的传承催人奋进。出生于沂源县桃花岛龙子峪村的董方军拼搏本已离乡多年，居京并取得商业上的成功，却仍眷恋着故乡的山水，回到家乡用艺术和文化活化乡村，用真诚和汗水建造梦想中的"世外桃源"，带动周边贫困村走向富裕美好的生活。他这种高瞻远瞩的意识、造福乡里的精神值得我们学习。一代代人的传承推动着沂蒙地区的不断发展，一个个鲜活的案例让人感动不已，而在创作时作家并未将书中的人物视为高高在上的英雄，而是将他们作为一个个平凡的普通人去看待，关注他们的生活，走入他们的内心，树立起平凡而伟大的沂蒙人群像。正是这些普普通通的劳动者，用父辈的热血和祖先的遗传密码直面生活中的风雨，在祖国的大地上书写着奋斗的篇章。

抚今追昔，不忘来时路；知往鉴今，更攀明日峰。打赢脱贫攻坚战并非终点，而是全面推进乡村振兴的新起点，沂蒙人民满怀豪情，用智慧奏响美好未来的序曲。作家在历史与现实的交汇中面向未来，将临沂市乡村发展和振兴的经验进行了精准总结，为了实现农业强、农村美、农民富的目标，将生产、生活、生态"三生融兴"，农业的发展走上快车道，"吃饭农业"向更注重质量和效益的"品牌农业"迈进，"汗水"农业、传统农业开始向机械、智能、智慧农业转向，农民的生活水平和生活质量也得到了大幅度的提高。走可持续发展道路，将生态提到重要位置，"给子孙后代留下天蓝、地绿、水清的生产生活环境"，彻底改变之前高耗能、高污染、资源型的企业发展方向，走绿色循环低碳发展之路，打造绿水青山的美丽家园。作者以"硬件先行，支部顶天，治理断后"高度概括了乡村振兴三个发展支点，从基础设施建设、支部人才培养、基层乡村治理等方面对乡村发展振兴总结出切实有效的推进措施，体现出强烈的社会责任感和书写当代故事的担当精神。

在新时代，沂蒙不仅仅经济得到了发展，文化建设也同样取得了令人瞩目的成绩。除了为我们所熟知的红色文化，沂蒙地区的传统文化和民间文化积淀也颇为深厚，作家用诗人之心熔铸了多重文化资源，强调乡村的振兴不仅仅只是物质的丰盛，更重要的是文化的振兴和精神的恒久。在沂蒙地区，每一个乡村的发展振兴都离不开文化的助力，而正是这文化的滋养让一代代沂蒙人坚守信念，开辟出了属于自己的天地。沂蒙各地具有历史涵蕴的红色文化教育基地，是中国人民的精神家园、中华民族的精神高地。而"山岭，梯田，山路，小桥，溪水，树木，庄稼，秋草，牛羊，房屋，弯把犁，赶牛调，土地庙；太阳，月亮，炊烟，锣鼓乡戏，嫁妆；高跷，唢呐，秧歌，对联，窗花，鞋垫，舞龙狮……"这些充满民俗文化气息的风光和景物，承载着乡亲们难以割舍的文化乡愁，是生命发展的根脉。沂南县竹泉村村民绕泉而居，田园牧歌般的生活尽显沂蒙民俗风情，而蒙阴县椿树沟因舌尖上的煎饼而走红，那别有风味的煎饼正是沂蒙饮食文化的标志。在沂源沂河源田园综合体的桃花岛核心区，建有与国际接轨的博物馆、艺术馆、文学馆。龙子峪村建起了哲学小道，还将建起观天台和"墨"两座地标性建筑，优秀传统文化在昔日的田间地头悠然可见，往日只会土里刨食的乡亲们能与高校学子一起读论语、品哲学，这美好的场景真令人神往。在这里，传统和现代的交融产生了聚变的力量，艺术和文化活化乡村走出了新路径。

厉彦林满怀对故乡的深情，热切地注视着沂蒙这片英雄的土地，曾经的遍地传奇，如今的凯歌高奏，都令人为之惊叹。作家用理性之笔梳理历史经验，用情感之笔铺衍美好生活，用文化之笔书写壮丽诗篇。文质皆美，情理兼具，从现实出发书写出了属于新时代的沂蒙新史诗。

发于 2021 年 8 月 15 日新华网

为人民抒怀　彰文化价值

——评厉彦林的《沂蒙壮歌》

杨建刚　邱　键　张林轩

　　文学是在受经济、政治、社会影响所形成的整体语境中生发形成、集多种价值于一体的特殊文化现象，具有引领时代风尚的独特价值。文学要服务人民、反映人民心声，这不仅是党的要求，也是决定我国文艺事业前途命运的重要元素，因此，文学创作只有以人民为中心才能体现应有的价值，而不是与现实隔离的"审美乌托邦"。厉彦林的散文写作以沂蒙为文学故乡，以沂蒙人民的生活为描写对象，体现出鲜明的人民性。他的《春天住在我的村庄》《赤脚走在田野上》《地气》等专著、《人民》《故乡》《沂蒙山》等散文就是通过对沂蒙人民生活的忠实描写，表现出对沂蒙人民的真挚感情。而其新作《沂蒙壮歌》有更大的推进，他不是以沂蒙人民革命时代的伟大事迹和革命精神为对象，而是以写实主义的手法，通过对新时代沂蒙人民在脱贫攻坚及乡村振兴中的奋斗精神、实际经验和伟大实践的忠实书写和细致描绘，谱写出"沂蒙精神的一曲新的时代颂歌"，展现出新时代文学的"现实主义的伟大胜利"。这部作品紧扣脱贫攻坚和乡村振兴中沂蒙人民的时代需求，书写了共产党人信仰的精神指向，讴歌了沂蒙人民在新时代奋斗历程中显示出的美好品质，展现了新时代文学应有的价值导向和使命担当。

　　一、　彰显新时代共产党人的信仰力量。　信仰是一个人言行所承载的世界观、价值观的总称。共产党人的信仰是实现共产主义，在新时代就是为中国人民谋幸福，为中华民族谋复兴。脱贫攻坚和乡村振兴伟大实践正是新时代共产党人信仰的具体体现，厉彦林通过书写沂蒙的实践彰显了这一伟大力量。他认为："信仰是贯穿在言行之中的一种意识规范和高度自觉""信仰是决定一个民族、一个政党凝聚力、战斗力和竞争力的核心指数，是战胜艰难困苦和疾病的精神支柱。"他之所以坚持现实主义的写作手法,把沂蒙精神和革命情怀作为其文学书写的核心,就在于其所坚守的一个党员应有的信仰。厉彦林的人生信仰来源于沂蒙精神,作为一名党员作家,他对信仰的文学书写构建在对沂蒙精神研究、阐释、实践和弘扬之中。习近平总书记曾深刻指出:"沂蒙精神与延安精神、井冈山精神、西柏坡精神一样,是党和国家的宝贵精神财富,要不断结合新的时代条件发扬光大。"并要求山东省委进一步做好挖掘、阐释、弘扬工作。厉彦林在《沂蒙壮歌》中对"沂蒙精神"的内涵与外延做出了自己的思考和解读。他认为,沂蒙精神凸显了党和人民两个主体的价值和地位,可以将其归纳为"党群同心、忠诚忘我、攻坚克难、生死与共"。党群同心是逻辑起点和初心宗旨,忠诚忘我是家国情怀的思想境界和特质,攻坚克难是勇往直前的精神状态和责任担当,生死与共是矢志不移的政治追求和目标。厉彦林以近现代以来的革命史、社会主义建设史和改革开放史为线索,诠释了沂蒙精神的理论高度和实践深度,彰显了信仰的力量。

彰显新时代共产党人信仰的力量是《沂蒙壮歌》的核心主题。信仰问题贯穿全书,尤其在《沂蒙精神红色引擎》一章进行了集中书写。这一部分独立成章,又与其他章节交融在一起贯穿全书。厉彦林在这一部分中对沂蒙精神的成因、表现、嬗变、价值意义进行了科学阐释,对沂蒙人民为什么铁心跟党走做出了深入剖析,通过书写"枪声就是命令""先救老百姓的命""沂蒙人民用小米供养革命""沂蒙母亲养育革命后代"等感人事例,诠释了沂蒙精神的"前世今生"。一方面,党始终把人民生死安危放在首位、为人民利益承受冲锋和献身风险,没有党的政治品格和宗旨情怀就没有沂蒙精神。另一方面,沂蒙人民认定党和人民军队是讲奉献敢担当的,是为穷人谋利益的,能够让沂蒙人民在经济、政治、文化等诸多权益上翻身做主人,所以沂蒙人民对党和人民军队的感情一直炙热、滚烫,从而形成了"水乳交融、生死与共"的亲密关系。

沂蒙精神是沂蒙人民创造一个个"人间奇迹"的核心"密码"。革命战争时期,沂蒙人民用乳汁救伤员,踊跃参军、倾家支前,用小米供养革命,党的队伍打到哪里,独轮车和担架就跟到哪里;在社会主义建设时期,沂蒙人民自力更生、艰苦奋斗、不惧万难、建设家园,涌现出了厉家寨、王家坊前村、高家柳沟等一系列闻名全国的先进典型;改革开放时期,沂蒙人民把握时代脉搏、锐意进取、开拓奋进,又涌现出九间棚村、沈泉庄、临沂商城等典型;在新时代脱贫攻坚和乡村振兴中,沂蒙人民再吹"冲锋号",再击"奋进鼓",

振奋精神再出发，咬定青山不放松，不达目的不收兵，攻下一个个"难关"，啃下一个个"硬骨头"。一代代沂蒙人的努力奋斗，不断为沂蒙精神注入新的时代内涵。

厉彦林是沂蒙精神的传承者、笃行者、传播者。他出生在沂蒙山区一个偏僻的小村落，他的出生地、成长地，就是沂蒙精神的发祥地。厉彦林的祖辈、父辈以及父老乡亲是革命战争的亲历者，是社会主义改造和建设的参与者，更是沂蒙精神的缔造者。作为沂蒙人的后代，厉彦林也是社会主义建设、改革开放和新时代的见证者，在父辈言传身教的耳濡目染中，沂蒙精神的基因密码已经融入了他的血脉和灵魂，内化为个人品质特征，转化为他坚定的人生信仰，升华为他的人生观、价值观、世界观，成为他为人为文的"源头活水"。厉彦林是沂蒙精神的文学传播者，近三年来，从为山东援疆女兵群体立传的《大爱无涯》、体现忧患之思的《向泥土致敬》《生态赞歌》、讴歌延安人民脱贫攻坚的《延安答卷》，到展现新时代沂蒙精神新内涵的《沂蒙壮歌》，厉彦林凭借不懈创作成为沂蒙人对沂蒙精神文学书写的新坐标。

作者信仰不同，其价值观、历史观也就不同，在不同作者笔下，史料的组合会呈现出不同的风貌。《沂蒙壮歌》源自一个有信仰的作家内心对沂蒙的感恩和敬畏，以及贯穿沂蒙历史的深邃思考。《沂蒙壮歌》让沂蒙那些渐行渐远的历史重新"活"了起来，厉彦林笔下那些蕴含哲理、富有生命温度的文字，凝结起沂蒙乃至国家和民族的不朽记忆。《沂蒙壮歌》书写了他对沂蒙乡村生活的理解，既描绘了乡村表层的巨大变迁和时代气息，也回应了乡村深层结构蜕变的艰难，文中处处充盈着沂蒙精神的意蕴，这也赋予了孤立的、碎片化的沂蒙史料以生命，让读者触碰真实可感的沂蒙人、沂蒙情、沂蒙史。

厉彦林认为："一个民族最深沉的精神追求，一定要在其薪火相传的民族精神中进行基因测序。"作家刘知侠早在1961年8月由山东人民出版社出版的《沂蒙山的故事》中，就曾回忆了革命战争年代"张大娘""武书记""老孙"等红嫂、红哥的故事，一定程度上这是沂蒙精神文学书写的逻辑起点。作家李存葆、王光明在2001年第11期《人民文学》刊发的报告文学《沂蒙九章》中，沂蒙红嫂红妹红哥、跋山库区的"段表态"，交通战线的祝恩科、"光明使者"刘振亚、"九间棚精神"缔造者刘加坤等被作者镌刻成伫立在沂蒙大地的不朽雕像。正如《人民文学》编者按中所说："时代需要黄钟大吕，两位作家战栗发烫的文字，是血的潮动与真实的结晶。""就基本题旨而言，《沂蒙壮歌》可以说是《沂蒙九章》的续篇。"厉彦林的《沂蒙壮歌》并没有就沂蒙精神而写沂蒙精神，他通过对沂蒙历史变迁和革命战争、社会主义建设、改革开放及新时代流金岁月的秉烛探幽，走进生活和生命深处，实现了历史与现实、世情与人性的相互映照，将宏大叙事与日常生活融汇成为一个整体。弘扬沂蒙精神，不是为了诉说和追忆，而是为了坚持正确历史观和发展观，迎接和开创更加辉煌的未来。

习近平总书记在文艺座谈会上指出："核心价值观是一个民族赖以维系的精神纽带，是一个国家共同的思想道德基础。""好的文艺作品就应该像蓝天上的阳光，春季里的清风一样，能够启迪思想、温润心灵、陶冶人生，能够扫除颓废萎靡之风。"时代呼唤真正具有高尚精神品格的艺术，人民需要真正能够启迪心灵的文学，而若要奉献出这样的文化精品，则需要作家自觉树立起坚定的信仰，以信仰之光去照亮现实的各个角落。厉彦林的《沂蒙壮歌》将国家的"殿堂之策"与"江湖之远"的民间解读协整在一起，坚持用事实说话，让人民评判。2021年7月份，《人民文学》刊发了《沂蒙壮歌》的部分章节，今年9月份，中国作协将《沂蒙壮歌》与反映延安脱贫攻坚的《延安答卷》作为"姊妹篇"召开了专题创作研讨会，中国作协创研部主任何向阳曾这样评述："信仰对于厉彦林而言，就是一种人生态度、人格力量！"

二、 展现新时代人民群众的迫切需求。 时代之需是指不同历史时期符合经济、政治、社会、文化、生态发展客观规律的需求。减贫事业是世界各国发展的基础工程，根据世界银行数据，过去25年，全球减贫事业取得的成就67%来源于中国。中国的脱贫攻坚、乡村振兴是"国之大者"，更是人民之需、时代之要。正是源于对人民群众需求的准确把握，厉彦林才创作出了《延安答卷》《沂蒙壮歌》两部姊妹篇。

厉彦林对人民需求的把握不停留于浮光掠影的描述，而是将脱贫攻坚和乡村振兴向人民内部转化，抓住两项"国之大者"的实施基础，从农村土地与农民关系的研究切入，通过大量的基层采访采风，深入人民内部、深入生活细部，进行了广泛深入的调查研究和跨学科综合分析研判。他在《沂蒙壮歌》中率先提出"三生融兴"理念，首次将党支部领办农村土地合作社作为聚焦人民所急所需、破解难点问题的"密码"，沿着土地和农民关系问题是我国农业农村农民的根本问题，社会主义新农村生产、生活、生态建设应建立规范运转机制，真正实现共同富裕要有明确的价值取向的路径，作了令人耳目一新的解读。

厉彦林关注的土地、农民、合作社、生产力等元素，也是当代主流文学一直以来关注的重点。赵树理的《三里湾》，柳青的《创业史》，周立波的《山乡巨变》是新中国十七年文学"三红一创，青山保林"中书写互助组、合作社的历史题材小说。这三部代表性作品围绕如何有效解决、高效解决农民与土地的关系问题展开，作家沉入人民中孜孜矻矻、奔突以求，用自己的智慧、立场、信念和方法，去观察、思考、判断，带来了"三农"发展探索的道道曙光，真实反映了基层民众的期盼与梦想，升华为新中国经济社会发展的最基础、最深沉、最持久的精神力量，衍化为文学审美的传统。

时代不同，土地与农民关系发生了变化，农村合作社的内涵外延也不再相同，但在文脉上延续上，文学关注时代、关注人民、关注生活的传统一以贯之。厉彦林沿着文学前辈们的书写路径，继续给予农业、农村、农民最真诚的关注，以习近平总书记"人类命运共同体"理念、"两山论"和奥尔多·利奥波德在《沙乡年鉴》中提及的土地伦理作为创作背景，描绘出沂蒙人民在脱贫攻坚和乡村振兴中开拓奋进、艰苦创业，却又存在发展与困惑并存、理想与现实"打架"、物质与精神融汇的矛盾。厉彦林通过对这些矛盾的深入分析、思考，发出了时代先声。

厉彦林梳理了从 1927 年毛泽东主持制定的《井冈山土地法》到 1942 年减租减息，再到 1946 年土地改革运动，直至 1947 年颁布《中国土地法大纲》的过程，提出了土地是农业农村最核心、最根本的生产要素，也是农村合作社赖以存在的前提和基础，而农村合作社一定与农业生产力发展水平相适应的观点。研究了农村合作社从抗日战争、土地革命到社会主义改造，再到改革开放和乡村振兴新时期的农村生产力发展阶段，提出了新中国成立以来三次农业变革的说法。进而重点以莒南县土地托管、村社共建、壮大集体经济的做法为例，探讨了新型农村合作社存续模式。这一模式不同于二十世纪中期的农村合作社改造，它是在不改变家庭承包经营基本制度的基础上，把股份制引入土地制度建设，把农民承包土地从实物形态改变为价值形态，让一部分农民获得股权后，从家庭土地经营模式中解脱出来安心从事二、三产业，另外一部分农民则扩大经营规模，获取更高收益。

在此基础上，厉彦林独创性提出了党支部领办农村合作社的发展新路，针对直接经营、托管服务（一托三＋N 服务）、区域联合、社企合作等不同模式，列出了乡村振兴公式："生产·生态·生活×N＝乡村振兴样板"。其中生产、生态、生活是最核心的平行、平等三元素，"N"是指现代、时尚、科技、信息、文化等赋能元素，这一公式将社会学、产业经济学、计量经济学、党建理论等跨界融合在一起。厉彦林通过对公式中"常量""变量"的线性分析，得出了党支部领办农村合作社经济便于土地集中、生产集约，效益更加凸显的结论。厉彦林列出的乡村振兴公式，以及对新时代农村合作组织深层价值的解读，让我们看到了新时代中国农村的新气象和光明前景，具有重要的历史和现实意义，生动体现了当代作家介入时代、引导文化的使命意识。

在马克思主义文学观中，历史的发展有其规律和趋向，能否与之协同，是判断一部作品文学价值高低的主要标准。厉彦林不是在"文学史内部谈论文学的历史发展过程，而试图走出文学研究者自我设置或被他人所规定的藩篱，努力去触碰那些可能对文学起'决定性影响'的'外部因素'。"他的乡村振兴公式是与中国共产党的百年历史结合，基于对乡村振兴中组织、产业、生态、人才、文化振兴的反复思考与求证，化繁为简，通过与沂蒙百年发展历史相互印证，以产业振兴为主线，兼顾其他四个振兴，由外而内、由表及里，透过现象探寻本质，通过自己深入思考得出的结论，也是令人信服的实现乡村振兴、共同富裕的可行之策、可践之路。

习近平总书记指出："求木之长者，必固其根本；欲流之远者，必浚其泉源。"厉彦林本着客观严谨的态度，穿越层层迷雾，对新时代农村合作组织发展进行了科学分析，同时指出党支部领办的农村合作社要避免"门缝里看大街"或"翻烧饼"，以及如何深化农村集体产权制度改革等九个方面的问题。这是他虚心向沂蒙人民学习、向生活学习，从沂蒙人民的伟大实践和丰富多彩的生活中汲取营养的结果，他的所忧所虑，也是沂蒙人民的所忧所虑，体现出一名有责任心的文学工作者对人民的真诚关怀。

人民对美好生活的向往是新时代国家和民族发展的动力源泉。当代文学理应与人民所需所盼同心同向、与时代同频同振。厉彦林的《沂蒙壮歌》没有正襟危坐地对国家大政方针进行宣教、图解，而是走进他最熟悉的沂蒙，怀着对人们的尊重与敬畏，说真话、抒真情，忠实记录普通百姓的日常心声，并立足他们现实生活和生命活动轨迹，融入深入思考后，留下了自己的"赤子之心""忧患之思""肺腑之言"，写出了形而上的、与沂蒙人"共名"的"澎湃之情""浩荡之气"，写出了让老百姓认可、理论界深思、决策者关注的"时代之音"。

　　三、 描绘新时代沂蒙人民的民心之美。 习近平总书记指出："加强党的政治建设，要紧扣民心这个最大的政治，把赢得民心民意、汇集民智民力作为重要着力点。"国运与民心相牵，民心向背决定一个国家和民族的兴衰。我国社会主要矛盾是人民日益增长的美好生活需要和不平衡不充分的发展之间的矛盾，实现共同富裕不仅是经济问题，而且是关系党的执政基础的重大政治问题，我们的文学工作者应感国运之变化，把握历史脉动和人民呼声，书写伟大时代。厉彦林打破了"歌颂与暴露"的模式化、程式化藩篱，不唯书、不唯上、只唯实，以平民视角采取非虚构方式书写，阐释沂蒙群众的善良、坚韧、爱党、爱国、奉献等精神符码，呈现出其"民心之美"。

　　厉彦林的《沂蒙壮歌》首先展现了沂蒙人民淳朴善良、开拓奋进的特征。他善于用农民的"眼睛"看，用农民的"耳朵"听，坚持用农民的"语言"讲，并以之体悟、叙说农民的心理内涵、生命渴求与行为方式，呈现出历史发展中农村生活的本来面貌。厉彦林在《沂蒙壮歌》中列举了大量实例，但没有一个实例是对他以往文学创作的重复或综合，也没有为迎合主流价值导向刻意拼凑的故事。从每一个实例中读者都能触摸到他个人理解世界的立场，感受到沂蒙人构建新时代沂蒙精神的伟大力量和耀眼光芒。通过"遥烧村""光棍村""沂蒙扶贫六姐妹"等实例，作者将脱贫前坐小船的飘摇、缺少食盐的饭菜、生锈的拖拉机、外嫁姑娘无法回家奔丧的悲凉、山村大龄男青年娶不上媳妇的苦楚以及就业更为困难女性的无助等写得可触可感。脱贫攻坚完成后，"遥烧村"蝶变成"省级旅游度假村"，"光棍村"蝶变为"婚礼多、孩子闹"的幸福村，"沂蒙扶贫六姐妹"成为带领广大女性成功脱贫的行业"排头兵""领路人"，这让读者收获了更多的感动和信心。

　　对脱贫攻坚、乡村振兴的深层理性思考也是从实践探索而来的，脱贫攻坚部分侧重写的是路径方法，而乡村振兴部分更重视长远的理念植入。书中指出，沂蒙人民不仅如期打赢了脱贫攻坚这场新"孟良崮战役"，又赓续了脱贫攻坚与乡村振兴有效衔接的英雄史诗。比如，厉彦林用莒南县村党支部领办土地股份合作社的实例，重点说明了其产生的裂变效应，已由过去"能人一个、致富一家"的加法效应，向"选准一人、致富一村、富裕一方"的乘法效应转变。再比如，以沂水县殡葬全免费改革开全国先河的实例，重点说明厚养礼葬、节俭办丧、生态安葬的理念越来越深入人心，指明乡村文化振兴必然要突破陈规陋俗的束缚，倡树文明新风，构建起得民心、顺民意、符合时代发展要求的价值体系。厉彦林用现实主义笔触，描写了许许多多血肉丰满、内涵丰富、地域性格特征鲜明的普通民众和基层干部等，表现了"普通人高尚的精神品质和典型的、正面特质，创造值得做别人的模范和效仿对象的普通人的明朗的艺术形象。"

厉彦林的《沂蒙壮歌》其次表达了沂蒙人民正视现实、向善向好的特征。他在文学创作中不回避、不放大矛盾，避免以偏概全，掩盖向善向好的主流和发展之实。厉彦林实事求是地指出，"不怕有个穷摊子，就怕没个好班子""人生不可能太圆满，再苦也要笑着面对"，脱贫攻坚要避免超越现实、垒盆景和同质化，扶贫不养懒汉，发展农村合作社不能"剃头挑子一头热"，不能挤压小农户、家庭单元的生存空间，等等。他认为，沂蒙人民在经济、政治、社会、生态、文化发展过程中出现的"反面""黑暗""弱点"都是暂时的，社会发展过程中所患上的各种疾病不仅是可治愈的，而且治疗的过程更会增强国家和民族的免疫力。因此，他更倾情书写抗日战士、扶贫干部、第一书记、致富能人、微公益志愿者乃至给乞丐拜年的母子，他们展现了"献身革命、情牵于民、共同富裕、温暖他人"等充满真善美、励人励志的正能量，让读者感受到社会、人生、人性之美。

人民就是江山，江山就是人民。厉彦林怀着对故乡的深情厚谊，怀着虔诚谒拜之心，走遍故乡沂蒙所涵盖的 18 个县区，通过实地调研、查阅资料，融描写、抒情、议论于一炉，历史与现实、讲故事与讲道理、写凡人与颂非凡于一体，鲜明表达自己的立场、态度，坚持基层叙事，追求能让老百姓看懂的真善美的表达。精选实例 100 个、数据 490 余组，这些鲜活感人的实例，使文本与作者、文本与读者、作者与读者相互之间建立了良好的互动，阅读时每每感受到磅礴的气场和满满的正能量，让读者切身感受到在党的领导下沂蒙脱贫攻坚和乡村振兴的生动实践。

厉彦林的《沂蒙壮歌》还凸显了沂蒙人民爱党爱军的特征，这与对沂蒙作家群体深厚红色基因的传承和民间底层书写特质一脉相承。沂蒙文学展现的沂蒙文化融合传统文化、革命文化和现代文化，又凸显着民间基层鲜活的特质。作为沂蒙作家群体代表人物之一，他没有"以抽象的政治原则来取代对客观社会生活的真灼认知，依靠现成的思想原则来取代作家个人对生活的独立思考和审美感受"。读苗长水、赵德发、刘玉堂、厉彦林等沂蒙作家的作品，都可以发现革命叙事在这里缠绕、转化的文化意象。他们不是一味歌颂革命英雄、革命理想，而是把关切的目光转向普通百姓，诉说他们在革命战争中的真实情感，很好地把握了文学创作主客体双向同构的规律，将革命变为创作客体进行叙事，从民间视角解读革命对沂蒙人思想观念的改变与融合，客观地审视了沂蒙"红色基因"的突变、转录与传播。他们笔下的沂蒙人经历了烽火硝烟的洗礼，用流血牺牲和崇高心灵铸造了为革命奉献的历史丰碑。正如中国作协名誉副主席邓友梅所说，"谁要把沂蒙山写透了，他就把中国的革命战争写透了"。李存葆的报告文学《大王魂》《沂蒙九章》，赵德发的"农民三部曲"《缱绻与决绝》《君子梦》《青烟与白雾》，王兆军的"乡下人三部曲"《白蜡烛》《青桐树》《红地毯》，厉彦林的纪实文学《延安答卷》《沂蒙壮歌》、散文集《地气》等成为一道亮丽的风景线。他们共同完成了对中国近百年沂蒙农民生活、农村现实的广泛观照和深沉反思，在当代文学之林中的地位无可替代。

四、 把握新时代现实主义文学的价值指向。 文学的本质属性就是社会性，文学的根本价值在于其社会价值，而审美特征则是其发挥社会价值的特殊方式。这就要求创作主体具备双重视野和能力：其一是对于时代之需的精准把握、情感共鸣与结构化思考，其二是以时代之需为导向探索符合艺术规律的文学形式。善于把握和处理重大社会现实题材，自觉以反映社会生活、回应社会需要为创作的基本导向，这既是厉彦林散文作品始终坚持的文学风格，更是其创作的生命和价值的根本所系。《沂蒙壮歌》正是他几十年来在文学与社会之间思考与耕耘的又一成果，为当代主流文学如何回应社会需求、如何开辟出坚实的"现实主义写作"阵地做出了宝贵的示范。

厉彦林的沂蒙书写，意在以文学的方式将"沂蒙"塑造为兼具审美价值与社会功能的文化符号。他曾在访谈中这样描述自己心目中的沂蒙山："沂蒙山，在山东地图和中国地图上找不到，她不是一座山，也不是一道梁，而是一个人文概念、一个区域概念、一种精气神，是在共和国的历史上、在中国共产党的历史上具有特殊意义的精神符号。"在《沂蒙壮歌》中，他更是多次以"基因""家园""传家宝"等比喻来形容沂蒙山作为精神符号的文化定位："沂蒙山不仅是沂蒙儿女出生、成长的地方，更是坚定信念和人生方向的精神家园，因为血管里流淌着父辈的热血和祖先的遗传密码。"因此，厉彦林取材于沂蒙山的过往与当下，选择书写脱贫攻坚与乡村振兴的沂蒙故事与沂蒙道路，其根本立意在于建构出将中国现实、中国精神与中国智慧融为一体的文化符号，以此来回应为文化自信和文化强国战略寻找强有力支撑的现实需要，厉彦林对此有着高度自觉的认识："文化符号的留存、抢救修复和光大，是文化尊严与自信的生动体现。"从《延安答卷》到《沂蒙壮歌》，厉彦林孜孜不倦地发掘和整理新时代中国社会所需要的有价值的文化符号，并通过紧密结合脱贫攻坚与乡村振兴真正的当下"足迹"，使其成为与当下生活息息相关的"活的"符号。

现代人的生存现状，特别是精神世界中存在的问题与隐忧，是厉彦林的文学创作与社会需要之间的关键契合点。在谈到"小散文"与"大散文"之间的区别问题时，厉彦林辩证地指出，要防止小散文小情小调，失去格调和格局，大散文空泛理性，失去散文的文学属性和读者。要同时规避二者的弊端，结合二者的优长，则不能只纠结于文体选择，而是要从社会现实与文学价值的关系中加以把握。当下，经济社会生活和群体结构的深刻变革，居住和交往条件的不断改善，加上快节奏的生活和各方面的压力，使得人与人的关系变得淡漠疏远，许多人失去归属感和安全感。面对这种现状，许多文学作品或是遁入虚构世界中进行想象式的解决，或是干脆一味迎合市场，将各种消极的社会欲求完全等同于深层次的社会需要。即便具有介入姿态和社会责任意识的作品，也经常滑入到不能有的放矢的批判与反思之中。与之相反，厉彦林对沂蒙故事的书写以及对沂蒙精神的阐发，区别于书生式的高谈阔论，而是深入历史发生的现场，从非虚构的真实中生发出精神力量。

厉彦林的现实主义文学从真实中获取给养，立志于重构当代人的精神家园。当代社会出现的许多精神层面问题，根源于人们无法把握到或不愿去触摸"真实"，需要重新唤醒人们对于真实的认知热情以及审美偏好。然而，如何凸显出那些真实却也枯燥的数据、政策以及生产生活实践自身的审美属性与情感温度，或许是写作《沂蒙壮歌》的最大难点，但最终也成了本书最具魅力之处。如，在《美丽中国的沂蒙版面》一章中，他将"美丽中国"概念解读为一种人与土地、自然休戚与共的家园意识与生命意志："沂蒙岱崮上的树木凛然站立，如大地耸立的毛发，这源于沂蒙人民对大自然的爱与尊重。'像山那样思考'，这是树之幸，也是人之幸。这是一种古老精神和现代意识的觉醒，一种对简朴生活方式的回归。"在《沂蒙壮歌》中，厉彦林充分显示出自身在微观与宏观之间"出乎其外、如何其内"的文学能力，既能够将读者带入到日常生活中往往被忽略的"大历史"之内，又能够引导读者在个人的"小世界"与"大历史"之间建立起紧密的联系，进而走出表象的"牢笼"，重拾人性中最宝贵的东西。

厉彦林的文学创作一贯坚持宏观历史现实与个人生命体验的有机结合，凭借着丰厚的社会见识以及扎实的文学笔力，深入到一般作家难以处理的重大且严肃的题材之中，这不仅开拓出当代文学新的可能性，更是对弘扬社会主义核心价值观有效方式的积极探索。积极致力于党的文风建设，是中国共产党在革命建设历程中积累的宝贵经验与优良传统，更是新时代实现文化"善治"的关键一环。毛泽东同志曾反复强调："我们说的马克思主义，是要在群众生活群众斗争里实际发生作用的活的马克思主义，不是口头上的马克思主义。"避免"口头上的马克思主义"，并不意味着只重视马克思主义的"行"而忽视马克思主义的"言"，而是要做到"言行合一"，即"言"以"行"为基础，并切实地促进"行"的发展。在《沂蒙壮歌》中，厉彦林从不刻意追求所谓的文学效果，而是一心致力于将脱贫攻坚与乡村振兴中的真实细节展现在读者面前。然而，真实绝不等同于枯燥，细节并不意味着琐碎，通过再现性格鲜明的沂蒙人物、描绘山清水秀的沂蒙风光、咏叹内涵丰富的沂蒙精神，厉彦林笔下的沂蒙画卷宛如运用了国画的"散点透视"技法，邀请读者踏上了沂蒙近百年波澜壮阔的历史进程，既开拓了对历史现实的认知，又在感受审美愉悦的同时增强了对社会主义核心价值观的认同与信仰。

《沂蒙壮歌》既是厉彦林作为一名党的干部心系家乡、情牵人民、关怀国运的心血凝结，也是他作为一名有情怀有境界的作家自觉探索文学道路、提升艺术境界的又一成果，它为新时代文学如何赓续红色经典血脉、发挥正向文化价值做出了示范：若要真实地反映社会现实，作家必须将生命与土地紧紧相连；若要高扬主旋律旗帜，作家必须以个人坚定的信仰去烛照纷繁复杂的生活画卷；若要肩负起以文化人、以文育人的时代使命，作家必须致力于探索更能为人民接受和喜爱的表达方式。在当前百年未有之大变局中，真正的现实比任何虚构更为精彩，真正的信仰比任何夸夸其谈更具力量，广大人民在社会主义建设事业中真正的奋斗史比任何传奇故事更加伟大，有使命担当的作家应当有不断提升处理这些题材并从中汲取养分的意识与能力，如此才能创作出真正感应时代、服务人民、培育信仰的文艺精品。恩格斯在评价巴尔扎克的《人间喜剧》时认为其作品是"现实主义的最伟大胜利"。在当前各种非现实主义作品流行的语境中，厉彦林对沂蒙精神的真实书写，也正是新时代"现实主义的最伟大胜利"。

丹心唱赞歌，妙手绘经典

——《沂蒙壮歌》读后感

徐传松　徐惠颖

　　《沂蒙壮歌》由厉彦林创作，首发在 2021 年《人民文学》第 7 期头条位置，单行本由山东文艺出版社出版。拜读报告文学《沂蒙壮歌》，如聆听一支赞歌，时而高亢，时而低吟，随着文字的节奏走进八百里沂蒙山区，感受沂蒙气势恢宏、波浪壮阔的发展图景，作者赤心向党、热爱人民，饱含深情地为新时代唱响赞歌……掩卷遐思，感慨颇多，仅从思想性和艺术性浅谈阅读感悟，与大家商榷。

　　一、关注沂蒙发展，唱响新时代赞歌。喜迎中国共产党百年华诞之际，作者以开阔的视野、赤子的情怀饱含深情地关注沂蒙山区的发展，在新时代发展征程中，沂蒙山区在国家政策扶持下取得了脱贫攻坚战的全面胜利，乡村振兴势头猛进，作者倾注无限真情挥笔书写在脱贫攻坚、乡村振兴中的优秀党组织与先进个人，提炼出快速发展的沂蒙样板，洋洋洒洒近 20 万字，读来让人心潮澎湃，时时被文中不忘初心践行使命的鲜活人物和事迹感动着……

　　习近平总书记指出："人民对美好生活的向往，就是我们的奋斗目标。"打响脱贫攻坚战就是中国共产党人带领全国人民向奋斗目标大步迈进、消除贫困为民谋幸福的聚焦行动；乡村振兴是习近平总书记审时度势、高屋建瓴的科学谋划，是中国共产党为民谋幸福的再发力、再冲锋。共产党人在躬亲实践着习近平总书记的金句："人民就是江山，共产党打江山、守江山，守的是人民的心，为的是让人民过上好日子。"

　　沂蒙老区在脱贫攻坚中涌现出一批优秀党员、新时代的"沂蒙红嫂"，他们勠力同心，敢于争做新时代的楷模。

　　九间棚作为率先富起来的村庄，领头人刘嘉坤代表村民主动请缨参与援疆，帮助新疆乡亲们脱贫致富，岳普湖县阿其克乡 6 村的 560 亩金银花喜获丰收，村民阿布都吾甫尔·艾合提高兴地说："金银花就是我们的脱贫致富花。"

岳普湖县九间棚金银花专业合作社荣获"全国脱贫攻坚先进集体"荣誉称号。九间棚村脱贫致富不忘西部贫困人民，跨越万里送去金银花苗，沂蒙山与昆仑山真情联谊，无私帮扶新疆乡亲脱贫致富，这是新时代脱贫攻坚战的伟大战果，是沂蒙精神光辉照耀下的大仁大义之举，是习近平新时代中国特色社会主义思想指导的又一成果。

"沂蒙扶贫六姐妹"以扶贫救困为己任，主动投身到反贫困斗争大决战之中，靠微薄收入帮扶贫困群众，以点滴善事汇集人间大爱。她们用一次又一次的善举为脱贫攻坚战助力添彩，谱写出扶危济困的动人乐章，这是沂蒙人感党恩、听党话、跟党走的典范，是新时代鼓舞斗志、催人奋进的力量。

正是他们树立起新时代的英雄标杆，感召着无数人在经济社会建设中凝心聚力、奋勇前进，创造着世界瞩目的伟大成就。

作者清晰地论述了乡村振兴是新时代共产党人为民谋幸福的全民工程。关于沂蒙人探索出的"三生融兴"的推进模式，作者以公式做出精准的阐明，"生产·生态·生活×N＝乡村振兴样板"，其中生产、生态、生活是最核心的平行、平等三元素，"N"是指现代、时尚、科技、信息、文化等赋能元素，它们彼此融合、发育成长，定能实现乡村振兴的伟大战略。

作者以智者的眼光探究了沂蒙人脱贫攻坚、乡村振兴的动力源泉，如第二章《党是脱贫致富的靠山》及第八章《沂蒙精神红色引擎》从历史的深处探寻沂蒙人勇于奋斗的不竭动力，正是革命战争时期沂蒙人民用血汗谱写的沂蒙精神成为如今前进的引擎。回望历史，感谢党恩，催人奋发；观看今朝，聆听党话，踌躇满志。"水乳交融，生死与共"的沂蒙精神如一面红旗在沂蒙大地上猎猎飘扬，指引着今天的沂蒙人在经济建设中以"一把镢头一张锨，敢教日月换新天"的斗志，创造了不胜枚举的辉煌成就，彰显了中国智慧、中国力量。

新时代的沂蒙人民"听党话、跟党走、报党恩"。共产党人始终履行一心为民的使命，赢得了广大人民的深情爱戴，使沂蒙精神在新时代得以发扬光大，使沂蒙人民创造了脱贫攻坚的胜利、创造着乡村振兴的新高地。

作者站在历史的高度，发出振聋发聩的警示："消灭贫困，不仅仅是解决因贫穷造成的生活窘困，更要消除精神生活匮乏，复苏人的尊严和自强，满足广大人民群众日益增长的审美和文化需求。"文化立国，精神立人。鲁迅早在《呐喊》中发声："凡是愚弱的国民，即使体格如何健全，如何茁壮，也只能做毫无意义的示众的材料和看客。"鲁迅先生的呼吁旨在唤起当时民众的抗争，对于今天唤起民众的文化自觉、更好地立德树人、以报国之志投身于祖国复兴大业仍然具有重要的指导意义。

作者以己之力在故乡办起"彦林书屋"，正是对"乡村振兴，文化先行"的躬亲实践，为在老家书屋召开好读书分享会，作者经常奔波于省城与山村之间，践行着"人穷，志不穷；人富，志更强"的人生箴言，践行着文化育人的崇高理想，默默地为祖国的伟大复兴加油助力。

沂蒙人民没有辜负伟大的党，没有辜负社会主义，始终"以风雨无阻的心态、风雨兼程的状态"奏响新时代奋进的主旋律，甘于投身复兴大业，勇于傲立时代潮头，一路高歌，突飞猛进。艰苦奋斗、无私奉献的沂蒙人民是全国人民的一个缩影，报告文学《沂蒙壮歌》不仅是为沂蒙人民唱响的凯歌，更是为伟大的新时代唱响的一支深情赞歌。

二、倾注文学元素，撰写经典篇章。作者是散文名家，拥有极高的文学素养，写过数百篇脍炙人口的佳作，在这部报告文学的字里行间同样呈现出显著的文学艺术性。

一是布局谋篇独具匠心。书中蕴含着作者对中国共产党百年华诞的虔诚礼赞，是作者对新时代中国蓬勃发展的由衷赞誉。每个篇章巧用标题点睛、挈领，使浩瀚的文稿呈现给读者清晰的结构层次，读来脉络分明，轻松愉悦。

二是语言凝练准确，生动形象。如"汗水浇灌催绽梦想之花，结出芳香的果实"，凝练的语言饱含诗意，运用"汗水、梦想、芳香、果实"等意象，同时运用"浇灌、催绽、结出"等动词生动形象地表达出勤劳出成果的人生哲理。"人生路上有风有雨是常态，风雨无阻是心态，风雨兼程是状态"这句中，"风雨"是每个人所熟知的自然现象，并有深刻的体验，作者连用"有风有雨、风雨无阻、风雨兼程"三个含有"风雨"的四字短语，极好地表达出人生路上的三种状态，读来易于理解、易于产生情感共鸣。作者的遣词造句于自然天成之中见韵味深长的诗意。

三是写作手法灵活，表现力强。作者灵活运用叙述、描写、议论、抒情，同时善用排比等修辞手法，增强表现力。如对人物的语言描写："临沭县八十九岁老人王克昌说：'脱贫就是对跟不上趟的老百姓，党和政府帮他一把，别落下，这多好呀。如今的日子忒好啦，去哪里找呀，就得好好过，好好活。'"对老人朴实语言的描写，准确地展现出一位老人幸福安康、乐观向上的精神面貌，同时传达出新时代为民工程取得了巨大成效。

三、以人物的语言揭示人物灵魂，更为全书主题的表达起到深化作用。 巧用排比修辞增强语势和表现力。"这是一群脚踩泥巴、头顶国家的人；这是一群为党尽忠、为民舍命的人；这是一群胸口有火、眼里有光的人；这是一群朴实厚道、感天动地的人；这是一群散发光芒、给人力量的人！"这一排比句酣畅淋漓地歌颂了沂蒙革命老区老党员的光辉形象，他们是革命胜利的保障，是社会主义建设的领路人，他们以血汗谱写了沂蒙精神，光耀千秋万代，继往开来。

"水，记载着掌平洼村几代人的艰辛血泪；水，托举着掌平洼村几代人的祈求梦想；水，演绎着掌平洼村美丽而神奇的传奇。"构成排比的三句，语意层层递进，凝练地表达出掌平洼村人寻求水的艰难和辛酸，求水成为掌平洼村几代人不懈追求的梦想，叙写出求水成功、掌平洼村变成美丽"杏梅古村"的传奇。三句写水，富有气势而又高度精练地展示了掌平洼村的变迁史。

作者多处运用排比，长于抒情，屡见让人百读不厌的精彩之笔。他以多样的文学元素、劲道的笔力，书写出新时代的经典篇章——这是一部优秀的报告文学，也是一首鸿篇史诗，更是一支深情的赞歌。

读罢全文，情不自已地向伟大的中国共产党致敬，向勤劳勇敢的沂蒙人民致敬，向辛苦撰文的作者致敬！

发于 2021 年 8 月 25 日齐鲁晚报·齐鲁壹点

闪烁时代光芒的颂歌

——读长篇纪实报告文学《沂蒙壮歌》

魏志尚

在中国共产党成立 100 周年，团结带领中国人民开启第二个百年奋斗目标新征程之际，如何高举文学精神之旗、立精神之柱、建精神家园，彰显文艺作品的文化价值，用社会主义核心价值观体系引领风尚、凝聚共识、增强中国力量，既是治国之要、时代所需，也是文学以文化人、以文育人的责任。

2021 年，《人民文学》在第 7 期头条刊发的作家厉彦林的长篇纪实报告文学《沂蒙壮歌》，以历史、人民和艺术的维度，将沂蒙老区革命史中形成的巨大精神财富与新时代的巨大发展成就融为一体，展现了革命老区百年间翻天覆地的巨大变化。讴歌了沂蒙人民听党话、感党恩、跟党走，与我们党荣辱与共、生死相依的鱼水深情。

《沂蒙壮歌》全景式描绘了沂蒙老区人民在新时代脱贫攻坚和乡村振兴进程中不懈攻坚、持续奋斗、连获丰收的壮丽进程。厉彦林生在沂蒙、长在沂蒙、根在沂蒙，他怀着对沂蒙的感恩、敬畏之心，坚持"在场"写作。从《抱犊崮下日子红火》《〈跟着共产党走〉这歌越唱越顺口》到《"红色群落"遍沂蒙》《俺不给"地下党"丢脸》，从《"三生融兴"沂蒙样板》到《解读乡村振兴样板公式》，平实而生动的娓娓叙述中，充满了历史细节，也充满了作者的真情。这些真实而感人的人物与事件，如老党员卢翠秀老人、"沂蒙红嫂"张淑贞、俺不给"地下党"丢脸的赵娟等，都可谓是平凡的英雄，他们把对党史和国家兴衰的认知融入家史和个人际遇当中，读之使人不禁潸然泪下。书中的诸多人物，大都是最为普通的人，通过对他们命运和事迹的讲述，生动地呈现了在共产党的领导下，中国社会百年来的整体性变迁。这些人物有如周立波名作《山乡巨变》中的人物，都是朴实而平凡的，或许没有惊天动地、可歌可泣的事业，但他们对国家与民族的情感，对家国重任的担当，同样将被后人铭记和敬仰。

历史是由人民创造的，人民就是江山，江山就是人民。书中，作者以沂河源田园综合体为叙述对象，以山东财经大学"产、学、研"基地、北京东方君公益基金会等打造的"艺术振兴乡村"项目为特色，讴歌了因地制宜的创造精神，赞扬其真正实现了"精美的石头会唱歌"的夙愿。我们不能小看这个例子，它是当下党和国家力争全面解决"三农"问题的重要探索。无疑，这个案例是有普遍的推广和效仿意义的，是中国部分多山地区农业产业结构由单纯种庄稼转向发展生态林果、特色农业的写照。而《"三生融兴"绽花朵》一章，则以较为轻松的调子描写了"生产空间、生活空间、生态空间"转型的困扰和破局的喜悦。目前，我国正从工业文明向生态文明转型，发展与生态的矛盾比较突出，沂蒙山区的转型经验已成为山东省推广的典型案例，这也引来了更多的"燕归巢"，同时也带动了消费的升级和民生的极大改善。

《沂蒙壮歌》创造性地列出了乡村振兴"样板公式"。既然是样板，就具有可操作性、可复制性。沂蒙革命老区的探索，体现了国家治理体系和治理能力现代化水平的提升。文章以临沂市及周边区县的发展变化为例，总结出了从"硬件先行""支部顶天"到"治理断后"这"三个支点"的区域治理理念，也有力回答了"乡村治理的动力变革问题"，其答案就是"必须坚持党建引领、培育多元治理主体，构建协同治理体系"。同时，深刻理解乡村社会治理的主体是广大村民的内涵，结合"摘穷帽"和"拔穷根"的主旨，扎实解决基础教育、医疗卫生、生态环境、文体生活等广大百姓最为关心的现实问题，不仅佐证了中国共产党人"从哪里来"的问题，而且诠释和回答了"要到哪里去"的时代之问。

哪有不眷恋母亲的孩子？哪有不眷恋土地的农夫？这是一曲沂蒙老区新时代的颂歌，作者以深沉的情感，浓重的笔墨，如歌的行板，向人们诉说近百年来革命老区的变化。在家国命运面前，在时代发展面前，在百年未有之大变局面前，每个人都应以饱满的热情投入到时代的洪流之中。文学不是无病呻吟，而是对现实生活的深刻反映；文学不是躺在温室中的禾苗，而应该是经受风雨洗礼的松枝。只有投入到火热的生活，深入到人民群众当中，才会有这样的真情实感，也才会有这样真实而生动的作品。时代的呼唤，生活的呼唤，时代的需要，文化的需要，最终也会成就文学。文学绝不应该成为历史的佐料，而是应该是站在历史发展的桥头静观之后的深刻。

笔墨当随时代。在中国共产党波澜壮阔的百年历程之中，曲折与艰难，荣耀与辉煌，都为文学创作提供了丰富的资源。《沂蒙壮歌》以沂蒙老区百年来的深刻变化为线索，真实地编织了一首中国共产党与人民群众水乳交融、生死相依的精神史诗。

刊于 2021 年 9 月 15 日《农村大众》

沂蒙精神的文学新坐标

邱 键

　　《人民文学》在 2021 年第 7 期头条刊发著名作家厉彦林的报告文学《沂蒙壮歌》后，得到了社会上的广泛关注，仅一天时间，阅读量就突破了 100 万。作者紧跟时代节拍，以沂蒙乡土为切入点，将沂蒙精神的内涵阐释、传承弘扬与沂蒙人民脱贫攻坚、乡村振兴的发展路径整合在一起，映照新时代重大题材，书写新时代沂蒙精神的新内涵和新特征，进而探索中华民族伟大复兴的中国道路、中国力量、中国精神。

　　习近平总书记在全国脱贫攻坚表彰大会上庄严宣告了中国脱贫攻坚全面胜利。但当下农村仍然是中国经济社会发展的薄弱环节，从 2020 年国家统计局发布的统计公报看，城乡居民收入比为 2.56∶1。农业强不强、农村美不美、农民富不富，决定着全面小康社会和社会主义现代化的质量与成就，乡村振兴是中国共产党第二个百年新征程的"头字号"工程。沂蒙精神闪耀着中国共产党伟大精神的光芒，由党和沂蒙人民同心同向共同缔造，是沂蒙革命老区在党的领导下谋求经济社会发展的根本保证。厉彦林将沂蒙脱贫攻坚和乡村振兴历程嵌入沂蒙精神创建和发展的历史脉络中，秉持红色基因带来的强大信仰，走进田野调查现场，来到脱贫攻坚和乡村振兴一线，倾听贫困户和搬迁村村民的心声、第一书记的甘苦、帮包干部的思考，从历史和现实两个维度，探寻沂蒙人民在脱贫攻坚完成后，高效推进乡村振兴的精神密码。

　　厉彦林通过对沂蒙乡村振兴的统筹分析，概括凝练出了"三生融兴"的基本理念和推进机制，提出了"生产·生态·生活 × N = 乡村振兴"的创新模式。它将生产、生态、生活三个核心元素作为因子，将现代、时尚、科技、信息、文化等赋能元素作为系数，综合运用矢量数据、协整检验、建立回归方程等理论，得出定性结论：乡村振兴必须夯实硬件先行、支部顶天、治理断后三个支点，立足"拉长版、补短板、固底板"，构建均衡稳固的示范样板。他还以莒南县土地托管、村社共建、壮大集体经济的做法为例，探讨了新型农村合作社赓续模式，提出了党支部领办农村合作社的发展新路。这是厉彦林基于对乡村振兴中组织、产业、生态、人才、文化振兴的反复思考、求证，由外而内、由表及里，从现象到本质，去伪存真，得出的科学结论，这也为业界研究提供了有益借鉴。

作为沂蒙精神的研究者、践行者和传播者，厉彦林认为，在革命战争时期，沂蒙人民用乳汁救伤员，踊跃参军、倾家支前，用小米供养革命，党的队伍打到哪里，独轮车和担架就跟到哪里；在社会主义建设和改革开放时期，沂蒙人民自力更生、艰苦奋斗、战天斗地，建设家园，聚水云蒙、移山厉寨，涌现出了厉家寨、王家坊前村、高家柳沟、九间棚村、沈泉庄、临沂商城等闻名全国的先进典型。在新时代脱贫攻坚和乡村振兴中，沂蒙人民再吹"冲锋号"、再击"奋进鼓"，振奋精神再出发，咬定青山不放松，不达目的绝不收兵，攻下一个个"难关"，啃下一个个"硬骨头"，这都是沂蒙精神赓续传承的佐证。

由此，作者提出了新的观点：沂蒙精神具有两个方面的含义，一方面，党把人民生死安危放在首位、为人民利益勇担冲锋和献身风险，没有党的政治品格和宗旨情怀就没有沂蒙精神；另一方面，沂蒙人民认定党和人民军队是讲奉献、敢担当、为穷人谋利益的，能够让沂蒙人民在经济、政治、文化等诸多权益上翻身做主人，所以沂蒙人民对党和人民军队的感情一直炙热、滚烫，形成了"水乳交融、生死与共"的亲密关系。

厉彦林认为，沂蒙精神应凸显党和人民两个主体的价值和地位，可以将其归纳为"党群同心、忠诚忘我、攻坚克难、生死与共"。党群同心是逻辑起点和初心宗旨，忠诚忘我是家国情怀的思想境界和特质，攻坚克难是勇往直前的精神状态和责任担当，生死与共是矢志不移的政治追求和目标。核心要义是党爱民、民爱党，党群同心，步调一致，战无不胜、所向披靡。

"在场写作"是《沂蒙壮歌》最鲜明的特色。《故乡》是厉彦林"散文三部曲"之一，其中有这样一段话："不管你走多远，故乡就是你胸前的徽章，是连接你与母亲生命的脐带，是深刻在你身上的独特胎记。"厉彦林生在沂蒙、长在沂蒙，他与故乡沂蒙血脉相连。作者怀着敬畏感恩、虔诚拜谒之心，走遍故乡沂蒙 18 个县区，通过实地调研、查阅资料，融描写、抒情、议论于一炉，融历史与现实、讲故事与讲道理、写凡人与颂非凡于一体，鲜明表达自己的立场、态度，坚持以平民视角和老百姓能看懂的真善美的表达，让一百零八岁的老党员徐乃荣、一百零四岁的红嫂张淑贞、微公益协会会长孙建涛、撕纸条书记王玉威、扶贫干部唐艳芳、返乡创业大学生韩磊以及"掌平洼村""遥烧村""光棍村"村民等沂蒙人"开口"抒发自己的真实心声，共举实例 96 个、列数据 438 组，这些鲜活感人的实例感动着作者，也感染着读者。文字只有走进心灵，才能感动心灵。"在场"写作让文本与作者、文本与读者、作者与读者勾连在一起，形成了一种磅礴的气场和澎湃的激情。

"一个民族最深沉的精神追求，一定要在其薪火相传的民族精神中来进行基因测序。"著名作家刘知侠早在 1961 年 8 月由山东人民出版社出版的《沂蒙山的故事》中，就深情回忆了革命战争年代"张大娘""武书记""老孙"等红嫂、红哥的故事，特别是让"红嫂"升华为中国革命的一个文化"符号"，一定意义上，这是一个"燃点"，具有非凡的意义，一定程度上成为对沂蒙精神文学进行追溯的逻辑起点。在李存葆、王光明所著的报告文学《沂蒙九章》中，沂蒙红嫂红妹红哥、跋山库区的"段表态"、交通战线的祝恩科、"光明使者"刘振亚、"九间棚精神"缔造者刘加坤等被作者镌刻成伫立在沂蒙大地上的不朽雕像，成为在社会主义建设和改革开放时期沂蒙精神文学书写的又一处坐标。厉彦林的《沂蒙壮歌》则是沂蒙精神在新时代，尤其是脱贫攻坚和乡村振兴历史进程中的最新文学解读。厉彦林将沂蒙精神内化为沂蒙人的品质特征，释读为沂蒙人干革命、搞建设的动力源泉，字里行间折射出的情感也更加饱满，为沂蒙精神矗立起一座新丰碑。

刊于 2021 年 8 月 10 日《青年作家报》

铭记党恩赞脱贫　饱蘸真情颂沂蒙

——读厉彦林《沂蒙壮歌》

孙国秀

期待已久的《沂蒙壮歌》终于来了！

《延安答卷》出版之后，我们都在盼望厉彦林老师写一部有关沂蒙山脱贫的文章。似乎，这是历史交给他的使命，也是沂蒙山的选择。

《沂蒙壮歌》还未付梓，我就有幸读到了十七多万字的全稿。因为等待的"饥渴"，所以才有拜读时的"大快朵颐"。如果说《延安答卷》是作为他乡"旁观者"来描写伟大脱贫事业，那么《沂蒙壮歌》就是以故土"亲历者"的身份歌颂党和人民的伟大。毕竟，沂蒙山，是厉彦林生于斯、长于斯的地方，所以《沂蒙壮歌》更具有"十月怀胎一朝分娩"的自然，也是他对沂蒙深情厚积薄发的喷发口！回顾厉彦林老师的作品，从《故乡的手推车》到2019年的《高铁站傍小山村》；从1987年的《沂蒙山，我的沂蒙山》到2012年的《故乡啊，故乡！》，厉彦林对故乡的感情贯穿始终，对家国的情怀始终如一！

一、**直抒胸臆讴歌党，沂蒙精神万代长。**《沂蒙壮歌》是厉彦林献给建党100周年的生日礼物，其24000多字的节选文稿在《人民文学》2021年第7期头条发表，开篇几个大字"党是脱贫致富的靠山"，直抒胸臆，却是最准确的表达。在后面的篇幅中，厉彦林没有口号式的鼓吹，而是用鲜活的案例讲述我们的党如何带领人民脱贫致富。抱犊崮蝶变、"遥烧"村变迁、"光棍村"里孩子闹……用对比描写，展示乡村巨变，记录那些胸怀天下、心系苍生，小我而大天下的党的好干部。

在《沂蒙壮歌》中，有千千万万党员的缩影，他们一代接着一代干，本着"功成不必在我，功成必定有我"的豪迈，用实际行动践行"全心全意为人民服务"的宗旨和理念。不论是老一辈基层党组织书记——厉家寨首任党支部书记厉月坤，还是新时代党组织书记——平邑县九间棚村支部书记刘嘉坤、荣获"全国脱贫攻坚先进个人"称号的莒南县委书记张佃虎；不论是带领大家办合作社的支部书记许兵、山长青，还是带大家共同致富的私人企业党支部书记朱呈镕……正是这一代代、一群群为党尽忠、为民舍命的共产党员，带领着沂蒙山的人民谱写出了一曲又一曲壮歌！

党员说："面对脱贫这场大战、硬仗，对党忠诚，就得打冲锋、当先锋、不掉队。"贫困群众说："有党的领导，我们一定能搬掉贫困这块大石头。"这就是党的凝聚力，这就是党的感召力。

"八十年代末，1989 年 8 月 4 日《人民日报》在第一版显要位置刊发《山东临沂地区扶贫经验：给钱给物更要建设好支部》的报道。向全国贫困地区推荐山东临沂地区扶贫实践中的'给钱、给物、更要建设一个好支部'的做法"，这就是脱贫的秘诀。

热播电视剧《觉醒年代》有一个片段：陈独秀和李大钊面对着流浪的穷苦老百姓宣誓，"为了让你们不再流离失所，为了让中国的老百姓过上富裕幸福的生活，为了让穷人不再受欺负，人人都能当家做主，为了人人都受教育，少有所教，老有所依，为了中华民富国强，为了民族再造复兴，我愿意，奋斗终生！"这就是历史上有名的南陈北李相约建党，这就是中国共产党成立的初心与使命，一代代共产党人接续奋斗，抛头颅，洒热血，为民的宗旨从来没有动摇过。习近平总书记指出："中国共产党一经诞生，就把为中国人民谋幸福、为中华民族谋复兴确立为自己的初心使命。"

二、叙议结合写真情，时空纵横寻密码。在选材和叙事手法上，作者"怀着感动、兴奋和自豪的心情，穿越历史、现实与未来的时空隧道，沿着历史的脚印，聆听巨变跫音，回顾昨天，珍惜今天，思考未来。烛照日月的沂蒙精神，叩问、洗涤和滋养着我们的灵魂，点亮彩色梦想"，实现了历史与现实的对话，完成了基因密码的探寻。

文章通篇依然依循《延安答卷》的手法，将宏大的历史叙事，充满时代特色的政论与对典型事例的刻画相互融合交织，放入时空坐标，用饱含感情的笔触展现作者的情怀。

《沂蒙壮歌》的落脚点是现代，整部书中向前后延伸——既追古溯源，又描写现实，同时，又不忘在历史和现实的基础上展望美好的未来。山西头村在旧社会叫作"遥烧"村，因为交通不便利，人民生活非常艰苦，作者顺着时间轴缓缓书写：1958 年开始修建陡山水库，到 1987 年修通钢筋混凝土桥，再到2021 年变成省级旅游特色村，一步一个脚印，一步一个台阶，通过书写生活的变迁讴歌党和人民的伟大。文中还写道："我们虽然眼前是大水库，但更要学会节约用水，珍惜每一滴水，保护好生态环境。"这看似简单的白描，却是"绿水青山就是金山银山"的生态意识和可持续发展理念深入人心的写照。

作者归纳概括了沂蒙脱贫的基本轨迹——新中国成立初期的经济救济式扶贫阶段（1949 年至 1984 年）、伴随改革开放兴起的区域开发扶贫阶段（1985 年至 1996 年）、治穷与治愚并举的综合扶贫阶段（1996 年至 2012 年）、步入新时代侧重提高贫困人口脱贫能力与保障贫困人口权利并重的精准扶贫阶段（2013 年至今），并指出："这是一个由低层次扶贫向高层次扶贫阶梯式递进的伟大进程，形成持续减贫、共同富裕的发展走势。"

如果说时间是纵轴，那么空间就是横轴。《沂蒙壮歌》开篇就说："'沂蒙山'，地图上找不到、地理上也没有。因为它不是一座山，而是沂山、蒙山等山脉的总称，主要分布在今临沂市境内。"作者为了写作，调研的足迹遍及现在的临沂、潍坊、淄博、济宁、泰安、日照等下属的 18 个县（市、区），临朐县淹子岭村、隐士村、伏峪村、泰安的白马寺、淄博沂源草埠村、临沂天蒙山……他实地调查，查阅资料，发掘每个地方过去和现在的典型故事，在沂蒙山这个广阔的空间横轴中，用真情铺垫，让实例说话，用数字证明！

《沂蒙壮歌》中有宏大的叙事，也不缺乏有温度的抒情，更有精确的政论，叙事、抒情、议论，自然融合，情在叙事中流淌，在议论中凸显。

在"'三生融兴'沂蒙样板"部分，作者用"生产·生态·生活×N＝乡村振兴样板"解读乡村振兴平面蓝图，提出"硬件先行、支部顶天、治理断后"三个观点，并分别用不同的事例证明观点。在论述过程中插入叙述，讲兰陵临沭招揽人才、新泰大学生王云龙带领村里人致富，在"叙家常"中表达作者观点："一朵浪花，只有汇入大江大河才不会干涸。一名干部，只有紧跟时代节拍、融入为人民服务的伟业才能闪烁光芒。"

在《沂蒙精神红色引擎》部分，作者从经济、政治、文化等方面，结合党与人民水乳交融的历史，探寻沂蒙精神的"基因密码"——"一方面是党视人民至高无上的政治立场和为民奋斗的情怀，一方面是沂蒙人民坚定跟党走的执着信念，以命许党，永远跟党。党全心全意为人民的初心使命，是沂蒙精神的逻辑起点，沂蒙人民一心向党的这种群体意识和集体自觉，是其逻辑必然。'水乳交融、生死与共'的精神特质，融入党群心连心、同呼吸、共命运的精神谱系和灵魂图腾。"通篇没有政论的枯燥，只有令人感同身受的信服；没有造作的抒情，只有让人或潸然泪下或鼓舞振奋的情绪变化。

三、水乳交融党民情，最美风景在路上。读罢《沂蒙壮歌》，一言以蔽之：内容含真情，文字有温情，写得有激情！铭记党恩赞脱贫，饱蘸真情颂沂蒙，作者用独特的坐标，构建宏大的叙事结构；用最朴实的讲述，抒发最真挚的感情。赞美伟大、光荣、正确的中国共产党，带领中国人民历史性地解决了绝对贫困问题，在"坚持真理、坚守理想，践行初心、担当使命，不怕牺牲、英勇斗争，对党忠诚、不负人民"伟大建党精神指引下接续奋斗。歌颂伟大、光荣、英雄的中国人民，继续在党的领导下，"以'为有牺牲多壮志，敢教日月换新天'的大无畏气概"，书写更加恢宏、壮丽的史诗！

刊于 2021 年第 5 期《百家评论》

激越豪迈为哪般？

——厉彦林《沂蒙壮歌》阅读随记

方　圆

一、　颂扬沂蒙精神的激情强音。　习近平总书记强调，广大文艺工作者要坚持以人民为中心的创作导向，高擎民族精神火炬，吹响时代前进号角，把艺术理想融入党和人民事业之中。

中国共产党波澜壮阔的百年历史，是一串璀璨耀眼的宝石，有无数经典作品的涌现和陪伴。

当我的思绪还沉浸在知名作家厉彦林《延安答卷》中不能自拔的时候，他又推出了另一部重磅力作《沂蒙壮歌》。

我情不自禁地探究奥秘：他告诉我，他发现延安杨家岭党的七大会场主席台两侧的贺幛，一个是陕甘宁边区根据地的，一个是山东根据地的。当年，我们党的根据地已经遍布全国，党中央、毛主席心中分量最重的是延安和山东这两块根据地。在建党 100 周年之际，向国人和世界展示发生在延安和沂蒙山的历史性巨变和人民美好的新生活，特别有意义。这既是文学的使命，更是作者的责任，于是就有了姊妹篇《延安答卷》和《沂蒙壮歌》。

我被厉彦林的这种格局、境界和成果所折服，这真是两张流光溢彩的时代答卷、人民颂歌。我读《延安答卷》时到拂晓鸡叫，读《沂蒙壮歌》同样是彻夜难眠，我至今已经读了三遍，在兴奋的同时，已标注出经典段落和佳句名言。

《延安答卷》和《沂蒙壮歌》都由《人民文学》首推。《沂蒙壮歌》更是荣登 2021 年《人民文学》第 7 期头条位置。单行本由贺敬之先生题写书名、山东文艺出版社 2021 年 10 月正式出版发行。

《沂蒙壮歌》是中国作协 2021 年定点深入生活创作项目，全书九个篇章。以《虔拜沂蒙山》开头，前四章详细阐述了沂蒙老区脱贫攻坚的艰辛历程，五、六、七章探讨了乡村振兴的沂蒙样板，第八章探讨了沂蒙发展的"红色引擎"，对沂蒙精神的提出、发展轨迹进行了详细梳理，进一步探寻了沂蒙精神的内涵。第九章畅想美丽中国的沂蒙版面，以"江山如画"作为结语。主题主线是沂蒙人民在党的坚强领导下，弘扬和传承沂蒙精神，打赢脱贫攻坚战，又铺开乡村振兴的壮丽画卷，书中歌颂的主角都是普普通通的沂蒙群众。

综观《沂蒙壮歌》，以沂蒙革命老区为切入点，书写了新时代沂蒙精神的新内涵和新特征，以小见大，以点带面，奏响了一曲脱贫攻坚与乡村振兴有效衔接的壮丽凯歌，见证了党带领人民全面建成小康社会、打赢脱贫攻坚战的伟大历程和历史性成就。

书中既讲述感人肺腑的人物故事，又注意梳理历史脉络，呈现平实道理，既与党史、国史一致，又切合现实，努力增强立体感和形象感。同时，对乡村振兴战略"五个振兴"目标的核心元素，乡村振兴齐鲁样板的构成要件、主体指向、发展路径，中国农民合作社的历史、现状和发展趋势，沂蒙精神的形成历程和科学内涵、时代价值等，都做出了探索性的文学书写。

此书一面世，就得到了社会各界和广大读者的喜爱与赞誉。

厉彦林是山东莒南人。二十世纪五十年代末出生在沂蒙山区东部一个小山村，从小品尝了贫穷和读不起书的心酸。高中毕业后，留校担任高中语文教师。

为了解学生写作文畏难发愁的原因，他坚持与孩子同题同步写作，体验写作难处。学生写一篇，他就从不同角度写两篇、三篇。写完后，和学生交流心得，学生的作文水平提升很快。以至于多少年后，他的学生提起厉彦林的作文辅导仍记忆犹新。

厉彦林当时不知道，他的这种作文辅导方法，是被著名教育家叶圣陶先生极力推崇和倡导，后来被语文教师广泛用于课堂教学的"教师下水文"，也就是教师所写的范文。

离开三尺讲台后，厉彦林曾先后担任报社记者、编辑等职。到机关工作以后，面对繁重的行政和文稿起草工作，他从未放弃自己的业余爱好。他对外减少与文学界的交往联络，坚持"燕子衔泥"的创作办法，甘于寂寞，利用业余时间读书和创作。这几年转岗后，时间相对宽松了，他对文学的热情得到了充分释放。

如果写"下水文"算是他文学创作开端的话，厉彦林已经坚持文学创作四十余载。先后出版了《延安答卷》《灼热乡情》《赤脚走在田野上》《地气》等作品集十余部。他写的散文自 1988 年被选入师范专科学校写作教材后，迄今已有 130 余篇（次）入选各种各类语文、思品教材和各类学生读物。

笔者一直生活、工作在沂蒙山区。对厉彦林《沂蒙壮歌》中描述的场景、故事深有感触，感同身受。在我看来，《沂蒙壮歌》是为沂蒙精神做出的文学解读、颂扬沂蒙精神的重锤强音，堪称激越豪迈的时代乐章。

二、"总有一些人物和瞬间值得铭记"。"你已过了知天命之年，身体状况也不是太好，为什么刚刚写完《延安答卷》，又去挑战自己的极限，创作如此高难度的《沂蒙壮歌》?"不止一个亲友这样问厉彦林。

厉彦林说，中国共产党自建党之日，就把为中国人民谋幸福、为中华民族谋复兴确立为自己的初心使命，团结带领中国人民浴血奋战、百折不挠、砥砺奋进，夺取了一个又一个伟大胜利，近代以来，历经磨难的中华民族实现了从站起来、富起来到强起来的历史性飞跃。当下，我国已经全面建成小康社会，历史性地解决了绝对贫困问题，正在意气风发向着令人期盼、更鼓舞人心的宏伟目标迈进，作为党员作家、省人大代表，自己责无旁贷。

厉彦林是虔诚忠实的沂蒙山人，对家乡的情感炽热滚烫。2019 年，他在创作《延安答卷》时，就曾谋划为故乡沂蒙再唱赞歌，也积累了一些素材。当时省委有关领导给他"命题作文"，要求他"写写沂蒙山脱贫"，许多朋友和读者也给予鼓励、表示期待。于是厉彦林怀着敬畏之心、报恩之意、感激之情，心无旁骛地投入《沂蒙壮歌》的创作，奋力用手中的笔为故乡、为父老乡亲、为沂蒙山的脱贫攻坚与乡村振兴尽一份敬畏心，出一把报恩力。

2013 年 11 月底，习近平总书记来到位于山东临沂的华东革命烈士陵园，向革命烈士纪念塔敬献花篮，参观沂蒙精神展，听取沂蒙地区革命战争历史介绍。他深情地说："我一来到这里就想起了革命战争年代可歌可泣的峥嵘岁月"，"沂蒙精神与延安精神、井冈山精神、西柏坡精神一样，是党和国家的宝贵精神财富，要不断结合新的时代条件发扬光大。"这是党中央和党的领导人首次把沂蒙精神提升到与党的几大精神并列的地位来阐述，山东人民、沂蒙人民倍受感动和鼓舞。

厉彦林说，亲身经历了缺吃少穿的岁月，见证了父辈为吃饱穿暖奔波操劳的情景，亲眼看见了国家和沂蒙山区发生的翻天覆地的巨变和人民生活水平的快速提高，心怀感激、感动与庆幸。临沂的变迁史、脱贫史，其实就是山东和国家变迁史、脱贫史的缩影，是波澜壮阔的改革开放伟大实践结出的硕果，是

"新中国脱贫故事"的一个精彩章节。临沂人民书写了一份革命老区脱贫攻坚、乡村振兴的优异答卷。

新中国成立至今，沂蒙山区各级党委政府，带领干部群众，为建设美好的家园，自力更生、艰苦奋斗，用实际行动，阐释着"沂蒙精神"的内涵。

因为是纪实文学，对每一个故事，每一组数据，厉彦林都力求亲眼见、亲耳听、直接考究和论证，每个时间、地点、人物、过程都力求真实。为了全方位、全景式地讴歌这些事迹，厉彦林跑遍了享受中部地区扶贫政策的沂蒙革命老区的 6 市 18 县，从堆积如山的素材中，精挑细选了 100 多个实例和近 500 个数据。

采访中，厉彦林体会到，沂蒙山已经跨越封闭、落后，步入现代文明；沂蒙山村正实现脱贫攻坚与乡村振兴的有效衔接，悄悄改变着模样；人民生活已经全面步入小康，开始追求品质。沂蒙人民是沂蒙精神的创造者、实践者和传承者，既是"剧中人"，也是"剧作者"。沂蒙山快速发展原因众多，最重要、最独特的一条，是沂蒙人民始终发扬沂蒙精神，"知党情、报党恩、听党话、跟党走"，靠执拗的劲头和勤劳的双手，创造了一个又一个感天动地的故事和奇迹。

沂蒙历史是一部惊天地、泣鬼神的英雄史、奋斗史和继往开来的创业史，总有一些人物、故事和瞬间值得铭记。

大家耳熟能详的"沂蒙红嫂""沂蒙母亲""沂蒙六姐妹"和"沂蒙红哥"的故事应当被铭记。

在建设、改革和新时代涌现出的新英雄也应被铭记。

譬如，出身贫困家庭、组织结对帮扶 4000 多名孤贫儿童、立志让"天下无孤"的徐军；两个女儿同时考上研究生、"小辫朝天"的脱贫群众赵娟；整体搬迁后举办了 41 场婚礼、迎来了 46 个娃的昔日"光棍村"崔家沟；自觉为扶贫工作立功德碑的下岗安村父老乡亲等。这些奔走的形象、跳动的文字、回响的声音、丰硕的成果，都应当被铭记。

在沂蒙大地，西棋盘村乡亲们自发煮 11 锅全羊汤庆贺村里通自来水、通硬化路的盛况同样应该被铭记。

正如厉彦林所言，贫困是人类公认的魔咒。消除贫困，自古就是人类梦寐以求的理想。

消灭贫困，让中国人摆脱受压迫和被奴役的命运，过上吃饱穿暖的好日子，始终是共产党人建党的初心和历史责任。

新中国成立以来，特别是党的十八大以来，我国的脱贫事业取得了历史性伟大成就。我国在 2020 年如期实现现行标准下农村贫困人口全部脱贫、贫困县全部摘帽，终结了困扰中华民族和中国人民几千年的绝对贫困，开启了全面推进乡村振兴的新征程，这是令全世界竖起大拇指的奇迹。

三、 沂蒙遍地飘书香。 共同富裕是社会主义的本质要求。"坚持发展为了人民、发展依靠人民、发展成果由人民共享，坚定不移走全体人民共同富裕道路"，脱贫攻坚是为了消除绝对贫困，为共同富裕扫清障碍、奠定基础；共同富裕既要物质上富足，也要精神上富有，不断实现人的全面发展和社会全面进步。

《沂蒙壮歌》第三章《红火日子大家一起过》中，厉彦林对沂水一位饺子餐馆老板倡导全民阅读的事，给予了充分褒扬。

他和笔者通话时说，此事虽小，但反映了新时代沂蒙人民的精神追求，脱贫攻坚解决了物质生存问题，然后还得花长功夫解决精神贫瘠问题。

沂蒙人民尊师重教，崇尚阅读，有着光荣的历史传统。

笔者曾在沂蒙山区最基层的山村学校做过二十年的乡村教师。

沂蒙人民创造了很多教育工作经验。中华人民共和国成立以来，沂蒙人民在农村和农民教育方面的创造性做法得到毛主席的亲笔批示。"记工学习班""识字班"在全国推广，"识字班"一词更是成为沂蒙大地年轻妇女的代名词，一直沿用至今。

沂蒙人民在乡村教育方面的贡献成为"沂蒙精神"的重要组成部分。改革开放以后，广大农村劳动人民白手起家，一砖一瓦重建了乡村教育场所。早在 2000 年就在全国经济欠发达地区率先整体实现"两基"，成为全国教育工作的典型。

沂蒙人民深刻地认识到，再穷不能穷教育，帮助乡村孩子学习成才，阻止贫困的代际传递，是功在当代、利在千秋的大事，对促进教育公平、推动城乡一体化建设、推进社会主义新农村建设、实现中华民族伟大复兴的中国梦具有十分重要的意义。所以，在沂蒙山村，最好的房子是学校，最美的风景在校园，早已成为实实在在的现实。

厉彦林书中提到的叫刘晓的老板，是个"80 后"，出生在沂水县一个小山村，从小喜欢读书。高一时由于家庭变故，不得不中断学业帮着家人打理生意。2021 年世界读书日这天，笔者路过沂水县城西刘晓的饺子店，目睹了刘晓倡导读书的动人场景。

那一天，饺子店外挂着印有"全民阅读，让中国灵魂飘香"字样的大红横幅，音响正在播放着厉彦林的散文《童年钟声》。很多路人被这声音吸引，驻足。

2019 年秋天，刘晓去西山里考察食材，路经一偏僻山村时，见有个孩子趴在村头的大石头旁看书。她下车去看，见小男孩正读一本叫《读故事学作文》的书。经交谈得知，孩子父母在外地打工，他跟爷爷奶奶住，难得有本书看，书破点也不嫌。刘晓听到这里，想起自己的童年，眼睛湿润了。她暗下决心，一定要帮山里更多的孩子读上喜欢的书。

她的想法得到了家人的支持。在有关部门的帮助下，她主办的助力儿童阅读、阅读漂流等活动相继启动。过去顾客等人时只能焦急地来回走动，现在多数会在座位上读书。孩子跟家长到餐馆，也不再追逐打闹，而是安静地坐下来翻书、听诵读。短短几个月，参与阅读漂流的顾客就达到了三四千人。一缕缕书香与菜香、饺子香融合在一起，旺了饺子店的人气、财气。

厉彦林在书中讲述的刘晓的阅读故事不是个例。在沂蒙大地，全民阅读之风正在悄然兴起。

地处沂水县西北部的泉庄镇，历史悠久，文化深厚，阅读之风世代相传。全县三名国家一级作家，两位就出自这个乡镇。

早在二十世纪九十年代，这里就创办了国内著名的农家书屋"沂蒙书屋"。该镇作为山东省现代养成教育研究院最早一批挂牌的"阅读研发基地"，在引领、培养当地农民养成良好的阅读习惯方面，做出了有益探索。

镇政府投资 500 余万元，建设了占地 22 亩的省级文化站，打造了一批全民阅读基地，向游客和当地群众免费开放。2021 年，举办"国学传统文化讲座"12 场，中小学生朗诵培训 10 场，开展了亲子阅读比赛、评选了"十佳书香家庭"。镇文化站每月组织一次情况调度，每季度组织一次督导抽查，建立了农家书屋阅读微信群，发布通知、培训交流、好书分享等。镇党委把每周五定为"每周大讲堂"，全体机关干部、村党支部书记参加，学习国学传统文化、文学作品，积极进行文学创作，先后有 200 多篇文学作品发表。该镇也被评为"全省全民阅读先进乡镇"。

厉彦林在《沂蒙壮歌》第一章《"新中国脱贫故事"的精彩篇章》中说：

"中华民族千百年来的绝对贫困问题，已在 2020 年历史性地画上了句号，这是令世界刮目相看的伟大成就，是让国人骄傲和自豪的特大喜讯！"

要巩固这一"脱贫"成果，必须从提升人民群众综合素质入手，培养高素质的新时代农民是重中之重。只有这样，那些阻碍社会精神文明发展、影响社会生态文明建设的不良现象才能从根本上治愈。

而要做到这一切，开展丰富多彩的全民阅读无疑是重要手段之一。

为了推进全民阅读，沂水县的许家湖镇探索出了一条新路。他们以学校教育、家庭教育、社会教育"三位一体"深度融合为手段，构建了"学校阅读引领家庭阅读，家庭阅读推进全民阅读"的新体系。国庆节期间，举办"书香国庆、共贺华诞"全民阅读分享会，以家庭为单位表演的课本剧尽显新农民的风采。

2021 年 4 月 17 日，多家媒体报道了"作家厉彦林在老家创办'彦林书屋'"的消息。中国作家协会副主席、茅盾文学奖获得者张炜为"彦林书屋"揭牌。

"彦林书屋"是作家厉彦林用父母留下的祖宅改建而成，资金来源是他个人多年积攒的稿费。自书屋成立以来，已有效在偏远乡村孩子的心灵里撒下了一把文化的种子。周末闲暇，周边爱读书的乡邻和孩童们常会来此读书。有的人家还在此开办家庭读书分享会，促进和带动更多的孩子和干部群众"爱读书、读好书、善读书"。

第一届阅读分享会上，张炜动情地说，在小山村里建立"彦林书屋"，是一个伟大的想法和实践。如果整个乡村不读书，数量庞大的农民不读书，大家都不读书，就无法传承民族文化，无法延续"耕读传家"的传统，乡民们也做不到"知书达礼"。比起城市的图书馆，山村书屋更方便农民和山里娃，这里飘出的书香也因此更醉人。"彦林书屋"虽小，但意义很大。希望"彦林书屋"能成为一颗种子，启发更多的有心人，为乡村播下一缕书香。如果每个乡村都有一到两间书屋，那我们的乡村振兴就有了文化载体。

厉彦林说，我小时候缺书读，如今回乡见到故乡孩子读书没有场所、不会选书、缺少图书，也很着急。改造建设"彦林书屋"既是为了却自己的心愿，也是想为本村和周边孩子们提供一个读书的场所。

"彦林书屋"开门不足一年，已举办大型读书分享会 8 次，有许多学校和家庭来这里开展阅读活动。教育专家崔峦、作家赵德发等一批知名人士先后到此和读者分享阅读体会。

我渴望"乡村振兴、文化先行"的星星之火，点亮沂蒙山区乡村振兴的希望霞光。作为一名人民教师，我愿把所有崇敬与感动化作书香，滋养孩子们的心灵，共铸祖国美好未来！

四、 书写更宏伟的人民史诗。 人民是文艺之母，文艺与人民血脉相连，人民是永远的主角。

一段时间以来，厉彦林深入生活、潜心创作，深入脱贫攻坚一线、走访脱贫老乡，用脚步丈量延安、沂蒙大地，记录了脱贫攻坚这一伟大事业，从人民中来、到人民中去，创作出了接地气、传得开、留得下的精品佳作。

2021年12月14日，习近平总书记在中国文联第十一次全国代表大会、中国作协第十次全国代表大会开幕式上的重要讲话，在全社会引发热烈反响。作为一名优秀作家代表，厉彦林参加了这一文坛盛会。他在现场聆听了习近平总书记的重要讲话，深受教育，倍受鼓舞，表示一定不忘初心、牢记使命，不负时代、不负人民，用真情体验美好生活、悉心捕捉人性之美，透过有血有肉的文字，努力再创作出无愧于时代和人民的优秀作品。

会议期间，有关新闻媒体专门采访报道了厉彦林。2021年12月16日，《人民日报》会议综述中写道：山东作家厉彦林近年多次深入延安，穿行于梁峁、沟壑、窑洞，用两年时间创作了长篇纪实文学《延安答卷》，倾情描写和讴歌革命老区脱贫攻坚的伟大成就；新华社通稿中说，一段时间以来，围绕重大主题进行文学创作，山东作家厉彦林推出了长篇纪实文学《延安答卷》《沂蒙壮歌》等作品。次日，《光明日报》在综述中写道：山东省人大常委会委员、诗人厉彦林表示，我们要认真学习贯彻习近平总书记重要讲话精神，热情拥抱伟大的时代、真情体验美好生活、目光聚焦人民火热的生活、真心捕捉人性闪光之美，努力创作无愧于时代和人民的优秀作品。

笔者和厉彦林有近三十年心灵相通的交集，对他是了解的。他出身沂蒙山区的平民家庭，从小受到沂蒙精神和父辈优良品质的滋养，心始终与亲人拥抱在一起，与普通群众连在一起，在文学创作上一直守正创新，弘扬正道，不跟风追潮，坚持用饱蘸深情的笔触，述说自家和家乡的故事，努力讲好中国故事，创作人民群众喜闻乐见、拍手叫好的文学作品。

这些年，无论是在基层调研，还是外出开会培训，他刻苦学习、善于思考、笔耕不辍的习惯从未间断，始终带着书和电脑。对文学的热爱和痴迷，加上他长期在党的机关工作的经验和作为诗歌、散文作者的优势，他努力克服了公文写作对思维和语言的影响，力求用文学的表达方式、用普通读者能读懂的语言倾诉自己的观点和见解。他笔下既有生动的故事，又有朴素平实的道理，让读者爱读愿品，越品越有味道。他持之以恒、厚积薄发，一次次创造着人生追梦的奇迹。

他能创作出沾泥土、带露珠、接地气、有筋骨、有温度的作品，因为他自觉坚持以人民为中心的创作思想，真心实意与人民在一起。他说："每每跨进农家门，恰似遇见自己的父母和兄弟姐妹，如同久别重逢有说不完的话。在田地里能拿起农具一同劳作，遇见抽烟的大爷大娘会帮助按烟点火，递给凳子就坐，端给水就喝，甚至留吃饭也毫不客气。"

走近厉彦林，你会发现他的生活无趣、乏味得很。工作上，他爱岗敬业、严谨精细，从不马虎；业余时间，他把全部精力投入阅读和写作。饭局上没有他，热闹场合不见他的影子，他宁静淡定得几乎与世隔绝，几乎天天把自己埋在书堆里，行走在优美的文字中间，观世界风云、悟人间沧桑、书真情故事。

半生写作路，执着铸辉煌。厉彦林以独具特色的鸿篇巨制，不停地书写着一位人民作家一个又一个的崭新篇章。纵观他的文字，无不闪耀着催人向善向上、昂扬奋进的正能量。从字里行间，我们读到了奋发，读到了进取，读到了一位优秀共产党员作家对广大人民群众炽热的情怀。

厉彦林辛勤创作，追逐梦想不止步，怀揣大爱不言悔，他兢兢业业、忘我奉献、不断追求、不断创新的本身，就是沂蒙精神最好的展现。

我们期待厉彦林在文学百花园里书写出更多讴歌时代和人民的优美史诗！

刊于 2022 年 1 月 22 日《联合日报》

厉彦林《沂蒙壮歌》：传承水乳交融的红色精神

王　亚

　　作家厉彦林是沂蒙热土的骄子。故乡的土地是他生命的摇篮，这片土地给了他清苦却幸福美好的童年，磨砺了他质朴与善良的品格。

　　他的新作《沂蒙壮歌》正是在深入调查走访的基础上，以崭新的视角书写沂蒙，通过真实的数据和真切的感受，书写了沂蒙当下的新气象。文中一个个充满泥土气息的地名、人名、农作物名，更是渲染了具有红色基因的沂蒙发展史。

　　厉彦林笔下的世界有绿色的文艺，也有感人的家国情怀，这在他之前的作品《延安答卷》中有着充分的体现。这部作品忠实记录了延安脱贫攻坚的实践，并融入了对中国与世界、历史与现实、执政党与人民群众、发展与稳定关系的思考，这很考验创作者的功力。厉彦林的写作在充分展现文学性、情怀度的同时，具备了可观的现实温度和思考深度。

　　这位写作者笔耕不辍，很快《沂蒙壮歌》又问世了，且于《人民文学》2021 年第 7 期头条刊发。这是庆祝中国共产党成立 100 周年的献礼之作，也是沂蒙之子厉彦林为这一神圣时刻的到来奉献的文学礼物。

　　为了创作《沂蒙壮歌》，厉彦林跑遍了沂蒙革命老区所有的县市区，察看了多个"田园综合体"，亲身感受和体验这片英雄的土地上脱贫攻坚和乡村振兴有效衔接的伟大奇迹和感人故事。

　　整部书中，他用了 211 次"土地"、47 次"大地"，这位沂蒙大地滋养、培育的沂蒙之子，在清贫的生活中，通过读书改变命运，走出大山，投身于党和人民的革命事业，以敬畏之心、报恩之意、感激之情，创作了《沂蒙壮歌》。

　　这位扎根沂蒙大地的沂蒙之子，带着对党的热爱、对国家乡村振兴与时代发展的走向的思考，动情地写下这部报告文学，写出一曲既包含历史视野、现实视角，又兼具平民眼光的壮歌。

沂蒙大地不仅是沂蒙儿女出生、成长的地方，更是坚定信念和人生方向的精神家园。厉先生用实际行动，身体力行地传承中国共产党人的精神谱系，就是要这样以历史观照现实，在现实中回答时代之问。传承红色精神，最终要靠行动。正如电视剧《觉醒年代》热播以后，中国共产党早期北京革命活动展览与北大红楼随即走红，仿佛一块块赓续红色精神的磁石吸引着青年前往"打卡"。《沂蒙壮歌》出版之后，也吸引了一批批的青年人到沂蒙乡村走一走、看一看，了解一下当地的红色文化、尝一尝沂蒙的美食，临走将沂蒙特产装进后备厢，心中也自然而然地播下了沂蒙精神的种子。

厉先生多次在文中提到"传家宝"，也就是沂蒙精神。整部《沂蒙壮歌》里，提到了116次"沂蒙精神"、13次"传家宝"，不难看出，沂蒙精神已是他的信仰。

对于"沂蒙精神"，厉先生的总结非常到位："沂蒙精神闪耀着中国共产党伟大精神的光芒，在中国共产党的红色谱系史中具有特殊的地位和作用，其独特性在于它是在中国革命最艰难的时刻，由党和人民两个主体同心同向共同创造的，呈现出'水乳交融、生死与共'的状态、归宿和成效。"

前一段时间，电影《长津湖》热播，观影中不停地被几十年前的战斗震撼、感染着，尤其是其中一个镜头突然拉近了山东观众的心：易烊千玺扮演的角色在战友张小山牺牲时，大哭着问他家是哪里的，得到的回答是："山东临沂沂蒙山顾家村的！"那一瞬间，厉先生笔下的"沂蒙精神"再次如同烟花一般，在观众心中点燃、升腾，沂蒙精神不仅是临沂创造各种发展奇迹的精神密码，也早已是中国精神宝库的重要资源。

传承红色精神，一定要跟社会现实结合起来，不能只是拿着文件作"干巴巴"的宣讲。《沂蒙小棉袄温暖人间》《"沂蒙六姐妹"续新篇》《脱贫户"请战"抗疫情》《沂蒙最高山庄脱贫忙》《一家一户，更离不开党支部》等篇章，厉先生采用实地调研的方式，用作家的文笔描绘沂蒙大地上的父老乡亲。这些人用实际行动铸就了爱党爱军、开拓奋进、艰苦创业、无私奉献的沂蒙精神，在我看来，这就是一堂震撼人心、大气磅礴的"大思政课"。

书中多次讲述了沂蒙大地上可歌可泣的感人故事，鲜活真实的历史实物、人物、故事、场景感人至深，厉先生写作过程中也多次泪如雨下。他上知天文下知地理，引经据典信手拈来，就是这样一个热爱着故土、心怀党和国家的沂蒙之子，将沂蒙大地上星罗棋布的基地、场馆，通过文字变成了激发青年爱国热情、凝聚人民力量、弘扬民族精神、传承红色基因的重要场所，也将沂蒙精神这一沂蒙大地的"传家宝"辐射给更多的中国青年，鼓励更多的青年在平凡中记着伟大，用平凡人的微光照亮中国人的精神世界。

发于 2021 年 12 月 27 日中国青年网

报告文学《沂蒙壮歌》究竟壮在哪里、好在何处

李恒昌

厉彦林先生的长篇报告文学《沂蒙壮歌》是他继《延安答卷》之后，新推出的一部献礼建党百年的新时代颂歌。这部志在"为普通沂蒙人歌功颂德、树碑立传"的著作，以宏大的视角、翔实的材料、细腻的笔触和深沉的感情，全方位书写了沂蒙人民在党的领导下，发扬新时代"沂蒙精神"，打赢脱贫攻坚战，实施乡村振兴战略，从而创造出摆脱贫困落后面貌、提高人民生活质量奇迹的壮丽画卷。该书一经问世，立即引发社会各界强烈反响，引起广大读者的广泛关注，并且深得有关专家学者的赞誉和好评。中国作家协会书记处书记邱华栋，中国作家协会书记处书记、《人民文学》主编施战军，中组部党建读物出版社总编辑尹洪亮等专家学者给予高度评价。那么，这部题名为"沂蒙壮歌"的著作究竟"壮"在哪里，好在何处，又有什么独特的价值和意义呢？仔细阅读该书就会发现，这部著作之所以称得上"壮"，就在于其主题的壮伟、事迹的壮阔、精神的壮美和山河的壮丽；之所以称得上"好"，就在于其四个"壮"的特点又从不同层面分别体现了报告文学深、真、实、新等优秀品质；其意义和价值就在于能够知往鉴今、呼唤初心，立足当下启迪未来。

一、紧跟时代发展步伐，一部作品高效衔接贯通"两大战略"。《沂蒙壮歌》最突出的特征是拥有鲜明的主题。这个主题，便是从脱贫攻坚走向乡村振兴的时代主旋律。全面建成小康社会、历史性地解决绝对贫困问题，是当代中国最重大的主题，是党和国家的主题，也是时代的主题。正如该书作者所言，党史、新中国史、改革开放史和中国特色社会主义建设史，从一定意义上讲，都是一部鲜活生动的"脱贫史"。作者将镜头聚焦党和国家的大局，紧密追踪时代，高度自觉地承担了反映和讴歌这一主题的时代责任。从中我们可以领略，在这一主题的指引下，沂蒙人民励精图治、艰苦奋斗的宏大历史画卷。透过这一鲜明主题，我们有幸看到沂蒙人民在跟着共产党搬掉头上的"三

座大山"之后，在这片无数革命烈士鲜血浸润的古老而神奇的土地上，是怎样展开波澜壮阔的脱贫攻坚大决战，并最终搬掉贫困落后这座"大山"的。这场大决战虽然没有硝烟，但意义非凡，彻底永久地改变了沂蒙人民的命运。更为重要的是，作品不仅书写了脱贫攻坚这一历史性任务的完成，而且及时书写了乡村振兴战略的实施推进和最新成果，展现了沂蒙人民脱贫后不忘初心，继续前进，积极创建乡村振兴"沂蒙样板"，迈向乡村振兴齐鲁样板"沂蒙高地"，为新时代乡村振兴锦绣长卷增光添彩的创造性实践和努力。如果说，扶贫攻坚是补短板，扶贫路上一个也不能掉队是必须的话，那么乡村振兴则是推进共同富裕和高质量发展的必然要求。应当看到，当今文坛，反映脱贫攻坚的题材比较多，反映乡村振兴的比较少，而将两者紧密衔接起来一并反映的更是凤毛麟角。厉彦林先生能够及时衔接贯通两大战略，进行总体性书写，既是坚持与时俱进、紧跟时代步伐的体现，也是高度政治责任感和使命担当精神的体现。

实施脱贫攻坚和乡村振兴，是党中央的战略决策，同时又在党的坚强有力领导下进行和展开。作品真实地再现了这一时代主题的特质，明确指出"党是脱贫致富的靠山"。书中还真实再现了习近平总书记对山东、对沂蒙老区的牵挂和关怀。在2018年参加十三届全国人大一次会议山东代表团审议时，习近平总书记明确要求山东："充分发挥农业大省优势，打造乡村振兴的齐鲁样板。"正是在他的教导下，山东和沂蒙大地拉开了脱贫攻坚战的帷幕。作品通过对典型人物的书写，集中展现了各级党组织和党员领导干部在脱贫攻坚和乡村振兴中的重要作用——各级党组织是脱贫攻坚和乡村振兴的主心骨和领头雁。"给钱给物，不如建个好支部""一家一户，更离不开党支部""农民富不富，关键看支部；农村强不强，关键看头羊"，这是时代的呼唤、群众的期盼，更是取得成功的重要法宝和经验。从一大批基层党员干部的身上，我们看到了作为共产党员的光芒。正如作者所描述的那样：这些老党员都是带光的人，虽然看起来微不足道，但一直努力地亮着，照亮自己，也照亮家人和众人。

作品深刻展现了在这场事关沂蒙人民命运的大决战中，沂蒙人民不是消极被动的，而是积极主动的，像战争年代支援革命一样积极主动。革命年代，他们自觉将自己的中心工作定位为全力支援人民战争；当今时代，他们又将自己的奋斗主题定位在打赢脱贫攻坚战和推进乡村振兴上。他们自觉将党和国家的大局当作压倒一切的大事，摆在头等重要的位置。在一次基层工作会议上，大家都在讨论"乡村振兴齐鲁样板"应当是个什么样子，有个叫王传喜同志说：

"这应当是我们农业农村农民工作的主题主线，也是目标和方向。"这个答案听起来抽象一点，其实说出了问题的实质，由此也能看出他们的自觉意识。他们在党的坚强领导下，毫无保留，尽锐出战，发起总攻，形成了众志成城、万众一心的强大合力，从而夺取了最终的胜利。对于上级的决策部署和工作要求，他们从一开始就坚持高标准定位、高质量推进。虽然地处偏远，却志在打造乡村振兴的"沂蒙高地"。"我们在中央20个字乡村振兴战略总要求的基础上，加了一个'更'字，就是让群众生活更幸福、更有获得感和安全感，努力建设一个'宜居、宜业、宜游'，而且'生产美、生活美、生态美'，最后达到'农村美、农业强、农民富'的乡村振兴样板区、先行区。"这体现的都是高标准定位、争创一流的意识。

二、再现的人物事迹和经验做法，既感人至深又波澜壮阔。《沂蒙壮歌》是通过沂蒙人民的无数先进事迹来展现时代主题的。有骨气、有血性、有志向的沂蒙人民，不向命运屈服，自力更生，艰苦创业，涌现成长出众多可歌可泣的新的典型事迹。这些由沂蒙人民共同谱写的事迹，既是真实、感人而鲜活的，也是丰富、多层面而立体的，更是壮观、壮阔的，很多是堪称壮举的。我们看到，沂蒙大地上，先进典型一代又一代生生不息，为百姓谋福造福，为国家排忧解难，为子孙立标树杆，在新的伟大时代，他们又谱写了新的"群英传"或"先模谱"。更重要的是，其中的很多事迹和做法，看起来并没有多么特别，但却是感人至深的，很多经验更是真实有效的。

最感人的是新时代"扶贫六姐妹"的形象。善良淳朴的沂蒙儿女，始终秉持"听党话、跟党走"的坚定信念，在脱贫攻坚这场战役中，不等不靠，自力更生，以"打赢脱贫战怎能少了我"的使命感，自觉加入脱贫扶贫队伍。在曾经诞生过"沂蒙支前六姐妹"的地方，又涌现出了新时代"沂蒙扶贫六姐妹"——曹淑云、刘加芹、于学艳、林西臻、牛庆花、王洋等6名沂蒙女性。她们在依靠坚毅和奋斗改变自身命运的同时，积极响应党的号召，以扶贫救困为己任，主动投身到反贫困斗争大决战中，靠微薄收入帮扶贫困群众，靠点滴善事汇集人间大爱。她们的行为，无愧新时代"沂蒙六姐妹"的光荣称号。

脱贫攻坚，是一个涉及面广且规模庞大的系统工程，此前也有一些值得吸取的经验教训，要想取得实效和长效，必须精准发力。这方面，沂蒙人有着更深的感受，也有自己的成功经验，作者将这些成功做法深度挖掘了出来。在"精准识别、精准对接、精准施策、精准评估"的过程中，许多问题引起了他们的思考：如何防止上级宝贵且有限的扶贫资金资产成为"一锤子买卖"？他们深刻认识到，单纯的"输血式扶贫"短时间内能改善贫困地区贫困人口的生产生活条件，但容易忽略群众更需要的东西，比如人才的培养、机制的建设、观念的转变等。因此，他们把脱贫攻坚与乡村振兴有效衔接终极目标定位为增强"造血"功能，增强低收入人群自我发展和可持续增加经济收入的能力。他们查找"卡点"和"难点"，寻找"撬点"，牢牢牵住"牛鼻子"，立足老区实际，围绕培育和壮大特色优势产业，因地制宜，适当发展种养业、旅游业、林果业、畜牧业。从路径上看，创造"精准扶贫三十六计"，包括企业带动、承接生产、百姓众筹、资源整合、代管养殖等；从措施上看，创造"八仙过海、各显神通"的办法，包括土地流转、产业经营、园区务工、金融扶持、政策兜底、合作社助力、管理服务等；从方法上看，创造多种"锦囊妙计"，包括连片开发、点对点帮扶、村企共建、户企结对、资产入股、辐射带动等。这些都是实实在在的经验，也是不可多得的财富。

随着城市化的推进，农村进城务工人员的大量出现，部分农村地区出现"空巢化""老龄化"等问题，完成脱贫攻坚任务，实现乡村全面振兴，已是绕不过去的问题。沂蒙人民深深地懂得这一点，他们把"人气"当作乡村振兴的"脉象"，采取过硬措施，构建年轻人返乡创业的"强磁场"。这方面，作品详细记录了岱崮镇的成功经验。党委书记王烈锋介绍说："我们按照'红色雁阵，振兴崮乡'的思路，想方设法吸引在外人才返乡创业，加快乡村振兴。"他如数家珍地说出了一串已经在本镇崭露头角的返乡创业青年人的名字：王维、王栋、窦宝友、刘保存、魏长城、李长伟、宋增朋、张建基、王明运、王刚。"这十位是我们镇返乡创业的带头人，也是我们精心培土浇水的十棵'青春树'"，从中我们看到的是沂蒙天空鸿雁高翔的美好希望和未来。

三、既深度破译"沂蒙精神"的密码，又赋予其崭新的时代内涵。 《沂蒙壮歌》最大的特色是充满精神性。沂蒙人民是很朴实的人，但是，作者却从他们身上发现了精神的光辉：这是一群脚踩泥巴、头顶国家的人；这是一群为党尽忠、为民舍命的人；这是一群胸口有火、眼里有光的人；这是一群朴实厚道、感天动地的人；这是一群散发光芒、给人力量的人。由此我们看到，"沂蒙精神"就像熊熊燃烧的火焰，照亮了脱贫攻坚决战和乡村振兴的征程。

作品深情书写了习近平总书记对"沂蒙精神"的褒扬，对沂蒙人民精神上的关爱。2013年11月25日，习近平总书记视察山东时强调："山东是革命老区，有着光荣传统，军民水乳交融、生死与共铸就的沂蒙精神，对我们今天抓党的建设仍然具有十分重要的启示作用。"习近平总书记的话语，深深地鼓舞和激励着沂蒙人民，化作了打赢脱贫攻坚战、建设幸福美好家园的巨大精神力量。

作者最大的贡献是深度破译了"沂蒙精神"的密码：一方面是党视人民至高无上的政治立场和为民奋斗的情怀，一方面是沂蒙人民坚定跟党走的执着信念，以命许党，永远跟党。党全心全意为人民的初心使命，是沂蒙精神的逻辑起点，沂蒙人民一心向党的这种群体意识和集体自觉，是其逻辑必然。"水乳交融、生死与共"的精神特质，融入党群心连心、同呼吸共命运。作者以大量事实告诉我们，"沂蒙精神"已经客观上融入沂蒙山区人们的生活，深入人心，融入生命。沂蒙人民正是依靠传承和发扬这种精神，才在摆脱贫困的伟大斗争中，率先打了大胜仗，也为革命老区树立了摆脱贫困、全面建成小康、享受美好生活、打造乡村振兴样板的榜样。

作者特别注重将"沂蒙精神"这一看不见摸不到的东西写实、写丰满，写得有血有肉。我们看到，"沂蒙精神"在这场脱贫攻坚的伟大战役中丰富了思想内涵，注入了新鲜血液，升华了内在品质。其中，最重要的是对党忠诚、敢于冲锋的品质。有的党员说："面对脱贫这场大战、硬仗，对党忠诚，就得打冲锋、当先锋、不掉队。"其次，沂蒙人民还有着"认死理"的精神。中央号召的，就横下一条心，一张蓝图绘到底，不达目标不收兵。特别重要的是沂蒙人民深深懂得感恩和回馈。作者讲述了一系列饮水思源、回报社会的故事。疫情期间，赵娟的两个女儿主动请缨到村里抗击疫情第一线，白天在村值守点执勤，夜间巡逻值班，还主动总结村里抗击疫情的做法。沂蒙人民在实现脱贫之后，自己富了不忘众乡亲，坚持好日子大家一起过，更坚信更好的日子还在后头。九间棚村依靠金银花种植实现富裕之后，还对口支援新疆地区。党支部书记刘嘉坤说："我们山东承担着援疆任务，九间棚作为率先富起来的村庄，有责任、有义务参与山东援疆，为助力祖国西部脱贫贡献微薄力量。"这都是新时代"沂蒙精神"的应有之义。

四、既诗意描绘"美丽中国的沂蒙版面"的壮丽景致，又揭示新时代"山乡巨变"的深层原因。沂蒙山，从亿万斯年的造山运动中诞生，绵延泰岱之侧、黄海之畔，纵数八百里、横数八百里。这里曾"四塞之崮，舟车不通，土货不出，洋货不入"，这里曾满目荒凉，山野沧桑，一地贫穷。而今，作者向我们呈现的却是一派山河壮丽、诗意昂扬的全新景象：春天走进沂蒙山，到处清水绿岸、鱼翔浅底，尽态极妍，一幅幅山水田园画，让你沉醉于至纯至美的大自然，流连忘返。跨入春季的沂蒙大地翠绿如染，生机盎然，花枝招展，五彩的花朵在风中点头微笑，美得让人流连忘返。金灿灿的阳光正自如挥洒，温柔地召唤和抚慰着河流山川、田野庄稼，自然界的风声、水声、鸟声在合奏天籁之音。

这人间的"大美"，这一切的"变化"，因何而来？作者深层次揭示了其内在原因。

沂蒙人民正是按照习近平总书记对山东工作的重要指示和要求，把脱贫攻坚融入乡村振兴战略，把保持绿水青山作为乡村振兴的底色，贯穿脱贫攻坚全过程和各环节，持续改善农村基础设施和人居环境，建设"看得见山、望得见水、留得住乡愁"的美丽乡村，才在这片大地上描绘出一幅天蓝、地净、山绿、水碧、人和的"最美图画"，创作完成了"美丽中国的沂蒙版面"。

早在 2002 年，临沂市就邀请吴良镛、周干峙等全国著名城市规划专家制定了《临沂市城市空间发展战略研究》，明确了"以河为轴、两岸开发、北上东进、南优西连、组团发展"的城市发展格局。2015 年，市委市政府又印发了《临沂市新型城镇化规划（2015—2020 年）》，提出按照"以河为轴、北上东进、南优西拓、中疏旧改"的总体思路，推动形成"组团式、网络化、生态型"紧凑高效的中心城区空间格局。2020 年，临沂全面把握新发展阶段，坚定不移贯彻新发展理念，努力构建新发展格局，提出实施乡村振兴"三步走"战略，坚持城市与乡村融合发展，坚持传承红色基因与根植绿色生态相协调，加快沂蒙革命老区的特色发展、高质量绿色崛起，从而实现了"由大到强、由美到富、由新到精"的战略性转变。

作者讲述了这样一个发生在水库边的小故事。主人告诉他："这水库是莒南县城几十万人的水源地，我们不忍心污染它。我们有污水池，定期把污水和残渣剩粪拉运到水库外边集中净化处理。虽然眼前是大水库，但我们更要学会节约用水，珍惜每一滴水，保护好生态环境。"这体现的是沂蒙普通老百姓爱护家园、爱护自然的高度自觉意识。

厉彦林先生原本是一位从事党的组织工作的领导干部，此前也曾利用业余时间从事散文等文学作品的创作，而且写出了许多脍炙人口的美丽篇章。作为土生土长的沂蒙人，他经历、目睹了沂蒙山区城乡面貌和人民生活的伟大变革和沧桑巨变。花甲之年的他又重整行装，怀着一颗崇敬、感恩的赤子心，奔走在沂蒙大地上虔诚地淘拾珠贝，深入一线用真心、真情、真诚去采访考察，探寻与时代同频的脉搏，穿越历史、现实与未来的时空隧道，在"沂蒙山小调"的基础上，谱写了属于新时代的"沂蒙壮歌"。从某种意义上讲，他是在时代的大潮中实现了人生和艺术的"华丽转身"，走向新的天地。我愿意以此文章为他"壮行"。盼望他能够在这条大道上越走越远，越走越宽阔，用自己的赤子之心和美丽笔触，抒写出更多更好的属于人民的"壮歌"和"凯歌"。

刊于 2022 年 4 月 24 日人民日报社山东分社官方微信公众号"东岳客"

将忠心爱心匠心镌刻在沂蒙大地上

——我写《沂蒙壮歌》

厉彦林

为庆祝中国共产党成立 100 周年，我历时两年创作了献礼之作《沂蒙壮歌》，《人民文学》2021 年第 7 期头条刊发，单行本已由贺敬之先生题写书名、山东文艺出版社 2021 年 10 月正式出版发行，得到社会各界和广大读者的喜爱与赞誉。作为一名党员作家和省人大代表、一位沂蒙之子，我倍感自豪与荣幸。

一、 党的立场。 文字有血有肉有生命。作家的心是与国家、民族和人民的命运同频共振的，当吐肺腑之言，发百姓之声。

中国共产党自建党之日，就把为中国人民谋幸福、为中华民族谋复兴确立为自己的初心使命，团结带领中国人民浴血奋战、百折不挠、砥砺奋进，夺取了一个又一个伟大胜利，近代以来历经磨难的中华民族实现了从站起来、富起来到强起来的历史性飞跃。当下，我国已经全面建成小康社会，历史性地解决了绝对贫困问题，正在意气风发向着更令人期盼、鼓舞人心的宏伟目标迈进。我"生在新社会、长在红旗下"，亲身经历了缺吃少穿的岁月，见证了父辈为吃饱穿暖奔波操劳的情景，亲眼见证了国家和沂蒙山区发生的翻天覆地的巨变和人民生活水平的快速提高，心怀感激、感动与庆幸。这几年我一直在琢磨，建党 100 周年这神圣时刻到来时，我该奉献什么样的文学礼物呢？

贫困是人类公认的魔咒。消除贫困，自古就是人类梦寐以求的理想。消灭贫困，让中国人摆脱受压迫和被奴役的命运，过上吃饱穿暖的好日子，始终是共产党人建党的初心和历史责任。新中国成立以来，特别是党的十八大以来，我国的脱贫事业取得历史性伟大成就。我国在 2020 年如期实现现行标准下农村贫困人口全部脱贫、贫困县全部摘帽，终结了困扰中华民族和中国人民几千年的绝对贫困，开启了全面推进乡村振兴的新征程，这是令全世界竖大拇指的奇迹。如何反映中华民族历史长河中这一惊天地、泣鬼神的重大历史事件？写什么，写哪里，怎么写？我思来想去，最后锁定了革命圣地延安。一是延安在党的历史上具有独特的地位和作用；二是延安大地由黄变绿的生态脱贫之路，让世人刮目相看，具有示范性价值和方向性意义。好心朋友劝我："都过六十的人了，何必费这个劲、耗这个精力？""你一个外地人，有必要到别人锅里舀饭吃吗？"我理解大家的善意，仍毅然先后几次跑延安，穿行于梁峁沟壑、窑洞和村户间，用两年时间创作了长篇纪实文学《延安答卷》，倾情描写和讴歌延安绿色脱贫，献上这张流光溢彩的时代答卷。作品出版后，社会反响很好，我备受鼓舞。

我是虔诚忠实的沂蒙山人，对家乡的情感炽热滚烫。2019 年我在创作《延安答卷》时，就曾谋划为故乡沂蒙再唱赞歌，也积累了一些素材。这时山东省委分管"三农"工作的领导给我点了题目，要求我"写写沂蒙山脱贫"，许多朋友和读者也给予鼓励、表示期待。理直气壮地为沂蒙人民歌功颂德、树碑立传，于公于私，于情于理，我都责无旁贷、义不容辞。于是我怀着敬畏之心、报恩之意、感激之情，心无旁骛地投入《沂蒙壮歌》的创作。奋力用手中的笔为故乡、为父老乡亲、为沂蒙山的脱贫攻坚与乡村振兴尽一份敬畏心，出一把报恩力。

"忠诚印寸心，浩然充两间"。步入新时代，沂蒙精神的光芒更加璀璨，沂蒙山的名字更加响亮。中国共产党人全心全意为人民的初心使命，是沂蒙精神的逻辑起点，沂蒙人民一心向党的这种群体意识和集体自觉，是其逻辑必然。"水乳交融、生死与共"的精神特质，融入党群心连心、同呼吸、共命运的精神谱系和灵魂图腾。长篇纪实文学《沂蒙壮歌》，以"虔拜沂蒙山"开头，以"江山如画"结尾，主题主线是沂蒙人民在党的坚强领导下，弘扬和传承沂蒙精神，打赢脱贫攻坚战，又铺开乡村振兴的壮丽画卷，歌颂的主角都是普普通通的沂蒙群众。我敬仰、敬畏、感恩伟大的沂蒙精神和沂蒙人民，每每踏上沂蒙大地，我就心生敬仰与敬畏，看到的、听到的和想到的一切，都让我心潮澎湃。从创作的角度讲，我既讲述感人肺腑的人物和故事，又注意梳理历史脉络，呈现平实道理，既与党史、国史一致，又要切合现实，努力增强立体感和形象感。还对乡村振兴战略"五个振兴"目标的核心元素，乡村振兴齐鲁样板的构成要件、主体指向、发展路径，中国农民合作社历史、现状和发展趋势，沂蒙精神的形成历程和科学内涵、时代价值等，做了一些探索性的文学书写。我不敢说准确，但这些书写至少是食不甘味、夜不能寐思考的成果，渴望投石问路、抛砖引玉。

我忠于历史，信仰真实，努力以历史视野、现实视角、平民眼光聚焦沂蒙大地。为什么沂蒙大地能滋养出"水乳交融、生死与共"铸就的沂蒙精神？我深入探寻沂蒙人民为什么在最黑暗、最艰难的时刻铁心跟党走的历史答案——因为"共产党和八路军舍命护咱、救咱，真把我们当亲人啊！"我查阅各种史书、史料，座谈知情老人，陆续找到了依然蓬勃鲜活的事实与资料。笔下有了《跟着共产党走》这歌越唱越顺口，震惊世界的"毛泽东文献博物馆"，保持革命本色的"红色群落"，凭一股子"傻劲"治好"老大难"村的王传喜等段落和章节。刚刚脱贫的贫困群众不忘党和国家的关怀，"红火日子大家一起过"的境界、情怀和决心，普通朴实平常，却让我特别敬佩和感动。

世人知道沂蒙山，大都是因为"沂蒙红嫂"的故事。有人问我：为什么沂蒙山区红嫂多，男性英雄少？为什么沂蒙精神历久弥新，在任何时候都光芒如初？为什么沂蒙革命老区在众多革命根据地中是发展变化最大的？当然这些问题已经超越了文学作品的范畴，我又从历史、地域、民风、时代和文化传统等多种因素和维度进行了思考，放在党的全面建设、长期执政更广阔、更长远、更高层次上考量，做出了简明扼要的描述。

二、 **百姓心声。** 党的立场、百姓的心，是我创作《沂蒙壮歌》坚守的价值标尺。

这几年业余时间里，我的心思、眼睛和笔墨都凝聚在沂蒙山、沂蒙人民身上，深度体验了沂蒙山区的自然风光、田园生活和沂蒙人民拼搏奋斗的精神。我坚持辩证唯物主义和历史唯物主义的观点，客观、理性地观察和思索，既看光明、阳光和美景，又看艰难曲折、壮烈牺牲和辛酸泪水，也不忽视和回避问题与不足。从个人到社会，从历史到现实，从微小到宏大，普通党员和群众折射出的高尚人格力量，可触可感、可亲可近、入脑走心，推动沂蒙山知名度、美誉度逐步攀升。大家耳熟能详的"沂蒙红嫂""沂蒙母亲""沂蒙六姐妹"和"沂蒙红哥"等的故事应当铭记挖掘，在建设、改革和新时代涌现出的新英雄也应褒扬。譬如，乡亲们夸奖"沂蒙扶贫六姐妹"之一牛庆花，"牛庆花这孩子把乡亲们的事当事办，我信她"；出身贫困家庭、组织结对帮扶4000多名孤贫儿童、立志让"天下无孤"的徐军，"我们是沂蒙母亲的后代，于公于私、于情于理都应该"；在村公益岗上的彝族贫困群众，"我能为村里的老人们做顿热乎饭，感到生活又燃起希望，精神头也好了"；两个女儿同时考上研究生、

"小辫朝天"的脱贫群众赵娟积极服务他人；昔日光棍村崔家沟整体搬迁后举办了41场婚礼、迎来了46个娃；1987年，下崮安村父老乡亲自觉为扶贫工作立功德碑："脱贫不忘扶贫人，致富全靠党指引"……奔走的形象、跳动的文字、回响的声音、丰硕的成果，都是鲜活生动的见证，撞击我心灵的燃点，跳动起一吐为快的心灵火焰。

为了全方位、全景式地讴歌这些事迹，我跑遍了享受中部地区扶贫政策的沂蒙革命老区的6市18个县，以及在山东根据地初创期发挥过重要作用的抱犊崮地区，增写了《抱犊崮下日子红火》这一章节。我在创作过程中，深切感受到信仰的力量和真理的光芒，时刻提醒自己要客观冷静。种子扎根大地就憋着劲往上生长，为的是接受雨露和阳光，这是自然界和人类的主流。世间万物，芸芸众生，各式各样的人和物都以不同的生命状态存活着，有无奈和迷茫也正常，必须历史、联系、发展、全面地看。对当下农村现状的担忧、农民道德文化素养的滑坡、乡村振兴遇到的困难、田园综合体面临的发展瓶颈、党支部领办合作社遇到的9个问题，我也不遮不掩地记录下来。

沂蒙历史是一部惊天地、泣鬼神的英雄史、奋斗史和继往开来的创业史，总有一些人物、故事和瞬间值得感恩和铭记。沂蒙人民是沂蒙精神的创造者、实践者和传承者，既是"剧中人"，也是"剧作者"。沂蒙山已经跨越封闭、落后，步入现代文明；沂蒙山村正实现脱贫攻坚与乡村振兴的有效衔接，悄悄改变着模样；人民生活已经全面步入小康，开始追求质量和品质。沂蒙山快速发展原因众多，最重要、最独特的一条，是沂蒙人民始终发扬沂蒙精神，"知党情、报党恩、听党话、跟党走"，靠执拗的劲头和勤劳的双手，创造了一个又一个感天动地的故事和奇迹。我走村入户，每每跨进门，恰似遇见自己的父母和兄弟姐妹，如同久别重逢有说不完的话。在田地里我可以拿起农具干活，遇见抽烟的大爷大娘我可以递烟点火，递给我凳子我就坐，端给我水我就喝，甚至留我吃饭我也毫不客气地吃。我在搜集挖掘素材的过程中，也接受着人性的洗涤和灵魂洗礼。如"为子孙后代保护好自然环境是我们的底线，破坏环境的事赚钱再多也不干"的村干部；"不能老是政府来帮我们。咱村防疫值班，必须算我一个！"的贫困群众；立足报效家乡和乡亲、昔日山崖上的羊圈被打造成"陌上花开"景点的成功人士；冒雨趴在父亲用碎石垒砌的崮墙上痛苦抉择的返乡创业青年等。走进滚烫炽热的生活实践，走进沂蒙人家的田间地头和心灵深处，聆听他们的喜怒哀乐、酸甜苦辣，我时常热泪挂腮，甚至哽咽，同哭同笑，与他们成为"自家兄弟"。

三、 人文情怀。 德国诗人梵里斯说过："心灵的宝座建立在内在世界与外在世界相遇之处，它在这两个世界重叠的每一点上。"我是沂蒙山的后代，也是文学的痴迷者，真心真意、脚踏实地、竭尽全力地讴歌沂蒙。

故乡和亲人是我创作的原点和起点。沂蒙这片热土和繁衍生息在这片热土上的人民，是我讴歌的母体、主体。刻骨铭心的沂蒙情结，是一根剪不断的情感脐带、文化脐带和历史脐带。我脚踩坚实的沂蒙大地，置身沂蒙火热的社会实践，一切创作技巧和手段都成为说人记事述理的工具。我怀着一颗崇敬、感恩的赤子心，一颗浸泡人间烟火的平常心，奔走在沂蒙大地上虔诚地淘拾珠贝，深入一线用真心、真情、真诚去"淘"宝，探寻与时代同频的脉搏和农耕文化的"泥土味"，力求文字有骨性、有筋道、有味道，长着优美通俗的翅膀。沂蒙人坦诚善良、勤劳朴实，可敬可佩、可亲可爱，沂蒙的山水、石头、草木有知觉、有灵性、有生命，这让我的笔下自然而然地流淌出暖心的文字，"远处路口的那盏灯一直亮着，没有行人，那灯在为它自己亮着"，这不是灯，分明是沂蒙的品格。那天黄昏，我们走下蒙阴大崮山，两腿发软，只见崮四壁的岩石刀削一般整齐，很难想象当年陈若克烈士一行在深夜是如何突围出来的。我和陪同的人边走边聊："假若陈若克烈士的孩子活到现在，也是八十岁的老人了。"此景此情，让我更加敬佩、感恩和感慨。

我在现场看、听、问、想，脚下踏着泥巴、额头冒着汗珠、眼角闪着泪花，沂蒙群众如同自己的至亲，那朴实无华的言行深深地教育、鼓舞和激励了我。采访、写作的过程，成为我初心叩问、信仰锻造、思想洗礼、心灵纯粹的过程。创作一部书，人生一堂课。

我注意用平民视角，去探寻、挖掘、评价发生在沂蒙大地上的一切，用饱蘸情感的笔墨去讴歌。全书共精挑细选了 100 个实例和近 500 个数据。因为是纪实文学，我都力求亲眼见、亲耳听、直接考究和论证过，每个时间、地点、人物、姓名、过程都力求接近事实。譬如"1995 年，沂蒙革命老区在全国 18 个连片贫困地区中率先实现整体脱贫"，我深入座谈追问得知，"那时，总体经济社会发展水平都比较低，国家统一口径是以县为单位农民人均年纯收入超过 500 元就算脱贫"，"1995 年，沂蒙山区 7 个贫困县的农民人均纯收入达到 1544 元"。这个历史结论解除了我的疑惑。问题又来了，沂蒙山区自然条件比较差，为什么能率先呢？我在纷纭复杂的数据中查找对比和分析，找到了脱贫走在了前列的奥秘："要想富，先通路"。这是具有共性的规律，而临沂始终把转脑筋作为"当头炮"，思想通了，路才能修通。

沂蒙革命老区的历史是一幅百年长卷，许多事件需要深度挖掘、真实还原。譬如，1941 年底，发生在莒南渊子崖村的抗日保卫战，不完全是农民自发的抗日行为，而是中国农民在党的思想引领下打响的一场壮怀激烈的浴血保卫战。据史料记载和老人回忆，1940 年 1 月，八路军山东纵队二旅独立营进驻渊子崖村，10 月"抗大"工作团来村里宣传抗日救国道理，1941 年 5 月，山东战工会组织周边村庄八大剧团在渊子崖村举行了三天会演，极大激发了民众的抗日热情。

我去过许多贫困户的家。实实在在地说，贫困户的家庭条件是比较差的，但我的注意力集中在这些家庭发生的变化和精神状态上。譬如，沂水县吴楼子村沂蒙小棉袄加工厂的创办人、返乡创业青年带头人吴照京，2015 年他父亲突然意外离世。有一天他和妻子外出回来得很晚，看见院子里灯火通明，心里咯噔一下，以为又发生了什么意外，于是就给一个缝棉袄的大娘打电话，询问得知：下午几个老奶奶临走时，叮嘱了多遍，说"这俩孩子今晚回来，咱把门锁好，把灯给开着"，她们担心吴照京和妻子回来晚了害怕呀……夫妻俩感动得泪流满面。"村里的老人们不是亲人却胜似亲人，她们给我点亮回家的灯，也照亮了我回家的路，我有什么理由不带着她们好好致富呢？"这一细节，让我数次落泪。我通过走访发现，沂蒙山的贫困群众自己刚脱贫，就响应党的号召"先富带后富、同走致富路"，迅速成为精神的富有者。我被他们感染了，于是笔下就有了《俺不给"地下党"丢脸》《红火日子大家一起过》《脱贫户"请战"抗疫情》《金银花开昆仑山下》等章节。

由于我长期在机关工作，思维和语言容易受公文影响。在写作过程中，我努力转换调整，力求用文学的方式、用普通读者能读懂的语言表达自己的一些观点和见解。平淡自然地拉家常，也有暖心的好效果。我感觉农村年老体弱的老党员"都是带光的人，虽然看起来微不足道，但一直努力地亮着，照亮自己，也照亮家人和众人"。我坚信平凡人的微光，能为每一个陷入困境、身处危难的人照亮前方的路。

《沂蒙壮歌》的创作得到了各方的重视、关心和扶持。中国作家协会确定其为 2021 年定点深入生活项目，作品被列为山东省优秀文艺作品入库项目孵化项目、山东出版传媒股份有限公司的募投项目。2021 年 6 月 10 日晚，《人民文学》施战军主编告诉我，《沂蒙壮歌》将在《人民文学》第 7 期头条位置刊发。我渴望已久，感激不尽。我深知，迎来中国共产党建党 100 周年，这是我们党和国家的幸事，也是每位党员和每位中国人的幸事。能在《人民文学》第 7 期这么重要的位置刊发歌颂沂蒙山、歌颂沂蒙人民的纪实作品，我感到非常荣幸！

《人民文学》2021 年第 7 期头条摘要刊登后，引起了强烈反响，"学习强国"学习平台、新华网、中国作家网、大众网等纷纷转发。《临沂日报》破例用四个版全文转发。沂蒙老区的许多单位赠订本期《人民文学》，还有一些基层党支部以此为主题开展党日活动。为了保证出版质量，《人民文学》编辑部、党建读物出版社、山东省作协、山东文艺出版社在北京联合召开了"厉彦林《延安答卷》研讨会暨《沂蒙壮歌》审读会"，我根据专家们的意见，又对《沂蒙壮歌》作了进一步修改。《沂蒙壮歌》于 10 月由山东文艺出版社正式出版。10 月 17 日，山东沂蒙精神研究会、山东省作协、山东出版传媒股份有限公司、临沂市委宣传部等单位在沂蒙革命老区的核心区临沂市联合举办了"《沂蒙壮歌》新书发布仪式暨研讨会"。

沂蒙山是一片红色热土，更是充满希望、成就梦想的土地。《沂蒙壮歌》的正式出版，是沂蒙人民的纯正品质和红色血脉赐予我的一个文学成果。这份收获与荣耀属于沂蒙山，属于沂蒙人民。

征途若磐，精神如炬，壮歌浩荡。我将赓续红色精神血脉，一路感恩，一路前行……

刊于 2021 年 11 月 10 日《中华读书报》

图书在版编目（CIP）数据

流光溢彩的时代答卷 :《延安答卷》《沂蒙壮歌》
评论集／朱晓梅主编. —济南 : 山东文艺出版社，
2022.12

ISBN 978 – 7 – 5329 – 6373 – 7

Ⅰ. ①流… Ⅱ. ①朱… Ⅲ. ①纪实文学评论—中国—
当代—文集 Ⅳ. ①I207.5 – 53

中国版本图书馆 CIP 数据核字（2022）第 243820 号

流光溢彩的时代答卷

——《延安答卷》《沂蒙壮歌》评论集

朱晓梅　主编

主管单位	山东出版传媒股份有限公司
出版发行	山东文艺出版社
社　　址	山东省济南市英雄山路 189 号
邮　　编	250002
网　　址	www. sdwypress. com
读者服务	0531 – 82098776（总编室）
	0531 – 82098775（市场营销部）
电子邮箱	sdwy@ sdpress. com. cn
印　　刷	山东临沂新华印刷物流集团有限责任公司
开　　本	710 毫米 ×1000 毫米　1/16
印　　张	18
字　　数	295 千
版　　次	2022 年 12 月第 1 版
印　　次	2022 年 12 月第 1 次印刷
书　　号	ISBN 978 – 7 – 5329 – 6373 – 7
定　　价	68.00 元